BOSS ME DADDY

ASHLEE PRICE

https://www.ashleepriceromanceauthor.com

PROLOG

Jules

2014

Meine fünf Zentimeter hohen Stöckelschuhe machen kein Geräusch auf dem Teppichboden im Flur. Die warme Luft aus den Lüftungsschächten an der Decke macht es mir angenehmer in meiner grauen Seidenbluse und den schwarzen Hosen. Abwechselnde Paneele aus schwarzem Marmor und mattiertem Glas erstrecken sich zu beiden Seiten von mir.

Wahnsinn. Das ist also der neunzehnte Stock. Es scheint eine ganz andere Welt zu sein als der vierte Stock, in dem ich arbeite.

Diese Tatsache wird noch deutlicher, als ich das Büro von Mr. Meyer betrete, dem Junior Marketing Manager des Unternehmens. Ich klopfe, aber es antwortet niemand, also gehe ich einfach rein. Der Raum ist leer.

Okay, dann warte ich wohl einfach mal auf Mr. Meyer.

Ich überlege, ob ich mich auf den einsamen Stuhl vor seinem Schreibtisch setzen soll. Stattdessen lasse ich mich zwischen den Kissen mit Tiermotiven auf der Couch an der Wand nieder und atme den Duft von Vanille ein – mein Lieblingsduft. Er muss aus der Schale mit Potpourri auf dem Couchtisch kommen. In dem Regal darunter liegen Ausgaben von Forbes, Time, Fortune und National Geographic, keine alten mit zerknitterten und geknickten Ecken, sondern aktuelle Ausgaben, die aussehen, als hätte man sie nie gelesen. Als mein Blick umherschweift, bleibt er an einer getopften Orchidee hängen, die echt aussieht – ein

Gemälde, das als etwas von Monet durchgehen könnte, und an Glasflaschen, die mit Krimskrams gefüllt sind – Samen, Murmeln, Büroklammern. Was mir jedoch ins Auge sticht, ist die runde rote Puppe, die auf ihrer eigenen Stange an der Wand sitzt. Auf den ersten Blick verwechsle ich sie mit einer Matroschka-Puppe, aber als ich sie mir genauer ansehe, wird mir klar, dass sie das nicht ist. Sie sieht männlich aus und ist mit asiatischen Schriftzeichen versehen. Seltsamerweise besitzt eines der Augen eine Iris und das andere nicht. Ich frage mich, ob es absichtlich so gemacht wurde oder ob sein Schöpfer es einfach zu eilig hatte und vergessen hat, das andere Auge einzubauen.

Auf jeden Fall bin ich fasziniert. So etwas habe ich noch nie gesehen. Ich nehme mein Handy, um ein Foto zu machen, aber bevor ich es kann, lässt mich eine tiefe Stimme hinter mir mich zusammenzucken.

„Raus hier.“

Zwei Worte, deutlich gesprochen, nicht geschrien. Nur zwei Worte, und doch bin ich für einen Moment wie erstarrt, meine Hand umklammert das Telefon, das mir aus der Hand gegen meine Brust entglitten ist.

Langsam drehe ich mich um.

Unmut strömt aus den grünen Augen, in die ich starre. Sie scheinen sich in mich zu bohren, und ich weiß, dass ich wegsehen sollte, aber ich kann es nicht, nicht bei einem so gutaussehenden Gesicht. Die meisten Männer, die ich bisher in diesem Gebäude gesehen habe, sind alt und stämmig oder jung und schlaksig, stinken nach Ego und Zigaretten. Aber nicht dieser Mann.

Dieser Mann, dieser stramme, etwas über 1,80 m große Kerl mit kantigem Kinn und in einem Maßanzug, riecht nach Christian Dior.

Und nach Sex. Nicht die Art, mit der alle meine Freundinnen geprahlt haben. Die Art, über die ich nur gelesen habe – die Art, bei der sich deine Zehen krümmen und die dich deiner Sinne beraubt.

Ich kann es mir schon vorstellen – meine Finger verheddern sich in diesen drahtigen Locken, meine Hand in der Mitte seiner breiten Brust, seine Lippen in meinem Nacken versunken und seine Nägel graben sich in meine Oberschenkel.

Oh, Scheiße. Warum denke ich an Sex, wenn er aussieht, als würde er mich gleich umbringen?

Seine Augen verengen sich, während er die Hände in die Hüften stemmt. „Sind Sie taub? Haben Sie nicht gehört, was ich gerade gesagt habe?"

Ich schlucke den Kloß in meinem Hals hinunter. „Nein … ich meine ja, ich … ich habe gehört, was Sie gesagt haben … Sir."

Schnell stecke ich mein Handy in die Tasche und straffe die Schultern, um meine verlorene Fassung wiederzuerlangen.

„Ich bin Jules … Julianne Decker. Ich bin eine Praktikantin von …"

„Ich habe keine Arbeit für Sie."

„Oh." Ich streiche mir eine lose Haarsträhne hinters Ohr. „Ich bin nicht auf der Suche nach Arbeit, Mr. Meyer. Ich bin hier, weil mich Ms. Collins von der PR-Abteilung geschickt hat. Ich soll ein paar Akten holen."

Einen Moment lang steht er einfach nur da, seine Augen mustern mich mit kaltem Argwohn. Dann geht er zu seinem Schreibtisch.

Der Anblick seines knackigen Hinterns, der sich durch seine graue Hose abzeichnet, während er sich leicht bückt, raubt mir den Atem und mir entweicht ein Keuchen.

Als er sich wieder zu mir umdreht, wende ich den Blick ab.

Gott, ich hoffe, ich werde nicht rot.

„Hier." Er reicht mir eine Mappe.

„Danke", murmle ich und zwinge mich zu einem Lächeln.

Er erwidert es nicht. Er setzt sich einfach hinter seinen Schreibtisch. Ich gehe zur Tür. Kurz bevor ich hinausgehe, bleibe ich stehen und drehe mich um. Ich muss es einfach tun. Ein Teil von mir will nicht gehen.

Ich drücke die Mappe an meine Brust und atme tief ein.

„Mr. Meyer, ich möchte um Entschuldigung bitten. Ich wollte nicht in Ihr Büro platzen, das übrigens ein sehr interessantes Büro ist. Ich–"

„Seien Sie vorsichtig mit diesen Akten", unterbricht er mich, bevor er sich seinem Laptop zuwendet. „Sie enthalten wichtige Informationen, die vertraulich behandelt werden müssen."

Ich werfe einen Blick auf den Ordner. Ich schätze, er ist kein besonders gesprächiger Mensch.

„Das werde ich", versichere ich ihm.

Ich weiß nicht einmal, ob er es gehört hat. Er tippt gerade etwas ein. Ich gehe besser, bevor er mir noch einmal sagt, dass ich sein Büro verlassen soll.

Mit einem Herzen, das so schwer ist wie meine Füße, verlasse ich sein Büro. Als ich den Flur hinunterlaufe, legt sich ein verlegenes Grinsen um meine Lippen.

Verdammt. Er ist heiß. Vielleicht der heißeste Typ, den ich je getroffen habe.

Ich habe mich seit der achten Klasse nicht mehr verknallt, aber verdammt, ich glaube, gerade jetzt passiert es wieder.

~

„Hey, Erde an Julianne." Die Stimme meiner Mit-Praktikantin, Vanessa, unterbricht meine Gedanken.

Ich lege die Hände, die ich unter mein Kinn gestützt habe, auf meinen Schreibtisch und schenke ihr ein entschuldigendes Lächeln.

„Entschuldigung. Ich... habe nur..."

„Geträumt?", schlägt Vanessa vor.

Ich kratze mich am Kopf. „Ja, ich schätze, das habe ich."

Sie lehnt sich an meinen Schreibtisch. „Von wem?"

„Oh, von niemandem."

Sie zieht eine Augenbraue nach oben.

Ich lehne mich zurück. „Na schön. Jemand aus dem neunzehnten Stock."

Ihre blauen Augen werden groß. „Wow. Die haben da oben heiße Typen? Warum konnte ich nicht dorthin versetzt werden?"

Ich habe mich schon das Gleiche gefragt.

„Aber warte mal. Sind die Jungs da oben nicht alle alte, verheiratete Führungskräfte?"

Ich zucke mit den Schultern. „Ich habe keinen Ring an seinem Finger gesehen. Und er ist nicht alt."

Vielleicht fünfunddreißig, höchstens.

„Aber er hat einen Titel, oder?"

Ich nicke.

„Das heißt, er ist dein Chef."

Ich runzle die Stirn. „Nun, technisch gesehen ..."

„Geh nach oben, schleich dich in sein Büro und hab Sex mit ihm auf seinem Schreibtisch."

Meine Augenbrauen wölben sich. „Was?"

„Was? Sex im Büro ist heiß. Und mit deinem Chef zu schlafen ist definitiv heiß."

„Vanessa!"

„Was?"

„Es ist gegen die Vorschriften, dass Praktikanten 'intime Beziehungen mit Angestellten des Unternehmens' haben, erinnerst du dich?"

„Scheiß auf die Vorschriften."

Ich schüttele den Kopf.

Sie tut es mir nach. „Kein Wunder, dass du noch Jungfrau bist."

Ich runzle die Augenbrauen. „Was?"

„Nichts. Übrigens, Ms. Collins möchte, dass du diese Akten scannst." Sie legt einen Ordner vor mir ab. „Wenn du keinen Spaß haben willst, dann solltest du aber arbeiten. Dazwischen geht nicht."

„Gut."

Sie verlässt meinen Platz und ich stoße einen Seufzer aus.

Ernsthaft, ich kann mich nicht entscheiden, ob sie meine Freundin oder nur eine klatschgeile Schnepfe ist, mit der ich arbeiten muss.

Ich stütze meine Ellbogen auf den Ordner und lege meine Hände auf meine Wangen.

Mit Mr. Meyer schlafen, was? Ja, das würde ich gerne mal ausprobieren. Aber vorher muss ich ihn dazu bringen, mich zu mögen.

~

Als er in den Aufzug tritt, in dem auch ich bin, fühlt sich mein Herz an, als würde es gleich zerspringen. Schade, dass wir nicht alleine sind, aber durch die Tatsache, dass der Fahrstuhl voll ist, steigt mir sein Parfüm in die Nase und sein Arm drückt gegen den meinen. Als er ihn anhebt, um sich am Kinn zu kratzen, streift sein Ellbogen eine Seite meiner Brust.

„Entschuldigung", murmelt er.

Ich sage nichts. Es war ja schließlich ein Versehen.

Es war ein Versehen, warum also klopft mein Herz? Warum werde ich rot?

Das Gefühl, seinen Blick auf mir zu spüren, ist nicht gerade hilfreich. Was sieht er sich an? Meine Brüste? Meine Kleidung? Hätte ich einen Blazer statt meiner Lieblingsjacke anziehen sollen? Oder starrt er auf meine Brille?

Nervös schiebe ich sie mir auf den Nasenrücken.

„Diese Brille ist echt", sage ich zu ihm. „Neulich habe ich Kontaktlinsen getragen, aber heute nicht, weil meine Augen müde sind, weil ich gestern Abend lange aufgeblieben bin … und gelesen habe. Ich habe gelesen … gelesen …“

Ich halte inne und presse die Lippen zusammen. Er hat kein Wort gesagt, und es scheint, als würde ich gerade einen Monolog halten. Jetzt werde ich rot, weil ich mich schäme.

Gott, warum habe ich angefangen zu plappern?

Die Türen öffnen sich. Einige Leute steigen aus.

„Ist das nicht Ihr Stockwerk?“, fragt mich Mr. Meyer.

Ja, aber ich schüttele den Kopf und denke mir eine schnelle Lüge aus. „Ich muss noch eine Besorgung erledigen.“

„Hmm.“

Die Türen schließen sich. In den Momenten der peinlichen Stille, die folgen, stelle ich meine Entscheidung ernsthaft in Frage.

Warum habe ich das gesagt? Warum bin ich nicht ausgestiegen? Stattdessen bin ich geblieben und mache eine noch größere Närrin aus mir. Was soll ich jetzt tun?

Ich versuche zu atmen und überlege mir einen Plan. Steige ich aus, wenn die Türen sich das nächste Mal öffnen? Ich kann definitiv nicht den Aufzug verlassen, wenn er es tut.

Die Türen öffnen sich in der sechsten Etage. Eine weitere Person steigt aus. Ich bleibe. Sechs Personen bleiben im Aufzug, einschließlich der Fahrstuhlassistentin, Mr. Meyer und mir.

Okay, ich steige aus, sobald eine Person das nächste Mal den Fahrstuhl verlässt.

Aber als sich die Türen im siebten Stock öffnen, ist es Herr Meyer, der aussteigt.

Mein Mund öffnet sich in stillem Protest. Ich dachte, sein Büro wäre im neunzehnten Stock.

Gerade als mir das Herz in die Hose rutschen will, wirft er einen Blick über seine Schulter.

„Sie besitzen denselben Geruch wie mein Büro."

Ich stehe immer noch perplex da, als sich die Türen schließen. Dann schnuppere ich kurz an meiner Schulter.

Mein Geruch? Ah. Er muss sich auf mein Shampoo beziehen. Vanille.

Ich rieche wie sein Büro, ja? Ist das ein Kompliment? Es ist ein Kompliment, oder? Er sagt, dass er mag, wie ich rieche.

Alles klar.

Die Türen öffnen sich wieder und die anderen Leute gehen hinaus. Nachdem alle draußen sind, schnuppert die Fahrstuhlführerin, Susan, wie ihr glänzendes Namensschild verrät.

„Keine Sorge, Süße", sagt sie zu mir. „Du riechst nicht nach Desinfektionsmittel."

Hat sie ihn etwa vorhin gehört?

„Oh." Ich fahre mir mit der Hand durch die Haare. „Ja, ich weiß."

„In welches Stockwerk willst du?", fragt sie mich.

Ich schaue auf die Knöpfe mit den Etagennummern darauf. „Oh. Ich muss wieder nach unten gehen. Ich habe etwas vergessen."

„In welche Etage?"

„Die Vierte", sage ich.

„Hmm." Sie drückt den Knopf.

Ich lehne mich an die Wand, streiche mir mit den Haarspitzen über die Nasenlöcher und atme den süßen Duft ein. Meine Lippen verziehen sich zu einem Lächeln.

Er mag, wie ich rieche. Und er hat sich gemerkt, in welchem Stockwerk ich arbeite. Sieht so aus, als ob Mr. Meyer mich mag.

~

Nein, das tut er nicht.

Als ich ihn das nächste Mal treffe, ist es in seinem Büro und er sitzt hinter seinem Schreibtisch und macht einen ernsten Eindruck. Nun, er war schon immer ernst, aber dieses Mal merke ich, dass ihm etwas Unangenehmes auf der Seele brennt.

Als seine Augen meine treffen, weiß ich sofort, dass ich in Schwierigkeiten stecke. Oh, und da befindet sich auch noch eine ebenso seriös dreinschauende Frau im Raum.

Ich schlucke. Was habe ich nur getan?

„Julianne, richtig?“ Die Frau erhebt sich aus dem Stuhl vor Mr. Meyers Schreibtisch und dreht sich zu mir um.

„J-ja.“

„Ich bin Sonia Lewis von der Personalabteilung.“

Personalabteilung? Warum ist sie hier? Was will sie von mir?

„Ich will nicht um den heißen Brei herumreden, Julianne. Mr. Meyer und ich sind beide sehr beschäftigt, wie alle anderen Leute in dieser Firma auch. Also lassen Sie mich Sie Folgendes fragen: Erinnern Sie sich an die Akten, die Sie vor drei Tagen von Mr. Meyer bekommen haben?“

Ich schaue ihn an. „Ja.“

„Erinnern Sie sich daran, dass Sie eine Kopie dieser Akten gemacht haben?“

Ich nicke. „Ich habe sie eingescannt, ja.“

Sie seufzt. Herr Meyer tippt mit den Fingern auf seinen Schreibtisch.

Was ist? Was habe ich denn gesagt?

„Sie waren nicht dazu befugt“, sagt Herr Meyer. „Wissen Sie noch, was ich Ihnen über die Akten gesagt habe?“

Ich versuche, mich an seine Worte zu erinnern. „Sie sagten, sie seien wichtig und sollten vertraulich behandelt werden.“

„Aber Sie haben sie trotzdem gescannt.“

„Weil Ms. Collins mich darum gebeten hat.“

„Hat sie gesagt, warum?“, fragt Sonia.

Mein Blick senkt sich zu Boden, während ich mein Gedächtnis durchforste.

„Nein.“

Das hat sie nicht, denn sie hat mich nicht wirklich gefragt. Vanessa sagte mir, dass sie danach verlangt hatte, aber ich habe keine Bestätigung von Ms. Collins darüber erhalten.

„Ich hatte den Eindruck, dass Sie eine kluge Frau sind, Ms. Decker“, sagt Sonia. „Alle Praktikanten in dieser Firma sind es, oder zumindest sollten sie es sein. Wenn Mr. Meyer gewollt hätte, dass Ms. Collins eine Kopie bekommt, dann hätte er ihr einen Stick gegeben und keinen Ordner, oder?“

Ein Klumpen bildet sich in meiner Kehle.

Nein, das stimmt nicht, aber jetzt, da ich darüber nachdenke, es hätte passieren sollen.

„Wissen Sie, was sie mit dieser Softcopy gemacht hat?“, fährt Sonia fort. „Sie hat sie an jemanden in einer anderen Firma geschickt. Vor etwa einer Stunde hat diese Firma eine

Pressekonferenz abgehalten, um ihre neue Marketingkampagne anzukündigen, die zufälligerweise sehr ähnlich aussieht wie das, was sich Herr Meyer hier ausgedacht hat.“

Ich schnappe nach Luft. Das gibt's doch nicht.

„Catherine Collins ist nicht mehr Teil dieser Firma und sie wird ins Gefängnis kommen, sobald sie gefasst wird.“

„Scheiße.“ Der Fluch entweicht meinen Lippen in einem Flüstern, bevor ich meine Hand auf meinen Mund lege.

Muss ich auch in den Knast ?

„Und es tut mir leid, aber wir müssen Sie auch gehen lassen.“

Ich sehe sie mit großen Augen an. „Aber ich bin erst seit zwei Wochen hier, und es ist es zu spät für mich, einen anderen Praktikumsplatz zu finden. Und wenn ich mein Praktikum nicht mache, werde ich meinen Abschluss nicht schaffen und–“

„Das ist nicht unser Problem“, unterbricht mich Mr. Meyer.

Ich werfe ihm einen flehenden Blick zu. „Das ist doch nicht meine Schuld. Ich habe nur getan, was mir aufgetragen wurde.“

„Nun, ich fürchte, dies ist keine der Firmen, in denen man dafür belohnt wird, dass man tut, was einem gesagt wird“, antwortet er. „Was wir schätzen sind Leute, die nicht nur ihre Arbeit machen, sondern auch unabhängig denken und mehr tun als das, was von ihnen verlangt wird.“

Ich seufze. „Gut. Ich habe einen Fehler gemacht. **Einen** Fehler.“ Ich werfe einen Blick auf meinen Chef. „Können Sie mir nicht eine weitere Chance geben, Sir?“

„Sind Sie sicher, dass Sie keinen weiteren Fehler machen werden? Ich bin es nämlich nicht.“

Unglauben durchströmt mich. Will er damit sagen, dass ich eine inkompetente Praktikantin bin?

„Sir, ich bin hochqualifiziert in diese Firma gekommen. Bin ich perfekt? Nein, das bin ich nicht. Aber ich bin ... klug und fleißig und ...“

„Sie sind ungeduldig. Sie können nicht stillsitzen. Sie lügen. Sie lassen sich leicht aus der Ruhe bringen“, sagt Herr Meyer. „Und Sie wissen nicht, wie man sich an die Regeln hält.“

Ich lehne mich vor. „Ich ... wie bitte?“

„Haben Sie gestern im Aufzug mit mir geflirtet oder nicht?“

Mir fällt die Kinnlade herunter.

Sonia stößt einen weiteren Seufzer aus.

Ich schlucke den Kloß in meinem Hals hinunter, während ich sie ansehe, bevor ich mich Mr. Meyer zuwende. „Nein, Sir. Das habe ich nicht.“

Ich meine, ich habe es versucht. Aber wenn das, was ich tat, als Flirten bezeichnet werden könnte, wäre jede Frau Single.

Sonia tritt vor. „Julianne, Sie wissen doch, dass es Praktikanten untersagt ist, intime oder romantische Beziehungen mit Angestellten in dieser Firma einzugehen, nicht wahr?“

„Ja. Ich habe nichts dergleichen getan! Wir sind zusammen im Aufzug gefahren, das ist alles.“

„Sie haben also nicht geflirtet?“, fragt mich Mr. Meyer.

„Nein.“

„Und der Gedanke, mit mir Sex zu haben, ist Ihnen nie in den Sinn gekommen?“

„Ich ...“

Ich sollte einfach nein sagen, aber ich kann es nicht. Er wusste also, was ich dachte? Moment, ich werde bestraft, weil ich daran denke, mit jemandem zu schlafen? Das ist doch absurd.

Sonia stößt einen weiteren Seufzer aus. „Ms. Decker, ich glaube nicht, dass Sie verstehen, welch ein Glück Sie haben. Wir hätten Sie leicht verklagen können, zusammen mit Ms. Collins als ihre Komplizin. Stattdessen lassen wir Sie einfach gehen, wovon ich jetzt überzeugt bin, dass es die richtige Entscheidung ist. Zum Glück war diese Kampagne nicht die beste Mr. Meyers.“

„Weit gefehlt“, bestätigt er.

„Warten Sie,“ ich hebe eine Hand. „Wollen Sie damit sagen, dass Sie diese Kampagne nicht verwenden wollten?“

„Hatte ich nicht vor“, antwortet er.

„Warum haben Sie dann Ms. Collins diese Akten gegeben. Warum ...?“ Ich halte inne, als es in meinem Kopf anfängt, zu rattern. „Sie wussten, dass sie die Informationen durchsickern lassen würde.“

Mr. Meyer lehnt sich in seinem Ledersessel zurück. „Sagen wir einfach, sie war ein Grund zur Besorgnis.“

„Also haben Sie sie benutzt, um die Konkurrenz auszustechen.“

„Mehr brauchen Sie nicht zu wissen, Ms. Decker“, sagt Sonia zu mir. „Sie gehören nicht mehr zu diesem Unternehmen.“

„Aber das ist alles nur, weil ich in Ms. Collins' Plan verwickelt wurde. Sie wussten, dass es passieren würde, Sie haben darauf gewartet, Sie haben gehofft es würde passieren!“

„Sie ist auf jeden Fall klug, Sonia“, sagt Herr Meyer. „Schade, dass man ihr nicht trauen kann.“

Ich sehe ihn mit hochgezogenen Augenbrauen an und schüttle ungläubig den Kopf. Ich kann nicht glauben, dass das passiert. Ich kann nicht glauben, dass ich für etwas bestraft werde, das ich nicht getan habe.

Ich lege meine Hand auf meine Brust. „Das ist ungerecht.“

„Diese Entscheidung ist endgültig“, sagt Herr Meyer mit unbeirrbaren, zusammengekniffenen Augen. „Zum letzten Mal: Verlassen Sie jetzt mein Büro.“

Wie zuvor lässt mich dieser Blick aus kalten, smaragdgrünen Augen innehalten. Diesmal klopft mein Herz allerdings nicht. Es ist einfach nur erschüttert. Langsam nicke ich und wende mich zur Tür. Meine Knie fühlen sich so schwach an, dass ich mich wundere, dass ich noch gehen kann.

„Ms. Decker?“, ruft Sonia mir nach. „Geben Sie Ihren Ausweis beim Sicherheitsdienst im ersten Stock ab.“

Ich nicke noch einmal schwach, bevor ich einen weiteren Schritt mache. Kurz bevor ich zur Tür hinausgehe, werfe ich einen Blick über die Schulter.

Ich begegne Mr. Meyers Blick, der immer noch eisig ist.

Ich runzle die Stirn.

Das habe ich wohl davon, dass ich einen Mann will, von dem ich weiß, dass ich ihn nicht haben kann. Ich bin eine Närrin.

Ja, es ist alles meine Schuld, weil ich eine dumme Jungfrau bin.

Trotzdem hasse ich ihn. Ich hasse Bruce Meyer abgrundtief.

Kapitel Eins

Bruce

2019

„Das neue Gesicht der Milliardäre"

Ich lese die Schlagzeile auf dem Cover der jährlichen Forbes Billionaires List Ausgabe ein weiteres Mal, die in großen gelben Buchstaben direkt neben meinem Gesicht strahlt.

Ich bin das neue Gesicht der Milliardäre.

Letztes Jahr, nachdem ich die Leitung des Unternehmens übernommen und sein größtes Hotel eröffnet hatte, einen Vertrag mit der größten Kreuzfahrtgesellschaft der Welt unterzeichnet und die
führenden Immobilienmakler in mehreren Ländern übernommen hatte, habe ich meine ersten fünf Milliarden verdient.
Und jetzt bin ich auf dem Cover von Forbes.

Verdammt, das fühlt sich gut an.
Ich nehme die Zeitschrift zusammen mit meiner Tasse Kaffee in die Hand, während ich zum Fenster gehe, vorbei an dem Regal, in dem all die anderen Auszeichnungen stehen, die die Firma gewonnen hatte. Ich bewahre sie gerne hier in meinem Büro auf, und das nicht nur, weil es hier viel Platz gibt oder weil es mir das Gefühl gibt, etwas erreicht zu haben. Die glänzenden Trophäen und Plaketten sollen mich daran erinnern, dass am Ende des Tages Anerkennung etwas ist, das man in ein Regal stellt, um Rost und Staub zu sammeln. Ich muss weiter hart arbeiten, damit mir und meinem Unternehmen nicht das Gleiche passiert.

Ein Klopfen an der Tür lässt mich aufhorchen.

„Herein", sage ich, bevor ich meine Tasse an die Lippen führe.

Meine Sekretärin, Louise, betritt den Raum.

„Ich habe zwei Netzwerke, die um ein Interview bitten", sagt sie, während sie auf ihr Telefon schaut. „Mr. Wolsey hat angerufen und seine Glückwünsche übermittelt, und Ihre Vorstandssitzung um elf wurde auf ein Mittagessen im Ritz verlegt. Der Vorstand möchte mit Ihnen feiern."

„Gut." Ich hebe die Zeitschrift in meiner Hand. „Hast du ein Exemplar abgeholt?"

„Zwei. Ich schicke ein Exemplar an meine Eltern, damit sie wissen, für wen ich arbeite."

Ich nicke.

„Ich bin mir ziemlich sicher, dass es in jedem Empfangsraum in diesem Gebäude ausliegen wird", fügt sie hinzu.

„Sagen Sie dem Büroleiter, er soll nicht alle Kopien kaufen. Andere Leute müssen sie auch lesen."

Ihre geschwungenen Lippen formen ein Lächeln. „Ich bin sicher, es gibt genug für den Rest der Welt."

Ich wende mich dem Regal zu, während ich einen weiteren Schluck Kaffee trinke. Am Spiegelbild im Glas erkenne ich, dass Louise immer noch dort steht.

Ich werfe einen Blick über meine Schulter. „Gibt es sonst noch etwas?"

„Nun ... ich bin mir nicht sicher, ob ich Ihnen das sagen soll, aber Sie haben mir nie Anweisungen zu ihrer Familie gegeben."

Ich drehe mich zu ihr um. „Familie?"

Sie holt tief Luft. „Ihr Vater - ein Mann, der behauptet, Ihr Vater zu sein, Harry Meyer, ist hier.“

Ich runzle die Stirn.

Mein Vater? Dieser Mann ist kein Vater. Er hat meine Mutter und mich verlassen, als ich erst acht war. Sie hatten einen Streit. Er ging weg. Er kam nie wieder zurück. Ich dachte, er sei tot. Ich hoffte, er sei tot.

Was macht er hier?

„Soll ich ihn reinschicken?“, fragt Louise.

„Nein.“

Es ist mir egal, warum er hier ist. Er hat die Frechheit, hier aufzutauchen, aber ich bin klug genug, ihn nicht sehen zu wollen.

„Er sagte, es sei wichtig“, sagt Louise. „Er hat mich sogar angefleht, ihn zu Ihnen zu lassen.“

Angefleht, ha? Erbärmlich. Aber ich erinnere mich an eine andere Bitte, also seufze ich.

„Na schön. Lassen Sie ihn rein.“

Lasst ihn rein, damit ich ihm seine Verbrechen direkt ins Gesicht spucken und ihn selbst rauswerfen kann.

„Okay.“

Louise verlässt den Raum. Ich kehre hinter meinen Schreibtisch zurück und trinke meinen Kaffee aus. Einen Moment später öffnet sich die Tür und ein Mann kommt herein. Von seinen grauen Locken ist kaum noch etwas übrig. Falten kriechen aus seinen Augenwinkeln und säumen seine Stirn. Er ist immer noch stämmig, genau wie in meiner Erinnerung, aber er sieht müde aus. Alt. Älter, als ich erwartet hatte.

„Bruce.“ Er lächelt, als er meinen Namen ausspricht.

„Harry."

Ich werde ihn auf keinen Fall Dad nennen.

„Sieh dich an." Sein Lächeln wird breiter und zeigt die Stellen, an denen früher seine Zähne waren. „Ein CEO und ein Milliardär."

Er holt die aufgerollte Zeitschrift aus seiner Tasche. „Ich habe ein Exemplar gekauft, weißt du."

„Ja. Ich schätze, das passiert mit Söhnen, die von ihren Vätern im Stich gelassen werden. Sie entwickeln sich viel besser als sie."

Sein Lächeln verschwindet.

„Ich meine, sieh dich an", füge ich hinzu. „Du siehst aus, als wärst du durch die Hölle gegangen, während ich hier auf dem Gipfel der Welt sitze."

Er seufzt. „Nun, ich kann nicht leugnen, dass ich durch die Hölle gegangen bin, seit ich dich und deine Mutter verlassen habe. Ich dachte, ich hätte sie hinter mir gelassen, aber wie es scheint, bin ich immer noch in ihr."

„Ich will nichts davon hören." Ich lehne mich zurück. „Wenn du hier bist, um dich zu entschuldigen, dann lass es. Du würdest mir nur die Laune verderben."

„Ich werde mich nicht entschuldigen. Ich weiß, dass keine Worte ausreichen werden, um den Fehler wiedergutzumachen, den ich vor all den Jahren gemacht habe. Ich weiß, dass ich deine Vergebung nicht verdiene, also werde ich auch nicht darum bitten. Ich bin hier, um dich um etwas anderes zu bitten."

Ich schnaube. „Du willst mich um etwas bitten?"

Er hat wirklich Nerven.

Er setzt sich vor meinen Schreibtisch. „Ich habe meine eigene Firma in New York, Bruce. Ein Verlagsunternehmen, nicht sehr groß, aber auch nicht klein. Während einige Häuser untergegangen sind, geht es uns gut, weil ich so talentierte und hart arbeitende Leute unter mir habe.“

„Ich will auch nicht hören, dass du dich mit deinem Erfolg brüstest.“

Harry schüttelt den Kopf. „Ich bin nicht angeberisch. Ich erzähle dir von meiner Firma, weil ich möchte, dass du sie bekommst.“

„Bekommst ?“ Ich ziehe die Augenbrauen hoch. „Wie ein Geburtstagsgeschenk?“

„Ich meine, ich bitte dich, sie anzunehmen“, erklärt er.

Ich bin immer noch verwirrt. „Du willst, dass ich dir deine Firma wegnehme?“

Er nickt.

Ich kichere. „Ist das ein Scherz? Das glaube ich nicht, denn ich kann mich nicht daran erinnern, dass du einen Sinn für Humor hattest, und ich kann mir nicht vorstellen, wie du ihn erworben haben könntest. Und wenn das ein Friedensangebot ist, will ich es nicht. Guter Versuch, aber ich will es nicht.“

„Es ist kein Friedensangebot“, sagt er. „Aber es ist ein Angebot, von dem ich hoffe, dass du es trotz allem nicht ablehnen wirst. Weißt du, Bruce, ich bin krank.“

Kein Wunder, dass er so müde aussieht. Ist es Krebs?, frage ich mich. Aber ich will mir keine rührselige Geschichte anhören.

„Ich kann diese Firma nicht mehr lange führen, und ich will sie nicht einfach aufgeben.“

„Hast du nicht gerade gesagt, dass du talentierte und hart arbeitende Leute unter dir hast?“

„Sie sind gut in dem, was sie tun, keine Frage. Sie sind gut darin, Autoren zu finden, Bücher auf den Markt zu bringen und Leute davon zu überzeugen, sie zu lesen. Aber keiner von ihnen ist ein Unternehmer.“

„Ah.“

„Und du bist der beste aller Unternehmer“, lobt er mich. „Also übergebe ich die Leitung dieses Unternehmens, meines Unternehmens, lieber an dich.“

Ich seufze. „Keine schlechte Idee, alter Mann. Aber falls du es noch nicht bemerkt hast, ich bin damit beschäftigt, meine eigene Firma zu leiten.“

„Das weiß ich. Ich weiß auch, dass du nicht der alleinige CEO dieses Unternehmens bist.“

„Glaub mir, wenn ein Mann die ganze Arbeit machen könnte, gäbe es nur einen Geschäftsführer.“ Und das wäre dann ich. „Außerdem habe ich mehr mit Immobilien zu tun als mit Medien.“

„Das weiß ich auch. Ich hatte gehofft, du hättest nichts gegen eine Diversifizierung, gegen den Vorstoß in ein neues Gebiet, gegen den Versuch, etwas Neues zu machen.“

„Oh, ich habe nichts dagegen, neue Dinge auszuprobieren“, sage ich ihm. „Das tue ich ständig. Aber ich will deine Gesellschaft nicht. Es ist mir egal, wie gut sie ist. Ich will sie nicht.“

„Weil sie mir gehört?“

Darauf antworte ich nicht. „Warum verkaufst du sie nicht einfach? Wenn sie so gut ist, wie du sagst, dann findest du sicher einen Käufer."

„Ich will meine Firma nicht einem Fremden überlassen."

Meine Augen verengen sich. „Bin ich nicht ein Fremder?"

„Du bist mein Sohn."

„Der, den du zurückgelassen hast. Ich bin nicht mehr dieser Junge. Du kennst mich nicht. Du weißt nicht das Geringste über mich."

Harry atmet aus. „Gut. Ich kenne dich nicht. Aber ich weiß, dass du ein guter Mensch bist und dass du weißt, wie man ein Geschäft führt. Du weißt, wie man Geld macht. Und was noch wichtiger ist: Du weißt, wie man Dinge besser macht. Und du kümmerst dich um deine Leute."

„Hast du das alles aus dieser Zeitschrift erfahren?"

„Bruce, ich möchte dir meine Firma hinterlassen. Du hast recht. Ich habe dich verlassen, und ich werde nicht versuchen, das wieder gutzumachen. Aber ich möchte dir diese Firma überlassen."

Ich sage nichts.

„Du musst sie ja nicht persönlich beaufsichtigen. Du musst sie nur... übernehmen, so wie du es bei den anderen Unternehmen getan hast, und dafür sorgen, dass es weiterläuft, dass es floriert. Nimm sie einfach unter deine Fittiche. Das ist alles, worum ich bitte. Meine Leute werden sich besser fühlen, wenn sie wissen, dass mein Sohn, ein sehr fähiger Geschäftsmann, sich um sie kümmern wird."

„Und was kann ich dabei gewinnen? Die anderen Unternehmen, die ich übernommen habe, habe ich übernommen, weil ich wusste, dass sie mehr Geld einbringen würden. Und das haben sie. Wird dein Unternehmen mir eine weitere Milliarde einbringen?"

„Vielleicht nicht eine Milliarde, aber du wirst etwas Geld verdienen."

Ich schüttle den Kopf. Das ist nicht genug. Ich habe „etwas" Geld verdient, seit ich auf dem College war. Das ist nicht mehr gut genug für mich.

Er lehnt sich über meinen Schreibtisch. „Bruce, ich frage dich das nicht als Geschäftsmann, der auf der Titelseite einer Zeitschrift steht, sondern als…"

„Als dein Sohn? Wage es nicht, mir das zu sagen."

„Als ein Mensch. Als ein guter Mann, der aus dem Jungen, den ich einst kannte, hervorgegangen ist. Ich weiß, dass ich kein Recht habe, dich um etwas zu bitten. Das weiß ich wirklich. Aber ich bin krank. Ich habe Vertrauen in dich. Und ich weiß, dass dies die beste Entscheidung ist, die mir einfällt."

Ich presse die Lippen zusammen.

„Bitte?"

Ah. Das Betteln.

„Bitte bestrafe meine Leute nicht für mein Verbrechen, für einen Fehler, den ich vor langer Zeit gemacht habe, einen Fehler, den ich bis heute bereue."

Ein Fehler, der meine Mutter unzählige Nächte lang zum Weinen brachte.

„Wenn ich die Zeit zurückdrehen und meine Taten ungeschehen machen könnte, würde ich es tun. Ich würde mich an den Abend des Streits zurückversetzen, und anstatt zur Tür hinauszugehen, würde ich deine Mutter in die Arme nehmen und sie nicht mehr loslassen, bis sie nicht mehr wütend auf mich wäre. Das wollte ich ihr sagen, als ich sie im Krankenhaus besuchte.“

Ich erinnere mich an das Treffen. Ich erinnere mich, wie ich ihn verjagte. Ich weiß auch noch, was meine Mutter Stunden später sagte, kurz bevor sie ihren letzten Atemzug tat.

Ich wünschte, ich hätte ihn noch ein letztes Mal sehen können. Nach all diesen Jahren habe ich ihn nie vergessen. Aber mir sind die Möglichkeiten ausgegangen. Aber dir nicht. Er ist immer noch dein Vater, Bruce. Wenn du ihn je wiedersiehst, lass dich nicht von deiner Wut überwältigen. Tu, was richtig ist, und lass ihn das Gleiche tun.

Ich berühre meine Stirn und seufze. Dann sehe ich meinen Vater auf der anderen Seite des Tisches an.

Er ist ein Idiot. So habe ich ihn immer gesehen. Aber meine Mutter hat ihn bis zu ihrem letzten Atemzug geliebt. Sie wollte ihn sehen, und ich habe es nicht erlaubt. Jetzt muss ich das wiedergutmachen, indem ich ihren letzten Wunsch erfülle.

„Gut. Ich fahre nach New York und schaue mir deine Firma an.“

Harrys Gesicht erhellt sich sofort.

„Ich tue das nicht für dich“, sage ich ihm. „Ich tue es, weil ich nicht will, dass Talent und harte Arbeit vergeudet werden, nur weil ein Unternehmen in den falschen Händen ist.“

„Okay.“

„Ich gebe dir eine Chance. Das ist alles. Wenn ich feststelle, dass dein Unternehmen meine Mühe nicht wert ist, gehe ich und will dich nie wieder sehen. Aber wenn mir gefällt, was ich sehe, dann nehme ich es gerne unter meine Fittiche."

Harry nickt. „Einverstanden. Ich danke dir."

Ich schüttle den Kopf. „Bedank dich nicht bei mir."

Ich bin mir nicht sicher, ob das eine gute Entscheidung ist. Vielleicht gibt es ein Dutzend andere Dinge, die meine Zeit mehr wert sind, andere mögliche Investitionen, die es wert sind, dass ich sie mir ansehe. Aber ich werde es für meine Mutter tun. Egal, ob ich das Unternehmen am Ende übernehme oder nicht, ich werde ihr einen Wunsch erfüllen.

Ich klopfe mit den Fingern auf meinen Schreibtisch, während ich die Trophäen in meinem Regal betrachte.

Ein Verlag. Etwas Neues. Das ist eine Möglichkeit für mich, Staub und Rost fernzuhalten.

Und wer weiß? Selbst wenn mein bescheuerter Vater derjenige war, der ihn gegründet hat, kann ich vielleicht etwas Erstaunliches daraus machen. Wer weiß, was es bringen könnte?

Ich wende mich an Harry. „Ich freue mich darauf, deine Leute kennenzulernen."

Kapitel Zwei

Jules

Ich lege meine Hand auf das Buch auf meinem Schreibtisch. Meine Finger fahren über die goldenen kursiven Buchstaben und Symbole, die auf dem harten Einband eingeprägt sind.

Bevor ich anfing, als Lektorin zu arbeiten, habe ich das immer gemacht, wenn ich ein Buch beendet hatte. Ich fuhr mit meinen Fingern gedankenlos über den Einband, während ich über das Gelesene nachdachte, mich vom Schock des unerwarteten Endes erholte, liebevoll lächelte, weil ich gerade ein fantastisches Abenteuer erlebt hatte, oder mit den Tränen kämpfte, als ich merkte, dass es vorbei war.

Jetzt mache ich das jedes Mal, wenn ich ein Buch von der Presse zurückbekomme. Als ich es abgeschickt habe, war das Cover nur ein Bild, die Seiten nur Dateien. Jetzt ist es echt.

Ich halte es in meinen Händen und schließe die Augen, während ich durch die frischen Seiten blättere. Der Geruch des neuen Drucks steigt mir in die Nase und ich lächle.

Ah. Dieser Geruch. Er ist sogar besser als Vanille.

„Du bist schon wieder high von Tinte", neckt mich Dana.

Ich öffne die Augen und sehe sie in der Tür stehen, ihr rothaariger Kopf lugt aus dem Vorhang, den ich als Tür benutze. Auf diese Weise kann ich sie schließen, wenn ich meine Ruhe haben will, aber immer noch hören, was draußen vor sich geht. Und jeder, der reden will, kann einfach reinkommen, was für Dana kein Problem darstellt.

„Du kennst mich." Ich lege das Buch hin. „Nichts macht mich glücklicher als ein perfektes Buch, das ich mit in die Welt gebracht habe. Und jedes Buch, das ich mit in die Welt bringe, ist perfekt."

„Ja, ja."

Sie setzt sich auf einen der gepolsterten Hocker vor meinem Schreibtisch und nimmt das Buch in die Hand.

„Sirene in der Tiefe", liest sie den Titel laut vor. „Moment. Ist das das neueste Buch aus der Serie der verlorenen Musen?"

„Das mit Spannung erwartete vierte Buch", informiere ich sie, während ich mich in meinem Sessel zurücklehne.

Sie schnappt nach Luft, als sie das Buch in beiden Händen hält. „Oh mein Gott."

Ich zucke mit den Schultern. „Ich wusste nicht, dass du ein Fan bist."

Dana schüttelt den Kopf, als ob sie mich nicht gehört hätte. „Das letzte Buch   war ein echter Cliffhanger. Es war so gut, aber auch so frustrierend. Ich habe es sogar gegen eine Wand geworfen."

„Ich weiß."

„Natürlich habe ich es wieder in die Hand genommen und auf mein Nachttischregal gestellt." Dana sieht mich an. „Hast du es gelesen? Ist es gut?"

„Es ist …"

„Kann ich es mir ausleihen?" Sie umklammert das Buch an ihrer Brust.

Ich lehne mich über den Schreibtisch, um ihr das Buch aus den Armen zu reißen. „Nein. Hol dir dein eigenes Exemplar. Das hier ist meins, und es ist etwas Besonderes, weil ich persönlich das Manuskript mit Kathrina ein Dutzend Mal durchgesehen habe.“

Dana runzelt die Stirn. „Ich dachte, du hast gesagt, jedes Buch ist etwas Besonderes.“

„Stimmt.“

Das habe ich sogar schon früher gedacht. Jedes Buch ist ein Erinnerungsstück an eine Reise, einen Schatz, ein Freund.

„Aber dieses ist etwas ganz Besonderes“, füge ich hinzu, während ich noch einmal mit den Fingern über den Einband des Buches streiche. „Denn es ist das erste Buch von Kathrina Sheele, das ich als Herausgeberin mitveröffentlicht habe.“

Als das letzte Buch vor zwei Jahren herauskam, war ich noch Redaktionsassistentin. Ich fing als Praktikantin an, arbeitete dann als Redaktionsassistentin, bis Harry mich zur Redakteurin machte. Ich habe ihm nie Anlass gegeben, das zu bereuen.

„Gut.“ Danas Schultern sinken, als sie einen Seufzer ausstößt. „Wenn Ninas neues Buch herauskommt, leihe ich dir mein Exemplar nicht.“

„Es ist ein Buch über Kalligraphie“, sage ich. „Hast du meine Handschrift gesehen?“

Sie gluckst. Dann raschelt der Vorhang und ich bekomme einen weiteren Besucher: Michelle, eine Redaktionsassistentin.

„Harry ist wieder da“, teilt sie uns mit.

Ich ziehe die Augenbrauen hoch. „Harry ist wieder da?“

Das letzte Mal, als ich ihn gesehen habe, hat er sich in seiner Wohnung von seiner Kraniotomie erholt.

„Und er will dich sehen.“

„Mich?“ Ich zeige mit dem Finger auf meine Brust.

Dana blickt mich an. „Sieht aus, als hätte er seinen Lieblingseditor verpasst."

Ich kneife die Augen zusammen. „Harry bevorzugt niemanden."

„Sagt die Einzige, die letzte Weihnachten ein Geschenk vom Chef bekommen hat", neckt sie mich.

Ich runzle die Stirn.

Aber es stimmt schon. Er hat mir einen Hilton-Gutschein geschenkt, bevor ich in die Ferien ging.

„Geh." Dana gibt mir einen Klaps auf den Arm. „Wer weiß? Vielleicht ist es eine weitere Beförderung."

Das bezweifle ich. Ich bin noch nicht lange Redakteurin. Aber die Stelle des Chefredakteurs ist seit Walts Rücktritt vor drei Monaten unbesetzt, und diese Position kann nicht ewig unbesetzt bleiben. Außerdem habe ich eine beeindruckende Erfolgsbilanz.

Bekomme ich also eine Beförderung?

„Wenn ich befördert werde, dann nicht, weil ich Harrys Liebling bin", argumentiere ich ein letztes Mal mit Dana. „Sondern weil ich der beste Redakteur bin, den er hat."

Sie zuckt mit den Schultern. „Wie auch immer. Jetzt lass Daddy nicht warten."

Ich verdrehe die Augen, bevor ich aus meinem Büro in Richtung Harrys Büro gehe. Auf dem Weg dorthin streiche ich die Vorderseite meiner pfirsichfarbenen Bluse glatt und versuche, ein paar verirrte Haarsträhnen wieder in die richtige Position zu bringen.

Früher habe ich mir nicht so viele Gedanken über mein Aussehen gemacht. Ein Buch sollte nicht nach seinem Einband beurteilt werden. Aber in den letzten Jahren habe ich gelernt, dass, wenn man gut aussieht, die Leute denken, man habe alles unter Kontrolle. Und du willst, dass sie das glauben.

Ich möchte, dass Harry das glaubt. Dann ist er vielleicht noch eher bereit, mich zur Chefredakteurin zu machen.

Allein der Gedanke daran bringt mich zum Lächeln, obwohl ich mir sage, dass ich mir keine großen Hoffnungen machen sollte, während ich versuche, mir andere Gründe auszudenken, warum Harry mit mir sprechen möchte. Vielleicht will er mich nur fragen, wie es gelaufen ist, während er weg war?

Schließlich erreiche ich das Büro des Verlegers. Ich klopfe. Er bittet mich herein und ich tue es, mit einem breiten Lächeln. Es verschwindet jedoch, als ich den Raum betrete und sehe, wie er aussieht.

Ist er wirklich in der Lage, wieder zu arbeiten? Denn er sieht genauso schlimm aus wie bei unserem letzten Treffen.

„Solltest du dich nicht noch ausruhen?", frage ich ihn, als ich mich seinem Schreibtisch nähere.

„Es geht mir gut." Er schenkt mir ein schwaches Lächeln. „Und du siehst so gut aus wie immer."

Wäre er nicht doppelt so alt wie ich, würde ich mich bei dieser Bemerkung unwohl fühlen. Aber er ist es. Er ist alt genug, um mein Vater zu sein, und da ich meinen eigenen verloren habe, kann ich nicht anders, als ihn als solchen zu betrachten.

„Danke, Harry Ich setze mich. „Aber ich fürchte, das tust du nicht."

Er gluckst. „Du kannst wirklich nicht den Mund halten, wenn du etwas zu sagen hast, oder?"

Ich grinse. „Hast du mir das nicht beigebracht?“

Wieder ein Glucksen.

„Aber im Ernst, Harry, du siehst nicht gut aus. Was hat der Arzt gesagt?“

Er seufzt, bevor er nach meiner Hand greift. Er drückt sie.

„Dr. Garrick war nicht in der Lage, das Aneurysma zu entfernen. Es war einfach zu schwierig, zu riskant.“

Meine Augen werden groß. „Du bist also nicht geheilt?“

„Ich fühle mich besser, aber nein, ich bin nicht geheilt. Das Aneurysma kann immer noch jederzeit reißen.“

Ich ziehe meine Hand weg. „Warum bist du dann wieder bei der Arbeit?“

„Weil ich es muss.“

Ich schüttele den Kopf. „Harry...“

„Hör zu, Jules.“ Er schlägt die Hände auf dem Schreibtisch zusammen. „Ich weiß nicht, wie viel Zeit ich noch habe. Ich möchte sichergehen, dass alles in Ordnung ist, bevor ich...“ Er schluckt. „Bevor ich gehe.“

Nein.

„Sag es niemandem. Nicht jetzt. Ich will nicht, dass sie in Panik geraten.“

Ich nicke.

„Jules.“

Ich schlucke den Kloß in meinem Hals hinunter und zwinge mich, seinen Blick zu erwidern.

„Es tut mir leid.“

Ich schüttele den Kopf. „Du musst dich nicht dafür entschuldigen, dass du krank bist, Harry.“

„Dafür entschuldige ich mich nicht. Ich entschuldige mich dafür, dass du dir Sorgen gemacht hast.“

„Tu das nicht.“

Er atmet tief aus und lehnt sich zurück. „Außerdem habe ich dich nicht hergebeten, um darüber zu reden“„

„Wirklich nicht?“

„Obwohl ich geahnt habe, dass wir am Ende sowieso darüber reden würden. Ich scheine nie Geheimnisse vor dir haben zu können.“

Ich grinse.

„Ich habe dich hergebeten, weil ich morgen eine wichtige Ankündigung machen werde.“

Eine Ankündigung?

„Ich möchte, dass du dich auf einige Veränderungen vorbereitest.“ Er deutet mit dem Finger auf mich. „Ich zähle auf dich, damit der Übergang reibungslos verläuft. Kann ich auf dich zählen, Jules?“

Ich nicke. „Aber natürlich.“

Er lächelt. „Das habe ich mir gedacht.“

Ich verstumme, während ich die Worte, die Harry gerade gesagt hat, weiter verdaue.

Veränderungen? Übergang? Und er verlässt sich auf mich.

„Nochmals, bitte sag es niemandem“, fügt Harry hinzu. „Ich möchte, dass sich alle … normal verhalten.“

„Werde ich nicht“, versichere ich ihm.

Und doch hat er es mir gerade gesagt. Von allen Leuten im Büro hat er es mir gesagt.

Moment. Er wird mir doch nicht seinen Job geben, oder? Nicht nur Chefredakteur, sondern Verleger?

„Tu auch dein Bestes dich normal zu verhalten“, sagt er mir. „Aber zieh morgen etwas Schönes an, okay?“

Jetzt will er auch noch, dass ich mich schick mache.

„Klar.“

„Ich meine, du siehst immer hübsch aus, aber du weißt schon, besonders hübsch.“

Besonders hübsch. Wow, das hört sich wirklich nach einer bevorstehenden Beförderung an.

„Okay.“ Ich streiche mir eine Haarsträhne hinters Ohr.

Vielleicht sollte ich mir die Haare machen lassen?

„Gut.“ Harry setzt sich auf und tippt mit den Fingern auf seinen Schreibtisch. „Das ist alles.“

Ich nicke und presse die Lippen zusammen.

Das ist alles? Das ist eine Menge zum Nachdenken.

Ich stehe auf und wende mich der Tür zu. Bevor ich sie erreichen kann, spricht Harry wieder.

„Jules?“

„Ja?“ Ich drehe mich schnell um.

„Wie gefällt dir das neue Buch über die verlorenen Musen?“

Ich lächle. „Es sieht fantastisch aus. Ich glaube, wir haben einen weiteren Bestseller.“

„Gut. Schick Kathrina Blumen, wenn wir ihn haben.“

„Mache ich.“

Ich lege meine Hand auf den Türknauf.

„Und gönn dir auch etwas. Du hast genauso hart gearbeitet.“

„Oh, das Buch an sich ist schon Genuss genug“, sage ich, bevor ich hinausgehe.

Auf dem Weg zurück in mein Büro atme ich tief ein.

Atme, Jules. Einfach tief durchatmen. Morgen ist anscheinend ein großer Tag, aber ich muss trotzdem noch durch den heutigen Tag kommen. Und danach kann ich mir vielleicht ein neues Kleid aussuchen.

~

Das habe ich. Ich habe ein elegantes türkisfarbenes Etuikleid mit weitem V-Ausschnitt gekauft. Es war auch im Angebot, also bin ich glücklich.

Was mein Haar betrifft, habe ich beschlossen, es so zu lassen, wie es ist. Ich werde mir einfach ein Video ansehen, wie man es elegant zusammenbindet und jede Strähne mit Haarspray fixiert.

In diesem Moment weht die Brise die Strähnen in alle Richtungen, während ich auf einer Bank im Central Park sitze. Vielleicht sollte ich zu Hause sein, aber dann würde ich nur nervös versuchen, mich von dem Gedanken an morgen abzulenken, hin- und hergerissen zwischen Hoffnung und Sorge. Hier kann ich mich entspannen. Außerdem gibt es nur wenige Dinge, die den Anblick des Central Parks im Frühling übertreffen.

An den Ästen der Bäume treiben frische Blätter aus. Einige haben bereits die Vögel wieder willkommen geheißen. Der Schnee ist geschmolzen und der Boden wird bald wieder grün sein. Bald werden auch die Blumen blühen. Die Bienen werden summen. Schmetterlinge werden flattern. Teiche werden schmelzen. Fontänen werden wieder zum Leben erwachen.

Alles erwacht wieder zum Leben. Die Natur fängt neu an. Deshalb ist der Frühling auch meine Lieblingsjahreszeit.

Ich schließe meine Augen und atme tief ein.

Ah. Der Geruch von Leben, von wachsendem Gras, von knospenden Blumen.

Und Christian Dior?

Mein Herz bleibt stehen und meine Kinnlade fällt herunter, als ich die Augen öffne und auf smaragdgrüne Kugeln treffe.

Bruce Meyer höchstpersönlich. In dem würzigen, nach Bergamotte- und Bernstein duftenden, perfekt getönten Fleisch.

Verdammt.

Fünf Jahre sind vergangen, und doch ist er keinen Tag gealtert. Er hat sich nicht verändert. Und deshalb fühle ich mich, als wäre ich wieder in seinem Büro, zweiundzwanzig Jahre alt und atemlos und schwindlig.

Genau wie damals.

Und warum? Ich dachte, ich hätte alles über ihn vergessen, warum reagiert mein Körper dann? Warum klopft mein Herz so schnell?

Wenn ich weglaufen könnte, ohne dass er es merkt, würde ich es tun. Aber das kann ich nicht, also schaue ich einfach weg.

Mit etwas Glück hat er mich vielleicht schon vergessen. Vielleicht geht er einfach weiter und...

„Ms. Decker?"

Ach, Mist.

Langsam drehe ich meinen Kopf und setze ein Lächeln auf.

„Tut

mir leid. Kenne ich Sie?"

Bleib einfach cool, Jules.

Er schüttelt den Kopf. „Ja, du kennst mich.“

Er setzt sich neben mich.

„Du bist immer noch eine schlechte Lügnerin, Ms. Decker.“

Ich runzle die Stirn, während ich versuche, etwas Abstand zwischen uns zu bringen. „Und Sie glauben immer noch, Sie können jeden übertrumpfen, nicht wahr, Herr Meyer?“

„Falls du es nicht gesehen hast, ich habe es auf die Titelseite von Forbes geschafft.“

„Nein, habe ich nicht“, gebe ich zu. „Ich fürchte, ich habe Besseres zu lesen als Männer, die damit prahlen, wie viel Geld sie verdient haben.“

Er gluckst. „Wow. Sie haben sich in eine echte Kämpferin verwandelt, Ms. Decker.“

„Ob Sie es glauben oder nicht, ich habe es nicht getan, um Sie zu beeindrucken, Mr. Meyer. Ehrlich gesagt, hätte ich nie gedacht, dass wir uns wiedersehen.“

„Ich auch nicht, aber hier sind wir. Und ich bin beeindruckt.“

Ich wende meinen Blick ab und sage nichts.

„Ich bin auch erstaunt. Du siehst gut aus. New York scheint dir zu stehen.“

„Ja.“ Ich kneife meine Augen zusammen. „Können Sie sich vorstellen, dass es hier weniger Leute gibt, die versuchen einen auszunutzen?“

„Du hast die Brille abgenommen“, sagt er, als hätte er mich nicht gehört. „Trägst du jetzt Kontaktlinsen?“

„Nein.“

„Hattest du dann einen Lasereingriff, um deine Sehkraft zu korrigieren?"

Das ist wahr, aber ich antworte nicht.

Er deutet mein Schweigen als Ja. „Das ist gut. Immerhin hast du fesselnde Augen. Warm und intelligent."

„Fesselnd?" Ich ziehe die Augenbrauen hoch. „Flirten Sie etwa mit mir, Mr. Meyer?"

„Bitte nenn mich Bruce. Du bist keine Praktikantin mehr", erklärt er mir. „Glaubst du, dass ich mit dir flirte?"

„Ich denke, derjenige, der beschuldigt wird, ist derjenige, der sagen sollte, ob er es tut oder nicht", antworte ich.

Er berührt sein Kinn und gluckst. „Du hast ein ziemlich gutes Gedächtnis, nicht wahr, Jules?"

Jules? Jetzt nennt er mich schon Jules? Nicht einmal Julianne? Anscheinend bin ich nicht die Einzige mit einem guten Gedächtnis.

Aber warum benutzt er meinen Vornamen? Was will er von mir?

Ich schüttle den Kopf. „Lass mich einfach in Ruhe, Bruce."

Verdammt. Habe ich gerade auch seinen Vornamen benutzt?

„Du hasst mich, stimmt's?"

„Wow. Du bist so scharfsinnig."

„Weil du nicht die Chance hattest, mit mir zu schlafen, oder weil ich dich habe feuern lassen?"

„Du wirst es vielleicht nicht glauben, aber nicht jede Frau will mit dir schlafen", sage ich ihm.

„Jede Praktikantin, die ich getroffen habe, wollte das. Warum, denkst du, hat die Personalabteilung diese Regel aufgestellt?“

Ich rolle mit den Augen und sage nichts.

„Dann ist es also, weil du wegen mir gefeuert wurdest?“ Bruce kommt wieder auf das vorherige Thema zurück. „Sieht aber so aus, als würdest du dich gut machen.“

Warum spüre ich seinen Blick auf meinem Körper, während er das sagt? Warum spüre ich ein Kribbeln in meinen Kniekehlen?

Ich schlage meine Beine übereinander und räuspere mich. „Du sagst, ich habe keinen Grund, dich zu hassen, weil ich nicht unglücklich aussehe? Das ist so, als würde man sagen, dass ein Dieb nicht schuldig ist, nur weil derjenige, den er bestohlen hat, sein Geld zurückbekommen hat.“

„Ich sage, wenn du mich immer noch hasst, dann gib mir eine Chance, es wieder gut zu machen. Lass mich dich zum Essen einladen.“

Meine Augen werden groß. Er bittet mich um ein Date? Und warum hat mein Herz gerade einen Schlag ausgesetzt?

Nein. Vor fünf Jahren hätte ich sofort Ja gesagt. Aber jetzt nicht mehr.

Warum ist er überhaupt so nett zu mir? Was ist aus dem kaltherzigen, berechnenden und geschäftstüchtigen Bruce Meyer geworden?

„Wenn du glaubst, ich verzeihe dir, nur weil du mich zum Essen einlädst, kannst du es vergessen. Ich bin weder naiv noch dumm. Nicht mehr.“

„Glaub mir, Jules, wenn du immer noch naiv wärst, hätte ich dich nicht gefragt, ob wir ausgehen."

Was soll das denn heißen?

„Geh mit mir essen", fordert Bruce mich auf. „Wer weiß? Vielleicht kommst du danach über mich hinweg."

Mir fällt die Kinnlade runter. „Was hast du gerade gesagt?"

„Du bist nicht über mich hinweg, Julianne Decker. Deshalb hasst du mich immer noch. Deshalb hast du versucht, so zu tun, als würdest du mich nicht kennen."

Ich versuche, mir ein Gegenargument einfallen zu lassen. Stattdessen stoße ich einen verzweifelten Seufzer aus.

„Ich hasse dich, Bruce Meyer."

„Ich weiß."

Seine grünen Augen leuchten auf, als er lächelt. Zwischen seinen Lippen schimmern perfekte Zahnreihen. Es ist das erste Mal, dass ich ihn lächeln sehe, und mir stockt der Atem.

Warum muss er nur so heiß sein?

„Gut", gebe ich nach. „Abendessen. Und dann werde ich nie wieder einen Gedanken an dich verschwenden und du kannst mich ganz vergessen."

Bruce grinst. „Gut."

Kapitel Drei

Bruce

Ich dachte, ich hätte sie ganz vergessen. Nach diesem Vorfall vor fünf Jahren habe ich nie wieder an sie gedacht.

Aber jetzt, wo sie mir in ihrer pfirsichfarbenen Bluse und dem indigofarbenen Blazer gegenübersitzt und mir von den besten und schlechtesten Büchern erzählt, die sie gelesen hat, während sie an ihrem dritten Glas Wein nippt, sehe ich sie immer noch als College-Studentin mit Brille, als die Praktikantin mit den strahlenden Augen, die in meinem Büro stand und mir unbedingt gefallen wollte. Als die gut riechende junge Frau im Aufzug, die versuchte, mit mir zu flirten.

Damals habe ich ihr nicht viel Aufmerksamkeit geschenkt. Ich war immer noch in Trauer und versuchte diese zu verbergen, indem ich mich in Arbeit vergrub. Ich habe sie nicht wirklich wahrgenommen.

Jetzt sehe ich sie.

Ich sehe die verirrten Strähnen ihres karamellbraunen Haars, die an ihren vom Wein geröteten Wangen kleben. Ich sehe, wie ihre haselnussbraunen Augen glitzern, wenn sie das Licht einfangen, wie sie tanzen, wenn sie lacht, wie sie rollen, wenn sie versucht, etwas Entscheidendes zu sagen. Ich sehe, wie sich Grübchen in ihren Mundwinkeln bilden, wenn sie lächelt. Ich sehe, wie klein ihre Hände sind, wenn sie versucht, das Weinglas in einer von ihnen zu wiegen. Ich bemerke das leichte Zittern ihrer Finger, das mir sagt, dass sie immer noch nervös ist, aber versucht, es zu verbergen, was wahrscheinlich der Grund dafür ist, dass sie mehr trinkt und redet als sonst.

Julianne Decker. Wer hätte gedacht, dass ich sie je wiedersehen würde?

„Also ja, ich mag Bücher“, sagt sie schließlich, während sie ihr Glas auf dem Tisch abstellt. „Und du?“

„Ich fürchte, ich verliere meinen Schlaf aufgrund dringenderer Angelegenheiten“, sage ich ihr, während ich mein eigenes Glas aufnehme.

Während ich diese Worte sage, versuche ich, mir nicht vorzustellen, wie sich ihr Körper an meinen presst.

„Ich weiß. Ich weiß, ich weiß. Du bist ein Geschäftsmann, dessen Gesicht auf dem Cover eines berühmten Magazins zu finden ist.“

„Ich bin der CEO eines der am schnellsten wachsenden Unternehmen der Welt“, hebe ich hervor.

„Wirklich?“ Sie verhöhnt mich mit einem überraschten Blick. „Klingt nach einem großartigen Ort für Praktikanten, um zu lernen. Ich wünschte, ich hätte dort mein Praktikum absolviert. Oh, Moment. Ich hatte mein Praktikum dort. Zumindest hatte ich zwei Wochen meines Praktikums dort, was eine Art Rekord sein muss. Aber es wäre länger gewesen, wenn da nicht der versnobte Marketing-Manager gewesen wäre, der mich von meiner Arbeit ablenkte, mich benutzte, um jemanden loszuwerden, und mich dann feuerte, weil ich im Fahrstuhl geflirtet hatte, was ich aber nicht getan hatte. Weißt du warum? Weil ich nicht weiß, wie man flirtet.“

„Du bist betrunken“, sage ich zu ihr.

„Nein, bin ich nicht.“

Jules stürzt den Rest ihres Glases hinunter. Nachdem sie es abgestellt hat, beugt sie sich vor.

„Sag mir, wie kommst du darauf, dass ich geflirtet habe? War es, weil ich meinen Arm nach unten gelegt habe, damit dein Ellbogen meine Brust berühren konnte? War es, weil ich eine Brille trug, damit du mich nicht dabei erwischst, wie ich dich von der Seite anschaue?“

„Du bist betrunken, Jules“, wiederhole ich. „Vielleicht hätte ich keinen Wein bestellen sollen.“

„Vielleicht hättest du mich nicht feuern sollen“, antwortet sie. „Vielleicht wärst du dann noch erfolgreicher, als du es jetzt bist.“

Ich zucke mit den Schultern. „Vielleicht. Und vielleicht hätte ich mit dir schlafen sollen. Dann würde ich mich jetzt nicht fragen, wie es sich anfühlen würde.“

Die Worte, die ich im Stillen gedacht habe, kommen mir plötzlich über die Lippen, und Jules verstummt daraufhin. Ihre Wangen färben sich ein wenig dunkler. Sie greift nach ihrem leeren Glas und führt es an ihre Lippen. Dann runzelt sie die Stirn.

„Kellner“, ruft sie. „Bringen Sie mir noch ein Glas Wein.“

„Nicht“, sage ich zu dem Mann im Smoking.

Jules Augen werden groß. „Entschuldige. Dieses Gespräch ist zwischen mir und dem Kellner.“

„Ich bin derjenige, der das Essen bezahlt, also habe ich ein Mitspracherecht“, erinnere ich sie.

Sie runzelt die Stirn. „Oh, keine Sorge. Ich kann ein weiteres Glas Wein bezahlen, wenn du kein Geld mehr hast. Ich kann sogar für alle Gläser bezahlen, die ich trunken habe. Ähm, getrunken.“

„Das musst du nicht.“

„Dann bestelle ich noch ein Glas Wein.“

„Nein, das tust du nicht.“

Jules starrt mich an. „Du bist nicht mehr mein Boss. Du hast mir nicht mehr zu sagen, was ich tun soll.“

Einen Moment lang sehe ich ihr direkt in die Augen. Dann seufze ich.

„Na gut.“ Ich werfe einen Blick auf den Kellner. „Bringen Sie ihr noch eins.“

„Ja, Sir.“ Er geht weg.

Ich drehe mich wieder zu Jules um. „Gib mir nicht die Schuld, wenn du dich später übergibst.“

„Und das zu deinen Verbrechen hinzufüge? Nein.“ Sie schüttelt den Kopf. „Aber wenn ich kotzen muss, dann sicher auf dein teures Hemd.“

Ich runzle die Stirn. „Weißt du, wenn du willst, dass ich mein Hemd ausziehe, brauchst du nur zu fragen.“

Jules lacht. „Ja, klar. Aber wann hört Bruce Meyer schon auf Bitten?“

„Ich würde auf deine hören“, sage ich ihr. „Jetzt sofort. Du kannst mich alles fragen.“

Sie gluckst wieder, verstummt aber, als sie merkt, dass ich es ernst meine. Als ihr Glas Wein kommt, nimmt sie schnell einen großen Schluck.

„Na schön. Ich werde dich einfach bitten, mich in Ruhe zu lassen.“

„Das ist doch die Abmachung, die wir getroffen haben, oder? Bist du sicher, dass du nicht willst, dass ich dich vorher küsse?“

Sie errötet, als sie ganz still wird.

Meine Augen verengen sich.

„Sag mir nicht, dass du in den letzten fünf Jahren nie...“

„Halt die Klappe“, schimpft Jules. „Und glaube bloß nicht, dass es etwas mit dir zu tun hat.“

Doch ihr Gesichtsausdruck, während sie noch mehr Wein hinunterschluckt, sagt mir genau das Gegenteil.

Sie war in den letzten fünf Jahren nicht mit einem Mann zusammen. Sie hat nicht einmal einen Mann geküsst. Und das hat etwas mit mir zu tun?

Ich bin überrascht, ja. Aber auch geschmeichelt. Und vielleicht auch ein wenig erregt.

„Lass mich einfach in Ruhe, wenn ich meinen Wein ausgetrunken habe“, sagt sie seufzend.

Ich hebe meine Hände. „Gut.“

~

Aber ich kann Jules nach dem Essen nicht allein lassen, nicht wenn sie kaum laufen kann. Was, wenn sie auf dem Heimweg überfallen wird? Schließlich sind wir hier in New York City.

Also bringe ich sie stattdessen in mein Hotelzimmer. Im Aufzug sagt sie kein Wort, während ich ihr Gewicht mit meinem Arm um ihre Taille und ihrem Arm um meine Schulter stütze. Als ich im Zimmer ankomme, setze ich sie auf einen Stuhl und stelle fest, dass ihre Augen geschlossen sind. In dem Glauben, sie schlafe bereits, hole ich die Bettdecke vom Bett, aber als ich zurückkomme, ist sie wach.

„Ich erwarte zu viel,“ sagt sie, die Augen kaum geöffnet.

„Was?“

„Ich erwarte zu viel von Männern“, sagt Jules mit einem leichten Lallen. „Deshalb bin ich auch Single. Vielleicht liegt es daran, dass ich mich immer noch daran erinnere, wie mein Vater meine Mutter angesehen hat, oder vielleicht an den ganzen Liebesromanen, die ich gelesen habe.“

„Was genau erwartest du denn?“, frage ich neugierig.

Sie zuckt mit den Schultern. „Schmetterlinge im Bauch. Dieses Gefühl, als würde mein Herz aus der Brust platzen.“

„Ich bin mir ziemlich sicher, dass es dafür einen medizinischen Begriff gibt.“

„Reife, Freundlichkeit, Intelligenz“, rattert sie ihre Liste herunter. „Er muss klug genug sein, dass ich meine Ideen an ihm abprallen lassen kann, aber nicht so klug, dass er mich für dumm hält. Ich mag es nicht, wenn man mich für dumm hält.“

„Mhm.“

Ich wickle die Bettdecke um sie, aber sie fällt herunter, als sie sich aufsetzt.

„Genau das hast du getan“, sagt sie. „Du hast mich dumm aussehen und mich dumm fühlen lassen.“

„Und dann tust du etwas noch Dümmeres, zum Beispiel mehr trinken, als du vertragen kannst, wann immer du dich daran erinnerst?“

Jules starrt mich an. „Du hältst dich für etwas Besonderes, nicht wahr? Du denkst, du bist so heiß und klug und toll.“

„Wow. Das klingt fast so, als würdest du wieder mit mir flirten.“

Sie umklammert die Vorderseite meines Hemdes. In den nächsten Sekunden sagt sie nichts, während ihre Augen die meinen suchen.

Dann flüstert sie: „Küss mich.“

Die Worte überrumpeln mich. Ich schüttle den Kopf.

„Du bist betrunken. Ich küsse keine betrunkenen Frauen.“

„Oh, hör auf, den Gentleman zu spielen. Wir wissen beide, dass du keine Ehre hast.“

Autsch.

Ihre Finger krallen sich um mein Hemd. „Du hast gesagt, du würdest alles tun, worum ich dich bitte. Also küss mich.“

Ich tue es nicht.

„Was? Bin ich wirklich so abstoßend? Liegt es daran, dass ich jünger bin? Weil ich keine Milliardärin bin? Weil ich mal für dich gearbeitet habe? Obwohl ich technisch gesehen nicht für dich gearbeitet habe. Ich habe nur in der gleichen Firma wie du gearbeitet.“

Ich rolle mit den Augen, während ich versuche, meine Geduld zu bewahren.

„Du bist so ein harter Prinzipienreiter, weißt du das ?“, fährt Jules fort. „Was ironisch ist, denn du hast keine Ehre und scherst dich nicht um-“

Ich führe meine Hand an ihre Wange und verschließe ihren Mund mit meinem. Ich kann ihr Geplapper nicht länger ertragen.

Nein, das ist es nicht.

Ich küsse sie, weil ich es will.

Ich drücke meine Lippen fest auf ihre und sauge an ihrer Unterlippe, bevor ich mich zurückziehe.

„Hasst du mich immer noch?"

Jules öffnet ihre Augen, um in meine zu sehen, und runzelt die Stirn. „Wenn du aufhörst."

Ich zögere einen Moment, weil ich weiß, dass sie das morgen bereuen und mich möglicherweise noch mehr hassen wird. Aber verdammt noch mal, es gibt keinen Weg, diesem Blick in ihren Augen zu entkommen. Der Funke der Lust in ihnen entzündet schnell meine.

Verflucht noch mal.

Ich lege meine beiden Hände auf Jules' Wangen und presse ihren Mund unter meinen. Als sie ihre Lippen öffnet, um Luft zu holen, schiebe ich meine Zunge dazwischen. Ich schmecke den Shiraz, süßer und berauschender auf ihrer Zunge. Ich versuche, so viel wie möglich von dem Geschmack aufzunehmen und reibe meine Zunge an ihrer. Ich ziehe mich ein wenig zurück, um an ihr zu saugen, und halte inne, um Luft zu holen, bevor ich die Eroberung ihres Mundes wiederhole.

Ihre Hände, die immer noch die Vorderseite meines Hemdes umklammern, zittern und lassen los. Sie wandern hinauf zu meinen Schultern und gleiten in den Nacken.

Meine eigenen Hände umschließen ihren Kiefer und streicheln ihren Hals, bevor sie zu ihren Brüsten hinuntergleiten. Sanft drücke ich die Fleischhügel durch ihre Körbchen und sie keucht in meinen Mund. Ihre Brustwarzen stoßen gegen meine Handflächen und prickeln, die Wellen der Hitze wandern hinunter in meinen Schritt, wo sich etwas anderes versteift und gegen den Stoff drückt.

Mein Zustand macht es mir schwerer, mich über Jules zu beugen, also greife ich ihre Taille und hebe sie vom Stuhl. Ich drücke sie gegen die Bettdecke, die auf dem Teppichboden liegt, dann lasse ich mich auf sie fallen und drücke auch auf ihren Mund.

Jules' Hände streicheln weiter meinen Nacken. Als sie ihre Schuhe auszieht, streift eines ihrer Knie meine Erektion und ich erschaudere.

Ich lege meine Hand hinter dieses Knie, während ich meine Lippen zu ihrer Wange und dann zu ihrem Ohr bewege. Sie dreht ihren Kopf zur Seite, und so finde ich es unter einer Haarsträhne versteckt. Ich knabbere an ihrem Ohrläppchen, während meine Finger über die Seite ihres seidigen Schenkels tanzen und den Saum ihres Rocks hochschieben.

Sie zittert. Ich lecke an ihrem Ohr und sie gibt einen Laut von sich, der zwischen einem Keuchen und einem Stöhnen liegt.

Ich ziehe meine Lippen auf die weiche Haut ihres Halses, während ich weiter ihren Oberschenkel streichle. Ich gebe ihr einen Kuss, bevor ich meinen Mund weiter nach unten bewege. Meine Lippen drücken gegen das Körbchen ihres BHs und ich öffne sie, damit ich eine bekleidete Brustwarze dazwischen nehmen kann.

Jules stößt einen Schrei aus, als sich ihre Nägel in meinen Hals graben. Eine ihrer Hände wandert zu meinem Hinterkopf und ihre Fingerspitzen streifen über meine Kopfhaut, während sie eine Handvoll Locken festhält.

Meine Hand wandert an die Innenseite ihres bebenden Oberschenkels und gleitet nach oben. Meine Finger streichen über die Baumwolle und sie zittert. Als ich anfange, sie zu streicheln, fallen ihre Arme von meinem Hals. Sie liegen an ihren Seiten, während ein Stöhnen aus ihrem Mund dringt.

Die Vorderseite ihres Hemdes wird feucht, als ich weiter an ihrer Brust sauge. Auch die Baumwolle unter meinen Fingerspitzen wird feucht. Ich finde ihren Kitzler und beginne, mit dem empfindlichen Knubbel zu spielen. Jules' Rücken wölbt sich.

Ich hebe meinen Kopf und schaue in ihr Gesicht, während ich sie reize. Ihre Wangen sind jetzt noch röter, Strähnen ihrer Haare kleben daran. Ihre glasigen, haselnussbraunen Augen schimmern im Lampenlicht, bevor sie unter fest geschlossenen Augenlidern verschwinden. Eine Träne glitzert auf einer ihrer Wimpern.

Als ich meine Finger schneller bewege, wirft sie ihren Kopf zurück. Ihre Lippen spreizen sich und es entweicht ein Keuchen, das sich mit Stöhnen und sanften Flüchen vermischt.

Ich fange sie wieder ein und entziehe ihr noch mehr Luft, während meine Hand ihre Arbeit fortsetzt. Eine von Jules' Händen ergreift meinen Arm. Ihre Nägel graben sich in meine Haut.

Ich höre auf, sie zu streicheln und suche mit beiden Händen den Verschluss ihres Rocks. Ich öffne ihn, um ihn von ihren Beinen zu ziehen. Während ich das tue, hebt sie ihre Hüften und schiebt ihr Höschen nach unten. Als es ihr bis zu den Knien reicht, streift sie ein Bein aus dem Slip.

Ich mache mich an meine eigene Kleidung, nehme meinen Gürtel ab und öffne den Reißverschluss meiner Hose. Ich lasse

meinen Slip herunter, um meinen Schwanz freizulegen, und knie
mich zwischen ihre Beine.

„Noch wach?", frage ich Jules. „Das solltest du besser sein,
sonst höre ich auf und ich bin derjenige, dem das nicht gefallen
wird."

Sie öffnet die Augen. „Beeil dich."

Ich grinse. „Sieh mal an, wer sich jetzt wie ein Boss
benimmt."

Ich schiebe einen Finger in sie hinein, dann zwei, nur um
sicherzugehen, dass sie bereit ist. Es ist eng, aber feucht. Sie wird
noch feuchter, als ich meine Hand bewege, ihre samtige Haut
drückt meine Finger und überzieht sie mit einer süß duftenden
Substanz. Als sie ihre Hüften bewegt und beginnt, mich
einzusaugen, ziehe ich meine Finger weg. Sie runzelt die Stirn.

„Du bist bereit."

Ich packe ihre Schenkel und schiebe mich in sie hinein.
Zuerst mache ich es langsam, Zentimeter für Zentimeter, aber die
köstliche Hitze und der Druck sind zu viel und ich schiebe den Rest
meines Schwanzes mit einem Stoß in sie hinein. Sie gibt ein lautes
Keuchen von sich.

„Bist du in Ordnung?", frage ich sie.

Jules öffnet den Mund, um etwas zu sagen, aber sie nickt
nur.

Ich beginne mich zu bewegen. Sie ist eng, zu eng. Die
Reibung zwischen unseren Körpern lässt Funken unter meiner
Haut sprühen, gejagt von einem Schwall Adrenalin.

Ich schließe meine Augen und genieße es. Jules' Stöhnen
dringt wie Musik in meine Ohren.

Als ich meine Augen öffne, sehe ich sie mit zur Seite geworfenem Kopf. Einer ihrer Finger ist zwischen ihren Lippen eingeklemmt und unterdrückt ihre Schreie. Sie beißt auf die Spitze, während sie ihren Kopf zurückwirft. Der Anblick lässt mich in ihr noch mehr anschwellen.

Sie weiß wirklich, wie sie mich in Wallung bringen kann.

Meine Nägel graben sich in ihre Oberschenkel, während ich mich schneller bewege und meine Lust entfessle. Als sie außer Kontrolle gerät, ertönen ihre Schreie in der Luft. Ich beginne zu stöhnen, während mein Körper zu brennen anfängt. Schweiß bricht auf meiner Haut aus.

Plötzlich beginnt Jules unter mir zu zittern. Ihre Hände umklammern meine Schultern und ihr Rücken wölbt sich. Ihr Mund klafft auf, aber es kommt kein Ton heraus. Ihre Beine legen sich um mich und ihre Fersen graben sich in meinen unteren Rücken.

Ich bewege mich noch schneller, um noch mehr Lust aus ihrem Körper zu holen, und als ihre Arme und Beine schlaff geworden sind, biege ich sie fast in Hälften und stoße noch ein paar Mal zu. Dann vergrabe ich meinen Schwanz tief in ihr, schaudere, als er explodiert, und genieße den Rausch der Lust.

Kaum habe ich mich erholt, legt Jules ihre Hände auf meine Brust und beginnt mich wegzuschieben. Zuerst ignoriere ich sie, aber dann stößt sie mich mit aller Kraft von sich. Gleich darauf dreht sie sich auf die Seite und übergibt sich auf die Bettdecke.

Ich ziehe eine Grimasse und sobald ich auf den Beinen bin, laufe ich ins Bad, um ihr ein Glas Wasser zu holen. Doch als ich zurückkomme, schläft sie schon neben der Pfütze, die sie gerade verursacht hat.

Na toll.

Ich würde ja den Hausmeister anrufen, aber es ist spät und ungelegen. Stattdessen lasse ich die Sauerei auf dem Boden liegen, trage Jules zum Bett und decke sie unter den restlichen Laken zu. Sie rührt sich und stöhnt, wacht aber nicht auf.

Ich frage mich, was sie tun wird, wenn sie es später dann tut. Ich habe das Gefühl, dass ich das nicht miterleben möchte. Und das werde ich auch nicht. Immerhin hat sie mich gebeten, sie in Ruhe zu lassen.

Das ist schade. Ich hätte gerne versucht, mit ihr Sex zu haben, wenn sie nüchtern ist.

Ich gehe unter die Dusche, um mich zu waschen, damit auch ich ins Bett gehen kann.

Der heutige Abend hat Spaß gemacht, aber dafür bin ich nicht nach New York gekommen. Morgen muss ich mich ums Geschäft kümmern.

Kapitel Vier

Jules

Von allen Tagen, an denen man ausschlafen und mit Kopfschmerzen aufwachen kann, musste es ausgerechnet heute sein.

Während ich mir im Taxi hektisch die Haare bürste, die Borsten durch die verhedderten Büschel zwinge und vor Schmerz zusammenzucke, schelte ich mich für mein Verhalten gestern Abend.

Wie konnte ich mir nur erlauben, vier Gläser Wein zu trinken? Oder waren es fünf? Noch dazu in einer Arbeitsnacht. Und was in aller Welt hat mich dazu gebracht, mit Bruce Meyer zu schlafen?

Ich kann mich nicht einmal mehr an die Einzelheiten erinnern, was ein weiterer Grund dafür ist, dass ich meinen Kopf gegen die Wand schlagen möchte. Ich hatte endlich Sex mit dem schärfsten Kerl, den ich kenne, und ich kann mich nicht an alles erinnern, nur an Kleinigkeiten wie seine Hände auf meinen Brüsten, seine Lippen an meinem Ohr, wie mein Rock ausgezogen wurde und ich dann spürte, wie er sich zwischen meinen Beinen bewegte.

Eine Skizze. Das ist es, was ich habe. Eine kurze Zusammenfassung. Während ich mich doch an jedes Detail der ganzen Geschichte erinnern möchte.

Welchen Blick hatte er auf seinem Gesicht? Was hat er gesagt? Wie hat es sich angefühlt, ihn in mir zu haben? Da muss doch mehr gewesen sein als dieses klebrige Gefühl, mit dem ich aufgewacht bin, und dieser Schmerz, den ich jetzt noch spüre.

Nach siebenundzwanzig Jahren habe ich endlich meine Jungfräulichkeit verloren - und ich kann mich nicht einmal genau erinnern, wie.

Das habe ich jetzt wohl davon, dass ich zuviel getrunken habe, was ich nur getan habe, weil ich so nervös war in der Nähe des Mannes, von dem ich dachte, dass ich ihn nie wiedersehen würde.

Ich habs verloren. Ich habe die Fassung verloren. Ich habe meinen gesunden Menschenverstand verloren. Ich habe … mich selbst verloren.

Bruce Meyer hat wirklich diese Wirkung auf mich, nicht wahr?

Ich lege meine Bürste auf meinen Schoß und seufze.

Ich weiß, ich sollte ihn nicht mehr hassen, aber ich tue es trotzdem.

Mein Telefon klingelt. Ich murmle einen Fluch, bevor ich den Anruf von Dana entgegennehme.

„Wo bist du?", fragt sie, sobald ich es tue. „Du solltest schon vor einer halben Stunde hier sein. Seit wann kommst du später als ich zur Arbeit?"

„Ich bin auf dem Weg", versichere ich ihr, während ich in meiner Handtasche nach meinem Haarspray suche.

Dank des Missgeschicks von gestern Abend konnte ich weder duschen noch meine Haare waschen, was bedeutet, dass ich das Spray mehr denn je brauche. Heute Morgen hatte ich sogar kaum Zeit, mir die Zähne zu putzen. Zum Glück habe ich eine

ungeöffnete Gratiszahnbürste neben dem Waschbecken gefunden.
Danach habe ich mein neues Kleid angezogen - Gott sei Dank habe
ich eins gekauft - und bin mit noch immer unordentlichem Haar
losgezogen.

„Nun, du solltest besser in fünf Minuten hier sein. Du weißt,
dass Harry eine wichtige Ankündigung machen wird."

„Ich weiß."

Mehr als jeder andere auf der Arbeit bin ich mir bewusst,
wie wichtig es ist. Es ist wichtig für mich. Ich könnte befördert
werden, und trotzdem bin ich so spät dran, dass ich die
Ankündigung vielleicht gar nicht mitbekomme. Es besteht sogar
die Möglichkeit, dass Harry seine Meinung ändert.

So ein Mist.

„Dana, kannst du mir einen Gefallen tun?", frage ich, als ich
endlich die Flasche finde, nach der ich suche. „Kannst du Harry
sagen, dass es mir wirklich leid tut, dass ich zu spät komme? Sag
ihm, dass ich mich nicht wohl gefühlt habe, es mir aber jetzt gut
geht und ich so schnell wie möglich da sein werde."

„Willst du damit sagen, dass du willst, dass Harry auf dich
wartet?"

„Sag ihm einfach, was ich dir gesagt habe." Ich erhebe meine
Stimme ein wenig, bereue es aber sofort. „Bitte."

Dana antwortet nicht.

„Ich leihe dir mein Exemplar des neuesten Buches der Lost
Muses", biete ich ihr an.

„Okay, okay", gibt sie nach. „Ich bin mir sicher, dass er
sowieso auf seine Lieblingsredakteurin warten wird."

Diesmal lasse ich das durchgehen. „Danke."

Ich lege den Hörer auf, damit ich mich weiter fertigmachen kann. Wenn ich Harry auf mich warten lasse, muss ich beweisen, dass ich das Warten wert bin. Ich muss besonders nett aussehen, so wie er es verlangt hat.

Ich lege mein Handy auf meinen Schoß und suche nach dem kürzesten Video, das zeigt, wie man in letzter Minute einen Dutt ohne Haargummi macht. Dann nehme ich meine Bürste in die Hand, während ich es abspiele, und stelle die Lautstärke auf Maximum, damit ich die Anweisungen deutlich hören kann.

„Ziehen Sie zuerst Ihr Haar zurück...“

~

„Dein Haar sieht gut aus“, sagt Dana, als wir uns im Flur begegnen.

„Danke.“

Ich habe drei Anläufe gebraucht, aber ich habe es geschafft, es hinzubekommen.

„Das Kleid sieht auch gut aus“, fügt sie hinzu. „Aber du hast hier ein bisschen Lippenstift.“

Sie deutet auf eine Stelle knapp über der rechten Hälfte ihrer Oberlippe.

„Shit.“

Ich bleibe an einem Regal an der Wand stehen, damit ich mein Spiegelbild im Glas sehen kann, und wische den Fleck mit einem Taschentuch weg.

„Was ist eigentlich mit dir passiert?“, fragt Dana und verschränkt die Arme vor der Brust, während sie hinter mir steht. „Ich weiß, dass du mir gesagt hast, ich solle Harry sagen, dass es dir heute Morgen nicht gut ging, was er übrigens sehr bedauert hat, aber ich kaufe dir diese Geschichte nicht ab.“

„Es ist wahr", sage ich ihr. „Ich habe mich nicht wohl gefühlt. Ich habe immer noch ein bisschen Migräne."

Gott sei Dank habe ich immer etwas Paracetamol in meiner Tasche. Das hat das meiste davon verschwinden lassen.

„Weil?"

Ich sehe Dana mit zusammengekniffenen Augen an. „Was meinst du mit ‚weil'?"

„Normalerweise bekommst du Migräne, wenn du gestresst bist. Warum bist du gestresst?"

„Ich bin nicht gestresst."

Sie tippt mit den Fingern auf einen Arm, während sie eine Augenbraue hochzieht.

Na gut. Ich kann ihr also nichts vormachen.

„Na schön. Ich bin gestresst, weil ich weiß, dass Harry eine große Ankündigung machen wird und ich keine Ahnung habe, worum es gehen wird."

Nun, ich habe eine Idee, aber je mehr ich darüber nachdenke, desto mehr wächst meine Unsicherheit. Was ist, wenn Harry mich doch nicht befördert? Was ist, wenn er über etwas anderes sprechen wird?

„Jules."

Ich drehe den Kopf, als ich Harrys Stimme höre und sehe ihn aus seinem Büro kommen.

„Harry." Ich schenke ihm ein Lächeln.

„Schönes Kleid", sagt er, als er das türkisfarbene betrachtet, das ich trage.

Ich schätze, ich habe die richtige Wahl getroffen.

„Fertig?"

Ich nicke, während ich mit den Fingern über die dehnbare Baumwolle streiche.

Es ist auch gut, dass das Kleid aus diesem Material besteht, denn ich hatte keine Zeit, ein Bügeleisen zu holen. Wäre es aus etwas anderem gemacht, wäre es jetzt schon voller Falten.

„Dann lass uns gehen.“

Er geht in den Konferenzraum und ich atme tief durch. Dana wirft mir einen verwirrten Blick zu, als sie ihren Arm um meinen legt.

„Bist du sicher, dass du nicht weißt, worum es geht? Du siehst nämlich ziemlich nervös aus.“

Ich sehe sie an. „Das liegt daran, dass ich nicht weiß, was da drinnen passieren wird.“

„Liebling, du hast Angst vor Ungewissheit. Du bist nervös, wenn du weißt, dass etwas passieren wird und es vielleicht nicht so läuft, wie du es willst. Du bist nervös. Nicht ängstlich. Du weißt, was Harry sagen wird.“

Verängstigt. Nervös. Nur ein Redakteur würde so pingelig sein und den Unterschied erkennen.

„Ich habe ein paar Ideen“, gebe ich seufzend zu. „Du nicht?“

Sie zuckt mit den Schultern. „Wir sind Redakteure. Wir haben immer Ideen. Aber das ist keine weitere Buchbesprechung. Harry macht eine Ankündigung ... und wir werden sie verpassen, wenn du nicht deinen eigenen Beitrag leistest.“

Sie sagt das letzte, während sie mich halb in den Konferenzraum zieht, wo die anderen Redakteure bereits sitzen. Dana und ich nehmen unsere üblichen Stühle ganz vorne ein.

Harry gibt demjenigen, der der Tür am nächsten ist, ein Zeichen, sie zu schließen. Dann räuspert er sich.

„Guten Morgen, allerseits. Schön, euch alle hier zu sehen."

Er blickt mich an und ich nicke.

„Ich habe wichtige Neuigkeiten für euch."

Er holt tief Luft, während er seine Hände auf dem Tisch verschränkt. Ich schaue auf meine Hände hinunter und falte sie ebenfalls.

„Ich gehe in den Ruhestand."

Ich hebe mein Kinn und sehe ihn mit hochgezogenen Augenbrauen an.

In den Ruhestand? Er wird nicht die Wahrheit sagen? Nun, ich denke, es ist wahr. Er muss sich zurückziehen, aber wird er nicht sagen, warum?

„Harry, nicht", sagt Sandra, die Lektorin für Liebesromane. „Du bist noch nicht so alt und das ist deine Firma, dein Baby. Du kannst nicht so einfach gehen."

„Es ist meine Firma und mein Baby", stimmt Harry zu. „Und vielleicht hast du auch recht, dass ich noch nicht so alt bin. Aber ich habe hier genug Jahre verbracht, die besten Jahre meines Lebens. Ich will mich nicht beklagen. Ich bin dankbar, sehr dankbar für jeden Tag, jedes Jahr. Aber ich bin an einem Punkt angelangt, an dem ich merke, dass das Leben kurz ist und ich gerne andere Dinge tun würde als zu arbeiten, zum Beispiel mich am Strand bräunen oder Spiele auf meinem Handy spielen."

Einige der Leute am Tisch grinsen. Ich nicht.

Dana hebt die Hand. „Ist es wegen deiner Gesundheit, Harry? Ich frage das nur, weil du kürzlich im Krankenhaus warst."

Ich sehe sie an. Sie hat also diese Verbindung hergestellt, hmm?

Harry nickt. Gesteht er jetzt endlich?

„Ja, es ist wegen meiner Gesundheit. Die meiste Zeit meines Lebens habe ich sie ignoriert, aber ich denke, mein Besuch im Krankenhaus hat bewiesen, dass ich das nicht länger tun kann. Wisst ihr, man geht durchs Leben, raucht und trinkt und isst so viel Speck, wie man will, schläft schlecht wegen der Arbeit und runzelt die Stirn bei dem Gedanken an das Fitnessstudio, bis man an einen Punkt kommt, an dem man nicht mehr kann. Ich bin an diesem Punkt angelangt. Ich gehe in den Ruhestand und kümmere mich um meine Gesundheit.“

Dana nickt. Ist sie mit dieser Antwort zufrieden? Sieht sie denn nicht, dass Harry sich nur schminkt, damit er nicht so schlecht aussieht, wie es ihm tatsächlich geht?

Ich öffne den Mund, um eine Frage zu stellen, aber ich schließe die Lippen, als Harry in meine Richtung schaut. Ich kann das Thema nicht ansprechen. Er aber muss es.

„Ich will dir deinen Ruhestand nicht verderben, Harry“, meldet sich Ben zu Wort, der hauptsächlich die Biografien betreut. „Aber was wird mit der Firma passieren, wenn du nicht mehr da bist? Wir haben immer noch keinen Chefredakteur. Jetzt verlieren wir auch noch unseren Verleger. Ohne jemanden, der das Ruder in die Hand nimmt, könnte das Schiff untergehen.“

„Ben!“ Jenna, die Frau, die neben ihm sitzt, wirft ihm einen tadelnden Blick zu.

Er hebt die Hände. „Was? Ich spreche nur die Fakten aus, sage nur, was alle denken.“

Er ist verängstigt. Wie die meisten von uns. Wie ich auch. Keiner von uns ist bereit für so etwas.

„Du hast Recht, Ben", antwortet Harry. „Dieses Schiff könnte sehr wohl sinken, wenn niemand das Ruder übernimmt, und deshalb bitte ich jemanden darum."

Mein Herz bleibt stehen. Das kann nicht sein. Ernennt er mich etwa zum nächsten Verleger?

„Und nicht irgendjemanden", fügt er hinzu. „Meinen Sohn."

Mein Herz sinkt. Sein Sohn? Er hat einen Sohn?

„Das sind ja Neuigkeiten, Harry", sagt Sandra.

„Du meinst, diese Firma wird in den Händen von jemandem sein, den keiner von uns kennt?", fragt Ben. „Jemand, von dem wir bis heute nicht einmal wussten, dass es ihn gibt? Warum haben wir nie von ihm gehört? Wo ist er gewesen? Was sind seine Qualifikationen? Oder ist die Tatsache, dass er dein Sohn ist, alles, was es gibt?"

„Mach dir keine Sorgen, Ben", sagt Harry zu ihm. „Ich kann mit gutem Gewissen sagen, dass mein Sohn qualifiziert ist, sich um diese Firma zu kümmern. Vielleicht macht er sogar einen besseren Job als ich."

Ich schüttele den Kopf. „Niemand kann es besser machen als du, Harry."

Er lächelt. „Trotzdem ist er gut. Sehr gut sogar. Ich glaube sogar, dass einige von euch schon von ihm gehört haben."

Dana tippt mit ihren Fingern auf den Tisch. „Nun, werden wir diesen mysteriösen Sohn kennenlernen?"

„Ja."

Harry steht auf und geht auf die Tür zu. Er öffnet sie und wirft einen Blick nach draußen, dann dreht er sich wieder zu den Leuten im Raum um. Ich drehe meinen Stuhl herum, um eine gute Sicht zu haben.

„Redakteure, Freunde, ich möchte euch meinen Sohn Bruce Meyer vorstellen."

Der Name verschlägt mir den Atem. Bruce Meyer?

Ich bin immer noch dabei, mir vorzustellen, dass er Harrys Sohn ist, als er hereinkommt. Sein Anzug ist tadellos wie immer, die Haare sind ordentlich und der Kiefer ist rasiert. Wie kann er so mühelos umwerfend aussehen, wenn es mich so viel Zeit und Mühe gekostet hat, nur um einigermaßen nett auszusehen?

Als seine grünen Augen die meinen treffen, werden sie groß. Dann verziehen sich seine Lippenwinkel zu einem amüsierten Grinsen. Ich schaue weg.

Bruce Meyer ist hier. Er ist wirklich hier.

Wer hätte gedacht, dass er Harrys Sohn ist? Nun, vielleicht hätte ich es tun sollen, denn sie haben denselben Nachnamen und Harry hat auch dicke Locken. Zumindest hatte er die mal. Jetzt, wo sie nebeneinander stehen, denke ich, dass es da schon ein bisschen Ähnlichkeit gibt.

Das ist also das Geschäft, um das sich Bruce hier in New York kümmert - die Übernahme der Firma, in der ich arbeite?

Moment. Er ist mein neuer Boss?

„Es ist schön, Sie alle kennenzulernen", wendet er sich an den Raum mit einem Lächeln, von dem ich meinen Blick nicht abwenden kann. „Harry hat Sie in den höchsten Tönen gelobt, und ich bin hier, um selbst herauszufinden, ob das, was er gesagt hat, stimmt oder nicht. Glauben Sie mir, das werde ich auch tun.“

Harry tätschelt Bruces Arm. „Was er damit sagen will, ist, dass er möchte, dass ihr unter ihm genauso hart arbeitet wie unter mir. Ich bin fest davon überzeugt, dass ihr ihm zeigen werdet, wie großartig diese Firma ist.“

Sandra steht auf und reicht Bruce die Hand. „Es ist mir ein Vergnügen, Sie kennenzulernen, Bruce. Ich bin Sandra. Ich leite die Romantik-Abteilung, Sie wissen also, Romantik ist mein Spezialgebiet.“

„Sieht aus, als hätte sie einen neuen Arsch gefunden, dem sie sich widmen kann“, flüstert Dana in mein Ohr. „Andererseits hätte ich auch nichts dagegen, ein Stück davon zu haben.“

Bruce schüttelt ihre Hand. „Schön, Sie kennenzulernen, Sandra.“

Ich sehe, dass einige andere auch aufstehen, aber Harry spricht.

„Ich habe also recht. Einige von euch haben schon von Bruce gehört. Aber wir sollten ihn nicht überschwänglich loben, nicht wahr? Geben wir ihm einfach das Gefühl, so willkommen wie möglich zu sein. Schließlich ist er nicht nur ein Gast. Er gehört zur Familie - zu meiner und zu eurer.“ Er schlägt seine Hände zusammen. „Beginnen wir mit einer Runde Applaus, ja?“

Einer nach dem anderen, die um den Tisch versammelt sind, klatscht enthusiastisch in die Hände. Ich tue es ihnen gleich, aber mit weniger Begeisterung.

Wie soll ich begeistert sein, wenn der Mann, mit dem ich letzte Nacht betrunken Sex hatte, der Mann, von dem ich sagte, ich würde ihn vergessen, mein neuer Chef ist?

Dana lehnt sich zu mir. „Harry hat nicht gesagt, dass er verheiratet ist, oder?"

„Ich glaube nicht."

Ich erinnere mich, wie ich auf dem Weg zum Hotel auf seine Hand schaute. Ich habe keinen Ring gesehen.

Sie lächelt. „Toll."

Ich kneife meine Augen zusammen. „Ist eure Scheidung nicht erst zwei Monate her?"

Sie zuckt mit den Schultern. „Nun, du hast gehört, was Harry gesagt hat. Die Zeit ist kurz. Und er ist heiß. Jede Frau an diesem Tisch wird gerade feucht."

Ich versuche, mir das nicht auszumalen, während ich zu Sandra hinüberblicke.

„Die Frage ist: Warum du nicht?", fährt Dana fort. „Du kannst doch sicher nicht immun sein gegen all diese Geilheit."

Leider bin ich das nicht.

„Du wirst doch nicht zulassen, dass Sandra den heißen Chef flachlegt und den Chefredakteursposten, auf den sie seit Ewigkeiten ein Auge geworfen hat, an sich reißt, oder?"

Ich antworte nicht, als ich noch einmal in Sandras Richtung schaue. Sie starrt Bruce an, wie ein Hund ein Stück Steak anstarrt. Könnte die Frau noch offensichtlicher sein?

Harry klatscht ein weiteres Mal in die Hände, dieses Mal schneller. „Jetzt lasst uns alle wieder an die Arbeit gehen. Die Bücher warten."

Die Redakteure stehen auf und verlassen den Raum, Sandra mit sichtlichem Widerwillen. Ich will gerade dasselbe tun, aber Harry berührt meinen Arm.

„Bleib, Jules."

Ich nicke. Dana dreht sich um und murmelt die Worte „Hol ihn dir", bevor sie um die Ecke biegt. Und ich würde mich amüsieren, wenn ich nicht schon ein Stück von ihm gehabt hätte. Ein dickes Stück, wenn ich mich recht erinnere.

Das wird peinlich werden.

Nachdem der letzte Redakteur gegangen ist, schließe ich die Tür. Harry und Bruce setzen sich und Harry gibt mir ein Zeichen, dass ich es ihnen gleichtun soll.

„Mir geht es gut hier", sage ich ihm.

Ich hoffe, dass dieses Gespräch nicht lange dauern wird.

„Jules, wie ich vorhin schon sagte, das ist mein Sohn Bruce", sagt Harry.

„Ja. Das hast du gesagt."

„Bruce, das ist Julianne Decker. Jules."

Er lächelt, als er aufsteht und mir die Hand reicht. „Schön, Sie kennenzulernen, Jules."

Er tut also so, als würde er mich zum ersten Mal treffen, oder?

„Es ist mir ein Vergnügen", antworte ich und schüttle seine Hand.

„War es das wirklich?", fragt er.

Unwillkürlich erröte ich.

„Jules hier ist eine unserer talentiertesten und fleißigsten Redakteurinnen", lobt Harry mich. „Sie ist auch eine meiner vertrauenswürdigsten Mitarbeiterinnen. Sie wird..."

„Weiß er es?" Ich unterbreche Harry.

„Was genau?", fragt Bruce.

Harry jedoch versteht es. Er seufzt und nickt.

„Kannst du mir sagen, warum du es den anderen nicht gesagt hast?", frage ich ihn.

„Ich..."

„Spricht man so mit seinem Chef", fragt Bruce mich.

Ich drehe mich zu ihm um und halte mein Kinn hoch. „Ja. In Ihrer Firma sind Sie vielleicht nicht geneigt zu hören, was Ihre Untergebenen zu sagen haben, Bruce, aber hier ..."

„Jules." Harry berührt meinen Arm und schüttelt den Kopf. „Lass es."

„Es tut mir leid. Darf ich meine Meinung nicht mehr sagen?", frage ich ihn. „Ich wollte nur –"

„Du darfst mit Bruce darüber sprechen, wie diese Firma funktioniert", sagt er mir. „Ich rate dir sogar dringend dazu. In den nächsten Wochen wirst du ihm persönlich zeigen, wo es hier langgeht. Ich verlasse mich auf dich."

Meine Augenbrauen gehen in die Höhe. Das hat er also gemeint, als er sagte, er zähle auf mich? Ich dachte, er würde mich zur Chefredakteurin befördern, aber er macht mich – zu was? zu Bruces persönlicher Assistentin?

Ich schüttle den Kopf. „Tut mir leid, Harry, aber da musst du jemand anderen fragen. Ich bin beschäftigt."

„Du kannst den anderen einen Teil der Arbeit überlassen“, sagt Harry. „Du erledigst weiß Gott zu viel davon.“

„Aber...“

„Das hier ist genauso wichtig, Jules.“ Er hält meinen Blick fest. „Vielleicht ist es sogar noch wichtiger. Ich möchte diese Firma nicht einem Fremden überlassen oder jemandem, der sie am Ende einfach auseinandernimmt.“

„Du meinst also, er wird es nicht tun?“ Ich werfe einen Blick auf Bruce.

„Er ist mein Sohn und ein ausgezeichneter Geschäftsmann“, sagt Harry. „Vielleicht der beste. Es gibt niemanden, dem ich die Firma lieber überlassen würde.“

Ich nicke. Er hat mich also nie in Betracht gezogen, obwohl er selbst gesagt hat, dass ich talentiert und fleißig bin, obwohl ich diese Firma wahrscheinlich genauso liebe wie er. Lieber überlässt er sein Unternehmen einem kaltherzigen Geschäftsmann, der keine Erfahrung im Verlagswesen hat, einem Idioten, der alles ausnutzt, nur um erfolgreich zu sein.

Unglaublich.

Harry seufzt. „Bitte streite nicht mit mir darüber. Nicht über dies. Ich muss mich auf dich verlassen können. Ich brauche deine Hilfe, um Bruce zu helfen.“

Ich sehe ihn an und schüttle den Kopf. Es spielt keine Rolle, wie die Umstände sind. Ich werde nicht für diesen Mann arbeiten. Nicht noch einmal.

„Es tut mir leid, Harry.“

Ich verlasse den Raum und schüttle immer noch den Kopf. Nie wieder.

Kapitel Fünf

Bruce

„Ist sie immer schlecht gelaunt?", frage ich Harry, kurz nachdem sich die Tür zum Konferenzraum hinter Jules geschlossen hat.

Er antwortet mit einem zweideutigen Kichern.

Vielleicht ist sie in meiner Gegenwart einfach so. Vielleicht liegt es daran, weil ich sie vor Jahren einmal losgeworden bin, dass sie jedes Mal, wenn sie mit mir zusammen ist, mich loswerden will. Außer, wenn sie betrunken ist. Dann wird sie rücksichtslos und fordernd, und ihre temperamentvolle Art wird zu heiß, um ihr zu widerstehen.

Ich kann mich noch daran erinnern, wie sie aussah, als sie unter mir zitterte und versuchte, ihre Schreie zu unterdrücken. Ich kann mich immer noch daran erinnern, wie fest und weich sie sich letzte Nacht an mich geschmiegt hat. Die Erinnerung daran lässt Hitze in meinem Bauch aufkommen.

Wer hätte gedacht, dass ich sie heute wiedersehen würde?

Harry berührt sein Kinn. „Sagen wir einfach, Jules ist eine sehr leidenschaftliche Frau."

Das kann er ruhig noch einmal sagen.

„Sie ist offen für Ideen und Vorschläge, aber wenn sie einen Standpunkt vertritt oder absolut überzeugt ist, dass sie Recht hat, bleibt sie nicht einfach nur bei ihrer Idee. Sie wird dafür kämpfen."

Ich nicke. Sie ist eine echte Kämpferin geworden.

„Das ist zum Teil meine Schuld", fährt Harry fort. „Du hättest sie sehen sollen, als sie hier als Praktikantin anfing. Sie war still, hat sich zurückgezogen. Sie hatte nicht viel Selbstvertrauen. Weißt du, sie hatte ein paar Probleme mit ihrem vorherigen Praktikum, so dass sie ihren Abschluss nicht rechtzeitig schaffte und sich für ein weiteres Semester einschreiben musste. Das war ein schwerer Schlag für sie, und ich glaube, es gab ihr das Gefühl, nicht gut genug zu sein.“

Ich stecke die Hände in die Taschen und presse die Lippen zusammen.

Nö. Ich fühle mich nicht schuldig.

„Ich habe allerdings bemerkt, wie hart sie arbeitet und wie stark sie zu sein versuchte. Eines Abends brach sie im Büro zusammen. Es war niemand mehr da, aber sie war geblieben und weinte über diesem Buch, von dem sie sagte, sie könne es vollkommen nachvollziehen. Ich lud sie auf einen Kaffee ein. Wir sprachen über das Buch. Sie schüttete mir ihr Herz aus. Ich gab ihr einige Ratschläge. Am nächsten Tag war sie wie neugeboren, so selbstbewusst, wie du sie gerade gesehen hast. Sie hat nicht mehr zurückgeblickt.“

Das erklärt die Veränderung.

„Dann hast du sie nach ihrem Schulabschluss eingestellt?“, frage ich Harry.

„Ja, das habe ich“, antwortet er. „Es wäre eine Verschwendung gewesen, es nicht zu tun. Seitdem arbeitet sie hier, und sie ist einfach großartig. Eine ganze Reihe meiner Bestseller verdanke ich ihrer harten Arbeit und ihrem Gespür nicht nur für Talent, sondern auch für verbesserungswürdige Bereiche.“

„Das ist ein großes Lob." Ich lehne mich in meinem Stuhl zurück, der knarrend protestiert. „Ich bin überrascht, dass du ihr nicht die Firma übergeben hast."

„Und sie von dem abgehalten hast, was sie liebt?" Harry schüttelt den Kopf. „Sie ist eine brillante Redakteurin. Sie spielt mit Ideen. Sie erweckt Geschichten zum Leben. Sie ist keine Geschäftsfrau."

„Du klingst, als würde sie dir wirklich am Herzen liegen."

Er atmet tief aus. „Ich werde es nicht verbergen. Ich habe das noch nie jemandem erzählt, schon gar nicht meinen anderen Mitarbeitern, weil ich weiß, dass sie eifersüchtig wären, aber Jules ist wie eine Tochter für mich."

Das habe ich mir schon gedacht. Die Art und Weise, wie er ihren Wutanfall ertragen hat. Der Stolz in seinen Augen, wenn er von ihr spricht. Ich bin fast eifersüchtig.

Beinahe.

„Hast du ihr deshalb von deiner Gesundheit erzählt?", frage ich.

Er nickt.

„Warum hast du ihr dann nicht gesagt, dass ich die Firma noch nicht endgültig übernehme? Dass ich nur zur Beobachtung hier bin? Und überhaupt, warum hast du es niemandem gesagt?"

„Du kannst es Jules sagen, wenn du willst. Ich hatte noch keine Gelegenheit dazu. Den anderen habe ich es nicht gesagt, aus dem gleichen Grund, aus dem ich ihnen nichts von meinem Zustand erzählt habe. Ich will nicht, dass sie in Panik geraten und aufhören ihre Arbeit zu machen."

„Wenn du es ihnen gesagt hättest, würden sie ihre Arbeit vielleicht besser machen.“

„Um dich zu beeindrucken?“ Harry seufzt. „Vielleicht. Vielleicht würden sie das. Aber Bruce, ich will nicht, dass sie eine Show für dich abziehen. Ich möchte, dass du siehst, wie gut sie wirklich sind.“

„So viel Vertrauen hast du in sie?“

Er lächelt. „Habe ich das nicht gesagt?“

Ich zucke mit den Schultern. „Nun, ich bin hier. Ich werde jedem eine Chance geben.“

„Also gibst du auch Jules eine Chance?“

„Ja. Warum nicht?“

„Ich meine nicht nur als Angestellte dieser Firma.“ Harry blickt mich an. „Sie ist wirklich eine tolle Frau, Bruce.“

„Wow.“ Ich setze mich auf und sehe ihn an. „Willst du uns verkuppeln, alter Mann? Deinen leiblichen Sohn und die Frau, die du als deine Tochter betrachtest?“

„Weil ich sie als meine Tochter betrachte, möchte ich, dass sie glücklich ist“, erklärt Harry.

Mein Blick verengt sich. „Du glaubst, ich kann sie glücklich machen?“

„Ich habe ihr Selbstvertrauen gegeben, sogar Eigenwilligkeit. Sie sagt, was sie denkt. Die meisten Männer sind davon eingeschüchtert. Aber du bist nicht wie die meisten Männer. Du kannst ihr zuhören, ohne sich bedroht oder überfordert zu fühlen. Und du kannst sie dazu bringen, dir zuzuhören.“

„Wie kommst du darauf, hm? Hast du vergessen, dass du mich kaum kennst, dass du mich bis vor ein paar Tagen fünfundzwanzig Jahre lang nicht gesehen hast?“

„Aber ich habe jeden Artikel über dich gelesen und alle deine Interviews und Vorträge gehört“, sagt Harry. „Ich weiß, dass du klug und zielstrebig bist, sogar furchtlos. Ich weiß, dass du genau das bist, was sie braucht.“

„Und haben du ihr das gesagt?“

Er gluckst. „Wenn ich ihr das sage, wird sie es einfach leugnen. Sie wird sich der Idee widersetzen, sie vielleicht sogar ganz ausschließen, weil sie es nicht mag, wenn man ihr sagt, was sie tun soll.“

Ja, ich kann mir vorstellen, dass sie das tun würde.

„Aber du willst mich trotzdem mit ihr verkuppeln?“

„Ich bin mitverantwortlich dafür, dass kein Mann mit ihr ausgehen will.“

„Nein, das bist du nicht. Wenn du ihr das sagen würdest, würde sie dir außerdem den Kopf abbeißen.“

Harry hebt die Hände. „Sie braucht einen Mann.“

Dem kann ich nicht widersprechen, nicht nach der letzten Nacht. Aber mich?

Ich schüttle den Kopf. „Da fragst du die falsche Person, alter Mann. Warum suchst du dir nicht jemand anderen, den du verkuppeln kannst?“

Seine Augen werden groß.

„Oh. Wolltest du mich nicht bitten, Sex mit ihr zu haben? Was dann? Sie einfach zu umwerben und zu heiraten?“

„Ich bitte dich, sie kennen zu lernen.“

„Nein, das tust du nicht." Ich schüttle erneut den Kopf. „Ich bin hier, weil du mich darum gebeten hast. Du darfst mich um nichts anderes bitten."

Harry seufzt. „Na schön. Sie wird dir aber trotzdem zeigen, wie die Dinge hier laufen."

„Du meinst, sie wird über ihren Wutanfall hinwegkommen? Was wirst du dann tun? Ihr ein Eis kaufen? Oder eine neue Puppe, vielleicht?"

Harry dreht sich mit ernster Miene zu mir um. „Ich werde mit ihr reden."

~

Ich schätze, Jules hat zugehört, denn sie taucht Minuten später in meinem provisorischen Büro auf. Sie sieht allerdings nicht glücklich aus.

„Was?", frage ich sie. „Kein Lächeln?"

„Ich küsse keine Ärsche", antwortet Jules.

Ich kichere. „Du schläfst nur mit deinen Chefs."

Ihr fällt die Kinnlade herunter. „Ich habe nie mit deinem Vater geschlafen."

„Ich weiß. Ich meinte mich."

Sie schüttelt den Kopf. „Du bist nicht mein Chef."

Ich kneife meine Augen zusammen. „Wirklich?"

Jules rollt mit den Augen. „Na schön. Aber ich wusste nichts davon. Wenn ich es gewusst hätte, hätte ich nie Sex mit dir gehabt."

„Dann sollten wir beide dankbar sein, dass du es nicht gewusst hast."

Sie seufzt. „Können wir das nicht einfach vergessen? Den Sex. Wenn du vor Harry so tun kannst, als würdest du mich nicht kennen, kannst du das vielleicht auch vor mir?"

Meine linke Augenbraue wölbt sich. „Du willst, dass ich dich wie eine Fremde behandle?"

„Wie eine normale Angestellte."

„Hmm."

Nun, das ist genau das Gegenteil von dem, was Harry von mir verlangt hat. Ich schätze, sie hat keine Ahnung.

„Wirst du auch so tun, als hätte ich dich nie gefeuert und versuchen, nett zu mir zu sein?"

Sie schenkt mir ein falsches Lächeln. „Was? Ich bin nicht nett zu dir?"

Ich schüttle den Kopf.

„Wenn ich nicht nett zu dir bin, dann nicht wegen dem, was du in der Vergangenheit getan hast", sagt Jules. „Es liegt daran, dass du arrogant, unsensibel und manipulativ bist."

„Ich glaube, du warst diejenige, die mich gestern Abend zum Sex überredet hat", erinnere ich sie.

Sie schnaubt.

„Obwohl ich glaube, dass ich dir gesagt habe, dass ich es nicht will, obwohl ich vermute, dass du dich nicht daran erinnerst, weil-"

„Ich kann dich nicht leiden", spuckt sie aus.

Ich grinse. „Du hasst mich also nicht mehr. Du magst mich einfach nicht. Das ist schon mal ein Fortschritt, finde ich."

„Ich kann dich nicht leiden", wiederholt sie, diesmal etwas fester.

„Du meinst, ich gehe dir auf den Wecker? Aber ich bin mir ziemlich sicher, dass ich gestern Abend...“

Jules räuspert sich und strafft die Schultern.

Richtig. Kein Wort über gestern Abend.

Ich zucke mit den Schultern. „Na schön. Du magst mich nicht. Du wirst nicht nett zu mir sein, und ich werde dich wie eine normale Angestellte behandeln, nicht wie jemanden, der früher unter mir gearbeitet hat.“

Sie runzelt die Stirn.

„Obwohl du jetzt unter mir bist“, füge ich hinzu. „Sag mir, fühlst du dich wohl in einer solchen Position? Bist du befriedigt?“

„Spielen Sie keine Wortspiele mit mir, Herr Meyer“, warnt sie. „Ich bin Redakteurin.“

Ich lache. „Gut. Keine Wortspiele. Aber du musst mich Bruce nennen, nicht Mr. Meyer.“

Jules holt tief Luft. „Gut. Nun, Bruce, möchtest du die anderen Leute kennenlernen, die hier arbeiten, oder begnügst du dich damit, dich über mich lustig zu machen?“

„Hmm.“ Ich berühre mein Kinn. „Die zweite Option klingt gar nicht so schlecht.“

Jules runzelt erneut die Stirn.

Ich stehe auf. „Aber ich denke, ich werde gehen und ein paar freundliche Gesichter suchen.“

~

„Na, das war ja ein freundliches Gesicht“, bemerke ich zu Jules, nachdem wir aus Sandras Büro herausgetreten sind. „Und dieser Keks schmeckt auch noch gut.“

Ich nehme einen weiteren Bissen von dem Schokokeks in meiner Hand.

Jules runzelt die Stirn. „Wahrscheinlich, weil er mit Hintergedanken gesüßt ist. Dir ist doch klar, dass sie dir in den Arsch gekrochen ist, oder? Oder bist du inzwischen immun dagegen?“

Ich kneife die Augen zusammen, während ich mir die Krümel von den Händen schüttle.

„Bist du sauer, weil Sandra mir in den Arsch gekrochen ist, oder weil ich es zugelassen habe?“

Sie verschränkt die Arme vor der Brust. „Nun, es gäbe keine Trickbetrüger, wenn sich niemand etwas vormachen lassen würde.“

Sie ist also böse auf mich. Natürlich ist sie das. Das einzige Mal, dass sie nicht wütend auf mich ist, ist, wenn sie unter mir stöhnt.

„Wow. Du magst es, einen Streit anzufangen, nicht wahr? Aber ich sag dir was, ein guter Kämpfer fängt keinen Streit an.“

„Ich fange keinen Streit an“, argumentiert Jules. „Ich sage nur, dass du vorsichtig sein solltest, besonders in Sandras Nähe. Sie würde alles tun, um weiterzukommen.“

„Hmm. Dann sind wir in deinen Augen zwei Erbsen in einer Schote, nicht wahr?“

Ihre Augenbrauen wölben sich. „Willst du damit sagen, dass du sie magst?“

„Eifersüchtig?“, frage ich.

„Nein.“ Ihre Hände fallen in ihre Hüften. „Aber nur damit du es weißt, es gibt nur wenige Leute in diesem Büro, die das tun.“

„Wow." Ich ziehe die Augenbrauen hoch. „Eine Hetzkampagne? Von dir hätte ich mehr erwartet, Jules."

„Ich bin nicht..." Sie holt tief Luft. „Ich gebe nur die Fakten wieder."

„Bist du sicher, dass es keine Meinung ist?"

„Ich denke, ich kenne den Unterschied zwischen Fakten und Meinungen."

Ich nicke. „Nun, wenn es eine Tatsache ist, dass sie nicht die beliebteste Person hier ist, und trotzdem ist sie noch hier, dann muss das bedeuten, dass sie gut ist. Ich glaube, ich mag sie jetzt sogar noch mehr."

Jules seufzt. „Sie ist nur noch hier, weil Harry so nett ist."

„Wirklich?"

„Und du magst sie nur, weil du weißt, dass ich es nicht tue und du versuchst, mich zu ärgern."

Ich kichere, während ich den Kopf schüttle. „Ich würde nie versuchen, dich zu ärgern."

Sie rollt ungläubig mit den Augen.

„Na schön. Ich gebe zu, dass ich dich ärgern wollte, wenn du zugibst, dass du eifersüchtig warst."

„Das war ich nicht", sagt sie noch unnachgiebiger als beim ersten Mal.

„Ich auch nicht", sage ich.

Ihre Schultern sinken. „Sei einfach nur vorsichtig in Sandras Nähe, okay?"

„Deine Sorge ist zwar rührend, aber ich versichere dir, dass du dir keine Sorgen machen musst. Ich bin es gewohnt, mit Arschkriechern umzugehen."

„Und das hättest du nicht früher sagen können?"

Ich antworte mit einem Grinsen.

Sie stöhnt. „Lass uns die Tour einfach fortsetzen, ja?"

Ich schaue auf meine Uhr. „Oder wie wäre es, wenn wir eine Pause machen? Ich glaube, ich werde ein bisschen hungrig."

„Du hast gerade einen großen Keks gegessen", stellt Jules fest.

„Und ich bin immer noch hungrig."

„Na schön. Ich bringe dich in die Cafeteria."

„Und leistest mir Gesellschaft?", frage ich sie. „Weißt du, du hast mir all diese Leute vorgestellt und mir von ihnen erzählt, aber du hast mir nicht viel von dir erzählt."

„Wirklich?" Sie dreht sich zu mir um. „Ich dachte, das hätte ich schon getan, als ich betrunken war."

„Du hast eine Menge Dinge getan, als du betrunken warst", sage ich und erinnere mich an die Pfütze, die ich das Reinigungspersonal gebeten hatte, wegzuwischen. „Aber du hast mir nichts über dich erzählt. Du hast mir nicht einmal gesagt, dass du eine Redakteurin bist, die für meinen Vater arbeitet."

„Nun, ich wusste nicht, dass er dein Vater ist."

Ich zucke mit den Schultern. „Für mich klingt das so, als gäbe es eine Menge Dinge, die wir noch nicht voneinander wissen."

„Und warum sollten wir das?"

„Weil ich dein Chef bin."

Jules runzelt die Stirn, während sie mir mit dem Finger auf die Brust stupst. „Als mein Chef musst du nur wissen, dass ich eine brillante Redakteurin bin."

„Das hat Harry auch schon gesagt."

„Außerdem vermische ich im Gegensatz zu dir nicht mein Privatleben mit meinem Beruf.“

„Wirklich?“

Ist sie nicht diejenige, die meine Anwesenheit hier ein wenig zu persönlich nimmt?

„Wenn du meinen Respekt als mein Chef willst, dann benimm dich auch so.“ Sie gibt mir einen kleinen Schubs. „Sir.“

Ich grinse amüsiert. „Ja, Ma'am.“

Kapitel Sechs

Jules

„Er ist ein Wichser", beschwere ich mich bei Dana, als ich in ihr Büro stürme und mich auf ihre Couch setze.

Sie wirft mir einen bösen Blick zu. „Du weißt schon, dass ich eine Tür habe, weil ich es im Gegensatz zu dir mag, wenn man anklopft."

Ich ignoriere ihre Worte, lasse mich zwischen die Kissen sinken und starre an die Decke.

„Er ist ein Wichser."

„Das habe ich schon beim ersten Mal verstanden". Dana setzt sich neben mich. „Die Frage ist: Wer ist es?"

Ich sehe sie an, als ich antworte: „Bruce Meyer."

„Oh, du meinst den milliardenschweren Kerl, der unsere Firma übernimmt? Derjenige, mit dem du das Privileg hattest, so viel Zeit zu verbringen?"

„Privileg?" Ich schnaube.

„Erst Harrys Liebling, jetzt das Haustier seines Sohnes."

„Ich bin nicht das Haustier von Bruce", sage ich mit einem verächtlichen Blick.

„Du bist ihm aber ganz schön nachgelaufen."

„Nein, bin ich nicht. Er ist mir gefolgt."

„Und war es nicht sein Kaffee, den du heute Morgen geholt hast?"

Ich seufze, kann es aber nicht leugnen. „Ja."

Und das war noch nicht alles, was er mich gebeten hat, für ihn zu holen. Gestern war ich noch sein Reiseleiter. Heute bin ich

Aschenputtel. Ich habe seinen Kaffee geholt, seine Klamotten aus der Trockenreinigung abgeholt, die Pflanze in dem Laden, der nicht einmal sein Büro ist, gegossen, seine Lebensmittel eingekauft und seine Maße für einen neuen Anzug genommen - ich kann nicht glauben, dass seine Schultern 53 Zoll und seine Brust 44 Zoll groß sind. Oh, und ich habe ihm auch ein paar Seiten aus einem Buch vorgelesen, bevor er nach dem Mittagessen ein Nickerchen machte.

Jedes Mal habe ich Nein gesagt, und jedes Mal hat er gesagt, er sei der Chef und ich müsse tun, was er mir sage, also hat er gewonnen.

Ich stoße einen weiteren Seufzer aus. „Ich bin doch Redakteurin, keine persönliche Assistentin."

Dana hebt ihre Hand. „Ich bin gerne bereit, ihm in persönlichen Angelegenheiten zu helfen."

Ich rolle mit den Augen.

„Was?", ihre Schultern straffen sich. „Er ist heiß. Jeder in diesem Gebäude findet das, nur du nicht. Warum ist das so?"

„Vielleicht, weil ich die Gelegenheit hatte, ihn in echt zu sehen."

Dana keucht, dann schlägt sie mir spielerisch auf den Arm. „Du Glückliche!"

„Glücklich?" Ich hebe meine Arme und lasse sie auf meinen Schoß fallen. „Hast du denn kein Wort von dem gehört, was ich gesagt habe?"

„Sag es mir." Sie legt ihre Hand auf meinen Arm. „Erzähl mir alle Einzelheiten."

Ich seufze. „Er ist ein Narr, okay? Er zwingt mich den ganzen Tag, Besorgungen zu machen und dummes Zeug für ihn zu tun. Ich sollte eigentlich etwas bearbeiten. Stattdessen schufte ich nur für ihn.“

„Manche Leute würden das romantisch nennen.“

„Nun, ich nicht.“

Dana zuckt mit den Schultern. „Ich verstehe nicht, warum du dich beschwerst. Es ist ja nicht so, als würde er dich schikanieren oder bestrafen.“

„Das tut er nicht?“

„Er ist dein Chef. Er ist der Chef. Es ist sein Job, die Leute herumzukommandieren, und mit Leuten meine ich dich, denn du bist diejenige, die Harry gebeten hat, ihn herumzuführen.“

Ich holte tief Luft. „Ich wünschte, er hätte jemand anderen gefragt.“

„Aber er hat dich gefragt, also halte durch. Entspann dich. Nimm die Dinge nicht persönlich. Er ist nur... der Boss.“

Ein lausiger Boss. Bosse stellen ihre Bedürfnisse nicht über die der Firma. Bosse machen kein Nickerchen, wenn es Arbeit zu erledigen gibt. Bosse kommandieren ihre Untergebenen nicht einfach nur so herum, weil es ihnen Spaß macht. Bosse übernehmen die Verantwortung. Wenn die Dinge gut laufen, geben sie jedem das gute Gefühl, seinen Teil zu leisten. Wenn etwas schiefläuft, haben sie alles unter Kontrolle und bringen die Dinge wieder in Ordnung, bevor jemand etwas vom Missstand mitbekommen hat. Sie arbeiten härter als alle anderen.

Härter als alle anderen. Das bringt mich auf eine Idee.

Ich stehe auf.

„Wohin gehst du?“, fragt Dana hinter mir.

Ich drehe mich mit einem bösen Grinsen zu ihr um. „Wenn Bruce der Boss sein will, dann lasse ich ihn Boss sein.“

Es ist an der Zeit, den Boss an die Arbeit zu schicken.

~

Ich lege den Stapel Papiere auf Bruces provisorischem Schreibtisch ab. Er setzt sich auf und wirft mir einen verwirrten Blick zu.

„Was ist das?“

„Arbeit“, antworte ich kurz. Dann erkläre ich: „Alle unsere aktuellen Autorenakten. Da sind ihre Verträge drin, die Bücher, die sie veröffentlicht haben, und wieviel sie verdient haben. Außerdem die Namen der Lektoren, mit denen sie gearbeitet haben, und deren Kommentare. Autoren mit gelben Aufklebern sind unsere Bestsellerautoren. Autoren mit rosa Aufklebern sind seit weniger als einem Jahr bei uns.“

Er nimmt eine Mappe in die Hand. „Und Sie hätten mir die Dateien nicht einfach per E-Mail schicken können?“

„Wir veröffentlichen hier Bücher, Bruce“, erinnere ich ihn. „Wir mögen Papier. Außerdem werden gedruckte Exemplare seltener gestohlen, meinst du nicht auch?“

Er hebt einen Finger. „Eigentlich...“

„Aber wenn du Akten willst, hier ist ein Stick mit allen wichtigen Unterlagen über die Umsätze und Ausgaben des Unternehmens, mit allen Zahlen, die du auswerten kannst, direkt aus der Buchhaltung.“

Ich werfe ihm den Stick zu und er fängt ihn mit einer Hand auf.

„Ich verstehe.“

„Außerdem habe ich eine Liste der Mitarbeiter der Firma.“ Ich reiche ihm weitere Zettel. „Neben den Namen steht, wann sie eingestellt wurden und wieviel sie verdienen. Diejenigen, die blau markiert sind, fordern eine Gehaltserhöhung.“

Bruce überfliegt das Papier und wirft mir einen fragenden Blick zu. „Du willst keine Gehaltserhöhung?“

„„Nein. Ich hätte lieber eine Beförderung und das damit verbundene Gehalt“, antworte ich.

„Ah.“ Er nickt. „Und was ist der restliche Stapel Papiere in deinen Armen?“

„Oh. Das sind die Akten über vergangene und anhängige Gerichtsverfahren. Ich habe sie von der Rechtsabteilung bekommen. Ich dachte, du wolltest vielleicht einen Blick darauf werfen.“

Ich lege auch sie auf seinem Schreibtisch ab.

Bruce runzelt die Stirn. „Wenn ich Akten von der Rechtsabteilung wollte, hätte ich gefragt.“

„Nun, ich habe mir erlaubt, für dich zu fragen, damit du dir die Mühe nicht machen musst.“ Ich schenke ihm ein Grinsen.

„Hmm.“ Er wirft einen Blick über seinen Schreibtisch.

„Ich weiß nicht, was du in deiner Firma machst“, sage ich ihm. „Aber Harry hat immer härter gearbeitet als jeder andere von uns. Trotzdem, wenn du nicht damit umgehen kannst—“

Er knallt seine Hände auf die Akten. „Sonst noch etwas?“

Ich schüttle den Kopf und wende mich der Tür zu, kehre dann aber zurück.

„Oh, richtig. Da ist noch eine Sache. Eigentlich sogar zwei. Eines unserer Kinderbücher steht unter Beschuss. Einige Eltern beschweren sich, dass es unangemessene Themen behandelt.“

Ich nehme das kleine Buch aus meiner Tasche und lege es auf seinen Schreibtisch. Bruce hebt es auf.

„So viel Aufregung wegen eines so kleinen Buches?“

„Außerdem verzögert sich eines unserer Bücher ein wenig. Die Autorin, Nancy Ardale, ist schwanger und weigert sich zu schreiben, bis sie die Marcolini-Trüffel bekommt, nach denen sie sich sehnt. Ich kann sie einfach nicht zur Vernunft bringen. Ihr Temperament ist in letzter Zeit außer Kontrolle geraten. Also wird sie wohl erst nach der Geburt schreiben können.“

Bruce sagt nichts.

„Das ist alles“, schließe ich.

„Sicher?“, fragt er mich.

Ich nicke.

„Gut. Dann geh und lass mich in Ruhe, damit ich arbeiten kann.“

Ich grinse. „War mir ein Vergnügen.“

Das Grinsen bleibt, als ich aus Bruce' provisorischem Büro schlendere.

Er ist der Chef, oder? Die Person, die am besten geeignet ist, diese Firma zu übernehmen? Einer der fähigsten Geschäftsmänner der Welt?

Ich lege eine Hand auf meine Hüfte, als ich zurückblicke. Die Tür ist bereits geschlossen, aber ich kann mir vorstellen, wie Bruce über all den Papieren brütet, die ich ihm gerade auf den Tisch gelegt habe.

Mal sehen, ob du das hinkriegst.

~

„Ich habe mich darum gekümmert", sagt Bruce, als er mich zwei Tage später in sein Büro ruft.

Ich betrachte die Papiere, die immer noch auf seinem Schreibtisch liegen, und hebe eine Augenbraue. „Wie bitte?"

„Ich habe mit der Rechtsabteilung gesprochen." Er legt seine Hände auf die Akten. „Und ich habe die Autorenakten in einer passwortgeschützten, umfassenden interaktiven Datenbank zusammengefasst, die jetzt online ist."

„Online. Ist das nicht...?"

„Riskant?" Bruce beendet meinen Satz. „Wie ich schon sagte, sie ist passwortgeschützt. Nur die Redakteure haben Zugang dazu, und jeder von ihnen erhält sein eigenes Login und Passwort."

„Und wer garantiert, dass keines dieser Passwörter nach außen dringt?", frage ich ihn.

„Auf die Datenbank kann nur hier im Büro zugegriffen werden", antwortet er. „Und ich habe bereits jemanden gebeten, Maßnahmen zu ergreifen, um zu verhindern, dass sie gehackt wird. Und zwar nicht nur die Datenbank, sondern das gesamte Netzwerk hier im Büro. Niemand von außen kann eure E-Mails oder eure Dateien hacken."

„Wow." Ich verschränke die Arme vor der Brust und schaue ihn streng an. „Ich schätze, wenn du wirklich verhindern willst, dass Informationen gestohlen werden, dann kannst du das."

Darauf antwortet er nicht.

„Außerdem habe ich eine weitere Tabelle für die Mitarbeiter der Firma erstellt."

Er hebt den USB-Stick in seiner Hand hoch.

„Du hast die Dateien verschlüsselt? Ich wusste nicht, dass du so etwas kannst."

„Außerdem habe ich die Dateien gelesen, die du mir gegeben hast. Ich habe alle Zahlen studiert."

„Und?"

„Ich habe ein paar Ideen, wie man sie verbessern kann", antwortet Bruce.

Ich zucke mit den Schultern. „Hmm."

„Hier." Er wirft mir den Stick zu. „Gib ihn der Buchhaltung zurück."

Ich fange ihn auf und schaue ihn an. „Warum schickst du ihnen nicht einfach eine E-Mail? Ich dachte, unser Netzwerk ist jetzt sicher."

„Ich glaube, die wollen den Stick wohl zurückhaben."

Ich drehe ihn zwischen meinen Fingern um. „Es ist eigentlich mein Stick."

„Dann mail ihn an die Buchhaltung", sagt er mir.

Na toll. Jetzt bin ich wieder sein Sklave.

Ich seufze. „Okay. Sonst noch was?"

„Du kannst diese Papiere wegbringen." Er deutet auf die Stapel.

Ich stecke den USB-Stick in meine Tasche und lege den kleineren Stapel Papiere auf den größeren, dann versuche ich, alle Blätter zwischen meine Arme zu bekommen.

Bilde ich mir das nur ein, oder waren sie leichter, als ich sie hierherbrachte?

„Brauchst du Hilfe?", fragt Bruce mich.

„Nein", sage ich, als ich es endlich schaffe, den Stapel gut zu halten.

Ich stütze mein Kinn darauf, damit die Seiten nicht verrutschen, während ich zur Tür gehe.

„Oh, eine Sache noch", ruft er mir nach. „Zwei, um genau zu sein."

Ich rolle mit den Augen und drehe mich langsam um.

„Das hier kannst du auch zurückhaben." Er legt das kleine Kinderbuch oben auf den Stapel, den ich trage, und es rutscht auf meine Brust. „Ich weiß, dass einige Eltern das Thema unangemessen und sogar beleidigend fanden, aber viele Eltern fanden es schön geschrieben, weshalb es sich immer noch gut verkauft. Das Unternehmen und der Autor müssen nichts sagen, geschweige denn sich entschuldigen."

Ich nicke. „Okay."

Das hatte ich mir auch schon gedacht.

Ich wende mich wieder der Tür zu, aber ich habe mich erst halb umgedreht, als Bruce wieder spricht.

„Und noch etwas. Wegen Nancy. Ich habe mit ihr gesprochen und ihr fünf Schachteln dieser Trüffel geschickt, genug, um ihr Verlangen zu befriedigen und zu stillen, mit den besten Grüßen der Firma. Sie sagte, sie würde weiterschreiben, sobald sie einen davon aufgegessen hat."

Meine Augen werden groß. „Aber ich dachte, diese Pralinen gibt es nur in Belgien."

„Ich hatte zufällig noch welche von meiner letzten Reise übrig", sagt er.

„Du hattest noch fünf Schachteln übrig?"

„Sechs." Er schiebt seinen Stuhl zurück, um eine Schublade zu öffnen und eine Schachtel mit Pralinen herauszunehmen. „Ich dachte, ich schenke dir eine Schachtel."

Ich mustere die elegant aussehende Schachtel. Direkt aus Belgien, nicht wahr?

Ich sehe Bruce an. „Ich hätte dich nicht für einen Schokoladenliebhaber gehalten."

„Das zeigt nur, wie viel du immer noch nicht über mich weißt."

Darauf antworte ich nicht.

Er hebt die Schachtel hoch. „Nimm sie."

Ich schüttle den Kopf. „Nein, danke."

„Komm schon." Er erhebt sich von seinem Platz und geht um seinen Schreibtisch herum. „Das sind einige der besten Pralinen der Welt. Außerdem sind sie ein Zeichen meiner Dankbarkeit."

Er legt die Schachtel auf meinen Stapel.

Ich werfe ihm einen verwirrten Blick zu. „Dankbarkeit?„

„Ich habe mich gelangweilt, und du hast mich herausgefordert", antwortet er. „Und nichts liebe ich mehr."

„Oh."

Und ich dachte schon, er würde jetzt wütend werden. Stattdessen scheine ich mich zum Narren gemacht zu haben. Schon wieder.

Warum muss er immer so gut sein?

„Sonst noch etwas?", frage ich ihn, während ich meine Arme leicht verlagere, um die Last, die ich trage, zu stützen.

„Nö." Er schüttelt den Kopf. „Ich glaube, das war's."

„Gut.“ Ich gehe zur Tür.

„Soll ich die aufmachen?“

„Nein.“ Ich drehe den Knauf, ohne hinzusehen, und öffne die Tür mit dem Fuß. „Mir geht's gut.“

„Wenn du das sagst.„

Ich habe ihm eine Menge Arbeit aufgehalst und er hat sie erledigt. Ich will nicht, dass er denkt, dass ich so viel nicht bewältigen kann.

Trotzdem eile ich in mein Büro, um den Stapel auf meinem Schreibtisch abzulegen, bevor ich ihn überall fallen lasse. Zum Glück habe ich einen Vorhang statt einer Tür.

Danach setze ich mich auf meinen Stuhl und atme erleichtert aus. Mein Blick fällt auf den Stapel.

Bruce hat sich also um all das gekümmert, ja? Ich sage es nur ungern, aber ich bin beeindruckt.

Vielleicht, nur vielleicht, kann er ja mit dieser Firma umgehen.

~

„Glaubst du das?“, fragt mich Harry, nachdem ich ihm meinen Bericht gegeben habe.

Hoffnung leuchtet in seinen Augen auf.

Ich nicke, während ich an seinem Bett sitze. „Bruces Milliarden sind nicht nur Glück. Er weiß, was er tut. Du hast das Unternehmen geschaffen. Du hast es von Grund auf aufgebaut und gut entwickelt. Du hast alles gegeben, was du konntest. Jetzt ist Bruce an der Reihe, und ich glaube, dass er etwas Großes daraus machen kann, wenn er sich genauso anstrengt wie du.“

Harry lächelt. „Das höre ich gerne, besonders von dir.“

Er legt seine Hand auf meine.

„Heißt das, ihr versteht euch gut?"

Ich presse die Lippen zusammen. Verstehen wir uns?

Ich zucke mit den Schultern. „Nun, er hat mir eine Schachtel mit teuren belgischen Pralinen geschenkt."

„Hat er das?" Harry sieht beeindruckt aus. Er drückt meine Hand. „Das ist gut. Das ist sehr gut."

Ich sehe ihn mit zusammengekniffenen Augen an. „Ist es das?"

„Ich dachte, ihr würdet euch vielleicht … füreinander interessieren…"

Meine Augen verengen sich noch mehr. „Harry, versuchst du etwa, den Heiratsvermittler zu spielen?"

Er schüttelt den Kopf. „Nein. Um Himmels willen, nein."

Warum glaube ich ihm nicht?

„Ich bin einfach froh, dass er sich für dich zu interessieren scheint, denn das bedeutet, dass er meiner Bitte eher nachkommen wird."

„Deine Bitte?" Ich bin verwirrt.

„Ja, dass er die Firma übernimmt."

„Aber ich dachte, das tut er bereits. Ich dachte, deshalb ist er hier."

„Oh, das ist noch nicht in Stein gemeißelt", erklärt mir Harry. „Bruce ist ein vielbeschäftigter Mann und er schuldet mir nichts. Er hasst mich sogar, weil ich ihn und seine Mutter vor vielen Jahren verlassen habe."

Deshalb hat Harry also nie von ihm gesprochen.

„Er hat einfach zugestimmt, die Firma zu überprüfen, um zu sehen, ob sie seine Zeit wert ist.“

Meine Augenbrauen wölben sich. „Er macht einen Schaufensterbummel?“

„Wenn ihm gefällt, was er sieht, wird er der neue Chef sein. Und nach dem, was du mir gerade erzählt hast, scheint es ihm zu gefallen. Das freut mich.“

Ich stehe auf und zeige mit dem Finger auf Harry. „Du willst mich als Köder benutzen?“

„Nein, kein Köder. Du bist einer der besten Mitarbeiter der Firma. Du bist eine Bereicherung, ein Verkaufsargument.“

„Ich stehe zum Verkauf?“

„Die Firma ist zu verkaufen, Jules, so oder so. Das ist die Wahrheit. Und Bruce ist unser bester Käufer. Er ist sogar der einzige, dem ich das Unternehmen anvertrauen kann.“ Harry greift nach meiner Hand. „Bitte mach ihm klar, dass meine Firma, unsere Firma, es wert ist, gekauft zu werden. Na ja, eigentlich nicht kaufen, denn ich gebe sie ihm umsonst.“

Und doch will Bruce es nicht annehmen. Er denkt immer noch darüber nach. Und ich soll ihm dabei helfen, sich zu entscheiden.

Ich frage mich - will Harry, dass ich mit Bruce schlafe, nur um das zu erreichen?

Und ich dachte, ich bedeute ihm etwas.

„Jules?“, Harry zupft an meinem Arm.

Ich sehe ihn an und bemerke die Sorge in seinen müden Augen.

Er sorgt sich wirklich um mich.

„Mir geht es gut“, sage ich ihm und drücke seine Hand.

Es ist nicht Harrys Schuld. Es ist Bruces. All das ist Bruces Schuld.

Und ich dachte schon, er sei ein guter Mensch.

Kapitel Sieben

Bruce

Gestern hatte Jules noch Ehrfurcht vor mir. Heute will sie mich umbringen.

Seit heute Morgen haben sich unsere Blicke kaum noch getroffen, und jedes Mal, wenn sie sich trafen, habe ich ein verärgertes Glitzern in ihren Augen gesehen. Sie hat kein Gespräch begonnen, keine Meinung geäußert und mich auch nicht angegriffen. Sie war völlig still, außer um meine Fragen zu beantworten, und selbst dann höre ich Ärger in ihrer Stimme. Und ihr Schweigen selbst sagt mir hundert Worte, von denen ich keines hören will.

Grausam, dass sie heute so umwerfend aussieht in ihrem roten Kleid, das mit der um die Taille gebundenen Schärpe einem Gewand ähnelt. Ich frage mich, ob sich die Schärpe lösen wird, wenn ich daran ziehe, ob die Revers zur Seite fallen werden.

Ein Blick von ihr und der Gedanke ist weg.

Ich begreife es nicht. Was habe ich getan, dass sie so schlecht gelaunt ist? In der Vergangenheit habe ich es immer gewusst, aber dieses Mal habe ich keine Ahnung.

Und ich weiß nicht, warum es mich stört, aber es stört mich.

Also frage ich sie. Als ich das Schweigen, das Starren und die Spekulationen nicht mehr ertrage, gehe ich in ihr Büro und frage sie.

„Was ist das Problem?" Ich stehe vor ihrem Schreibtisch, eine Hand in der Tasche, die andere an der Seite.

Jules blickt nicht einmal von ihrem Laptop auf. „Womit?"

Ich nähere mich ihrem Schreibtisch und lege meine Hände auf beide Seiten. „Mit dir.“

Sie starrt auf eine meiner Hände, dann hebt sie langsam ihr Kinn an. Ich blicke in haselnussbraune Augen, die vor Ungeduld flackern.

„Was meinst du?“

Ich schätze, ich muss direkter sein.

„Warum bist du böse auf mich, Jules?“

Sie verschränkt die Arme vor der Brust, während sie sich zurücklehnt. „Ich glaube, ich habe es schon einmal gesagt, Bruce - weil du arrogant, unsensibel und manipulativ bist. Und was? Dachtest du, ich hätte meine Ansicht geändert?“

„Du magst mich nicht, weil du mich arrogant, unsensibel und manipulativ findest“, stelle ich fest.

Und vielleicht auch, weil ich sie ein bisschen einschüchtere.

„Aber das ist nicht der Grund, warum du sauer auf mich bist.“

„Oh, wow.“ Jules berührt ihr Kinn. „Ich wusste nicht, dass du Gedanken lesen kannst.“

Ich schüttle den Kopf. „Du bist unmöglich. Du fragst mich, ob ich Sex mit dir haben will...“

„Wir waren uns einig, nicht darüber zu reden...“

„Und dann bittest du mich, so zu tun, als ob wir uns nie getroffen hätten“, fahre ich fort. „Eines Tages machst du dir Sorgen um mich...“

„Ich bin nicht besorgt.“

„- und am nächsten Tag willst du mich umbringen. Du willst, dass ich mich wie dein Chef verhalte, und wenn ich das tue, nimmst du es mir übel."

„Weil du nicht mein Chef bist." Jules' Stimme wird lauter, als sie sich aufrichtet. „Du bist hierhergekommen und hast so getan, als wärst du ein Geschenk der Geschäftswelt an uns. Harry hat dich mit so viel Stolz und Hoffnung vorgestellt. Er hat mich gebeten, besonders nett zu dir zu sein und dich herumzuführen, und das habe ich getan. Ich habe dich allen vorgestellt, und du hast sie alle wie kopflose Hühner herumlaufen lassen, nur um dir zu gefallen. Und du hast mich auch kleine Besorgungen machen lassen, Sachen für dich holen lassen, als wäre ich ein Hund, was ich getan habe, weil Harry mich darum gebeten hat und weil ich den Eindruck hatte, dass du mein Chef bist. Gestern hat Harry mir dann erzählt, dass du es vielleicht gar nicht bist, dass du immer noch überlegst, ob du die Firma übernehmen willst oder nicht, dass du dich nur umschaust."

„Er hätte es euch von vornherein sagen sollen. Das war seine Entscheidung, nicht meine."

„Aber du bist doch derjenige, der hier die Befehle gibt. Und ich habe dich herumgeführt, damit du dich wie zu Hause fühlst, während du diese Firma erst einmal unter die Lupe nimmst, um zu entscheiden, ob sie deine Zeit wert ist oder ob du sie den Wölfen zum Fraß vorwerfen solltest."

Ich stieß einen Seufzer aus. „Ich bin ein Geschäftsmann, Jules."

„Du bist Harrys Sohn, Bruce", betont sie, während ihre Handflächen auf den Tisch knallen. „Du warst immer sein Sohn, sein einziger Sohn."

„Den er zurückgelassen hat", antworte ich. „Hat Harry dir das auch gesagt?"

„Deshalb versucht er, es wieder gut zu machen."

„Indem er mir mehr Arbeit gibt? Indem er mir die Verantwortung für ein Unternehmen überträgt, das eher eine Belastung als ein Gewinn sein könnte?"

Jules starrt ihn an. „Wie kannst du es wagen!"

„Okay, indem er mir die Verantwortung für eine Firma überträgt, um die ich nicht gebeten habe?" Ich schüttle den Kopf. „Ich glaube nicht, dass man so etwas wieder gutmachen kann."

„Er versucht, dir eine Chance zu geben. Er versucht, euch beiden eine Chance zu geben, miteinander auszukommen, damit, wenn er... damit, nachdem es passiert ist, nachdem euch die Chancen ausgegangen sind, keiner von euch ein schlechtes Gewissen hat wegen dem, was ihr verpasst habt."

„Genau", stimme ich zu. „Er versucht, sein Gewissen zu beruhigen."

Jules schüttelt den Kopf. „Was ist los mit dir, dass du nicht über einen Fehler hinwegsehen kannst? Dass du denkst, nur weil jemand einen Fehler gemacht hat, ist er es nicht mehr wert, in deiner Nähe zu sein."

Ich runzle die Stirn. „Ich bin hier nicht der Böse, Jules. Hör auf, die Dinge persönlich zu nehmen."

„Hör auf, so unpersönlich zu sein. Du bist ein Geschäftsmann, aber du bist auch ein menschliches Wesen. Und du bist vielleicht nicht der Böse, aber du bist auch nicht der Gute. Du bist nicht der Held."

Ich zucke mit den Schultern. „Ich bin doch hier, oder nicht?"

„Bist du? Bist du wegen Harry und seiner Firma hier? Oder bist du nur zu deinem eigenen Vergnügen hier? Damit du dich gut fühlst, weil du etwas für deinen Vater getan hast, obwohl du in Wirklichkeit gar nichts getan hast?"

Ich sage nichts. Auch Jules verstummt. Ihr Kinn fällt nach unten. Ihre Brust hebt sich, als sie nach Luft schnappt.

Dann begegnet sie wieder meinem Blick. „Du hast nur einen Vater, Bruce. Es spielt keine Rolle, was er getan hat. Er ist dein Vater. Und er versucht, den Rest seines Lebens ohne Reue zu leben. Wenn die Zeit kommt, wird er in Frieden gehen, weil er es versucht hat. Aber wirst du das auch?"

Sie klappt den Deckel ihres Laptops zu und stürmt ohne ein weiteres Wort aus dem Zimmer. Ich setze mich auf einen Hocker und stütze mich mit den Händen auf ihrem Schreibtisch ab, während ich mich in ihren Worten suhle. Ich kann sie einfach nicht abschütteln. Es ist, als ob sie in meinem Kopf festsäßen und sich mit all meinen anderen Gedanken verstricken würden.

Die Tatsache, dass der Duft ihres Parfums immer noch in der Luft liegt, hilft mir nicht.

Verdammt noch mal.

Vielleicht hätte ich nicht nach New York kommen sollen, aber jetzt bin ich hier. Wie Jules schon sagte, ich muss etwas tun. Und ich habe schon ein paar Ideen. Ich muss nur noch ein paar Dinge in Ordnung bringen.

Also gehe ich zurück in mein Büro und überlege mir einen Plan.

~

Kurz vor dem Abend gehe ich zurück in Jules' Büro. Sobald sie mich sieht, seufzt sie und schaltet ihren Laptop aus.

„Ich wollte gerade gehen."

„Bevor du das tust, hör mir zu." Ich nähere mich ihrem Schreibtisch.

Jules schüttelt den Kopf. „Bruce, ich bin müde."

„Ich übernehme die Firma", verkünde ich.

Große haselnussbraune Augen starren mich an.

„Du ... übernimmst die Firma?"

„Genau das habe ich gesagt. Ich hatte bereits mit der Idee geliebäugelt, weil mir die Berichte, die ich gelesen hatte, gefielen und ich dachte, dass das Unternehmen ein gewisses Potenzial haben könnte. Ich habe mir nur etwas mehr Zeit genommen, um zu sehen, auf welche Probleme ich stoßen könnte und welche Anpassungen vorgenommen werden müssen. Jetzt habe ich mich entschieden, dir sei Dank."

Sie runzelt die Stirn. „Und nun? Soll ich dir einen Orden verleihen? Ich wollte nie, dass du die Firma übernimmst, Bruce. Denkst du, es ist mein Traum, dich als Chef zu haben?"

„Ach, lass mich in Ruhe, Jules. Du hast mich gebeten, Harry eine Chance zu geben, und das habe ich getan. Und was ist mit mir? Willst du mir weiterhin übelnehmen, dass ich dich vor Jahren gefeuert habe? Solltest du mir nicht auch eine Chance geben?"

Jules verstummt. Dann stößt sie einen Seufzer aus. „Na gut. Ich werde dir eine Chance geben ... als mein neuer alter Chef."

„Gut." Ich reibe mir die Hände und trete vor. „Also, warum feiern wir diesen Neuanfang nicht mit einem Abendessen?"

„Abendessen?" Ihre Augenbrauen heben sich. „Haben wir das nicht schon getan?"

„Als alte Freunde. Diesmal werden wir als Chef und Angestellter essen gehen."

Sie schüttelt den Kopf. „Chefs essen nicht mit ihren Angestellten zu Abend."

„Doch, tun sie, wenn ihnen ihre Firma am Herzen liegt."

Jules tippt mit den Fingern auf ihrem Schreibtisch, während sie über ihre Antwort nachdenkt. Schließlich nickt sie.

„Gut. Aber dieses Mal ohne Wein."

Ich grinse. „Klar."

Kapitel Acht

Jules

„Ich nehme ein Glas Gurkenlimonade", sage ich dem Kellner, nachdem ich ihm meine Bestellung für Thunfischsalat gegeben habe.

Er notiert sich das.

Als Bruce seine Bestellung aufgibt - Rippchen mit Kohlrabi und frischer Limonade - nippe ich an meinem Wasser und starre vor mich hin.

Selbst am Ende des Tages, selbst nach der Hölle, die ich ihm bereitet habe, sieht er immer noch gut aus. Er sieht überhaupt nicht müde aus. Und ich? Nun, allein der erfrischende Anblick vor mir, von dem ich die meiste Zeit des Tages versucht habe, meinen Blick abzuwenden, wäscht meine Erschöpfung weg.

Es fühlt sich fast wie ein Déjà-vu an. Hier sind wir beim Abendessen. Schon wieder.

Warum esse ich schon wieder mit Bruce zu Abend?

Eben. Weil er mein zukünftiger Chef ist, dieses Mal wirklich. Und weil ich ein schlechtes Gewissen habe, weil ich vorhin die Beherrschung verloren und ihm einen Vortrag gehalten habe. Ich kann mich in seiner Gegenwart einfach nicht beherrschen.

Aber es hat sich als gut herausgestellt, denn es scheint ihn zur Vernunft gebracht zu haben. Ende gut, alles gut.

„Also, wann sagst du es Harry?", frage ich Bruce, sobald der Kellner gegangen ist.

„Morgen", antwortet er.

Ich lächle. „Er wird sich freuen."

Bruce beugt sich vor. „Dir liegt viel an Harry, nicht wahr?“

„Nun, ja“, gebe ich zu. „Immerhin ist er derjenige, der mir eine Chance gegeben hat, als du es nicht getan hast.“

Er runzelt die Stirn.

Ich zucke mit den Schultern. „Du hast gefragt.“

„Ich meine nicht nur als dein Chef.“

„Oh.“

Meine Augen werden groß. Ich schüttle den Kopf.

„Wenn du fragst, ob ich jemals mit ihm geschlafen habe, liegst du falsch. Es ist mir nicht einmal in den Sinn gekommen...“

„Das habe ich nicht gefragt“, unterbricht mich Bruce. „Das ist mir auch nicht in den Sinn gekommen.“

„Oh.“ Ich unterdrücke ein Erröten. „Tut mir leid. Es ist nur so, dass diese Andeutung schon einmal gemacht wurde.“

„Von Sandra?“

Ich kichere, weil er es richtig verstanden hat.

„Sie konnte nie verstehen, warum Harry mich lieber mochte als sie. Und sie konnte es auch nicht ertragen.“

„Was ich meinte, war, dass du Harry wie einen Vater betrachtest.“

Ich holte tief Luft. „Das liegt daran, dass er sich wie ein Vater verhält, nicht nur für mich, sondern für alle. Er ist der Vater der Firma.“

„Und doch liegt er dir mehr am Herzen, als den anderen.“

„Was soll ich sagen? Ich bin ein fürsorglicher Mensch.“

„Hmm.“

Hmm? Ich sehe ihn mit zusammengekniffenen Augen an. „Warte. Du bist doch nicht eifersüchtig, oder? Du denkst doch nicht, ich hätte dir deinen Vater weggenommen oder so etwas?"

„Nein." Bruce schüttelt den Kopf. „Wie ich schon sagte, er ist schon vor langer Zeit gegangen. Ich kenne ihn kaum."

„Darf ich fragen, warum?"

„Vielleicht solltest du ihn fragen", sagt Bruce. „Ich weiß nur, dass er und meine Mutter sich gestritten haben und er dann verschwunden ist. Ich weiß nicht einmal, worum es bei dem Streit ging."

„Deine Mutter hat es dir nie erzählt?"

„Danach hat sie nicht mehr viel über meinen Vater gesprochen, bis sie auf dem Sterbebett lag."

Mein Herz sinkt. Ich lege meine Hand auf meine Brust.

„Tut mir leid, das zu hören."

Bruce schüttelt den Kopf. „Ist schon in Ordnung. Was ist mit dir? Was ist mit deinem Vater passiert?"

Meine Augenbrauen wölben sich. „Woher weißt du das?"

Er zuckt mit den Schultern. „Bauchgefühl."

Ein Bauchgefühl.

„Meine Eltern starben beide bei einem Autounfall, als ich neunzehn war", erzähle ich ihm. „Ich war auf dem College. Sie waren auf dem Weg zu mir, als ein betrunkener Fahrer dafür sorgte, dass ich sie nie wieder sah."

„Betrunkener Fahrer?"

„Ja. Und ein Teenager noch dazu, sogar jünger als ich. Ein reiches Kind. Seine Eltern haben mir eine Summe Geld gegeben." Ich seufze. „Ich wollte es nicht annehmen. Kein Geld der

Welt hätte meine Eltern zurückbringen können. Aber mein Onkel hat es mir geraten. Und ich beschloss, dass ich das College beenden und meine Eltern stolz machen musste, also tat ich es."

„Ist das der Grund, warum du reiche Leute hasst?"

„Das habe ich nie gesagt", antworte ich. „Obwohl du mich ein bisschen an den Vater des Kindes erinnerst."

„Hmm." Bruce tippt mit den Fingern auf den Tisch. „Wie ist sein Name? Vielleicht kenne ich ihn."

Ich weigere mich, ihn zu nennen. „Ich kann mit ihm umgehen."

Bruce runzelt die Stirn. „Du vertraust mir nicht. Ich bin verletzt."

Er legt seine Hand auf seine Brust.

„Du bist mein Boss", erinnere ich ihn. „Ich ziehe Grenzen. Dieses Gespräch wird zu persönlich."

„Hast du mir nicht gesagt, ich soll persönlich werden?", fragt er mich.

„Aber nicht zu persönlich", antworte ich ihm. „Ich glaube, ich habe auch gesagt, dass man eine Grenze zwischen Privatleben und Arbeit ziehen muss."

Er nickt. „Jetzt klingst du wie mein Boss."

Ich kichere.

Die Getränke kommen an. Ich nehme einen Schluck von meinem.

„Sicher, dass du keinen Wein willst?", fragt Bruce.

„Ich bin sicher", sage ich ihm.

Ich will nicht wieder den Fehler machen, betrunkenen Sex mit ihm zu haben, so verlockend das auch klingt.

„Okay." Er setzt sich zurück. „Wenn wir schon bei etwas weniger Persönlichem sind, warum erzählst du mir nicht, welche Veränderungen du in der Firma gerne sehen würdest?"

~

„Du hast viele Ideen", sagt Bruce zu mir, als wir zwei Stunden später aus dem Restaurant gehen.

Ich nicke. „Das sagt Harry mir auch ständig."

„Aber er hat dich nicht einmal gefragt, ob du seinen Job übernehmen willst?"

Ich zucke mit den Schultern. „Ich habe Ideen. Ich spiele gern mit ihnen. Aber Formulare ausfüllen? Zahlen knacken? Mit Anwälten und Bankern reden? Das ist nicht meine Art von Spaß."

„Ja. Ich kann mir vorstellen, dass es dich langweilen würde ein Unternehmen zu führen."

Das würde es. Ich habe das vorher nicht verstanden, aber jetzt weiß ich, dass ich Bruces Job nicht will. Ich will nur, dass er seinen macht.

In diesem Moment klingelt mein Telefon. Ich nehme es aus meiner Handtasche. Meine Augenbrauen runzeln sich, als ich die unbekannte Nummer auf dem Display sehe.

Trotzdem gehe ich ran. „Hallo."

„Spreche ich mit Julianne Decker vom Bavil Verlag?", fragt der Mann am anderen Ende der Leitung.

„Ja. Wer ist da, bitte?"

„Ich bin Tim Morgan. Ich habe in Ihrem Büro angerufen und man hat mir Ihre Nummer gegeben."

„Oh."

Ich frage mich, wer genau ihm meine Nummer gegeben hat.

„Ich rufe an wegen der Bücher über die verlorenen Musen von Kathrina Sheele.“

„Okay.“

„Ich bin Fernsehproduzent und daran interessiert, aus den Büchern eine Fernsehserie zu machen. Ich denke, es gibt jetzt mehr als genug Inhalt für mindestens drei Staffeln.“

Ich lege eine Hand auf meinen Mund, um ein Keuchen zu unterdrücken.

Eine Fernsehserie? Drei Staffeln?

„Ms. Decker?“

Ich lasse meine Hand sinken. „Ich... ich werde ihr das berichten. Der Autorin, meine ich. Wir werden das auch mit unserem Verleger besprechen.“

Ich werfe einen Blick auf Bruce, der einen neugierigen Gesichtsausdruck aufgesetzt hat.

„Großartig. Können wir uns trotzdem noch treffen, damit wir unsere Ideen zu diesem Projekt vorstellen können? Wir würden die Autorin wirklich gerne wissen lassen, wie sehr wir das machen wollen.“

„Wenn Ms. Sheele dieser Idee gegenüber aufgeschlossen ist, lässt sich das sicher arrangieren“, antworte ich, nachdem ich mich von der ersten Welle der Überraschung erholt habe. „Warum rufe ich Sie nicht in zwei Tagen um diese Zeit zurück?“

„Sicher. Danke. Wir warten auf Ihren Anruf.“

Das Gespräch ist beendet. Ich stecke mein Telefon zurück in meine Handtasche.

„Und?“, fragt Bruce mich erwartungsvoll.

Ich schenke ihm ein Lächeln. „Das war ein Fernsehproduzent."

„Und?"

„Sie wollen aus den Büchern über die verlorenen Musen eine Fernsehserie machen!", platze ich heraus und kann meine Aufregung nicht mehr zurückhalten.

Bruce' Augen werden groß. „Wow."

„Ja, ich weiß, wirklich? Oh, ich kann es kaum erwarten, es Kathrina zu erzählen. Und Harry. Und natürlich werden du und ich darüber reden." Ich lege meine Hände auf meine Wangen. „FERNSEHEN. Stell dir das mal vor. Ich träume doch nicht, oder?"

Bruce schüttelt den Kopf.

Ich kneife mir in die Wangen. „Ich träume nicht. Das passiert wirklich. Unsere allererste Fernsehserie. Oh, das sind so gute Neuigkeiten."

Bevor ich nachdenken kann, schlinge ich meine Arme um Bruce und drücke ihn fest an mich. Seine Arme legen sich um mich.

„Ich kann es nicht glauben! Ich kann es nicht glauben."

„Es ist aber noch nicht sicher", erinnert mich Bruce. „Und vielleicht passiert es auch nicht so bald. Es gibt noch eine Menge zu besprechen."

„Ich weiß." Ich ziehe mich zurück. „Aber ich bin einfach so … aufgeregt. Ich meine, das ist der Beweis, dass Kathrinas Geschichten erstaunlich sind, dass wir recht hatten, an sie zu glauben."

„Ja, das hattet ihr."

„Und wenn man bedenkt, dass ich ihr bei ihrem letzten Buch geholfen habe. Das ist wirklich erstaunlich. Es ist ...“

Mein Geplapper hört auf, als ich Bruces Lippen auf meinen spüre. Zuerst jagt die unerwartete Berührung mir eine Hitzewelle über den Rücken. Aber das vergeht. Mein Geist klärt sich und ich stoße Bruce von mir. Mein Arm hebt sich und meine Handfläche kracht gegen seine Wange.

Wie kann er es wagen, meinen Hochgefühlszustand auszunutzen und mich zu küssen?

Ich schüttle den Kopf und trete einen Schritt zurück.

„Du magst mein Boss sein, aber du kannst nicht mit mir machen, was du willst.“

Mein Hochgefühl ist verflogen, ich drehe mich auf dem Absatz um und gehe weg.

~

Erst Stunden später, nachdem ich geduscht habe und in meiner Wohnung auf der Couch sitze und mein Haar auf meinen Bademantel tropft, wird mir klar, was ich getan habe.

Bruce ist mein Chef. Ja, er kann nicht machen, was er will. Es war falsch von ihm, mich so überraschend zu küssen. Aber ich hätte ihn auch nicht ohrfeigen sollen, schon gar nicht in der Öffentlichkeit. Ich hätte ihn einfach wegstoßen und weggehen sollen.

Was habe ich mir nur dabei gedacht? Was, wenn es im Internet landet? Was, wenn es der Firma Ärger macht? Was, wenn der Fernsehvertrag gekündigt wird? Was, wenn ich gefeuert werde?

Am nächsten Tag gehe ich als Erstes in Bruces Büro, um mich zu entschuldigen.

„Es tut mir leid“, sage ich ihm, während ich den Blick abwende, weil ich mich zu sehr schäme, um ihm in die Augen zu sehen. „Ich hätte das nicht tun sollen. Ich habe mich hinreißen lassen.“

„Das haben wir beide“, sagt er. „Du musst dir keine Sorgen machen.“

Ich hebe mein Kinn. Ich bin nicht in Schwierigkeiten?

„Aber jemand könnte es aufgenommen oder ein Foto gemacht haben und…“

„Es wird nicht an die Öffentlichkeit gelangen“, versichert mir Bruce. „Weder der Kuss noch die Tatsache, dass du mich geohrfeigt hast.“

Er berührt seine Wange und ich fühle mich noch schuldiger.

„Ich stehe jetzt schon eine ganze Weile im Rampenlicht, Jules. Ich weiß, wie man Komplikationen vermeidet.“

Ich stoße einen Seufzer der Erleichterung aus. „Trotzdem tut es mir sehr leid. Ich habe mich unmöglich benommen. Mein Verhalten war daneben.“

„Du hast reagiert. Ich war derjenige, der sich danebenbenommen hat.“ Er steht auf und lehnt sich an seinen Schreibtisch. „Du warst so … fröhlich und ich hatte das Bedürfnis dich zu küssen.“

Ich streiche mir eine Haarsträhne hinters Ohr und werde rot. „Du meinst, ich habe geplappert und du hattest das Bedürfnis, mich zum Schweigen zu bringen.“

Bruce kichert. „Das auch. Außerdem können wir nicht ganz Manhattan wissen lassen, dass Lost Muses eine Fernsehserie wird, noch nicht.“

Ich nicke. „Stimmt.“

Ich darf nicht voreilig sein. Ich habe noch nicht einmal Kathrina die Neuigkeiten erzählt.

„Es tut mir leid“, sage ich. „Ich schätze, es fällt mir einfach schwer, meine Gefühle zu kontrollieren.“

„Das weiß ich.“

Ich seufze. „Ich fühle mich jetzt noch schlechter, weil ich dich geschlagen habe. Gibt es eine Möglichkeit, dass ich es wiedergutmachen kann?“

„Und dich dann besser fühlst?“, fragt Bruce mich.

„Ja.“

Er grinst. „Nun, wenn du darauf bestehst, dann kannst du mir dieses Wochenende die Stadt zeigen.“

„Okay“, stimme ich zu. „Du meinst, alle Museen besuchen, auf die Spitze des Empire State klettern, einen Spaziergang durch den Central Park machen?“

Er berührt sein Kinn. „Wenn ich es mir recht überlege, warum führst du mich nicht einfach durch den Central Park?“

„Okay. Warte, warst du nicht schon mal da?“

Bin ich ihm nicht erst vor ein paar Tagen dort begegnet?

„Ja. Aber ich habe ihn nicht erkundet. Kannst du mir dabei nicht helfen?“

Den Central Park erkunden? Im Frühling? Das hört sich doch gut an.

„Ich sehe schon die Ideen in deinem Kopf“, sagt Bruce.

Ich lächle. „Oh, natürlich habe ich Ideen.“

Kapitel Neun

Bruce

Jules hat nicht gelogen.

Nachdem wir im Central Park angekommen waren, machten wir eine Radtour. Dann stiegen wir die Stufen des Belvedere-Schlosses hinauf und erfreuten uns an der Landschaft. Wir hielten an, um an den Rosen im Conservatory Garden zu riechen und uns unter die Schmetterlinge auf der Nordwiese zu mischen. Wir untersuchten Kleopatras Nadel und die schönen Kacheln in den Bethesda-Terrassen-Arkaden. Wir haben die Tiere im Zoo gesehen. Wir haben uns am Brunnen etwas gewünscht - na ja, Jules jedenfalls. Jetzt, wo die Sonne langsam untergeht, rudern wir mit einem Boot auf dem See.

Zumindest ich rudere.

Jules sitzt mir gegenüber, in einem weißen Rollkragenpullover und einer rosa Latzhose mit einem Schmetterling auf der Vordertasche, so dass ich sie mir wie ein Kind vorstelle. Sie war den ganzen Tag wie ein Kind, voller Aufregung, herumhüpfend, Spaß habend. Und doch bin ich mir bewusst, dass ich eine Frau vor mir habe. Ihre scharlachroten Lippen spitzen sich, als sie einen Gedanken hegt. Wenn sie sich zur Seite dreht, kann ich einen Blick auf eine feste Brust erhaschen, die sich gegen den Jeansstoff drückt. Als sie ihr Haar in die Hand nimmt, sehe ich die Feder, die auf der schönen Haut ihres Nackens eingezeichnet ist.

Neulich habe ich es nicht geschafft, mich davon abzuhalten sie zu küssen. Jetzt kämpfe ich wieder darum, die Kontrolle zu behalten.

Aber ich werde es schaffen. Ich muss mich nur ablenken, und im Moment erfüllen diese Ruder in meinen Händen genau diesen Zweck.

„Du kannst gut rudern", macht Jules mir ein Kompliment. „Andererseits habe ich noch nichts gefunden, was du nicht gut kannst."

„Zeichnen", sage ich ihr. „Ich kann nicht mal einen anständigen Menschen zeichnen, selbst wenn es um mein Leben ginge."

Sie runzelt die Stirn. „Nicht einmal ein Strichmännchen?"

Ich schüttle den Kopf.

Sie bricht in ein schönes, schallendes Gelächter aus. Es erinnert mich an das Geräusch von Regen, laut, aber nicht seltsam oder beleidigend.

„Willst du dich weiter über mich lustig machen oder hilfst du mir beim Rudern?", frage ich sie.

„Nö." Jules schüttelt den Kopf. „Du ruderst. Setz deinen Körper ein."

Oh, ich kann mir einen besseren Weg vorstellen, diesen Körper zu benutzen. Ich schiebe den Gedanken jedoch beiseite.

„Ich gehe ins Fitnessstudio", informiere ich sie. „Nur weil man mich nur im Büro sitzen sieht, heißt das nicht, dass das alles ist, was ich tue."

„Das Fitnessstudio." Jules schnaubt. „Das ist etwas für faule, reiche, überhebliche Leute, die nur abnehmen wollen, um das andere Geschlecht zu beeindrucken, oder die die Geräte nur benutzen, um sich vorzumachen, dass sie etwas Gesundes tun, bevor sie wieder auf die Couch oder ans Buffet gehen.“

„Ich nehme an, du warst noch nie im Fitnessstudio.“

„Nein. Ich gehe gelegentlich joggen, weißt du, auf richtigen Wegen, wo ich frische Luft atmen kann und nicht den Schweiß der Person neben mir.“

Ist sie deshalb so fit? Vielleicht sollte ich mich ihr das nächste Mal anschließen.

„Zu deiner Information, ich gehe nicht ins Fitnessstudio, um zu joggen. Ich will Gewichte heben, was man im Park nicht kann.“

„Aber sieh dir an, was du gerade tust.“ Sie zeigt auf die Ruder.

Ich hebe sie hoch. „Das sind keine Gewichte.“

Sie zuckt mit den Schultern. „Sie dienen demselben Zweck, oder?“

„Nein, das tun sie nicht“, behaupte ich. „Außerdem sind viele Leute, die regelmäßig ins Fitnessstudio gehen, ernsthaft an ihrer Gesundheit interessiert. Ja, manche tun es nur wegen der Show, aber die meisten eben nicht.“

Jules zuckt mit den Schultern. „Du hast also nicht angefangen, in einem Fitnessstudio zu trainieren, weil du Sex haben wolltest?“

„Nein. Ich habe vorher Judo gemacht.“

„Judo?“ Ihre Augen werden groß. „Nun, damit habe ich nicht gerechnet.“

„Was hast du denn erwartet?“, frage ich sie neugierig.

Sie zuckt wieder mit den Schultern. „Basketball vielleicht, weil du so groß bist. Oder American Football. Oder eben Rudern."

Ich gebe keinen Kommentar ab. Ich habe es mit Basketball und Football versucht, aber ich habe bald gemerkt, dass ich kein guter Teamspieler bin. Es macht mir nichts aus für ein Team zu spielen, aber ich mag es mehr, für das Team zu gewinnen und dazu hat man beim Basketball und Football weniger Gelegenheit."

„Warum Judo?", fragt Jules.

„Es schien mir eine Herausforderung zu sein und Spaß zu machen", sage ich ihr.

Und weil der Lehrer gut war, ein Mann, den ich als Mentor und Freund respektiert habe, obwohl ich ihn nicht mehr gesehen habe, seit... Nun ja, ich will das nicht weiter ausführen.

„Was ist mit dir?", frage ich sie. „Hast du es jemals mit Sport versucht?"

„Ich kann Tennis spielen, aber ich war die Art von Schülerin, die sich mehr in der Schule als im Sport hervorgetan hat."

„Das dachte ich mir."

„Meine Brille war mir meistens im Weg", fügt Jules hinzu.

Ich hatte vergessen, dass sie früher eine Brille trug.

„Hättest du dich nicht früher operieren lassen können?"

Sie schüttelt den Kopf.

„Es war teuer und ich hatte Angst. Ich habe es nur machen lassen, weil es diesen netten Arzt gab, der es für weniger Geld machte, sodass ich es mir leisten konnte, weil ich Geld gespart hatte. Und auch, weil ich das Gefühl hatte, dass ich die Veränderung brauchte."

Das muss ungefähr zu der Zeit gewesen sein, als sie ihr Praktikum im Verlagshaus machte, nachdem ihr erstes Praktikum so katastrophal geendet war.

Ich lenke das Gespräch von diesen dunklen Gewässern ab.

„Bist du sicher, dass du nicht nur Sex haben wolltest?"

Mit zusammengezogenen Augenbrauen wendet sie sich mir zu. „Wie bitte?"

„Brillen verdecken die Augen einer Frau, in die Männer beim Flirten gerne schauen", sage ich. „Vielleicht hast du die Brille abgenommen, um das andere Geschlecht anzuziehen, vielleicht sogar zu beeindrucken."

Jules runzelt die Stirn.

„Ah. Aber damit hattest du wenig Erfolg, oder?"

Sie spritzt etwas Wasser auf mich.

„Hey!"

„Wenigstens habe ich nicht mit hundert Frauen geschlafen, die ich kaum kannte", sagt Jules und verschränkt die Arme vor der Brust.

„Whoa." Ich höre auf zu rudern. „Willst du damit sagen, dass ich das getan habe?"

„Hast du?", wirft sie die Frage an mich zurück.

Ich schüttle den Kopf. „Lass mich raten. Du hast etwas im Internet gelesen. Und ich dachte, du hättest einen besseren Geschmack bei der Lektüre."

„Hey. Ich habe das nicht absichtlich gelesen", argumentiert sie. „Es ist mir ins Auge gesprungen und ich lese schnell, also—"

„Und du hast geglaubt, was du zufällig gelesen hast?"

„Nein."

„Du beschuldigst mich also für etwas, das du nicht glaubst?"

„Nun, ich glaube nicht, dass du mit hundert Frauen geschlafen hast", sagt sie. „Aber ich bin sicher, dass du mit ein paar geschlafen hast."

„Mehr als ein paar", korrigiere ich sie.

Jules schmollt.

„Eifersüchtig?", ziehe ich sie auf.

Ich kann es nicht lassen. Ihr Gesichtsausdruck schreit förmlich danach, gehänselt zu werden.

„Nein", sagt sie mit hoch erhobenem Kinn. „Warum sollte ich das sein? Ich wette, die meisten von ihnen waren dumm."

„Eine von ihnen war Chirurg", erzähle ich ihr. „Eine Neurochirurgin."

Jules zuckt mit den Achseln. „Sie war also eine gebildete Frau. Das heißt aber nicht, dass sie nie Dummheiten macht."

„Du willst also sagen, dass jede Frau, die mit mir geschlafen hat, eine dumme Entscheidung getroffen hat."

„Ja."

„So wie du?"

Ihre Augenbrauen ziehen sich zusammen wie die eines kleinen Mädchens, das von der Schaukel gestoßen wurde.

„Ich war betrunken", antwortet sie. „Natürlich habe ich einen dummen Fehler gemacht."

„Einen, den du nie wieder machen würdest?"

„Nein."

Sagt sie.

In diesem Moment kommt eine Brise auf.

„Scheiße", murmelt Jules.

Ihre Augenlider fallen zu und zucken, während sie eine unkomfortable Grimasse zieht.

Ich lege die Ruder ab. „Ist etwas in dein Auge gekommen?"

Sie antwortet nicht.

Ich gehe zu ihr hinüber und stütze ihr Kinn. Eine Träne rinnt aus ihrem Auge.

„Lass mich mal sehen", bitte ich sie.

„Ich glaube, es ist wieder in Ordnung." Sie reibt sich das Auge. „Ich glaube, eine Haarsträhne hat mir ins Auge gestochen, als der Wind geweht hat."

Ich streiche ihr die losen Haarsträhnen aus dem Gesicht und schaue ihr in die Augen. „Sicher?"

Jules nickt.

Trotzdem lasse ich ihr Kinn nicht los. Mein Blick fällt auf ihre scharlachroten Lippen. Ich frage mich, ob der Farbton auf mich abfärben wird, wenn ich sie küsse.

„Du wirst mich doch nicht küssen, oder?", fragt Jules.

„Nein", sage ich, lasse ihr Kinn los und weiche zurück.

Diesmal verliere ich nicht die Kontrolle.

„Vielleicht nie wieder"   , füge ich hinzu, nur um sie zu ärgern.

Jules' Mundwinkel verziehen sich fast zu einem Schmollmund, bevor sie ihre Oberlippe versteift.

„Gut."

Sie versucht also, sich nicht erwischen zu lassen. Von mir aus.

„Gut", erwidere ich und grinse sie an.

Ich kann dieses Spiel ewig weiterspielen. Die Frage ist nur:
Kann sie es auch?

Kapitel Zehn

Jules

Gut? Sagte ich gut?

Ich fahre mir mit den Händen durch die Haare, während ich hinter meinem Schreibtisch sitze, und stoße dann einen lauten Seufzer aus.

Meine Augen sind auf den Computerbildschirm gerichtet, der mit Wörtern bedeckt ist, aber mein Geist ist immer noch in der Szene im Park gefangen, in der Bruces Worte immer wieder zu hören sind.

Vielleicht nie wieder.

Er wird mich nie wieder küssen.

Es sollte mich nicht stören. Bruce ist nicht mein Freund. Er ist mein Chef. Chefs küssen ihre Angestellten nicht. Ich sollte sogar dankbar sein. Auf diese Weise muss ich ihn nie wieder ohrfeigen. Warte. Ist das, weil ich ihn geohrfeigt habe? War es wirklich so schmerzhaft? Ich weiß, meine Handfläche hat gestochen und seine Wange ist rot geworden, aber ich habe eine kleine Hand und bin körperlich nicht so stark. Außerdem hat er eine so dicke Haut. Außerdem, hat er nicht gesagt, dass er das hinter sich gelassen hat?

So warum hat er das gesagt? Bedeutet das, dass er kein Interesse mehr an mir hat?

Er war doch an mir interessiert, oder? Deshalb hatte er Sex mit mir. Deshalb hat er mich geneckt. Deshalb hat er versucht, mich eifersüchtig zu machen. Deshalb hat er mich zum Essen ausgeführt. Zweimal.

Oder vielleicht zählt nur das erste Mal. Beim zweiten Mal war er nur ein netter Chef und fragte mich nach meiner Meinung über die Firma. Und der Kuss danach? Er hat auch gesagt, dass er sich hinreißen ließ. Und das Date gestern?

Hehe. Verabredung? Ich habe Bruce nur den Central Park gezeigt, wie er es wollte, einfach nur zwei Leute, die eine Pause von der Arbeit machen. Verabredungen sind für Paare, oder zumindest für zwei Leute, die sich füreinander interessieren. Wie sich herausstellte, ist er nicht an mir interessiert.

Vielleicht habe ich ihn die ganze Zeit missverstanden. Vielleicht war er nie an mir interessiert.

Ich schlage mir an die Stirn, während ich mich zurücklehne. Mein Blick schweift zur Decke.

Bruce war nie an mir interessiert. Ich habe mir umsonst Sorgen gemacht. Das ist doch gut, oder?

Warum fühle ich mich dann, als wäre ich gerade zurückgewiesen worden?

Mein Arm fällt auf meine Seite. Meine Hände umklammern die Armlehnen meines Stuhls, während ich den Kopf schüttle.

Zurückgewiesen? Das bedeutet, dass ich mich für etwas beworben habe, dass ich offen zum Ausdruck gebracht habe, dass ich etwas will. Das habe ich nicht. Ich wollte Bruce nicht. Ich mag ihn nicht einmal. Ich hasse ihn.

Ja, Bruce scheint sich verändert zu haben. Irgendwie ist er nicht mehr so kalt wie früher - aber er ist immer noch heiß wie die Hölle. Er ist immer noch arrogant, unsensibel und manipulativ, aber er hat auch gezeigt, dass er fleißig und kompetent ist und er scheint jetzt ein besserer Zuhörer zu sein. Und er war gestern großartig. Er hat mir geholfen, als ich vom Fahrrad gefallen bin. Er hat jemanden im Zoo bestochen, damit ich das Bärenjunge aus der Nähe sehen konnte. Er hat mir einen Vierteldollar geliehen, damit ich mir etwas wünschen kann. Er ruderte für mich.

Er war großartig.

Ich atme aus und schiebe eine Strähne meines Haares zur Seite. Dann setze ich mich auf und lege meine Finger auf meine Tastatur.

Ich hasse ihn. Ich hasse ihn wirklich.

Er wird mich nie wieder küssen? Das ist gut so. Ich brauche seine Küsse nicht. Ich brauche niemanden, der mir dieses Gefühl jetzt gibt-- so verwirrt und kompliziert zu sein. Ich brauche niemanden, der nur meinen Körper will, aber meinen Verstand durcheinanderbringt. Ich brauche niemanden, der mich neckt und dann hängen lässt.

Ich brauche Bruce nicht. Er ist großartig, aber er ist mein Chef. Er ist arrogant, unsensibel und manipulativ. Er hat schon einmal versucht, mein Leben zu ruinieren.

Er ist großartig, aber er ist schlecht für mich.

Ich nicke mit dem Kopf.

Dies ist eine gute Sache.

~

„Es ist schlecht, richtig?", fragt Chloe mich mit einem ängstlichen Blick.

Ich sage nichts, während ich einen Stift zwischen meinen Fingern drehe. Die Autorin schürzt die Lippen und fummelt an den Riemen ihrer Handtasche herum.

Ich wünschte, ich könnte ihr sagen, dass ihr neuestes Manuskript nicht schlecht ist, dass es vielversprechend ist, wie die meisten Manuskripte, die mir in diesen Tagen über den Bildschirm laufen, aber Tatsache ist, dass es völlig durcheinander geraten ist. Es gibt zu viele Ideen, von denen einige miteinander kollidieren und sich sogar gegenseitig widersprechen. Kein Wunder, dass die Hauptfigur die ganze Zeit so verwirrt wirkt. Und der Freund der Hauptfigur? Nervig. Und das nicht auf eine niedliche Art.

Im Ernst, mir fällt im Moment nichts Gutes ein, was ich darüber sagen könnte.

Also tue ich es nicht.

Ich greife über meinen Schreibtisch und nehme Chloes Hand. „Du bist eine großartige Autorin, Chloe, und ich weiß, dass du hier etwas Neues ausprobieren wolltest, aber ich fürchte, es funktioniert einfach nicht."

Sie begegnet meinem Blick. „Also muss ich von vorne anfangen?"

Ich schenke ihr ein verlegenes Grinsen.

„Okay." Chloe nickt. „Das habe ich mir schon gedacht. Es ist ein Durcheinander, oder? Ich glaube, die Geschichte ist einfach verloren gegangen. Ich habe versucht, etwas zu sagen, glaube ich, und dann habe ich vergessen, was es war." Sie seufzt. „Und ich glaube, die Scheidung macht mir auch zu schaffen."

Ich drücke ihre Hand. „Es ist okay, sich zu verirren. Man muss nur den Weg zurückfinden."

„Ich glaube, ich sollte den Freund loswerden."

„Das solltest du."

„Vielleicht sollte ich eine neue Figur einbauen, zum Beispiel ein magisches Wesen", schlägt Chloe vor und hält einen Finger hoch. „Wie wäre es mit einer Art Gestaltwandler, der in Wirklichkeit ein Elfenprinz ist?"

Ich sehe sie mit großen Augen an. „Ein gestaltwandelnder Elfenprinz?"

„Ja." Chloes Augen leuchten jetzt total auf. „Er wurde mit einem Fluch belegt oder so, und deshalb kann er seine Gestaltwandlung nicht kontrollieren, aber egal welche Form er annimmt, er schafft es, für Tanya da zu sein. Sie weiß allerdings nicht, dass er es ist. Und sie machen viel zusammen durch, und am Ende wird der Fluch aufgehoben."

„Und sie leben glücklich bis an ihr Lebensende?", frage ich sie.

Das soll eigentlich eine Fantasy-Geschichte für Jugendliche sein, aber jetzt klingt es eher wie eine Romanze. Aber das ist schon in Ordnung. Ist eine Romanze nicht sowieso eine Fantasiegeschichte?

„Nein", antwortet Chloe.

Ich runzle die Augenbrauen. „Nein?"

„Sie sind nur Freunde", erklärt Chloe. „Beste Freunde."

Ich ziehe eine Augenbraue hoch. „Nach allem, was sie durchgemacht haben, sind sie nur Freunde?"

„Ja."

„Der Elfenprinz ist ihr also nicht gefolgt und hat ihr geholfen, weil er sie mag?"

„Nein. Er wollte nur nett sein."

„Nur aus Freundlichkeit? Er war die ganze Zeit bei ihr und sie hat sich an ihn gebunden und am Ende geht er einfach. Wenn sie endlich weiß, wer er ist, wenn sie ihn als Prinzen sieht, geht er einfach zurück in sein Königreich, als hätte er nie in ihrer Nähe sein wollen, nur weil der Fluch schon aufgehoben ist. Ist das nett?“

Chloe zuckt mit den Schultern. „Vielleicht kommt er im nächsten Buch wieder.“

„Oder vielleicht wird sie ihn nie wieder sehen, weil er sie nicht sehen will. Vielleicht-“

Ich werde von einem Räuspern unterbrochen. Ich drehe meinen Kopf und sehe Bruce in der Tür stehen. Ich runzle die Stirn.

Was hat er hier zu suchen?

„Auf ein Wort, Jules?“, sagt er.

Ich will eigentlich nicht mit ihm reden, aber was soll ich tun? Er ist der Chef und ich muss kommen, wenn ich gerufen werde.

Ich stehe von meinem Stuhl auf und berühre Chloe auf dem Weg zur Tür an der Schulter. „Ich bin gleich wieder da.“

Sie nickt. „Ist das…?“

„Mein neuer Chef“, erkläre ich schnell.

Ihre Augen werden groß.

Ich überlasse es ihr, darüber nachzudenken, und trete aus meinem Büro.

„Was willst du?“, frage ich Bruce, während ich die Vorderseite meiner Bluse glattstreiche.

„Nicht hier.“

Er führt mich in den Konferenzraum und schließt die Tür.

„Worum geht es hier eigentlich?“, frage ich ihn.

„Sag du es mir.“ Bruce zieht einen Stuhl heran und setzt sich hin.

Ich werfe ihm einen verwirrten Blick zu. Ich?

„Ich dachte, Redakteure sollten Autoren anhören und ihre Ideen respektieren“, sagt er. „Und doch hast du Chloes Idee einfach komplett verworfen.“

„Du hast die ganze Zeit zugehört?“ Ich schüttele den Kopf. „Was? Du stehst jetzt vor meinem Büro und belauschst meine Gespräche?“

„Du warst in einer Besprechung mit einem Autor. Ich wollte mithören.“

„Dann hättest du hineinkommen sollen.“

„Und sie erschrecken? Damit sie sich unwohl fühlt?“

Ich zucke mit den Schultern. „Das hast du sowieso getan.“

„Was ich sagen will, Jules, ist…“

„Es war eine schlechte Idee, okay?“ Ich unterbreche ihn. „Es ist unrealistisch.“

„Es ist Fiktion“, sagt er. „Und Fantasie noch dazu.“

Frustriert hebe ich meine Hände. „Sie sind nur Freunde?“

„Chloe schreibt für Teenager. Das weißt du doch, oder?“

„Und Teenager interessieren sich heutzutage nicht mehr für Liebesromane. Stimmt.“

„Was ist falsch daran, dass sie ‚nur‘ Freunde sind?“

„Das Problem ist, dass Tanya vielleicht nicht nur einen Freund will“, antworte ich. „Schon gar nicht einen Freund, der sie hängen lässt.“

„Aber ich dachte, der Prinz käme zurück.“

„Und wenn er nicht kommt? Es gibt nicht immer ein nächstes Buch, nicht wahr? Vielleicht sehen sie sich nie wieder, und er hat ihr nur Hoffnungen gemacht. Vielleicht wollte er gar nicht mit ihr zusammen sein."

Bruce seufzt. „Jules, es geht nicht um das Buch, oder?"

Ich antworte nicht.

„Sag mir, worum es geht."

„Was?" Ich sehe ihn mit zusammengekniffenen Augen an. „Du glaubst, es geht um dich?"

„Jules…"

„Denkst du, dass sich alles um dich dreht? Glaubst du, die Welt dreht sich nur um dich? Dass jeder dich braucht? Denkst du, ich brauche dich?"

„Nun, ich bin dein Chef, also…"

„Ich brauche dich nicht." Ich schüttle den Kopf. „Ich brauche dich nicht als Zuhörer in meinen Meetings. Du brauchst mich nicht zum Essen einzuladen. Ich—"

„Jules." Bruce legt seine Hände auf meine Schultern. „Was ist los mit dir?"

„Ich brauche dich nicht", sage ich, während ich seine Hände von mir wegschiebe. „Also lass mich einfach in Ruhe."

„Jules, wenn es…"

„Lass mich einfach in Ruhe!", schreie ich ihn an.

Plötzlich geht die Tür auf.

„Was ist denn hier los?", fragt Harry, als er hereinkommt.

Meine Augen werden groß. Was macht Harry hier?

„Nichts", sagt Bruce zu ihm. „Jules hat nur… einen schlechten Tag."

Ich rolle mit den Augen.

„Und ich habe ihr nur geholfen, sich…“

„Oh, du bist also der Gute, ja?“ Ich drehe mich zu ihm um. „Ich habe einen schlechten Tag und du bist der Held?“

„Ich--„

„Du brauchst mich nicht zu retten, Bruce. Ich muss nicht gerettet werden.“

„Ich habe nicht versucht, dich zu retten.“

„Und ich brauche weder dein Mitleid noch eine Sonderbehandlung oder…“

„Jules“, höre ich Harry meinen Namen sagen.

Trotzdem fahre ich fort. „Weißt du, mir geht es gut. Lass mich arbeiten. Du machst deine. Weißt du, warum bist du nicht einfach wieder der kalte, gemeine Boss?“

„Es tut mir leid?“

„Ja, der Idiot, der du früher warst. Wenigstens hat er nicht so getan, als würde er sich kümmern.“

„Jules“, sagt Harry wieder meinen Namen.

„Wenigstens wusste er, dass er sein Privatleben nicht mit dem Geschäftlichen vermischen sollte“, fahre ich fort, ohne ihn auch nur anzuschauen.

„Bist du sauer auf mich, weil wir gestern ausgegangen sind?“

„Wir sind nicht ausgegangen“, sage ich. „Ich meine, wir sind nicht wirklich ausgegangen. Und ich hatte keinen Spaß.“

„Ja, klar.“

„Ich habe jede Minute davon gehasst. Ich habe nur so getan, als würde es mir gefallen.“

„Wirklich?“

„Wirklich. Deshalb bin ich so schlecht gelaunt. Denn gestern war es furchtbar."

Bruces Augenbrauen ziehen sich zusammen. „Und deshalb hast du die ganze Zeit gelächelt?"

„Habe ich nicht. Oder vielleicht nach außen hin, aber innerlich war ich am Ende. Ich habe gezuckt und geschäumt und—"

Ein dumpfer Schlag auf dem Boden unterbricht meinen Satz. Meine Augen weiten sich, als ich Harry auf dem Boden liegend sehe, von Krämpfen geschüttelt.

Heilige Scheiße.

„Harry!", Bruce rennt zu ihm.

Ich stürze aus dem Zimmer. „Jemand soll einen Krankenwagen rufen!"

Dann gehe ich wieder hinein und halte Harrys zitternde Hand.

„Halte durch, Harry", flehe ich ihn laut an.

Im Stillen bete ich.

Bitte lass es ihm gut gehen.

~

„Es geht ihm vorerst gut", sagt Dr. Garrick zu Bruce und mir im Wartezimmer des Krankenhauses. „Das Aneurysma ist nicht geplatzt. Es sieht sogar genauso aus wie beim letzten Mal."

Ich atme erleichtert aus. Gott sei Dank.

„Sie können immer noch nicht operieren?", fragt Bruce.

Der Arzt atmet aus. „Die Risiken der Operation bleiben dieselben. Zu hoch."

„Aber es gibt eine Chance, dass die Operation gut ausgeht?"

„Es gibt immer eine Chance, Mr. Meyer."

„Und wenn sie erfolgreich ist, wird er gesund sein?"

„Ja, aber wenn sie misslingt, ist er tot", sagt Dr. Garrick. „Er könnte auf meinem Operationstisch verbluten."

Ich schließe die Augen und versuche, nicht an dieses Bild zu denken.

„Aber es könnte gelingen", sagt Bruce.

„Ihr Vater will es nicht", sagt Dr. Garrick. „Und wenn er es nicht will, kann ich nichts tun."

Ich sehe ihn an. „Wie lange hat er noch?"

Der Arzt zuckt mit den Schultern. „Tage. Wochen. Monate. Jahre. Keiner weiß, wann das Aneurysma reißt."

„Aber es wird?"

„Das ist wahrscheinlich."

Ich lege eine zitternde Hand auf meinen Mund. Er könnte also schon morgen sterben?

„Wie lange muss er noch hier im Krankenhaus bleiben?", fragt Bruce ganz ruhig.

Ich weiß nicht, wie er das macht. Sein Vater liegt im Sterben. Wie kann er so ruhig bleiben?

„Wir führen nur noch ein paar Tests durch", antwortet Dr. Garrick. „Sie können ihn morgen mit nach Hause nehmen."

Bruce nickt.

Das ist gut so. Wenigstens kann er die Zeit, die ihm noch bleibt, zu Hause verbringen und nicht an diesem Ort, der nach Tod riecht.

„Sie können ihn jetzt sehen", fügt der Arzt hinzu.

Bruce nimmt meine Hand und dreht sich zu mir um. „Sollen wir zu Harry gehen?"

~

Harry liegt auf dem Bett. Seine Augen sind offen, aber sie sehen noch müder aus als vorher. Er sieht noch müder aus. Trotzdem lächelt er.

„Jules", sagt er schwach meinen Namen.

„Harry." Ich zwinge mich selbst zu einem Lächeln.

„Und Bruce. Er dreht sich zu seinem Sohn um. „Es tut mir so leid, dass ihr beide mich so sehen musstet."

„Ist schon gut", sagt Bruce.

„Solltest du nicht bei der Arbeit sein?", fragt Harry.

„Mach dir keine Sorgen", sagt Bruce. „Es wird sich um alles gekümmert."

„Sag mir nicht, dass du deine Arbeit anderen überlässt", sagt Harry. „Und du, Jules? Hast du keine Manuskripte zu lesen, keine Autoren, mit denen du reden musst?"

Wie kann er sich in so einem Moment Gedanken über die Arbeit machen?

„Ich bin für heute fertig", sage ich ihm.

Er lächelt. „Natürlich bist du das."

Er wendet sich an Bruce.

„Sie arbeitet so hart, nicht wahr?"

Bruce nickt. „Das tut sie."

Harry dreht sich wieder zu mir um, immer noch mit einem Lächeln. Dann ziehen sich seine Mundwinkel nach unten.

„Aber ihr beide habt euch gestritten."

Stimmt. Er hat den Zank gesehen.

„Wir haben nicht gestritten." Ich lege meine Hand auf seine. „Wir haben nur … über etwas debattiert."

„Wir hatten eine Meinungsverschiedenheit über eine Geschichte", mischt sich Bruce ein. „Das ist alles."

„Wirklich?" Er stößt einen Seufzer der Erleichterung aus. „Es klang nämlich so, als würdet ihr euch hassen."

„Nein." Ich schüttle den Kopf. „Ich hasse Bruce nicht. Er ist mein Chef und er ist ein guter Chef."

„Außerdem würden wir nie zulassen, dass unsere persönlichen Gefühle die Arbeit beeinträchtigen", fügt Bruce hinzu, während er mich anschaut.

Autsch.

„Das ist gut", sagt Harry. „Denn ich würde gerne sehen, dass ihr beide gut miteinander auskommt, bevor ich gehe."

Ich runzle die Stirn. „Harry, denke nicht..."

„Wir vertragen uns doch", sagt Bruce. „Sogar sehr gut."

Harry sieht mich erwartungsvoll an. „Wirklich?"

Ich habe nicht den Mut, seine Hoffnungen zu zerstören, also nicke ich.

„Jules ist eine erstaunliche Frau", fügt Bruce hinzu, während er einen weiteren Blick in meine Richtung wirft.

Harry lächelt. „Hab ich dir doch gesagt."

Na gut. Dieses Kompliment - ich bin mir nicht einmal sicher, ob es echt ist oder nicht - war wirklich nicht nötig, und ich bin etwas verwirrt darüber, wohin dieses Gespräch führen soll, aber gut. Ich werde mitspielen. Solange Harry glücklich ist, spiele ich bei dieser harmlosen kleinen Unterhaltung mit.

„So erstaunlich, dass ich sie gebeten habe, meine Freundin zu werden", sagt Bruce als nächstes.

Mir fällt die Kinnlade herunter. Was soll das denn jetzt?

„Und weißt du was?“, Bruce legt seinen Arm um mich. „Sie hat Ja gesagt.“

Kapitel Elf

Bruce

„Was machst du da?", fragt mich Jules, nachdem sie mich in einen leeren Korridor gezerrt hat.

Schock und Enttäuschung stehen ihr ins Gesicht geschrieben.

Ich befreie meinen Arm aus ihrem Griff. „Du weißt, was ich tue."

„Nein." Sie schüttelt den Kopf. „Nein, ich weiß es nicht. Warum solltest du Harry sagen, dass ich deine Freundin bin?"

Ich weiß selbst nicht, warum. Vielleicht will ich sie dafür bestrafen, dass sie gestern gesagt hat, es sei furchtbar gewesen. Vielleicht bin ich frustriert von ihr, weil sie heute Morgen unvernünftig war. Vielleicht will ein Teil von mir sie tatsächlich als meine Freundin haben, und sei es nur, um mit ihr die Wochenenden im Central Park zu verbringen und Sex mit ihr zu haben, wann immer ich will. Und vielleicht habe ich Panik bekommen, als ich hörte, dass mein Vater stirbt, obwohl ich wusste, dass es passieren würde und ich ihn sowieso kaum kenne.

„Weil es das ist, was er hören will", antworte ich laut. „Hast du nicht gehört, was er gesagt hat? Er will, dass wir uns vertragen, bevor er geht."

„Ich habe gehört, was er gesagt hat. Aber wir müssen nicht Freund und Freundin sein. Wir können einfach ..."

„Freunde sein?" Ich ergänze.

Jules runzelt die Stirn. „Versuchst du dich über mich lustig zu machen? Denn ich schwöre, wenn du das tust..."

„Tue ich nicht“, sage ich ihr. „Hier geht es nicht um dich. Nicht alles dreht sich um dich.“

Sie stemmt die Hände in die Hüften. „Willst du unsere Unterhaltung von vorhin fortsetzen? Ist es das, worum es hier geht?“

„Es geht um Harry. Er liegt im Sterben.“

„Und doch scheinst du überhaupt nicht traurig zu sein.“

Bin ich das nicht? Nun, ehrlich gesagt, weiß ich nicht, was ich fühle. Harry fühlt sich immer noch wie ein Fremder an.

„Darum geht es hier nicht“, sage ich zu Jules. „Harry liegt im Sterben, und wenn Menschen im Sterben liegen, sagt man, was sie hören wollen. Man tut, was sie von einem erwarten.“

„Und Harry will, dass wir zusammen sind?“ Sie zuckt mit den Schultern. „Davon habe ich noch nie gehört.“

„Nun, ich schon. Harry hat es mir gesagt.“

Ihre Augen werden groß. „Hat er das?“

„Er hat zwei Bitten geäußert-- eine, dass ich mich um seine Firma kümmere, und die andere, dass ich mich um dich kümmere.“

Jules' Kinnlade fällt herunter. Dann schürzt sie ihre Lippen und schüttelt den Kopf.

„Wow. Die ganze Zeit, das Flirten, die Komplimente, der Versuch, mich zu beeindrucken, das Abendessen, der Central Park - all das waren also nur du und Harry, die sich gegen mich verschworen haben?“

„Harry hatte keine bösen Absichten. Er sorgt sich um dich. Du solltest ihm dankbar sein.“

„Und was ist mit deinen Absichten? Wolltest du lediglich Harry gefallen?“

Nein. Ich würde niemals versuchen, eine Frau um den Finger zu wickeln, nur um einem anderen Mann zu gefallen, nicht einmal einem sterbenden Mann. Aber Jules hat sich bereits entschieden.

Sie ist entschlossen, mich zu hassen. Also gut, ich lasse sie gewähren.

„Ja“, bestätige ich ihre Vermutung.

„Ich hasse dich“, faucht Jules.

Und dieses Mal meint sie es wahrscheinlich auch so. Es ist mir eigentlich egal.

„Ich weiß, dass du das tust.“

Sie legt ihre Hand auf ihre Brust. „Wie konntest du mir das antun? Wie konntest du mich ausnutzen?“

„Ich habe es schon einmal getan, weißt du noch?“

Sie schüttelt ungläubig den Kopf. „Du bist...“

„Arrogant, unsensibel und manipulativ?“, ich beende den Satz. „Ja. Das habe ich schon mal gehört.“

„Nun, du hast versagt. Ich bin nicht deine Freundin. Das kannst du Harry sagen.“

„Du willst ernsthaft, dass ich ihm das sage? Willst du ihm ernsthaft das Herz brechen und ihn schon jetzt ins Grab schicken?“

„Ich bin hier nicht die Böse, okay?“ Jules schlägt sich mit der Faust auf die Brust. „Du bist derjenige, der ihn belogen hat.“

„Ich habe dir gesagt, warum. Ich dachte, du würdest es verstehen. Bist du nicht diejenige, die sich so sehr um ihn sorgt? Die ihm viel zu verdanken hat?“

Sie antwortet nicht.

„Hör zu." Ich trete einen Schritt näher an sie heran. „Ich weiß, du hasst mich. Aber kannst du nicht ein einziges Mal deine Gefühle beiseitelassen? Kannst du das nicht für Harry tun?"

Jules schürzt die Lippen, während sie schweigend durch den Korridor geht. Als sie stehen bleibt, dreht sie sich zu mir um, und ich kann die Vernunft in ihren Augen sehen.

Sie holt tief Luft. „Ich soll also so tun, als wäre ich deine Freundin?"

„Nur für ein paar Monate", antworte ich.

Sie lässt ihre Hände in die Taschen gleiten und setzt sich auf die Bank. „Das ist so falsch."

Ich setze mich neben sie. „Ist es das?"

Sie blickt mich an. „Bist du sicher, dass es das ist, was Harry will?"

Ich nicke.

Jules runzelt die Stirn. „Er muss sich Sorgen gemacht haben, dass ich den Rest meines Lebens allein verbringe, genau wie er."

Ich sage nichts.

„Wenn ich es mir recht überlege, hat er mir immer gesagt, ich solle mich verabreden. Er sagte immer, es gäbe mehr im Leben als Arbeit, als das, was in Büchern steht. Er wollte, dass ich etwas Echtes habe, und es ist eine Ironie des Schicksals, dass ich mich für ihn auf diese Scheinbeziehung einlasse."

„Es ist nur vorübergehend", erinnere ich sie.

„Das ist nicht einmal ein Trost, denn das bedeutet nur, dass Harry nicht mehr lange da sein wird."

„Bist du nicht froh, dass er sterben wird, ohne sich weiter Sorgen um dich gemacht zu haben?"

Jules dreht ihren Kopf, um meinem Blick zu begegnen. „Ich hasse dich immer noch."

„Und ich tue das nur für Harry."

„Das tun wir beide."

„Also wirst du es tun?"

Sie seufzt. „Ich dachte immer, ich würde sowieso mit einem Idioten als Freund enden."

„Bist du dann nicht froh, dass ich nicht dein richtiger Freund bin?"

„Ja." Jules nickt. „Das bin ich."

Ich reiche ihr meine Hand. „Sollen wir zurück in Harrys Zimmer gehen?"

Sie nimmt sie. „Das bleibt doch unser Geheimnis, oder? Wir müssen es nicht der ganzen Welt mitteilen? Weil du immer noch mein Boss bist."

„Ja, sicher", antworte ich. „Es wird unser schmutziges kleines Geheimnis sein."

~

Das sollte es auch sein, aber Harry schickte ein Geschenk ins Büro -- ein Gemälde eines Paares, das zusammen ein Buch liest, mit einer Karte, auf der `To My Favorite Lovebirds` stand, mit meinem und Jules' Namen darauf. Ich weiß nicht, was er sich dabei gedacht hat. Vielleicht beginnt sein Verstand zu verblassen. Aber ein paar Leute haben es gesehen und die Gerüchte verbreiteten sich wie ein Lauffeuer.

Mich stört das nicht. Ich bin es gewohnt, dass man über mich redet. Aber Jules? Ich war darauf gefasst, dass sie in mein Büro stürmen würde.

„Unglaublich." Sie schließt die Tür hinter sich. „Alle reden über uns. Jeder."

„Ah." Ich schaue auf meine Uhr. „Du kommst zur rechten Zeit."

Sie geht im Zimmer auf und ab. „Was hat sich Harry nur dabei gedacht?"

„Vielleicht gar nichts. Vielleicht verrottet sein Gehirn bereits."

Jules wirft mir einen angewiderten Blick zu.

Ich zucke mit den Schultern. „Was?"

Sie setzt sich hin. „Vielleicht sollten wir ihm sagen, dass er uns nichts schicken soll."

„Vielleicht sollten wir das", stimme ich zu.

„Und vielleicht sollten wir auch etwas sagen ... zu den Leuten hier im Büro. Vielleicht solltest du das tun, weil du der Chef bist."

Ich sehe sie mit zusammengekniffenen Augen an. „Was soll ich denn sagen?"

„Dass das alles ein Missverständnis ist."

Ich schnaube. „Wenn wir ihnen das sagen, wird Harry es herausfinden. Was meinst du, was er sagen wird? Es ist mir eigentlich egal, was er zu mir sagen wird. Nichts, was er sagt, kann mich verletzen. Aber ich glaube, es wird dich stören. Für eine lange Zeit."

Jules zuckt mit den Schultern. „Dann werden wir ihnen sagen, dass sie Harry nichts sagen sollen.“

„Du musst ihnen sagen, dass Harry im Sterben liegt. Hat Harry nicht gesagt, dass wir ihnen das nicht sagen sollen? Hat er nicht gesagt, er würde es ihnen selbst sagen?“

„Dann sagen wir ihnen, dass sie ihm auch das nicht sagen sollen.“

„Glaubst du wirklich, dass sie alle schweigen werden?“, frage ich sie. „Vielleicht mögen sie dich und respektieren mich, aber Harry gegenüber sind sie total loyal.“

„Da hast du recht.“ Sie seufzt. „Und was jetzt? Wir tun einfach nichts?“

„Nichts. Wir haben beide diese Rolle akzeptiert und jetzt müssen wir unseren Teil auch spielen.“

„Du hast leicht reden. Die Leute sehen dich nicht an, als wärst du die Hure des Chefs. Ich meine, erst war ich Harrys Liebling und jetzt bin ich deine Freundin. Sie denken, ich schlafe mit dir.“

„Hmm.“

„Und sie denken, ich tue es, weil ich Chefredakteurin werden will, was ich auch will, aber ich will nicht, dass du es mir gibst, nur weil ich deine Freundin bin, und ich will nicht, dass sie das denken.“

Ich sehe sie mit hochgezogenen Augenbrauen an. „Tun sie das denn?“

In diesem Moment klopft es an der Tür.

Ich setze mich auf. „Ja?“

Sandra kommt mit einem Lächeln herein, das verschwindet, sobald sie Jules in die Augen sieht. Sie strafft die Schultern und dreht sich zu mir um.

„Es ist also wahr. Ihr seid ein Paar."

Jules rollt mit den Augen.

„Ja, das sind wir", antworte ich. „Gibt es ein Problem?"

„Ja, wenn du sie zu deiner Chefredakteurin machen willst", , antwortet Sandra.

„Habs doch gesagt", murmelt Jules.

Ich nicke. „Nun, das will ich."

Jules steht der Mund offen.

„Ich brauche eine Chefredakteurin, und ich glaube, dass Jules die fähigste Redakteurin hier ist."

Sandra schnaubt. „Wozu genau fähig?"

Ah. Endlich zeigt sie ihre wahren Farben - grün und schwarz. Das wird interessant werden.

Ich sehe sie mit zusammengekniffenen Augen an, während ich mich auf meinem Schreibtisch nach vorne lehne. „Du bist schon seit ein paar Jahren hier…"

„Viele Jahre", korrigiert sie mich. „Länger als Jules."

„Dann hast du ja gesehen, wie schnell sie gelernt hat und wie hart sie gearbeitet hat, um die Leiter hinaufzuklettern."

„Du meinst, wie sie sich in Harrys Herz geschlichen hat, was sie offenbar auch bei dir getan hat."

„Wie kannst du es wagen!" Jules entrüstet sich.

Ich hebe eine Hand, um sie zum Schweigen zu bringen. „Lasst uns hier professionell bleiben, meine Damen. Dies ist ein Büro, kein Zirkus."

Sandra schnaubt. „Wie kann es professionell sein, mit einem Angestellten auszugehen? Wie kann es professionell sein, seine Freundin Chefredakteurin zu nennen?"

Ich stehe auf und lege meine Hände auf meinen Schreibtisch. „Du hast kein Recht mich zu beleidigen, Sandra. Ich bin dein Chef. Ich könnte dich dafür feuern."

Sie wendet den Blick ab.

„Aber das werde ich nicht. Stattdessen werde ich dir eine einmalige Chance geben. Ich werde dir und den anderen Redakteuren eine einmalige Gelegenheit geben, mir zu zeigen, warum einer von euch anstelle von Jules zum Chefredakteur ernannt werden sollte."

„Was?" Jules tritt vor.

Ich werfe ihr einen Blick zu, der ihr sagt, dass sie mich das machen lassen soll. Und genau das habe ich auch vor.

„Trommel sie zusammen und trefft mich in einer Stunde im Konferenzraum", sage ich zu Sandra.

Sie verlässt den Raum.

Ich zeige mit einem Finger auf Jules. „Du, bleib hier."

„Nein." Sie schüttelt den Kopf. „Wenn das ein Treffen ist, um den Chefredakteur zu bestimmen, sollte ich dabei sein."

„Wenn du denkst, dass ich dir deine Chance wegnehme, dem ist nicht so. Glaub mir, Jules, es gibt niemanden, den ich lieber als Chefredakteurin hätte als dich, nicht weil du meine Freundin bist, sondern weil du es am meisten verdienst. Du bist fähig. Du bist fleißig. Du liebst diese Firma."

Jules verstummt.

Ich drücke ihre Hand. „Vertrau mir, Jules. Und warte hier auf mich."

Ich gehe auf die Tür zu.

„Ich bin gleich wieder da."

Kapitel Zwölf

Jules

Ich zittere auf meinem Stuhl, während ich noch einmal auf die Uhr schaue. Meine Knie gehen auf und ab. Meine Finger spielen mit den Edelsteinen, die an meinen Ohren baumeln.

Drei Stunden. Es sind schon fast drei Stunden vergangen, und Bruce ist immer noch nicht zurück.

Hinter den Jalousien ist es bereits dunkel. Ich höre unten die Autos hupen, die sich durch den Abendverkehr kämpfen.

Mit jeder Minute werde ich unruhiger. In der letzten Stunde war ich bereits dreimal auf der Toilette. Ich frage mich ständig, was in diesem Konferenzraum vor sich geht.

Worüber reden sie? Was sagen sie über mich? Warum brauchen sie so lange?

Mehr als ein paar Mal war ich versucht, Bruces Büro zu verlassen und in den Konferenzraum zu stürmen. Stattdessen bin ich auf und ab gegangen.

Ich vertraue Bruce nicht wirklich, aber dieses Mal hat er mich darum gebeten, mit diesem aufrichtigen Blick in seinen Augen, und so werde ich es tun. Ich muss es tun.

Endlich öffnet sich die Tür. Bruce betritt den Raum.

„Und?" Ich stehe auf. „Was ist passiert? Hast du einen neuen Chefredakteur gewählt?"

„Ja, das habe ich", sagt Bruce zu mir. „Dich."

Ich bleibe stehen, während mich die Freude überkommt, und lege meine Hand auf meinen Bauch, der zu platzen droht.

Ich bin die Chefredakteurin? Ich habe meinen Traumjob?

Dann erinnere ich mich an Sandras Gesichtsausdruck und sehe Bruce mit hochgezogenen Augenbrauen an.

„Aber was ist mit Sandra und den anderen? Ich dachte, sie wollten mich nicht als Chefredakteurin. Was hast du ihnen gesagt?"

„Ich habe ihnen einen Test gegeben", antwortet er, während er die Arme vor der Brust verschränkt und sich gegen seinen Schreibtisch lehnt.

„Einen Test?"

„Ich habe ihnen eine Kurzgeschichte gegeben, weniger als fünftausend Wörter. Ich bat sie, sie zu lesen und mir dann zu sagen, was daran falsch war."

„Und?"

„Keiner von ihnen hat die richtige Antwort gegeben. Nur du hast es geschafft."

Ich werfe ihm einen verwirrten Blick zu. „Aber ich war doch gar nicht da."

„Letztes Jahr kam ein Autor zu dieser Firma", sagt Bruce. „Ein prominenter Autor, der seinen alten Verleger und seinen alten Lektor nicht mehr mochte. Erinnerst du dich?"

Ich nicke. „Gideon Harris."

Ein Mann in den späten Fünfzigern, der gerne Whiskey in seinem Kaffee trank. Ein brillanter Autor von Kriminalromanen. Er hatte einen Streit mit seinem früheren Verleger und kam deshalb zu uns.

„Ich habe seine Akte gelesen", fährt Bruce fort. „Als er hierherkam, hat Harry dich ihm zugewiesen, aber bevor er dich mit ihm arbeiten ließ, wollte er dich testen."

Ich nicke. „Er ließ mich eine seiner Kurzgeschichten lesen und fragte mich, was ich davon halte.“

„Und du hast auf eine Ungereimtheit hingewiesen.“

„Ja, das habe ich. Irgendwas mit der Uhr im Schlafzimmer.“

„Nun, keiner der anderen Redakteure war dazu in der Lage.“

Ich sehe Bruce aus geweiteten Augen an. „Du hast sie die Geschichte lesen lassen?“

Er nickt. „Sie haben ihre eigenen Antworten gegeben. Sandra hat ein paar gegeben. Aber keine von ihnen war richtig, und schließlich haben sie aufgegeben. Ich habe ihnen die richtige Antwort gegeben, ihnen gesagt, dass du in der Lage warst, sie zu erkennen, ihnen Gideons Bemerkungen über dich vorgelesen, und sie haben aufgehört daran zu zweifeln, dass du eine gute Chefredakteurin sein würdest.“

Ich lege meine Hand auf meine Brust. „Also habe ich den Job wirklich bekommen?“

Bruce richtet sich auf. „Es gefällt ihnen natürlich immer noch nicht. Du bist noch ziemlich neu hier. Du bist jünger als sie. Natürlich gefällt es ihnen nicht, dass du Chefredakteurin bist. Aber sie sind sich einig, dass du talentiert bist, dass du das bist, was dieses Unternehmen braucht. Sie stimmen zu, wenn auch zähneknirschend, dass du es verdienst.“

„Ich bin also Chefredakteurin?“ Ich drücke meine Hände auf meinen Mund.

Bruce nickt mir erneut zu und lächelt breit.

Ich zucke zusammen. „Ich bin Chefredakteurin! Oh, danke schön!“

Ich umklammere seine beiden Hände mit meinen.

„Du musst mir nicht danken." Bruce schüttelt den Kopf. „Du verdienst die Stelle. Habe ich dir das nicht gesagt? Ich wäre ein Narr von einem Verleger, wenn ich dich nicht zur Chefredakteurin befördern würde."

Ich weiß. Ich weiß das. Trotzdem kann ich es nicht glauben. Ich kann nicht glauben, dass Bruce es möglich gemacht hat.

„Ich bin Chefredakteurin!"

Ich schlinge meine Arme um ihn, während ich meiner Freude nachgebe.

In den ersten paar Sekunden fühle ich nur Freude. Aber dann rieche ich den Duft von Christian Dior. Ich spüre, wie sein Herz gegen meines schlägt, seine Brust ist eine starre Wand nah an meinen weichen Brüsten.

Ich ziehe mich zurück. „Tut mir leid. Ich habe mich einfach hinreißen lassen…"

Meine Stimme verlässt mich zusammen mit meinem Atem, als ich feststelle, dass meine Augen in smaragdgrünen Augenhöhlen gefangen sind. Sie scheinen meinen Geist, meine Seele zu durchsuchen, sich in jede Faser meines Körpers einzubrennen.

Ich kann nicht wegsehen.

Ich schlucke. „Wirst du mich küssen? Du hast doch gesagt, du würdest es nie wieder versuchen."

„Ich habe gesagt, vielleicht", antwortet Bruce, während sein Blick immer noch an meinem haftet. „Und ich habe nur gemeint, dass ich dich nie wieder küssen würde, wenn du nicht darum bittest, genau wie beim ersten Mal."

Meine Augenbrauen wölben sich. „Oh."

„Bittest du mich, dich zu küssen?"

Ich halte inne. Wahrscheinlich sollte ich das nicht tun. Wenn ich es tue, werde ich ihn nicht mehr hassen können.

Oh, wem mache ich was vor? Ich kann ihn nicht mehr hassen, nicht nachdem er mir meinen Traumjob gegeben hat. Und das tue ich auch nicht. Trotz allem hasse ich ihn ja nicht wirklich.

Und ich bin es leid, es zu versuchen.

„Frag mich", sagt Bruce, seine Stimme ist jetzt ein bisschen tiefer.

Ich öffne meinen Mund und sage die Worte. „Küss mich, Bruce."

Ich muss nicht zweimal fragen. Er fasst mein Kinn fest an und senkt sein Gesicht zu meinem. Meine Augenlider fallen zu und einen Moment später spüre ich, wie sich seine Lippen auf die meinen drücken.

Ich erwidere seinen Kuss sanft, während ich seine Hüften umklammere. Seine andere Hand schlingt sich um meinen Hals. Seine Handfläche streichelt die weiche Haut in meinem Haar, während er meinen Kopf zur Seite neigt.

Immer wieder verlangen seine Lippen nach den meinen. Sie beginnen zu kribbeln. Feuer fließt durch meine Adern.

Hat sich Bruces Kuss beim ersten Mal auch so angefühlt?

Er küsst nur mit den Lippen, und doch schmelze ich schon von innen. Er küsst nur meinen Mund, aber ich spüre ihn überall in mir.

Als seine Zunge über die meine streift, läuft mir ein wohliger Schauer über den Rücken. Ich spüre, wie meine Brüste anschwellen. Meine Hände klammern sich an seinen Rücken.

Bruce lässt mein Kinn los. Seine Finger verheddern sich in meinem Haar. Seine Zunge verflechtet sich mit meiner.

Ich kann kaum noch atmen. Er verbraucht meinen Sauerstoffvorrat.

Nein, er verzehrt mich ganz und gar. Die Hitze seines Kusses dringt bis zu meinen Zehen vor und ich stelle mich auf ihre Spitzen, während ich versuche, seinen Kuss noch heftiger zu erwidern.

Plötzlich hört er auf.

Meine Augen öffnen sich weit. Warum hat er aufgehört?

„Soll ich weitermachen?“, fragt Bruce mich.

Natürlich soll er mich weiter küssen. Was für eine dumme Frage ist das denn? Dann wird mir klar, dass er das nicht fragt. Er will mich nicht nur küssen.

Und mir wird klar, dass auch ich das nicht nur will.

„Du machst das nicht nur, weil Harry dich darum gebeten hat, oder?“, frage ich ihn.

Er grinst. „Ich glaube, er hat mich ausdrücklich gebeten, das nicht zu tun.“

Ich kichere. „Aber du willst es trotzdem machen.“

„Ja.“

„Dann tu es“, sage ich ihm.

Es ist vielleicht nicht die beste Idee. Schon jetzt protestiert eine Stimme in meinem Hinterkopf lauthals. Aber mein Verstand ist bereits verwirrt, so verwirrt, dass ich genauso gut betrunken sein könnte. Aber das bin ich nicht. Dieses Mal werde ich mich an alles erinnern.

Zuerst sieht Bruce überrascht aus. Dann glücklich. Sein Gesicht leuchtet auf wie das eines Jungen, der gerade ein neues Spielzeugauto bekommen hat. Dann küsst er mich wieder.

Und ich dachte, er wäre schon vorher der beste Küsser gewesen, der er sein kann, aber nein. Als sein Mund den meinen erdrückt, beginne ich zu zittern. Sein Arm legt sich um mich und zieht mich näher zu sich, hält mich gefangen. Seine Finger ziehen an meinem Haar.

Er hat völlig die Kontrolle übernommen. Und mein Körper gibt bereits nach, während mein Verstand in Erregung versinkt. Mein Herz rast in meiner Brust.

Ein Stöhnen entweicht meinem Mund, das von seinem gedämpft wird. Meine Lippen werden taub. Meine Finger umklammern Wolle, während meine Knie nachzugeben drohen. Die Baumwolle, die zwischen meinen Schenkeln eingeklemmt ist, wird feucht.

Bruce zieht sich zurück, und ich habe einen Moment Zeit zum Atmen. Seine Hände greifen meine Hüften und heben mich auf die Kante seines Schreibtisches. Ich stütze mich auf meinen Armen ab. Dann stellt er sich zwischen meine Beine und erobert wieder meinen Mund, während seine Finger an den Knöpfen meiner Bluse arbeiten.

Ich würde ihm ja helfen, aber ich habe Angst, das Gleichgewicht zu verlieren und auf die wichtigen Papiere zu fallen, die hinter mir liegen. In meinem Kopf dreht sich bereits alles.

Ich spüre, wie einer nach dem anderen der Knöpfe aufgemacht wird. Ich spüre die kühle Luft auf der dünnen Haut meines Bauches.

Er legt seine Hände auf beide Seiten und schiebt sie dann nach oben, bis seine Daumen durch die Seide über meine Brüste streichen. Ich ziehe meinen Mund weg und atme scharf ein. Ich kneife die Augen zusammen.

Bruce vergnügt sich mit der Haut meines Halses, während er meine Brüste durch die gepolsterten Stützen streichelt. Dann schlüpfen seine Hände unter die Baumwolle, die Finger krabbeln meinen Rücken hinauf, bis sie den Haken meines BHs finden. Er öffnet ihn.

Meine Brüste schmerzen und erst als ich seine nackten Hände auf ihnen spüre, verwandelt sich der Schmerz in etwas Exquisites -- einen Schwall der Lust, der bis zwischen meine Beine geht.

Während er an meinem Ohr knabbert, spielt er mit meinen Brustwarzen. Er streicht mit seinen Daumen über die steifen Spitzen. Er zupft sanft daran und reibt sie immer und immer wieder.

Meine Arme zittern. Ein Stöhnen entweicht meinen Lippen.

Schließlich lässt er von meinem Ohr und meinen Brüsten ab. Ich öffne meine Augen und schaue ihm in die Augen. Die Lust in ihnen raubt mir den letzten Atem.

Bruces Daumen gleiten unter den Bund meiner Hose. Dort gibt es keine Knöpfe zu öffnen, also zieht er sie einfach nach unten. Ich hebe meine Hüften mit aller Kraft, die ich aufbringen kann, um ihm zu helfen.

Die Baumwollbeine rutschen von mir herunter, bis zum Anschlag. Mein Höschen folgt und bleibt an einem meiner Knöchel hängen, bevor ich es beiseiteschiebe.

Erst danach bereue ich es ein wenig, mich ausgezogen zu haben, denn jetzt sieht Bruce mich an, als wäre ich seine Beute. In diesen grünen Augen wütet ein bestialischer Hunger. Als sie sich auf mein Geschlecht konzentrieren, ziehe ich die Knie zusammen.

„Starre ein bisschen weniger", sage ich, während mir die Verlegenheit in die Wangen kriecht.

Bruce grinst mich verschmitzt an.

„Oh, keine Sorge. Ich werde mehr tun, als nur zu starren."

Er teilt meine Knie und hält meinen Blick fest, während er sich auf den Boden sinken lässt.

Meine Augen werden groß. Er kniet vor mir? Er tut es. Seine Hände wandern an meinen Schenkeln entlang. Er zieht mich nach vorne und ich spüre seinen warmen Atem auf einem Teil von mir, der bereits brennt.

Warte. Wird er...?

Seine Zunge streift über die feuchten Falten meines Geschlechts und mein Atem verlässt mich. Er taucht in mich ein und ich erschaudere.

Ich kann es nicht fassen. Er leckt mich. Da unten.

Und ich kann nicht glauben, wie gut das ist. Gut? Nein. Nicht nur gut. Sündhaft erhaben.

Warte. Mein Verstand funktioniert noch und denkt sich solche Worte aus?

Dann reibt Bruces Zunge über den Knubbel, der sich direkt über den Hautfalten befindet, und alle Gedanken verstummen. Meine Oberschenkel zittern. Eine elektrisierende, kribbelnde Hitze blüht in meinem Bauch auf.

Ich werfe meinen Kopf zurück und stoße einen Schrei aus. Meine Arme werden schwach.

Ich versuche, sie ruhig zu halten, aber es gelingt mir nicht. Sie fallen an meinen Seiten, als ich mit dem Rücken gegen Bruces Schreibtisch stoße. Meine Nägel kratzen an Glas.

Zum Teufel mit den wichtigen Papieren.

Bruce fährt mit seinem Angriff auf genau diese Fleischknospe fort. Jeder Zungenschlag lässt mich erschaudern.

Meine Hände, die etwas suchen, in dem sie sich vergraben können, finden sein Haar. Ich umklammere die Locken, während aus meiner Kehle weiterhin leise Schreie entweichen.

Das Vergnügen ist zum Verrücktwerden, so intensiv, dass ich will, dass Bruce aufhört, aber gleichzeitig will ich nicht, dass er es tut. Ich will mehr. Mehr!

Und dann überschwemmt mich eine große Welle noch viel intensiverer Lust. Mein Rücken krümmt sich. Meine Augen rollen zurück, während mein Mund aufklafft. Die ganze Luft in meinen Lungen scheint lautlos zu entweichen, und alles, was ich am Ende zustande bringe, ist ein Wimmern.

Danach liege ich still. Als mein Verstand wieder zu arbeiten beginnt, weiß ich, dass ich komisch und peinlich aussehen muss, wie ich auf Bruces Schreibtisch liege. Aber ich kann mich nicht bewegen. Ich kann kaum die Augen öffnen. Ich bin überrascht, dass ich nicht ohnmächtig geworden bin.

War es so wie beim ersten Mal? Ist doch egal. Dieses Mal ist es unglaublich.

Und es ist noch nicht vorbei.

„Hey. Bleib bei mir.“

Ich öffne die Augen und finde Bruces Gesicht direkt über mir.

Er zieht mich in eine sitzende Position, dann nimmt er eine meiner Hände und drückt meine Handfläche gegen seine Erektion.

„Ich bin noch nicht fertig."

Der harte Schwanz zittert. Erregung strömt erneut durch meine Adern.

Ich versuche, ihn mit meinen Fingern zu umschließen und schaffe es kaum. Ich beginne ihn zu streicheln und Bruce holt scharf Luft. Dann schiebt er meine Hand weg.

„Vielleicht ein anderes Mal", murmelt er.

Wie bitte?

Bevor ich diesen Gedankengang weiterverfolgen kann, trägt er mich von seinem Schreibtisch herunter. Er setzt mich auf der Couch ab, und ich stoße einen zufriedenen Seufzer aus, als ich die weiche Rückenlehne spüre.

Das ist doch viel besser als der Schreibtisch.

Bruce klettert auf mich und packt meine Oberschenkel. Ich erhasche einen Blick auf den dicken Schwanz, der aus seinem Schritt ragt, und ein Schauer der Erregung durchfährt mich. Aber dann wird mir klar, was gleich passieren wird, und ein Kloß bildet sich in meiner Kehle.

Beim ersten Mal war ich so betrunken, dass ich mich an diesen Teil nicht mehr erinnern kann. Ob es wehtut?

„Geht es dir gut?", fragt Bruce mich.

„Ich schätze, es fühlt sich an wie beim ersten Mal", sage ich ihm.

„Ich schätze, das tut es." Er drückt mir einen Kuss auf die Wange. „Ich werde versuchen sanft zu sein. Du versuchst zu atmen."

Ich nicke. Ich schließe meine Augen und atme tief ein. Die Spitze seines Schwanzes dringt in mich ein und ich halte sie fest.

„Atme", erinnert mich Bruce.

Ich atme aus und er stößt noch mehr hinein. Ich spüre ein leichtes Stechen und zucke zusammen.

„Bist du okay?"

Ich sehe Bruce an. „Ich möchte nicht, dass du das sanft machst. Mach es einfach schnell. Bringen den harten Teil hinter uns."

Er gluckst.

„Was?", frage ich ihn mit hochgezogenen Augenbrauen.

„Nur, dass du immer noch Wortspiele machst, selbst wenn wir Sex haben."

„Oh."

Mir war nicht klar, dass ich das tue.

„Jetzt geht's los", warnt er mich, während er weiter stößt, zunächst noch langsam. Plötzlich stößt er mit einem kräftigen Ruck zu und ich schreie auf, als ich spüre, wie ich mich dehne. Meine Hände heben sich von meinen Seiten, um seine Arme zu ergreifen.

„Jules?"

„Mir geht es gut", sage ich ihm. „Ich habe nur..."

Er bringt mich mit einem Kuss zum Schweigen. Nach und nach verschwinden Schmerz und Unbehagen. Oder vielleicht wird mein Verstand auch nur wieder unscharf.

Er hätte mich schon früher küssen sollen.

Bruce küsst mich heftig, um es wieder gutzumachen, und ich fühle, wie ich mich an seinen Schwanz in mir gewöhne. Dann zieht er sich zurück und setzt sich wieder in Bewegung.

Meine Arme fallen an meine Seiten. Meine Hände umklammern die Kissen der Couch, als die Lust wieder zu wachsen beginnt.

Dieses Vergnügen ist jedoch anders. Vorhin war das Vergnügen heftig, taumelnd und machte mich wahnsinnig. Jetzt ist es wie eine gleichmäßige Kraft, die mich allmählich in die Tiefen eines Abgrunds zieht.

Bruce bewegt sich schneller. Er stöhnt. Ich stöhne und drücke meine Augen zusammen. Langsam wird mir wieder schwindelig.

Ich spüre, wie die Stelle, an der unsere Körper miteinander verbunden sind, heißer und feuchter wird. Das Geräusch von Haut auf Haut füllt den Raum.

Erst dann mache ich mir Sorgen, dass uns jemand hören könnte. Oder hier hereinspazieren könnte -- hat er überhaupt die Tür verschlossen? Aber als Bruce seine Hüften ruckartig bewegt, verschwinden alle meine Gedanken wieder.

Er fängt an zu zittern und ich auch. Ich greife nach oben, um seine Schultern zu packen und klammere mich an ihn, während eine zweite Runde der Lust folgt. Diesmal stoße ich einen Schrei aus. Bruce gibt einen Laut von sich, der wie ein fernes Donnergrollen klingt, als er sich tief in mir vergräbt und danach zum Stillstand kommt.

Nach ein paar weiteren Zuckungen zieht er sich zurück. Ich liege auf der Seite auf der Couch. Das ist alles, was ich tun kann, denn meine Sicht ist immer noch verschwommen und mein Kopf dreht sich immer noch. Dieses Mal habe ich wirklich keine Kraft mehr.

Ich glaube, ich bin kurz davor, einzuschlafen, als ich Baumwolle auf meinem Gesicht spüre.

Ich öffne die Augen und sehe Bruce an, der mir gerade mein Höschen auf den Kopf gelegt hat.

„Sehr romantisch", sage ich zu ihm, während ich meine Hose vom Boden aufhebe.

Er bringt seine Kleidung in Ordnung. „Oh. Hast du etwas Romantisches erwartet?"

Ich versuche mich aufzusetzen, um meine Sachen wieder anzuziehen.

„Das habe ich überhaupt nicht erwartet. Schließlich sind wir ja kein richtiges Paar, schon vergessen?"

Bruce zuckt mit den Schultern. „Das heißt aber nicht, dass wir keinen richtigen Sex haben können."

Er setzt sich neben mich.

„Mach dir keine Sorgen. Es ist nur Sex."

Ich hebe eine Augenbraue.

Nur Sex? Warum habe ich das Gefühl, dass es mehr als das war?

„Das ändert nichts. Wir sind immer noch kein richtiges Paar und es ist immer noch nicht ernst."

Wir sind es nicht? Moment mal. Hatte ich gehofft, wir würden es werden?

„Schau, Beziehungen sind kompliziert, Jules. Das brauchen wir nicht. Aber wir brauchen Spaß, und den können wir haben. Wir können eine Menge davon haben.“

„Also werden wir nur Sex-Freunde sein?“, frage ich ihn.

„Wir müssen uns kein Etikett zulegen“, sagt Bruce. „Wir machen einfach weiter und haben Spaß.“

Ich sage nichts

Ich spüre, wie ein Teil von mir bereits untergeht. Einen Moment lang lasse ich es zu, aber dann halte ich inne und versuche stattdessen, die Reste der Freude festzuhalten.

Ich will es nicht verleugnen. Ich möchte es wieder spüren. Immer und immer wieder.

Warum sollte ich es also nicht tun? Warum sollte ich ablehnen, was mir angeboten wird, wenn ich nicht einmal weiß, was ich will? Warum den ganzen Spaß verderben?

Genauso wenig wie ich einen Autor dazu zwingen kann, meinen Ideen zu folgen oder eine Geschichte so zu erzählen, wie ich es für richtig halte, kann ich das hier nicht erzwingen. Ich werde einfach mit dem Strom schwimmen und sehen, wohin er führt.

Ich will nicht mehr gegen Bruce kämpfen.

Keine Bindungen. Keine Erwartungen. Kein Druck. Keine unangenehmen Gefühle. Nur Überraschungen. Und Vergnügen. Eine Menge Vergnügen.

„Okay.“ Ich grinse in Bruces Richtung. „Weniger Streit und mehr Sex.“

Bruce gluckst. „Ganz genau.“

Und ganz, ganz absolut sicher, kein Verliebtsein.

Kapitel Dreizehn

Bruce

„Julianne Decker, Chefredakteurin", lese ich das frische Schild auf Jules' neuem Schreibtisch. „Sieh einer an."

„Hört sich doch gut an, oder?" Jules sitzt hinter ihrem Schreibtisch. „Natürlich muss ich mich noch daran gewöhnen, genauso wie ich mich an diesen Stuhl, diesen Schreibtisch und dieses Büro gewöhne. Meinst du, ich sollte die Tür durch einen Vorhang ersetzen?"

„Nur wenn du keinen Sex auf diesem Schreibtisch haben willst."

Ihre Wangen nehmen eine dunkelrote Farbe an.

Sie will also doch, oder?

„Das ist eine Möglichkeit, sich an diesen Schreibtisch zu gewöhnen", füge ich hinzu, während ich meine Hände auf die Mahagonifläche lege.

Jules sieht mit einem verlegenen Grinsen zu mir auf.

Ich beuge mich vor und versuche, sie zu küssen – jetzt, wo sie einer lockeren Beziehung zugestimmt hat, sollte ich nicht mehr fragen müssen –, aber es klopft an der Tür.

Ich runzle die Stirn. „Vielleicht solltest du überhaupt keine Tür haben."

„Ach, halt die Klappe." Sie räuspert sich. „Herein bitte."

Eine Frau mit kurzen blonden Haaren betritt den Raum. Ich habe sie noch nie gesehen und werfe ihr einen neugierigen Blick zu, während ich mich auf Jules' Schreibtisch stütze.

Sie bleibt stehen, als sie mich sieht. „Oh, ich wusste gar nicht, dass Sie eine Art Besprechung haben." Sie wirft einen Blick auf Jules. „Wenn du beschäftigt bist, kann ich …"

„Nein, bin ich nicht." Jules erhebt sich von ihrem Stuhl und geht auf die Frau zu. „Ich bin Jules und das ist Bruce. Und Sie sind?"

Ich bin also nicht der Einzige, der sie nicht kennt.

„Mein Name ist Megan. Meine Schwester arbeitet zurzeit als Krankenschwester bei Mr. Meyer."

Ich kneife meine Augen zusammen. Meine Krankenschwester?

„Harrys Krankenschwester?" fragt Jules. „Ist mit Harry alles in Ordnung?"

Sie nickt. „Oh, ja. Zumindest glaube ich das. Ich spreche kein medizinisches Fachchinesisch."

„Warum sind Sie dann hier?"

„Nun, Mr. Meyer hat mich geschickt", antwortet sie. „Er möchte in zwei Wochen eine Party in seinem Haus geben."

„Eine Party?" Jules lächelt. „Das klingt nach einer brillanten Idee."

„In zwei Wochen?" frage ich. „Sollte er wirklich schon Pläne schmieden?"

Jules dreht sich mit einem Stirnrunzeln zu mir um.

„Ich meine, sollte er wirklich Partys veranstalten?"

„Wenn er es will", antwortet sie. „Hast du nicht gesagt, er soll machen, was er will, und wir sollen ihn lassen?"

„Ich bin zufällig Organisatorin von Veranstaltungen und soll alles für die Party vorbereiten“, sagt Megan. „Ich kümmere mich um die meisten Dinge, aber ich brauche Ihre Hilfe bei etwas.“

Jules nickt. „Sicher. Um was geht es?“

„Er möchte, dass Sie alle Autoren einladen, die mit der Firma zusammengearbeitet haben“, antwortet Megan. „Ich glaube, Sie besitzen die Kontaktdaten.“

„Ja, habe ich.“

„Jeden Autor?“ Frage ich.

„Jeden Autor“, wiederholt Megan.

Ich werfe einen Blick auf Jules. „Das sind eine Menge Autoren.“

„Ich kann die Anrufe tätigen“, sagt sie. „Du kannst mir bei einigen von ihnen helfen.“

„Er möchte wirklich, dass sie alle kommen“, fügt Megan hinzu. „Und auch alle hier im Büro.“

„Ich denke, alle hier im Büro werden gerne kommen“, sage ich ihr. „Und die Autoren …“

„Wir können ihnen sagen, dass eine Party stattfindet, um zu feiern, dass du der neue Verleger bist“, sagt Jules zu mir.

„Und dass du zur neuen Chefredakteurin gewählt wurdest?“

Sie lächelt.

Ich wende mich an Megan. „Wie auch immer, wir werden uns darum kümmern. Sie kümmern sich um den Rest und sagen uns Bescheid, wenn Sie noch etwas brauchen.“

„Ich gebe Ihnen meine Nummer.“

Jules geht um ihren Schreibtisch herum und holt eine ihrer frisch gedruckten Karten aus ihrer Schublade. Sie reicht sie Megan.

Megan sieht sie an und nickt. „Danke.“

„Danke Ihnen“, sagt Jules zu ihr. „Wenn Harry um diese Party gebeten hat, bedeutet ihm das sehr viel, und wir wissen es wirklich zu schätzen, dass Sie uns helfen. Natürlich wissen wir auch zu schätzen, was Ihre Schwester tut. Werden Sie ihr das ausrichten?“

„Das werde ich“, versicherte Megan. „Nun, dann sollte ich jetzt gehen. Eine Party, bei der keine Kosten gescheut werden, erfordert eine Menge Planung.“

„Keine Kosten gescheut?“ Ich ziehe eine Augenbraue hoch.

„Ich bin sicher, Sie werden die bestmögliche Party für Harry organisieren“, sagt Jules. „Das ist es, was wir wirklich brauchen.“

Megan lächelt. „Ich werde mein geben tun.“

Sie macht auf dem Absatz kehrt und geht zur Tür. Nachdem sie sich hinter ihr geschlossen hat, wende ich mich an Jules.

„Du hast keine Kosten gescheut?“

„Hör auf damit.“ Sie schlägt mir spielerisch auf den Arm. „Ich bin sicher, deine Partys sind auch so.“

„Ich gebe keine Partys“, sage ich ihr. „Ich mag keine Partys.“

„Na, dann musst du dich auf dieser benehmen.“

„Benehmen?“ Ich berühre mein Kinn. „Was genau soll das heißen?“

Sie schlägt mir wieder auf den Arm, diesmal fester. „Schluss mit deinen versauten Gedanken, Mr. Meyer, und hilf mir bei den Telefonaten. Wir haben eine Menge zu erledigen.“

Ich salutiere vor ihr. „Jawohl, Chefin.“

~

Wir schaffen es, alle Autoren anzurufen. Einige von ihnen stimmen bereitwillig zu, andere erst nach einiger Überredungskunst. Alle, das heißt, bis auf einen: Gideon Harris.

Wie sich herausstellt, wohnt er in seiner Hütte in Virginia, wo er gerade an seiner nächsten Geschichte schreibt, und dort gibt es kein Telefon. Die einzige Möglichkeit für Jules und mich, ihm von der Party zu erzählen, ist, dorthin zu fahren und es ihm selbst zu sagen.

Und das tun wir auch.

„Bist du sicher, dass wir in die richtige Richtung gehen?" Frage ich Jules, nachdem wir schon fast eine Stunde gelaufen sind.

Sie schaut auf die Karte in ihren Händen, die von Gideons Schwester geschickt wurde. „Ich glaube schon."

Ich runzle die Augenbrauen. „Du glaubst es?"

Jules blickt mich an. „Es gibt nur eine Möglichkeit, das herauszufinden, oder? Und wenn wir in die falsche Richtung gehen, schlafen wir einfach unter den Sternen."

Ha. Ich hätte nie erwartet, dass sie das sagt. Es ist erstaunlich, wie angenehm entspannt sie geworden ist.

So ist es also, wenn man nicht von ihr gehasst wird. Ich glaube, ich mag das.

„Wenn wir in die richtige Richtung gehen, sollten wir Gideon bald sehen", fügt Jules hinzu. „Das Gute ist, dass er dann sicher zu Hause sein wird."

„Vielleicht kannst du ihn überreden, sich ein Telefon zu besorgen", sage ich. „Was ist, wenn er einen Termin verpasst? Wie kann man ihn kontaktieren?"

„Er verpasst nie einen Termin", sagt Jules.

„Und was ist, wenn er von einem Bären angegriffen wird?"

„Glaubst du, er würde hier leben, wenn er Angst vor Bären hätte? Außerdem ist er zwar schon im mittleren Alter, aber er ist immer noch stark und gesund. Er kann sich selbst verteidigen."

Ich mustere sie misstrauisch. „Whoa. Du hörst dich an, als hättest du eine Schwäche für Gideon Harris."

„Ach, komm schon." Sie stemmt die Hände in die Hüften. „Sag mir nicht, dass du auf einen alten Mann eifersüchtig bist."

„Auf einen alten Mann, der dich mag", sage ich.

Sie zuckt mit den Schultern. „Alte Männer mögen mich."

„Vielleicht. Aber können sie auch das hier?"

Ich laufe auf sie zu. Sie lacht, als sie losrennt, landet aber trotzdem in meinen Armen. Ich schlinge sie um ihre Taille und gebe ihr einen flüchtigen Kuss auf den Nacken, dann drehe ich sie um und schneide ihr Lachen mit einem längeren Kuss ab. Und noch einem. Und noch einem.

Ich würde ihr auch gerne mehr geben, aber plötzlich beginnen Regentropfen vom Himmel zu tropfen.

Ein Frühlingsschauer.

„Scheiße", murmle ich leise vor mich hin.

Jules hingegen sieht überhaupt nicht beunruhigt aus. Sie schaut sogar in den Himmel und lächelt, als die Tropfen auf ihr Gesicht fallen.

Merkt sie denn nicht, dass sie nass wird und wir keine Kleidung zum Wechseln dabei haben?

Ich schaue mich nach einem Schutz vor dem Regen um. Als ich einen Baum mit großen Ästen und genügend Blättern entdecke, nehme ich Jules' Arm und führe sie dorthin.

Es ist kein guter Schutz. Ein paar Tropfen dringen noch durch die Blätter. Aber es ist besser, als draußen im Regen zu stehen. Zumindest glaube ich das.

Für Jules macht das keinen Unterschied. Sie lächelt immer noch, während sie den Regen beobachtet. Sie ist wieder wie ein kleines Mädchen mit diesem Ausdruck von Staunen und Freude. Doch je nasser ihre Kleidung wird und je mehr sich der Stoff an ihre Haut schmiegt, desto mehr sehe ich von ihren Kurven. Ich schlucke, als ich beobachte, wie das Wasser über ihr Gesicht rieselt und an ihren Haarsträhnen hinuntergleitet.

Es ist fast so, als stünde sie mit Kleidern unter der Dusche. Und sie sieht heiß aus, so heiß, dass ich spüre, wie sich die Hitze in meinem Schritt staut und ich nicht anders kann, als sie an mich zu ziehen.

Jules sieht mir in die Augen. „Was machst du da?"

„Ich mache da weiter, wo wir aufgehört haben", antworte ich ihr.
Ich lege meine Hand auf ihre kühle Wange und drücke meine Lippen auf ihre. Ich schmecke den Regen.

Jules zieht sich zurück. „Du meinst doch nicht etwa, dass wir Sex haben werden, oder? Jetzt? Hier, unter dem Baum, im Regen?"

„Warum nicht?" frage ich sie. „Wo ist dein Sinn für Abenteuer?"

Einen Moment lang antwortet sie nicht. Ich kann sehen, dass es hinter diesen haselnussbraunen Augen rattert – indem sie gesunden Menschenverstand und Abenteuer gegeneinander abwägt. Das Abenteuer gewinnt.

Sie legt ihre Hände auf meine Schultern und küsst mich. Ich lächle, bevor ich meinen Mund ganz auf den ihren presse. Sie stöhnt.

Ich umklammere eine Handvoll durchnässter Haare, während ich meine Zunge an ihren Lippen vorbei gleiten lasse. Meine andere Hand wandert zu ihrer Brust. Ich spüre, wie sich ihre Brustwarze unter meiner Handfläche durch die feuchten Stoffschichten hindurch versteift.

Ihre Hände verlassen meine Schultern und zerren am Saum meines Hemdes. Ich ziehe es aus und hänge es an einen niedrigen Ast. Kaum bin ich fertig, spüre ich, wie Jules' Finger über die Muskeln meines Unterleibs streichen.

„Ich habe dir doch gesagt, dass ich ins Fitnessstudio gehe", sage ich ihr.

Jules sagt nichts. Sie starrt mich einfach weiter aufmerksam an. Sie berührt mich immer wieder – federleichte Berührungen, die fast kitzeln. Ich halte den Atem an.

Als ihr Blick den meinen trifft, sehe ich Faszination darin – und auch einen Hauch von Lust. Das entzündet mein Herz.

Ich umfasse ihr Gesicht und küsse sie erneut. Dann helfe ich ihr, ihr eigenes Hemd auszuziehen und es neben meins zu hängen. Jules schlingt die Arme um sich, während sie zittert.

„Kalt?" Ich berühre ihre Wange.

„Ein bisschen", gibt sie zu.

„Dann lass uns dich aufwärmen.“

Ich ziehe sie an mich und spüre die gepolsterten Körbchen ihres BHs an meiner Brust, als ich erneut ihren Mund erobere. Ihre Hände streichen über meinen Rücken, um die Muskeln dort zu kartieren. Meine Hände ergreifen die Hälften ihres kleinen, aber festen Hinterns.

Dann drehe ich sie um und unterbreche den Kuss nur für einen Moment. Ich schiebe meine Hände unter die Körbchen ihres BHs, drücke ihre Brüste und spüre ihre Brustwarzen an meiner Handfläche. Sie stöhnt in meinen Mund.

Ich lasse meine Hände an ihren Seiten hinunter und über ihre Hüften gleiten. Dann greife ich nach dem Knopf ihrer Hose. Ich schiebe ihn auf, ziehe den Reißverschluss herunter und lasse meine Hand unter den Jeansstoff gleiten, um sie durch die Baumwolle zu streicheln. Sie ruckt. Ich fahre unter die Baumwolle, um nach ihrem empfindlichen Nippel zu suchen, und als ich ihn finde, zieht sie ihren Mund von meinem weg und keucht.

Sie lehnt ihren Kopf an meine Schulter und stöhnt leise, während ich den Nippel streichle. Ich knabbere an ihrem. Meine andere Hand spielt mit ihrer Brust.

Jules zittert an mir. Ich spüre, wie sich mehr von ihrem Gewicht auf meine Brust legt.

Ich ziehe meine Hand zurück und beruhige sie, bevor ich zurücktrete. Sie wirft mir einen fragenden Blick zu.

„Bruce?“

Ich führe sie näher an den Baumstamm heran.

„Beuge dich vor und lege deine Hände gegen den Stamm, um dein Gewicht abzustützen", sage ich, während ich ihren Körper führe.

Sie beugt sich in der Taille vor. Ihre Handflächen drücken gegen die Rinde des Baumes.

„Gut."

Ich ziehe den Bund ihrer Jeans und ihre Unterwäsche bis zu den Knien herunter, dann stelle ich mich hinter sie und lockere meine eigene Hose. Ich ziehe meinen Schwanz aus der Boxershorts.

„Bereit?" frage ich sie.

Jules nickt.

Ich lege eine Hand auf ihre Hüfte, die andere um den Ansatz meines Schwanzes, während ich beginne, ihn in sie zu schieben. Sie keucht.

Ich überhäufe ihren Rücken mit Küssen, während ich weitermache. Einer von ihnen bringt sie zum Kichern.

„Das kitzelt", beschwert sie sich.

„Wirklich?"

Ich wiederhole es mit demselben Ergebnis – nur, dass sie dieses Mal lauter lachen muss.

„Hör auf."

Ich gehorche. Immerhin habe ich Wichtigeres zu tun.

Als ich endlich ganz in ihr drin bin, halte ich inne. Ihre samtige Haut schmiegt sich eng um mich. Wahrscheinlich hat sie sich inzwischen an mich gewöhnt, und der Gedanke daran befriedigt mich ein wenig.

„Willst du dich nicht bewegen?" Fragt Jules.

„Jawohl, Chefin", sage ich, bevor ich meine beiden Hände auf ihre Hüften lege und beginne, meine zu bewegen.

Ich fange langsam an, aber nach ein paar Stößen erhöhe ich das Tempo, denn ich weiß, dass Jules ungeduldig wird. Die Reibung zwischen unseren Körpern entfacht ein Feuer, das sich von meinem Schwanz auf den Rest meines Körpers überträgt. Meine Eier werden schwer, als sie gegen ihre Haut klatschen.

Die Dusche von oben hat inzwischen nachgelassen, so dass ich Jules' Keuchen und Stöhnen deutlicher hören kann. Weniger Regenperlen fallen auf meine Schultern und unsere nackten Rücken.

Ich greife zwischen ihre Beine und streichle sie im Takt meiner Stöße. Sie wirft ihren Kopf zurück und ein Schauer durchfährt sie.

Ich streichle sie noch ein paar Mal und benetze meine Finger mit ihrer Süße, bevor ich meine Hände zu ihren Brüsten bewege. Ich halte sie fest und spüre, wie sie in meinen Handflächen hüpfen, während ich gegen sie stoße. Sie stößt mich zurück, ihre Hüften bewegen sich von selbst.

Plötzlich beginnen Jules' Hüften unkontrolliert zu zucken. Ich bewege meine Hände wieder zu ihnen und versuche, sie ruhig zu halten, aber sie wird still, während ihr Körper zu zittern beginnt und sich um mich zusammenzieht. Sie wirft ihren Kopf zurück und stößt einen Schrei aus. Dann schnappt sie nach Luft, während sie ihn zwischen ihre Arme sinken lässt.

Ich packe sie an den Ellbogen und ziehe sie hoch, während ich noch ein paar Stöße mache, bevor auch mein Tempo unregelmäßig wird, zusammen mit meinem Atem. Meine Stöße werden zu Zuckungen und ich entleere mich in ihrem schlaffen Körper.

Ich nehme mir einen Moment Zeit, um zu Atem zu kommen, und ziehe mich dann zurück. Jules zieht ihre Hose und ihre Unterwäsche hoch und lehnt sich gegen den Baumstamm. Ich stelle mich neben sie, nachdem ich meinen verbrauchten Schwanz weggesteckt habe.

„Sieht aus, als hätte der Regen aufgehört", bemerke ich laut.

„Ja, aber ich bin immer noch nass und kalt." Sie verschränkt die Arme vor der Brust.

„Und wessen Idee war es, im Regen zu stehen?" Frage ich sie.

„Wessen Idee war es, im Regen unter einem Baum Sex zu haben?"

Ich kichere. „Es war aber eine gute Idee. Es hat dich warm gehalten."

„Eine Zeit lang."

Ich sehe sie an. „Willst du damit sagen, dass du es wieder machen willst?"

Jules runzelt die Stirn. „Ich meine, dass wir vielleicht umkehren sollten."

„Nachdem wir schon so weit gekommen sind?"

„Nun, wir haben keine Hemden und–"

„Hey!" Eine männliche Stimme aus ein paar Metern Entfernung unterbricht unser Gespräch.

Jules dreht ihren Kopf in Richtung der sich nähernden Gestalt. Ihre Augen werden groß.

„Das ist Gideon Harris! Wir haben ihn gefunden!"

Ich zucke mit den Schultern. „Gut.“

„Oh, Scheiße.“ Jules versteckt sich schnell hinter mir.

„Was machen Sie denn da?“ Gideon steht vor mir, seine Hand ruht auf der Waffe an seiner Hüfte, während er versucht, hinter mich zu spähen.

„Was haben Sie mit ihr gemacht?“

Er kann sich schon selbst verteidigen.

„Nichts“, antworte ich.

Er runzelt die Stirn.

„Gideon, ich bin's, Jules“, lugt Jules hinter meiner Schulter hervor. „Jules Decker, deine Redakteurin.“

„Und die neue Chefredakteurin bei Bavil“, füge ich hinzu.

Gideons Augen weiten sich unter der Krempe seines Hutes. „Jules?“

„Und das ist Bruce, unser neuer Verleger“, fährt sie fort. „Wir waren auf dem Weg zu dir, aber wir wurden vom Regen aufgehalten und unsere Kleidung wurde nass.“

„Oh.“ Er tritt zurück. „Nun, meine Hütte ist nicht weit entfernt. Folgt mir, bevor ihr euch erkältet.“

Er beginnt zu gehen. Ich greife Jules' feuchtes Hemd und reiche es ihr. Sie zieht es eilig an und nimmt dann meinen Arm, als wir Gideon folgen.

Ich grinse sie an. „Na, wenigstens haben wir Gideon gefunden.“

Kapitel Vierzehn

Jules

„Ich kann nicht glauben, dass Gideon eine Waffe hatte“, sage ich zu Bruce, während ich meinen Kaffee umrühre.

Bruce hebt seine Tasse an die Lippen. „Du hast doch gesagt, dass er sich selbst verteidigen kann.“

„Glaubst du, er wollte uns wirklich erschießen?“

„Vielleicht, wenn er uns zwei Minuten früher gesehen hätte.“ Ich erröte.

Sex mit Bruce unter einem Baum mitten in einem Frühlingsregen zu haben, muss eines der dümmsten Dinge sein, die ich je in meinem Leben getan habe. Ja, seinen Schwanz von hinten in mich zu rammen, war eine gute Abwechslung – ich spüre, wie meine Wangen dunkler werden, wenn ich mich nur an das Gefühl erinnere –, aber jeder hätte uns sehen und Fotos oder ein Video machen können. Und jetzt, da ich darüber nachdenke, war es auch gefährlich. Was, wenn ein Ast auf uns gefallen wäre? Was, wenn eine Schlange von einem Ast auf uns gefallen wäre?

Ich schüttele den Kopf, während ich meine Tasse hebe. „Das machen wir nie wieder.“

Bruces Augenbrauen verziehen sich. „Sex?“

„Draußen.“

„Oh.“

Ich nehme einen Schluck. „Gott sei Dank haben wir Gideon überzeugt, zu Harrys Party zu kommen.“

Das war nicht leicht. Er wollte weder seine Hütte noch seine trächtige Hündin verlassen. Bruce und ich mussten ihm die

Wahrheit sagen. Ich vertraue darauf, dass er es niemandem erzählen wird.

„Aber nicht, um ein Handy zu bekommen", sagt Bruce, als er die Zeitung auf dem Tisch aufhebt.

Ich zucke mit den Schultern. „Vielleicht ist es gar nicht so schlecht, kein Handy zu besitzen."

In Gideons gemütlicher Hütte konnte ich spüren, dass er in Frieden lebte. Er war alleine, aber er war nicht einsam. Nun, er hatte seine Hunde. Das machte mich fast neidisch.

Ein ruhiges, einfaches Leben, losgelöst von der Welt. Das ist das komplette Gegenteil von diesem Ort hier.

Dieser Ort hier – ein Country Club – ist alles andere als einfach. Selbst dieser Kaffee wird aus Bohnen gebrüht, die den ganzen Weg aus Jamaika kommen. Und die Leute hier? Sie sind alle reich und versuchen nicht, das zu verbergen, mit ihren luxuriösen Markenklamotten und Accessoires. Nun, wenn sie es verbergen wollten, würden sie nicht hierher kommen.

Ich fühle mich hier wie ein Fisch auf dem Trockenen. Andererseits passt Bruce genau hierher. Manchmal, wenn wir beide uns in seinem Büro streiten oder durch den Central Park joggen, vergesse ich, dass er Milliardär ist. Aber das ist er.

Ich beobachte ihn, während er seine Zeitung liest, mit ernster Miene. Wie immer sind seine Locken ordentlich frisiert. Selbst der Regen konnte sie nicht durcheinander bringen. Und seine Kleidung sitzt perfekt und er sieht frisch aus. Natürlich finde ich, dass er ohne sein Hemd heißer aussieht, aber selbst jetzt kann ich nicht leugnen, dass er mein Herz höher schlagen lässt.

Warum muss er so perfekt sein?

„Was?", fragt Bruce mich, als er seine Zeitung senkt.

„Nichts." Ich zucke mit den Schultern und hebe meine Tasse an.

Er wirft mir einen verwirrten Blick zu, dann ziehen sich seine Augenbrauen noch mehr zusammen, als sein Blick an mir vorbeigeht.

„Was ist?" Ich beginne, den Kopf zu drehen.

„Tu es nicht." Bruce wendet sich wieder seiner Zeitung zu. „Er hat schon genug Leute um sich herum, die ihn anstarren. Natürlich genießt er gerne seinen großen Auftritt."

Jetzt bin ich verblüfft. „Von wem sprichst du?"

„Heston Ives."

Meine Augenbrauen wölben sich. Ich glaube, ich habe den Namen schon einmal gehört.

Ach ja, richtig. Ein Wirtschaftsmagnat, der Bruce nicht unähnlich ist, obwohl er wohl schon länger im Geschäft ist. Öl und Transport, glaube ich. Auch einige Banken.

Also kennt Bruce ihn, nicht wahr? Obwohl er nicht so aussieht, als würde er ihn besonders mögen. Ich frage mich, ob Heston ihn kennt.

„Bruce Meyer", sagt Heston, als er an unserem Tisch vorbeikommt.

Nun, das beantwortet meine Frage.

„Heston." Bruce blickt auf, wendet sich aber schnell wieder seiner Zeitung zu.

„Sie sind in New York. Ist es geschäftlich?"

„Geht Sie nichts an."

Heston gluckst und sieht mich an. „Ein witziger Mann, nicht wahr?"

Ich lächle nur.

„Heston Ives." Er reicht mir die Hand.

Ich werfe einen Blick auf Bruce, der weiter auf seine Zeitung starrt, bevor ich meine Hand ausstrecke.

„Jules Decker."

Er lächelt. „Reizend."

Während seine Augen mich begutachten, tue ich es ihm gleich. Er ist groß, aber nicht so groß wie Bruce und definitiv nicht so gut gebaut. Er ist eher schlaksig. Er hat ein bezauberndes Lächeln, aber in seinen blassblauen Augen liegt ein kalter Schimmer, der auf Unfug, vielleicht sogar auf Gefahr hindeutet. Ich kann nicht genau sagen, was er denkt, und ich bin mir nicht sicher, ob ich es wissen will.

Für einen Moment wandert mein Blick hinüber zu dem Mann neben ihm. Ein Leibwächter, nehme ich an, obwohl er im Vergleich zu den Secret-Service-Agenten, die ich aus dem Fernsehen kenne, etwas schlaksig ist. Ich kann seine Augen wegen seiner dunklen Brille nicht sehen.

„Ich muss sagen, ich bin fasziniert." Heston streicht sich über seinen dünnen grauen Bart. „Ich hätte Bruce nicht für den Typ Mann gehalten, der Frauen zum Kaffee einlädt."

Ich habe das Gefühl, dass dadrin irgendwo eine Beleidigung versteckt ist.

„Niemand hat Sie gebeten, mich für irgendetwas zu halten", sagt Bruce zu ihm. „Ich bezweifle sogar, dass Sie das Recht dazu haben."

Heston gluckst erneut. „Da scheint jemand heute schlechte Laune zu haben. Wahrscheinlich hat er etwas in den Nachrichten gelesen, das ihm nicht gefällt?"

„Ich bin hier." Bruce senkt schließlich die Zeitung.

„Gut. Da sind Sie ja. Wie schön, dass Sie sich endlich an unserem Gespräch beteiligen."

Bruce runzelt die Stirn. „Es gibt kein ‚unserem'. Haben Sie denn nichts anderes zu tun? Investoren betrügen, vielleicht? Land zu verschmutzen? Piraten treffen, mit denen Sie etwas trinken gehen?"

Hestons Gesichtsausdruck wird ernst. Er schnaubt.

„Nur weil Sie es endlich auf die Titelseite des Forbes-Magazins geschafft haben, heißt das nicht, dass Sie sich jetzt mit den großen Jungs anlegen können."

„Oh, Sie sind im Besitz eines Exemplars. Schön zu wissen, dass Sie ein Fan sind." Bruce grinst spöttisch, was verschwindet, als er sein Kinn anhebt. „Und ich fange keinen Streit mit Ihnen an. Bullies kriegen früher oder später, was sie verdienen."

Hestons Kiefer spannt sich an. Bruce starrt ihn an. Ich fühle mich, als wäre ich zwischen zwei älteren Herren gefangen, die kurz davor sind, aufeinander loszugehen .

Ich räuspere mich. „Bruce, solltest du deinen Kaffee nicht austrinken, bevor er kalt wird?"

Heston atmet aus. "Sie hat recht. Es ist ein guter Kaffee. Sie dürfen ihn nicht verschwenden."

Ich schenke ihm ein dankbares Lächeln.

Faustkampf abgewendet.

„Es ist mehr dein Kaffee, glaube ich", sagt Bruce. „Bitter."

„Ich glaube, meiner ist eher süß", sage ich und nehme einen weiteren Schluck.

Bruce blickt mich an.

„Dann steht er Ihrem Lächeln in nichts nach", sagt Heston. „Sie dürfen es ebenso wenig verschwenden."

Bruce räuspert sich.

Heston holt tief Luft. „Ich sollte gehen."

„Das sollten Sie", stimmt Bruce zu.

„Es war nett, Sie kennenzulernen", sagt Heston.

Ich wollte etwas erwidern, aber Bruce sieht mich wieder an.

„Und es ist schön zu sehen, dass Sie endlich wieder mit jemandem zusammen sind", sagt Heston zu Bruce. „Wieder."

Wieder?

Bruces Augen verengen sich.

Heston grinst. „Schönen Tag noch."

Er geht. Bruce folgt ihm mit eisigem Blick.

„Du kannst dich jetzt beruhigen", sage ich ihm. „Genug mit dem Nackenhaare-Aufstellen und dem Zähnefletschen."

Aber er hört mich nicht.

Ich lehne mich über den Tisch. „Bei Fuß."

Endlich sieht er mich an. „Was?"

„Nichts. Du hast nicht gerade versucht, einen Weg zu finden, ihn zu töten und damit davonzukommen, oder?"

„Glaub mir. Wenn es mehr Spaß machen würde, hätte ich ihn schon längst umgebracht. Und ich wäre damit durchgekommen."

Und ich glaube ihm.

„Aber es macht keinen Spaß?", frage ich ihn.

„Es macht mehr Spaß, ihn in dem Spiel zu schlagen, das wir beide lieben."

Ich nicke. „Okay."

„Lass uns nicht mehr über ihn reden, okay?" Bruce richtet sich in seinem Stuhl auf. „Tun wir so, als hätte jemand kurz gefurzt und ein Windhauch hätte es gerade weggeweht."

Ich lache. „Ich glaube, die Leute hier sind zu schick für so etwas. Oder vielleicht riecht es nach Parfüm, wenn sie Blähungen haben."

Auf Bruces Gesicht macht sich ein Ausdruck des Ekels breit.

Ich presse die Lippen zusammen. „Sorry. Kein schönes Thema. Such dir ein anderes aus."

„Das kann ich." Er beugt sich vor. „Wie wäre es, wenn wir beide den Kaffee austrinken und ein bisschen herumlaufen? Ich war noch nie in diesem Club."

„Klar." Ich nehme einen weiteren Schluck Kaffee. „Aber bist du dir sicher, dass wir nicht wieder auf Heston treffen werden?"

Bruce atmet tief aus. „Das hoffe ich nicht."

~

Bis jetzt haben wir das nicht.

Wir sind durch die riesigen Gärten gegangen. Wir sind an den verschiedenen Sportplätzen vorbeigegangen – Tennis, Badminton, Basketball –, am Kinderspielplatz und an den Picknickplätzen, und wir haben keine Spur von Heston gesehen, was gut ist. Vielleicht ist er auf dem Golfplatz, oder besser noch, vielleicht ist er schon weg.

Hier sind wir nun an einem der Hallenbäder, welches von ionischen Säulen umgeben ist und dessen Wände mit Mosaiken bedeckt sind. Es ist niemand hier. Wahrscheinlich bevorzugen die anderen Gäste den Infinity-Pool draußen oder den anderen Innenpool mit den Wellen und der Bar und dem tropischen Inselmotiv. Oder vielleicht das Schwimmbecken mit den vielen Rutschen.

Aber das hier – das ist meine Art von Pool. Künstlerisch ansprechend und gute Laune verbreitend.

„Vielleicht sollte ich das nächste Mal einen Badeanzug mitnehmen", sage ich, während ich auf das azurblaue Wasser im Pool blicke.

„Wir können nächstes Mal schwimmen gehen", stimmt Bruce zu. „Aber jetzt gibt es etwas, das uns Spaß macht und für das wir keine andere Kleidung brauchen. Vielleicht brauchen wir sogar überhaupt keine."

Ich ahne schon, was das schelmische Glitzern in seinen Augen bedeutet, aber bevor ich etwas sagen kann, drückt er mich gegen eine der Säulen und raubt mir mit einem Kuss den Atem. Als ich ihn wiedergefunden habe, ziehe ich mich zurück.

„Kein Sex im Freien, schon vergessen?", erinnere ich ihn.

Seine Augenbrauen runzeln sich. „Aber das hier ist drinnen."

Ich kichere. Nun, er hat nicht ganz Unrecht.

„Gut. Ich werde das anders formulieren. Kein Sex an öffentlichen Orten, und ja, das schließt sowohl Wälder als auch Hallenbäder ein. Und öffentliche Bäder und Umkleidekabinen. Und Autos."

Bruce runzelt die Stirn. „Das sind all die lustigen Orte."

Ich schüttle den Kopf. „Kein Sex in der Öffentlichkeit."

„Gut, dann eben nicht. Vielleicht werde ich dich einfach aufessen."

Sein Mund senkt sich auf meinen Hals. Ich spüre, wie er an der weichen Haut saugt.

„Bruce." Ich versuche ihn wegzuschieben.

Er rutscht einfach tiefer und drückt mir einen Kuss auf die Brust. Ungeachtet meiner selbst spüre ich einen Hitzeschub zwischen meinen Beinen.

Es gibt einfach kein Entkommen vor ihm und seinen Gefühlen.

Bruce packt meine Hüften, während er mir einen Kuss auf den Bauch drückt.

Ich schaue auf ihn hinunter und runzle die Stirn. "Du glaubst doch nicht, dass er größer wird, oder? Bin ich dick geworden?"

Ich frage das nur, weil ich in letzter Zeit immer öfter Hunger habe und mehr esse.

„Nein."

Er wandert mit seinen Lippen noch tiefer an meinem Kleid herunter. Er drückt mir einen weiteren Kuss gerade über meinem Genital, den ich durch die Stoffschichten hindurch spüre.

Dann legt er seine Hände um meine Knie. Er sieht auf und unsere Blicke treffen sich. Seine Augen halten die meinen fest, während seine Hände an meinen Schenkeln hinauf gleiten. Ich halte den Atem an.

Als seine Finger meine Unterwäsche berühren, schließe ich die Augen. Einen Moment später öffne ich sie wieder, als mein Telefon klingelt.

Bruce runzelt die Stirn, hört aber nicht auf zu versuchen, seine Hände unter meine Unterwäsche zu schieben.

„Du kannst später rangehen."

„Aber was ist, wenn es einer der Autoren ist? Oder …"

Er hebt meinen Rock an und drückt mir einen Kuss auf den Slip.

„Das ist ein Befehl", sagt er. „Von deinem Chef."

Na gut.

Aber das Telefon hört nicht auf zu klingeln, und so gekonnt seine Zunge mich auch feucht macht, ich kann mich nicht konzentrieren.

„Tut mir leid", murmle ich, als ich mein Handy aus der Handtasche hole.

„Dein Fehler", sagt er und beginnt, mir den Slip herunterzuziehen.

Als ich die Telefonnummer meines Vermieters auf dem Display sehe, zögere ich. Vielleicht ist es nicht wichtig. Vielleicht gibt es nur ein Klempnerproblem oder etwas, um das man sich später kümmern kann. Trotzdem nehme ich den Anruf entgegen.

„Hallo."

„Jules." Ich höre die Stimme meines Vermieters. „Du kommst besser sofort nach Hause."

Gleichzeitig spüre ich Bruces Finger, die sich zwischen meine Locken schieben. Ich unterdrücke ein Schaudern.

„Was? Warum?"

„Komm einfach. Es ist etwas Schreckliches passiert. Die Polizei ist bereits auf dem Weg."

Etwas Schreckliches? Die Polizei?

Ich stoße Bruce weg. „Ich komme, so schnell ich kann."

Ich beende das Gespräch. Bruce sitzt auf dem Boden und hat die Arme vor der Brust verschränkt.

„Ein paar Minuten länger und du wärst gekommen."

„Jetzt ist nicht die Zeit für Witze, Bruce", sage ich ihm. „Das war mein Vermieter und er hat mir gerade gesagt, dass etwas Schreckliches passiert ist."

~

Es ist schrecklich.

Mein Couchtisch wurde umgekippt. Die Kissen auf der Couch sind zerrissen, und die Couch selbst ist aufgeschlitzt worden. Meine Bücher, meine kostbaren Bücher, liegen alle verstreut, einige mit zerrissenen Seiten. Ihr Anblick, unschuldig und doch offensichtlich brutal ermordet, genügt, um mir den Schmerzensschrei zu entlocken, den ich bisher unterdrückt habe.

Und das ist nur im Wohnzimmer. In der Küche sind alle Teller und Gläser zersplittert. Im Schlafzimmer wurde das Bett abgezogen. Die Messer aus der Küche ragen aus der Matratze heraus. Meine Kleider liegen überall herum, einige sind zerrissen. Meine Nachttischlampe steht auf dem Boden neben dem Bild meiner Eltern, das nun ebenfalls hinter zerbrochenem Glas verschwindet. Selbst mein Wecker ist nicht verschont geblieben.

Ich halte mir die Hand vor den Mund und stoße einen Schrei des Entsetzens aus.

Wer könnte das in meiner Wohnung getan haben? Und warum?

Das ist kein zufälliger Einbruch eines Einbrechers. Wer auch immer hierher kam, hatte einen Wutanfall. Er hat nicht versucht, etwas zu stehlen. Er hat einfach alles kaputt gemacht. Er hat versucht, mir eine Nachricht zu schicken. Aber welche Nachricht?

„Jules", ruft Bruce meinen Namen von der Tür aus.

„Ich bin gleich wieder da", sage ich ihm mit zitternder Stimme.

Nur noch einen Moment, um zu versuchen, diesen höllischen Albtraum zu verstehen.

Mein Blick fällt auf die Tür zum Badezimmer, die einen Spalt offen steht. Hat der Verbrecher dort auch eine Sauerei angerichtet?

Ich kann nicht anders als hinzusehen. Ich öffne die Tür und trete ein.

Wenigstens ist dieser Raum verschont geblieben. Alles scheint so zu sein, wie ich es verlassen habe. Der Duschvorhang ist zur Seite geschoben. Die Seifenstücke liegen oben über der Toilette. Mein Handtuch und mein Bademantel hängen noch immer an den Wäscheklammern. Meine Zahnbürste steckt in meinem Glas neben dem Waschbecken.

Alles scheint in Ordnung zu sein.

Zumindest denke ich das, bis mein Blick auf dem Badezimmerspiegel ruht, nicht dem großen über dem Waschbecken, sondern dem kleineren, runden Vergrößerungsspiegel neben der Tür. Auf das Glas sind Worte in tiefem Rot gekritzelt.

Ist das Blut?

Was mich aber noch mehr erschreckt, ist die Botschaft, die sie vermitteln.

HALT DICH FERN VON BRUCE ODER DU STIRBST.

Ich falle auf die Knie und schreie los.

Kapitel Fünfzehn

Bruce

„Du kannst hierbleiben."

Ich öffne die Tür zum Gästezimmer und trete zur Seite, damit Jules eintreten kann. Sie tut es, langsam, so wie sie sich bewegt, seit wir in ihrer durchwühlten Wohnung angekommen sind. Die Welt muss für sie stehen geblieben sein.

„Es gibt eine Zentralheizung und eine Klimaanlage. Die Regler sind hier neben der Tür. Die Vorhänge sind auch ferngesteuert zu bedienen. Die Regler liegen dort auf dem Nachttisch neben der Fernbedienung für den Fernseher. Und wenn du durch diese Tür gehst, kommst du am begehbaren Kleiderschrank vorbei und gelangst ins Badezimmer, das mit einer Badewanne ausgestattet ist."

Jules sagt nichts. Sie setzt sich einfach auf die Kante des großen Bettes und starrt auf den Fernseher. Ich weiß nicht, ob sie ein Wort von dem gehört hat, was ich gesagt habe.

Ich fahre fort. „Ich werde ein paar Kleider für dich besorgen lassen, nur das Nötigste für die nächsten paar Tage. Wenn du dich besser fühlst, kannst du selbst einkaufen gehen und deinen Schrank mit mehr füllen. Und ich werde Elisa bitten, dir ein paar Toilettenartikel zu besorgen."

Immer noch nichts.

„Du brauchst nicht zur Arbeit zu kommen. Jemand anderes wird die Manuskripte prüfen und mit den Autoren sprechen. In der Speisekammer gibt es genug Essen. Du kannst dich darin bedienen oder auch nicht. Der Koch bereitet zwei Mahlzeiten am Tag zu, aber ich werde ihn bitten, ab jetzt drei für dich zu kochen. Du kannst ihm mitteilen, was du gerne essen möchtest."

Als Jules immer noch nicht reagiert, setze ich mich neben sie. Langsam lege ich meine Hand auf ihre.

Endlich dreht sie ihren Kopf und sieht mich an. Ich lächle und drücke sanft ihre Hand.

„Wenn du irgendetwas brauchst, egal was, dann brauchst du nur zu fragen. Und du musst dir um nichts Sorgen machen. Das ist mein Stockwerk. Es ist mein Gebäude. Es besitzt erstklassige Sicherheitsvorkehrungen. Niemand kann dir hier etwas tun."

Jules nickt. Das ist die einzige Antwort, die ich bekomme, bevor sie sich wieder abwendet und ihr leerer Blick wieder auf den Fernseher fällt.

Ich runzle die Stirn. Ich hasse es, sie so zu sehen – fast katatonisch, niedergeschlagen, verloren, gebrochen. Ich habe sie noch nie so gesehen, nicht einmal annähernd. Ich habe gesehen, wie sie die Beherrschung verliert, ja. Ich habe gesehen, wie sie schockiert war. Ich habe gesehen, wie sie ängstlich war. Ich habe sie am Boden zerstört gesehen. Aber nicht so wie jetzt.

Das ist nicht Jules. Das ist ein Schatten ihrer selbst, geschaffen von einem Monster.

Einem Monster, das ich, dem Gekritzel im Spiegel nach zu urteilen, miterschaffen habe.

Bei diesem Gedanken ballt sich meine freie Hand zu einer Faust. Die bläulichen Adern zeichnen sich durch meine Haut ab. Mein Herz rast. Mein Unterleib spannt sich an.

Es war mein Name auf diesem Spiegel, also bin ich dafür verantwortlich. Und welch Unglück für denjenigen, der die geschriebene Botschaft hinterlassen hat, ich entziehe mich nie meiner Verantwortung.

Wer auch immer Jules das angetan hat, wird dafür bezahlen. Und so sehr es mich auch quält, Jules so leiden zu sehen, ich werde es genießen, wenn es soweit ist.

Ich drücke ihre Hand ein letztes Mal. „Ruh dich einfach aus, okay? Du bist jetzt in Sicherheit."

Sie antwortet nicht.

Ich stehe vom Bett auf und gehe zur Tür. Als ich nach dem Türknauf greife, spricht Jules mit einer Stimme, die kaum mehr als ein Flüstern ist.

„Wer hat das getan, Bruce?"

Ich hätte wissen müssen, dass sie nur das hören will.

„Ich weiß es nicht", antworte ich. „Aber du kannst darauf wetten, dass ich es herausfinden werde."

~

„Die Polizei hat keine Spur", sagt Ross, der Privatdetektiv, den ich seit fünf Jahren beschäftige, als ich ihn in einem Bistro treffe. „Es gibt keine Fingerabdrücke am Tatort, nicht einmal auf der Tube Lippenstift, mit der die Nachricht geschrieben wurde."

Die Nachricht, von der Jules dachte, sie sei mit Blut geschrieben.

„Der Mistkerl hat also Handschuhe getragen. Er ist ein Profi, obwohl ich das bereits vermutete."

Ross lehnt sich über den Tisch. „Weißt du, wer das getan hat?"

„Wenn ja, glaubst du, ich würde dich bitten, nach New York zu fliegen?"

Er seufzt. „Aber du musst doch eine Idee haben.“

„Ich habe Feinde, Ross. Viele Feinde. Das weißt du doch.“

„Ja, Feinde, die du dir gemacht hast, während du deine Milliarden verdient hast. Aber die meisten dieser Feinde hatten es auf dich selbst abgesehen, nicht auf deine Freundin.“

„Sie ist nicht meine Freundin“, sage ich zu ihm.

Er zuckt mit den Schultern. „Dann ergibt das alles noch weniger Sinn.“

Ich weiß. Warum sollten sie hinter Jules her sein? Nur Harry und die Leute im Büro wissen von unserer vorgetäuschten Beziehung.

Moment mal. Was, wenn es jemand aus dem Büro ist? Die wüssten auch, wo Jules wohnt.

Vielleicht ist es einer der anderen Redakteure, die nicht zum Chefredakteur gewählt wurden.

Die Verärgerteste von ihnen kommt mir in den Sinn.

„Könnte eine Frau das getan haben?“, frage ich Ross.

„Es gibt keinen Hinweis darauf, dass eine Frau das getan hat“, antwortet er. „Obwohl ich es für möglich halte. Nur der Couchtisch wurde umgedreht, und das könnte eine Frau gewesen sein. Und nach meiner Erfahrung neigen Frauen eher dazu, Dinge zu zerreißen, während Männer eher dazu neigen, sie umzuwerfen.“

„Es könnte also eine Frau gewesen sein?“

Ross wirft mir einen verwirrten Blick zu. „Gibt es eine Frau, mit der du vor kurzem – oder sogar vor Jahren – Schluss gemacht hast und die immer noch einen Groll gegen dich hegt? Wenn ja, würde das am meisten Sinn ergeben. Sie würde wollen, dass Jules sich von dir fernhält, und das würde erklären, warum so viel Wut in dem Überfall drinsteckt."

Das mag sein, aber ich kenne keine Frau, die einen Groll gegen mich hegt. Ich habe keiner von ihnen jemals mehr als Sex versprochen, und damit wurden sie alle gut versorgt.

„Ich habe nicht an eine romantische Beziehung gedacht", sage ich zu Ross. „Ich dachte an jemanden, mit dem Jules zusammenarbeitet, eine Person, die weiß, wo sie wohnt und die sie nicht mag."

„Du kannst mir ihren Namen geben und ich werde sie überprüfen."

„Sandra Ewing", sage ich ihm. „Warum überprüfst du nicht auch die anderen Redakteure? Ich gebe dir eine Liste."

„Okay. Glaubst du, einer von ihnen war es?"

Ich zucke mit den Schultern. Kann sein. Wer weiß schon, was in deren Köpfen vorgeht, welche Ideen sie aus Büchern aufgeschnappt haben? Außerdem kann Ehrgeiz Menschen dazu bringen, verrückte Dinge zu tun.

Aber eine Sache passt nicht in das Rätsel. Wenn sie einen Groll gegen Jules hegen, warum sagen sie ihr dann, sie soll sich von mir fernhalten? Sie würden in ihre Wohnung einbrechen. Sie würden ihre Bücher und andere Besitztümer zerstören. Aber es ergibt keinen Sinn, dass sie diese Nachricht hinterlassen haben.

Es ist diese verflixte Nachricht, die alles kompliziert macht.

Was hat sie zu bedeuten?

„Bruce, ich habe eine letzte Frage", sagt Ross.

Ich nicke. „Schieß los."

„Du glaubst nicht, dass derjenige, der das getan hat, dieselbe ist, die tötete …?“ Er hält inne, als er ihren Namen sagen will, und schluckt.

Das allein sagt mir schon, von wem er spricht.

Ich muss zugeben, dass mir das auch durch den Kopf gegangen ist, zumal Jules sich in einer ähnlichen Rolle zu befinden scheint – eine Frau, mit der ich schlafe.

Aber nein. Das ergibt auch keinen Sinn.

„Ich weiß es nicht, Ross. Wie kann ich das, wenn wir diesen Bastard immer noch nicht gefasst haben, wenn ich nicht weiß, wer er ist oder was er wirklich wollte?“

Ross nickt. „Ich habe den Fall nicht aufgegeben, weißt du. Aber ich muss zugeben, dass ich auch noch nichts herausgefunden habe.“

Sechs Jahre und immer noch nichts.

„Tut mir leid, dass ich das Thema angesprochen habe.“

Ich atmete tief durch. „Ist schon in Ordnung. Ich weiß nur Folgendes: Es gibt keine Ähnlichkeiten zwischen jenem Fall und dem hier. Und der offensichtlichste Unterschied? Jules ist noch am Leben.“

Und ich werde alles dafür tun, dass das auch so bleibt.

Ross berührt sein Kinn. „Es ist seltsam. Wer auch immer diese Wohnung auf den Kopf gestellt hat, tat dies in einem Anfall von Wut, und dennoch hat er oder sie diese Nachricht hinterlassen. Und während alles andere ein Chaos war, war diese Nachricht sorgfältig geschrieben. Sie war klar verständlich.“

Wie ich schon sagte, diese Nachricht ergibt keinen Sinn. Sie passt nicht zu irgendeinem Puzzle.

Ross' volle Augenbrauen runzeln sich. „Warum sollte jemand wollen, dass Jules sich von dir fernhält?"

Ich schüttle den Kopf. „Es ist deine Aufgabe, das herauszufinden, Ross. Und ich erwarte Ergebnisse."

Ich brauche keine Spekulationen. Ich brauche Antworten. Ich brauche keine Verdächtigen. Ich will die schuldige Person, und ich will sie lebend, damit ich sie selbst verhören und ihr dann mit bloßen Händen das Leben aushauchen kann.

Dann und nur dann werden die Dinge einen Sinn ergeben. Dann kann Jules ihr Leben in Ruhe weiterleben, und ich das meinige.

Der Gerechtigkeit muss Genüge getan werden.

Kapitel Sechszehn

Jules

Was mache ich hier eigentlich?

Ich starre auf den 50-Zoll-Fernseher auf der anderen Seite des Zimmers, während ich mit gekreuzten Beinen auf dem Bett sitze. Mein Laptop ruht auf einem Kissen zwischen ihnen.

Der Fernseher ist ausgeschaltet und auf dem schwarzen Bildschirm spiegelt sich meine Silhouette, die türkisfarbenen Laken und die cremefarbene Wand hinter mir, die durch das Licht der Lampen golden wirkt. Wenn ich meinen Blick ein wenig nach oben richte, kann ich stattdessen das Trio gerahmter Skizzen anstarren – Zeichnungen von Pflanzen. Wenn ich nach rechts blicke, sehe ich die Lichter der Wolkenkratzer, die in der Nacht aufglimmen. Zu meiner Linken gibt es nicht viel zu sehen, außer einem ziemlich leeren Bücherregal.

Dies ist ein Zimmer in Bruces Wohnung – oder sollte ich sagen, in seinem Stockwerk, in seinem Gebäude. Soviel weiß ich. Und es ist ein schönes Zimmer. Es ist geräumig. Es ist sauber. Es besitzt eine schöne Aussicht, einen großen Fernseher. Das Bett ist mit den feinsten Laken bezogen.

Aber ich gehöre nicht hierher. Ich bin nur hier, weil ich nirgendwo anders hin kann.

Ein paar Tage sind vergangen, und ich kann immer noch nicht glauben, dass meine Wohnung zu einem Tatort geworden ist. Ich erinnere mich noch daran, wie die Polizei da war, wie sie mit ihren Kameras und Taschenlampen herumleuchteten und die Oberflächen abstaubten, wie ich es aus dem Fernsehen kannte. Ich erinnere mich an die Unordnung. Ich erinnere mich an die Nachricht.

Ich dachte wirklich, sie sei mit Blut geschrieben worden.

HALT DICH FERN VON BRUCE ODER DU STIRBST.

Wer könnte so etwas geschrieben haben? Und warum?

Ich habe mir das Gehirn zermartert und kann mir nicht vorstellen, wer mir eine solche Drohung hinterlassen haben könnte oder warum irgendjemand wollen würde, dass ich mich von Bruce fernhalte. Woher wusste die Person überhaupt, dass ich mit Bruce zusammen bin? Und warum sollte ich mich von ihm fernhalten?

In diesem Moment höre ich ein Klopfen an der Tür.

„Ich bin's, Bruce", sagt eine Stimme von draußen.

„Komm rein", antworte ich.

Er betritt den Raum, immer noch im Anzug, mit Krawatte und allem drum und dran. Er schenkt mir ein Lächeln, als er sich dem Bett nähert.

„Wie fühlst du dich?"

„Ich vermisse meine Wohnung", antworte ich ihm ehrlich. „Sie ist zwar nicht so groß, und sie war immer unordentlich und das Bett knarrte, aber ich vermisse sie."

Tatsächlich wird mir erst jetzt bewusst, wie sehr ich diese Wohnung liebe. Es ist wahr, was man sagt – man weiß nicht, was man hat, bis es weg ist.

Und sie ist weg. Ich kann wieder einziehen, wenn die Polizei es mir erlaubt, aber ich will es nicht. Wenn ich das tue, werde ich mich nur daran erinnern, wie es einmal war und was daraus geworden ist.

Die Wohnung ist weg. Sie wurde mir bereits weggenommen.

Bruce setzt sich auf das Bett. „Wenn du willst, kannst du hier ein Chaos veranstalten."

„Und damit Elisa wütend auf mich machen?" Ich schüttle den Kopf.

Bruce grinst. Er hebt eine Hand und berührt meine Wange.

„Wenigstens hörst du dich besser an. Und du siehst besser aus."

„Tue ich das? Ich trage dasselbe Hemd wie neulich, weil ich noch keine neuen Klamotten gekauft habe. Und ich habe versucht, nicht in den Spiegel zu schauen."

Jedes Mal, wenn ich die spiegelnde Oberfläche sehe, erinnere ich mich an die scharlachrote Botschaft.

„Das tust du." Bruce streicht mir einige Haarsträhnen von der Wange. „Du siehst toll aus."

Ich runzle die Stirn, weil ich ihm nicht glaube.

„Und sieh dir das an." Er wirft einen Blick auf meinen Laptop. „Du arbeitest jetzt sogar, obwohl ich dir doch gesagt habe, dass du nicht arbeiten musst."

„Ich möchte es", sage ich ihm. „Es lenkt mich von dem ab, was passiert ist."

Bruce nickt.

Ich lege den Laptop auf den Nachttisch. „Ich habe allerdings nicht viel arbeiten können."

„Das ist in Ordnung. Ruh dich so viel aus, wie du es benötigst."

Ich drücke ein Kissen an meine Brust und stütze mein Kinn darauf, während ich Bruce ansehe.

„Ich habe eine Frage."

„Ja bitte?“

„Bist du verheiratet?“

Seine Augenbrauen runzeln sich. „Nein.“

„Sicher? Denn deine Frau könnte diese Nachricht hinterlassen haben.“

Bruce schüttelt den Kopf und nimmt meine Hand, während er mir in die Augen sieht. „Ich habe keine Ehefrau, Jules.“

„Nicht einmal eine vorgetäuschte?“

Er gluckst leicht. „Nein.“

„Was ist mit einer Verlobten, die du vor dem Altar stehengelassen hast oder einer wütenden Ex-Freundin?“

„Nein.“

„Oder einer, die du geschwängert hast?“

„Glaub mir, Jules, ich habe jemanden, der sich um diese Dinge kümmert. Ich habe kein Kind.“

Ich zucke mit den Schultern. „Vielleicht hast du sie geschwängert und sie hat das Baby verloren? Und jetzt ist sie ganz Carrie.“

„Hmm.“ Er berührt sein Kinn, während er innehält, schüttelt dann aber den Kopf. „Nein. Außerdem war Carrie eine Mörderin. Dieser Kriminelle ist nur in deine Wohnung eingebrochen.“

„Und hat mir eine erschreckende Nachricht hinterlassen“, erinnere ich ihn. „Aber du hast Recht. Carrie würde keine Nachricht hinterlassen.“

„Du machst dir zu viele Gedanken.“

„Kannst du mir verübeln, dass ich herausfinden will, wer meine Wohnung zerstört hat? Meine Bücher?“

„Das tust du aber nicht“, antwortet Bruce. „Du spekulierst nur.“

„Ich stelle Theorien auf, wie jede Heldin in einem Kriminalroman.“

„Du bist nicht in einem Buch und du bist keine Detektivin. Hör zu, ich weiß, dass du Ideen hast, aber es ist nicht deine Aufgabe, der Sache auf den Grund zu gehen. Es gibt Leute, die dafür ausgerüstet sind, Leute, die dafür bezahlt werden. Lass sie ihre Arbeit machen.“

Ich sehe ihn mit zusammengekniffenen Augen an. „Bist du sicher, dass sie ihren Job machen?“

„Ich sorge dafür, dass sie es tun.“

Ich nicke. „Gut. Ich glaube aber immer noch, dass eine Frau im Spiel ist.“

„Genug“, sagt Bruce zu mir. „Du bist gelangweilt.“

Mag sein. Vielleicht will ich aber auch nur unbedingt wissen, was wirklich passiert ist. Aber Bruce hat recht. Es gibt Leute, die an dem Fall arbeiten. Ich sollte einfach warten, bis sie ihn gelöst haben. Es gibt sowieso nichts anderes, was ich tun kann.

Trotzdem bin ich von Unruhe erfüllt.

„Hey.“ Ich lege meine Hand auf seine. „Du hast gesagt, ich bin hier sicher, richtig?“

„Sehr“, antwortet er.

„Aber in der Nachricht stand, wenn ich bei dir bleibe, werde ich sterben.“

„Das wirst du nicht“, verspricht mir Bruce.

Ich zucke mit den Schultern. „Aber was ist, wenn ich stattdessen in einem Hotel übernachte? Was ist, wenn wir uns nicht mehr sehen?“

Er runzelt die Stirn. „Wir arbeiten doch zusammen, schon vergessen?“

„Und wenn ich einfach von zu Hause aus arbeite? Die Autoren können mir ihre Manuskripte per E-Mail schicken und ich kann sie auf meinem Laptop bearbeiten. Ich kann einfach Videokonferenzen mit den anderen Redakteuren abhalten. Ich kann zu den Autoren nach Hause gehen. Ich kann …“

„Und du glaubst, wenn du das tust, wird derjenige, der dich bedroht hat, glauben, dass wir nicht mehr zusammen sind?“

„Ich kann aus der Stadt wegziehen und woanders neu anfangen.“

„Du willst dich wirklich von mir fernhalten?“

Ich nicke. „Ja.“

„Du willst also zulassen, dass derjenige, der deine Wohnung ruiniert hat, auch dein Leben ruiniert? Willst du die Person gewinnen lassen?“

Ich schaue weg. „Wenigstens bin ich dann noch am Leben.“

„Du wirst dein Leben nach den Wünschen eines anderen leben. Das nennst du ein Leben? Ich bin enttäuscht von dir, Jules.“

Ich runzle die Stirn. „Ich will nur … wieder aufatmen können, okay? Ich bin jung. Ich habe Dinge, die ich tun möchte, Orte, die ich sehen möchte, Bücher, die ich lesen möchte.“

„Männer, mit denen du schlafen willst?“

Ich antworte nicht.

Bruce seufzt. Er legt seine Hände auf meine Arme.

„Hör zu, Jules. Du lässt dich von diesem Menschen einschüchtern. Das ist es, was er will. Das ist sein Ziel. Deshalb hat er diese Nachricht hinterlassen. Er wollte dir nur Angst einjagen, weil er dir nicht wehtun kann.“

„Nun, ich habe Angst.“ Ich schüttle seinen Griff ab. „Ich habe Angst, Bruce.“

Er berührt meine Wange. „Ich weiß. Natürlich bist du verängstigt. Aber du kannst nicht weglaufen. Wenn du das tust, läufst du einfach nur immer weiter, und es gibt keine Garantie, dass dieser Mensch dich nicht verfolgt.“

Ich kneife die Lippen zusammen und wende meinen Blick von ihm ab.

Er ergreift mein Kinn und zwingt mich, ihm in die Augen zu sehen. „Ich weiß, dass du Angst hast, Jules. Aber ich bin hier. Ich werde nicht mehr zulassen, dass dir etwas Schlimmes zustößt. Das verspreche ich dir.“

Ich schüttele den Kopf. „Du bist nicht für mich verantwortlich, Bruce. Und ich gehöre nicht zu einem deiner Besitztümer, das du beschützen musst.“

„Aber ich werde dich trotzdem beschützen."

„Weil du dich schuldig fühlst. Weil du denkst, dass es deine Schuld ist.“

„Weil du es wert bist, beschützt zu werden“, sagt Bruce, während er meine Wange streichelt. „Weil ich es nicht anders haben will.“

Ich verstumme. Diese grünen Augen, die mich anstarren, sind jetzt ganz ernst. Er meint, was er sagt.

Er legt seine andere Hand auf meine Wange. „Ich werde dich beschützen, Jules. Lass mich. Vertrau mir.“

Einen Moment lang bleibe ich still. Ich kann kaum atmen, während ich von diesem Blick fixiert werde. Mein Herz in meiner Brust beginnt zu rasen.

Ich bin immer noch verängstigt, verängstigt vor einer Menge Dinge. Aber in Bruces Augen sehe ich meinen Zufluchtsort. Ich glaube ihm, und ich vertraue ihm. Und ich will, dass er mich beschützt.

Ich will, dass er …

Ich packe ihn an der Krawatte und ziehe. Seine Lippen prallen auf die meinen.

Ich presse meinen Mund gegen seinen. Er legt seine Hand auf meinen Oberarm und drückt mich zurück. Mein Kopf kippt nach hinten. Meine Lippen öffnen sich und seine Zunge schiebt sich hinein.

Seine heiße, glitschige und herrlich verruchte Zunge.

Sie streift meine Gaumendecke und ich erschaudere. Sie reibt sich an der meinen und die Hitze beginnt wie ein Lavastrom unter meiner Haut zu fließen. Sie lässt alles, was sich ihr in den Weg stellt, schmelzen – Angst, Unsicherheit, Einsamkeit. Alles, was bleibt, ist Verlangen, Hoffnung und Erregung.

Ich bin wie ein Phönix, der aus der Asche aufsteigt.

Ich schiebe Bruce auf das Bett und klettere auf ihn drauf. Er sieht grinsend zu mir auf.

„Da ist aber jemand heute Abend unartig“, sagt er.

„Na ja, ich kann nicht ewig das Opfer spielen“, antworte ich. „Außerdem ist es ziemlich langweilig.“

Ich greife erneut nach seiner Krawatte, während ich mein Gesicht auf seines senke. Er hebt seinen Kopf, um mich zu einem weiteren intensiven Kuss zu treffen. Seine Hand wandert an meinen Nacken.

Ich sauge an seiner Zungenspitze, bevor ich mich zurückziehe. Ich löse seine Krawatte und beginne, die Knöpfe seines weißen Hemdes zu öffnen.

Mit jedem Knopf, der sich öffnet, sehe ich glatte Haut, die sich über harte Muskeln spannt. Als der letzte Knopf offen ist, schiebe ich den Stoff zur Seite und lege meine Hände auf seine Brust. Ich spüre seinen Herzschlag unter meiner Handfläche.

Bruce verschränkt die Arme hinter seinem Kopf und grinst. „Was? Hast du je daran gezweifelt, dass ich ein Herz habe?"

„In der Vergangenheit habe ich das tatsächlich", gestehe ich.

Er runzelt die Stirn.

Nun, er hat gefragt.

„Ich konnte mich nicht wirklich entscheiden, ob du eher heiß- oder kalt schmeckst", füge ich hinzu, während ich mit meinem Finger den Weg zwischen den Muskeln seiner Brust und seines Bauches entlangfahre. „Aber ich schätze, du bist genau nach meinem Geschmack."

Seine Augenbrauen runzeln sich. „Oh, jetzt vergleichst du mich mit einem Gericht".

Ich lächle. „Nun, du bist eines."

„Dann wirst du also gleich bedient werden."

„Ja. Ja, das werde ich."

Als mein Finger den Bund seiner Hose berührt, ziehe ich meine Hand weg. Ich beuge mich hinunter und gehe den gleichen Weg, aber mit meiner Zunge nach oben. Bruce atmet heftig ein.

Nachdem der Weg zu Ende ist, küsse ich seine Brustwarzen. Sie scheinen nicht so empfindlich zu sein wie meine, und ich schaffe es kaum, eine Reaktion hervorzurufen. Trotzdem küsse ich sie noch einmal, bevor ich mit meiner Zungenspitze jede einzelne Kante seiner Bauchmuskulatur nachzeichne. Die Muskeln zittern und werden steif.

Als ich wieder am Bund seiner Hose ankomme, entdecke ich eine Beule in seinem Schritt. Ich presse meine Lippen auf seinen Bauchnabel, bevor ich mich an der Schnalle seines Gürtels zu schaffen mache. Als Nächstes öffne ich den Knopf, dann den Reißverschluss. Mein Blick ruht auf der Ausbeulung, die in weißen Stoff gehüllt ist.

Ich streiche mit meinen Lippen über die Baumwolle und höre Bruce leise aufstöhnen. Ein süßer Duft steigt mir in die Nase.

Ich ziehe seine Boxershorts herunter und sein Schwanz springt vor meinen Augen frei, die geschwollene Spitze streift fast meine Stirn. Ich nehme mir einen Moment Zeit, um ihn anzustarren, um die dicke Stange Fleisch mit ihrer dunklen, glatten Haut zu bewundern, den rosigen, tropfenden Pilzkopf.

Ich bewege mein Gesicht näher an ihn heran und nehme noch mehr von dem seltsam berauschenden Duft auf. Ich umschließe ihn mit meinen Fingern und er pocht.

Er fühlt sich fest an, aber die Haut ist weich. Ich streiche ein paar Mal mit nur einer Hand über ihn und spüre, wie sich die lockere Haut bewegt. Bruce holt noch einmal scharf Luft.

Ich halte inne, weil ich befürchte, dass ich ihn verletzt habe.

„Habe ich es falsch gemacht?", frage ich ihn.

„Nein." Er hebt sich hoch. „Aber versuch mal, es mit umgekehrter Hand zu machen."

Bruce ergreift mein Handgelenk und führt meine Hand so, dass sein Schwanz gegen die Mitte meiner Handfläche drückt, mein Daumen am unteren Ende. Als er loslässt, greife ich seine Erektion. Während er zusieht, lasse ich meine Hand langsam nach oben gleiten und drehe sie, bis ich die Spitze erreiche. Ich lasse meine Handfläche über die Spitze gleiten, und Bruce schließt die Augen, während er durch die leicht geöffneten Lippen einen Atemzug ausstößt.

„Gut?", frage ich ihn.

„Großartig", antwortet er.

Ich lächle und wiederhole, was ich gerade getan habe. Diesmal lasse ich meine Handfläche nicht einfach über den Kopf gleiten. Stattdessen schließe ich meine Finger und umfasse ihn wie einen Türknauf, wobei ich spüre, wie sich die glitschige Substanz, die aus ihm austritt, auf meiner Haut verteilt.

Bruces Kopf fällt zurück auf das Bett. Ich schaue ihn an und sehe, wie er tiefe Atemzüge über bebende Lippen ausstößt.

Ich drehe meine Hand weiter, während ich die andere um den Schaft seines Schwanzes wickle. Ich spreize meine Finger und lasse meine offene Handfläche über den Kopf streichen. Bruce stößt einen leisen Fluch aus. Sein Schwanz verhärtet sich gegen meine Hand.

Ich streichle ihn, während ich meine Handfläche in die entgegengesetzte Richtung bewege, und dann, als meine Hand feucht genug ist, benutze ich stattdessen meine Zunge. Sein Schwanz schmeckt zunächst seltsam, aber je mehr ich lecke, desto angenehmer finde ich den Geschmack.

Bruce erschaudert. Seine Fäuste schließen sich um die Laken.

Seltsam. Bis jetzt war ich immer diejenige, die unten lag, die zitterte und sich an etwas festklammerte, um ihr Leben zu retten. Aber dieses Mal habe ich die Kontrolle.

Und das fühlt sich gut an. Es fühlt sich verdammt gut an.

Ich schließe meine Augen und lecke und streichle weiter. Ich spüre, wie Bruces Schenkel gegen meine Ellbogen zittern.

Plötzlich spüre ich Hände auf meinen Schultern. Ich öffne meine Augen und blicke in lusterfüllte grüne Augen.

Bruce stößt mich weg. „Ich bin dran."

Ich bin mir nicht sicher, ob ich jetzt schon die Kontrolle abgeben will, aber irgendetwas sagt mir, dass er nicht danach fragt.

Außerdem möchte ich mich auch einmal vor Lust winden.

Ich steige von ihm herunter und lege mich auf das Bett. Bruce nimmt seine Krawatte ab, wirft sein Hemd und seine Jacke beiseite und klettert auf mich. Sein Schwanz stößt an meinen Bauch, während er mich küsst. Dann zieht er mein Hemd hoch und zieht mir den BH aus. Ich spüre eine feuchte Spur auf meiner Brust.

Als nächstes zieht er mir meine Shorts und meine Unterwäsche aus, sodass ich völlig nackt bin. Dann ergreift er meinen Arm, setzt sich auf die Bettkante und zieht mich auf seinen Schoß. Ich spüre seinen Schwanz gegen meinen Rücken pochen. Er streicht mir das Haar aus dem Gesicht und küsst meinen Nacken.

Seine Hände umschließen meine Brüste. Meine steifen Brustwarzen stechen zwischen seinen Fingern hervor und er reibt sie.

Ich stöhne. Meine Augenlider fallen zu, als ich meinen Kopf gegen Bruces Schulter zurückwerfe, damit er noch mehr Haut zum Saugen und Knabbern hat. Er tut genau das, während er meine Brustwarzen zwischen seinen Fingern rollt und sie leicht kneift. Dann taucht eine seiner Hände zwischen meine Beine. Seine Finger finden meinen schmerzenden Nippel und streicheln ihn. Meine Hüften zucken und mein Rücken wölbt sich. Meine Zehen krümmen sich in dem dicken Teppich, den sie kaum erreichen können.

Er lässt den Nippel los und bewegt seine Hand tiefer. Ein Finger gleitet in mich hinein, und noch einer. Ich keuche.

Er bewegt seine Finger rein und raus und ich beginne zu zittern. Meine Hüften beginnen sich zu bewegen, als hätten sie ein Eigenleben. Meine Kniekehlen beginnen zu kribbeln.

Plötzlich stößt Bruce mich von seinem Schoß. Er beugt mich über die Bettkante, packt meine Hüften und dringt mit einem Stoß in mich ein. Ich stoße einen Schrei aus und umklammere mit zitternden Händen das Laken.

Er stößt in mich hinein und ich bin verloren. Mein Haar legt sich wie ein Schleier um mein Gesicht. Mein Atem geht rasend schnell.

Er hat jetzt die volle Kontrolle und ich bin ihm ausgeliefert.

Meine zitternden Arme geben nach und ich falle nach vorne auf meine Ellbogen. Ich erhasche einen Blick auf meine Brüste, die unter mir schwingen. Mein Körper schaukelt, während Bruce sich nach Belieben in mir bewegt und wieder herauskommt.

Ich spüre, wie die Reibung zunimmt und das Vergnügen immer intensiver wird. Aber es ist nicht genug. Obwohl meine Kraft nachlässt, stoße ich meine Hüften gegen ihn, um ihm zu zeigen, dass ich mehr will.

Zu meinem Entsetzen zieht er sich zurück. Ich wimmere.

Aber es ist nur für einen Moment.

Bruce drückt mich auf das Bett, packt meine Schenkel und dringt wieder in mich ein. Als er weiterstößt, öffne ich meine Augen. Er sieht so ernst aus, ganz vertieft in seine Aufgabe. Die Lust brennt in seinen Augen. Ich kann hören, wie die Zähne in seinem zusammengebissenen Kiefer knirschen.

Am liebsten würde ich ihn weiter anstarren, aber meine Sicht wird immer unschärfer. Mein Kopf beginnt sich zu drehen. Mein Atem kommt röchelnd.

Ich schließe die Augen und gebe mich der Lust hin. Ich umklammere die Laken und werfe den Kopf zurück, während ich darauf warte, dass es mich verschlingt.

Als es soweit ist, schreie ich auf. Meine Hüften heben sich vom Bett. Mein Herz fühlt sich an, als würde es gleich aus meiner Brust rausspringen.

Vage spüre ich, dass Bruce sich noch bewegt, aber nur noch für kurze Zeit. Ich höre ihn stöhnen, als auch er zum Ende kommt. Seine Finger beißen sich in meine Oberschenkel, aber ich beschwere mich nicht.

Nachdem er sie losgelassen hat, bricht er auf mir zusammen. Ich öffne meine Augen, lege einen Arm um ihn und streichle sein Haar.

Als ich höre, wie Bruce nach Luft schnappt, und den Geruch seines Schweißes rieche, der sich mit dem Duft seines Parfums vermischt, verziehen sich meine Lippen zu einem Lächeln. Ich drücke ihm einen Kuss auf den Kopf, während meine Augen zur Decke blicken.

Vorhin war ich einsam und hatte Angst. Jetzt spüre ich nur noch ein Gefühl des Friedens.

Er hat recht. Ich bin sicher hier. Das ist mir jetzt klar.

Und als sich seine Locken an meine Wange drücken, wird mir noch etwas klar.

Ich glaube nicht, dass ich mich von Bruce fernhalten könnte, selbst wenn ich es wollte, denn in diesem Moment glaube ich, dass ich mich in ihn verliebt habe.

Bruce richtet sich auf. Als sein Blick auf meinem Gesicht ruht, runzeln sich seine Augenbrauen.

„Du siehst glücklich aus."

Mein Lächeln wird noch breiter, während mein Herz einen Schlag auslöst. „Ja. Ja, das bin ich."

Kapitel Siebzehn

Bruce

„Jules geht es gut“, antworte ich auf Harrys Frage, während wir durch den Garten hinter seinem Haus spazieren gehen. „Sie liebt es, die neue Chefredakteurin zu sein.”

Es stimmt, sie wurde durch den Vorfall in ihrer Wohnung abgelenkt und war ein paar Tage lang niedergeschlagen. Aber jetzt scheint sie sich vollständig erholt zu haben. Ich wage sogar zu behaupten, dass sie glücklicher ist als zuvor, sie summt und lächelt und ist noch eifriger dabei, mir die Kleider vom Leib zu reißen, was ich ihr natürlich gerne erlaube.

„Da bin ich mir sicher“, sagt Harry. „Und ich bin froh, dass du ihr den Job gegeben hast. Ich hätte es genauso gemacht.“

„Sie ist eindeutig diejenige, die es am meisten verdient.“

„Aber ich nehme an, sie hat jetzt mehr zu tun als je zuvor. Kein Wunder, dass sie nicht zu mir gekommen ist.“

Ich sage nichts. Ja, Jules hatte viel zu tun, aber der Grund, warum sie Harry nicht besucht hat, ist, dass wir vereinbart haben, dass sie die Wohnung nicht mehr als nötig verlassen sollte, bis die Person, die ihr diese Spiegelnachricht geschickt hat, gefasst ist. Sie kann den größten Teil ihrer Arbeit online erledigen, und da Ross die Redaktion bereits geräumt hat, konnte sie an wichtigen Besprechungen bei Bavil teilnehmen, aber leider bedeutet das auch, dass wir keine neuen Spuren haben.

Harry seufzt. „Ich vermisse sie. Ich vermisse ihr Lächeln und ihre Ideen.“

„Nun, sie wird zu deiner Party hier sein“, versichere ich ihm. „Wie läuft's denn so?“

„Oh, Megan kümmert sich um alles. Und Tricia hilft auch.“

Tricia? Wer ist Tricia?

In diesem Moment taucht eine Frau mit Brille und rotem Haar, welches in einem Zopf zusammengehalten wird, um die Ecke kommend auf.

„Da bist du ja.“ Sie faltet ihre Hände zusammen und lächelt. „Wir müssen anfangen, für unseren Tanz zu üben.“

Ich ziehe die Augenbrauen hoch. Tanz?

„Bruce, das ist Tricia“, stellt Harry sie vor. „Sie ist meine Krankenschwester.“

„Oh.“

Ich werfe noch einen Blick auf sie. Tragen Krankenschwestern nicht weiß? Warum trägt diese Frau ein gelbes Kleid?

„Schön, Sie kennenzulernen, Bruce.“ Sie reicht mir ihre Hand. „Ich habe schon so viel von Ihnen gehört.“

Ich grinse nur, als ich ihre Hand schüttle.

„Das Kleid ist umwerfend“, sagt Harry.

„Findest du?“ Tricia wirbelt es herum. „Warte, bis du mich darin tanzen siehst.“

Harry gluckst. „Tricia kann zufällig auch Paartanz, und sie bringt es mir bei, damit wir beide auf meiner Party tanzen können.“

Tricia berührt seinen Arm. „Dein Vater ist ein sehr guter Tänzer.“

Harry winkt mit der Hand ab. „Oh, pssst.“

Okay. Sie ist Harrys Krankenschwester und seine Tanzlehrerin. Und was noch?

„Du solltest Tricia tanzen sehen“, sagt Harry. „Sie ist eine tolle Tänzerin.“

Tricia strahlt. Ihre Augen leuchten auf, als sie Harry anschaut.

Ich verschränke meine Arme vor der Brust. „Was werdet ihr tanzen?“

„Es ist ein Medley“, antwortet Tricia.

„Eines der Lieder, zu denen wir tanzen, ist 'It's Not Unusual' von Tom Jones“, sagt Harry. „Deine Mutter hat es geliebt.“

Ich verstumme. Hat er gerade von meiner Mutter gesprochen?

„Dein Vater hat mir Bilder von ihr gezeigt“, sagt Tricia. „Sie schien wunderbar zu sein.“

„Das war sie wirklich“, stimme ich zu. „Als Person war sie sogar noch wundervoller als auf den Bildern, was Harry erfahren hätte, wenn er bei ihr geblieben wäre.“

Harry wirft mir einen strengen Blick zu. Ich werfe einen zurück.

Er war derjenige, der sie erwähnt hat, nicht ich.

„Sollen wir?“ Tricia legt ihren Arm um Harrys. „Wir haben nicht mehr viel Zeit bis zur Party.“

„Ja. Warum gehst du nicht?“, dränge ich ihn. „Lauf los und blick nicht wieder zurück.“

Harry runzelt die Stirn. Er zieht seinen Arm von Tricias Arm weg.

„Ich glaube, mein Sohn und ich haben noch ein paar Dinge zu besprechen“, sagt er ihr. „Könntest du drinnen auf mich warten?“

Tricia nickt. „Natürlich.“

Sie wirft mir ein weiteres Lächeln zu.

„Es war schön, Sie kennenzulernen, Bruce.“

Ich ergreife das Wort, sobald sie außer Sichtweite ist. „Wow, Harry, sie scheint wirklich in dich verliebt zu sein. Wieviel Geld hast du ihr in deinem Testament versprochen?“

Harry wendet sich mit einem finsteren Blick an mich. „Was ist dein Problem?“

Ich drehe mich zu ihm um. „Mein Problem? Die Tatsache, dass du mit deiner Krankenschwester herumspielst.“

„Ich spiele nicht herum“, sagt Harry. „Ich bin zu alt für so etwas.“

„Gut, dass du dir dessen bewusst bist.“

„Ich meine es ernst mit ihr.“

Ich ziehe die Augenbrauen hoch. „Was?“

„Mir liegt etwas an Tricia“, sagt Harry.

„Oh.“ Ich lasse meine Hände in meine Taschen gleiten. „Hast du ihr deshalb die Fotos von meiner Mutter gezeigt? Woher hast du sie überhaupt?“

„Ich hatte sie die ganze Zeit.“

„Du hast sie also nur aufbewahrt, um sie deiner nächsten Freundin zu zeigen?“

„Nein“, antwortet er entschieden. „Ich hätte nie gedacht, dass ich jemals jemand anderen als deine Mutter lieben würde.“

„Du hast meine Mutter nie geliebt.“

Er ignoriert mich. „Aber ich liebe Tricia."

„Erst 'liegt dir also etwas an ihr' und jetzt liebst du sie? Wow, das geht ja alles ganz schön schnell."

„Ich liebe sie und sie liebt mich."

„Wie lange kennt ihr euch jetzt schon?"

„Einen Monat. Sie war auch meine Krankenschwester im Krankenhaus, aber sie wurde entlassen."

„Bist du sicher, dass sie nicht gefeuert wurde, weil sie mit einem alten, wohlhabenden Patienten geschlafen hat?"

Harrys Augenbrauen zogen sich hoch. „Bruce!"

„Sie ist halb so alt wie du, Harry", weise ich darauf hin. „Und du liegst im Sterben. Hast du das vergessen? Hast du vergessen, dass du ein Aneurysma in deinem Gehirn hast?"

„Habe ich nicht, aber das ist ein Grund mehr für mich, eine Freundin zu haben. Ich will nicht allein sterben."

„Und es macht ihr nichts aus, dass du stirbst und sie zurücklässt, obwohl sie sagt, dass sie dich liebt?"

„Gerade weil sie mich liebt, ist sie bereit, bei mir zu bleiben, auch wenn es nur für kurze Zeit ist."

„Bullenscheiße!" Ich fasse mir an die Stirn.

„So redest du nicht mit mir, junger Mann!" Harry zeigt mit einem Finger auf mich. „Ich bin dein Vater."

Ich schüttle den Kopf. „Du bist nicht mein Vater."

Harry seufzt. „Warum kannst du das nicht verstehen, Bruce? Ich will den Rest meines Lebens nicht verängstigt und einsam verbringen."

„Einsam?" Ich unterbreche ihn. „Lass mich dir etwas über Einsamkeit sagen. Meine Mutter weinte wochenlang, nachdem du weg warst. Wochenlang. Sie weinte in jedem Urlaub über der Spüle, wenn sie dachte, ich würde nicht hinsehen. Sie weinte jedes Mal, wenn sie 'It's Not Unusual' im Radio hörte. Und jetzt tanzt du dazu?"

Harry verstummt.

„Und sie hatte auch Angst. Als sie erfuhr, dass sie Krebs hat, hat sie versucht, für mich ein Lächeln aufzusetzen, aber sie hatte Angst. Sie wollte sich keiner Chemotherapie unterziehen, aber sie hat sie trotzdem gemacht, weil sie hoffte, dass es ihr besser gehen würde, weil sie mich nicht verlassen wollte."

Meine Lippen beben, als ich mich daran erinnere, wie sie mit einer Haube auf der Veranda saß, nachdem ihr die Haare ausgefallen waren.

„Sie hatte Angst, aber sie war auch mutig", fahre ich fort. „Aber du? Du bist ein Feigling. Du gibst einer Operation nicht einmal eine Chance. Du bist egoistisch, denn du verlangst von einer Frau, dass sie dir ihr Herz schenkt, nur damit du es brechen kannst. Und du bist dumm. Du hast keine Ahnung vom Leben, vom Sterben und von der Liebe. Und du weißt definitiv nichts über meine Mutter."

Damit drehe ich mich auf dem Absatz um und gehe weg.

~

Als ich in meiner Wohnung ankomme, wartet Jules auf mich. Sie trägt eine blaue Schürze, und ich rieche den Duft von Gewürzen, der aus der Küche kommt.

„Ich habe Abendessen gemacht", sagt Jules, während sie mir aus meiner Jacke hilft. „Außerdem gibt es etwas, worüber ich mit dir reden wollte."

„Nicht jetzt, Jules“, sage ich ihr. „Ich bin müde.“

Ich ziehe meine Schuhe aus und gehe in mein Schlafzimmer.

Jules folgt mir. „Aber was ist mit dem Abendessen?“

„Ich habe keinen Hunger.“

Sie stellt sich vor mich hin.

Ich atme tief aus. Warum kann sie mich nicht einfach in Ruhe lassen?

„Was ist passiert?“, fragt mich Jules.

„Nichts“, antworte ich. Ich will nicht darüber reden.

„Das glaube ich dir nicht“, sagt sie.

Natürlich glaubt sie mir nicht.

„Du warst bei Harry, nicht wahr? Was ist passiert?“

„Nichts“, wiederhole ich.

„Warum siehst du dann so verärgert aus?“

„Ich bin müde.“

„Hattet ihr einen Streit?“

Ich seufze. Ich schätze, es gibt kein Entrinnen vor ihr.

„Bruce, du sollst dich nicht mit ihm streiten. Du weißt, dass es nicht gut für ihn ist, wenn er sich aufregt oder wütend ist oder irgendwelche intensiven Gefühle hat.“

„Warum sagst du ihm das nicht selbst, hm? Vielleicht kannst du ihn davon abhalten, eine bestimmte intensive Emotion für seine Krankenschwester Tricia zu empfinden.“

Jules' Augenbrauen wölben sich. „Tricia?“

„Megans Schwester“, erkläre ich. „Ältere Schwester. Harry ist in sie verliebt und anscheinend empfindet sie dasselbe.“

Jules schnappt nach Luft. „Wow.“

„Ja. Ich konnte es selbst nicht glauben.“

„Aber das ist doch gut, oder?“

Ich werfe ihr einen verwirrten Blick zu. „Gut?“

„Harry hat Liebe gefunden. Er hat Glück gefunden. Er kann …“

„Als glücklicher Mann sterben?“ Ich schüttle den Kopf. „Unglaublich, Jules. Ich dachte, du hättest mehr Verstand als er.“

„Warte. Ich bin nicht vernünftig? Ich will nur, dass Harry glücklich ist. Das hat er verdient.“

„Wirklich?“ Ich stemme meine Hände in die Hüften. „Er verdient es glücklich zu sein, obwohl er meine Mutter unglücklich gemacht hat, obwohl meine Mutter unglücklich gestorben ist?“

„Aber er hat gesagt, er bereut es und – “

„Das kann er nicht, okay?“ Meine Stimme wird einen Ton lauter. „Er kann nicht einfach sagen, dass er es bereut und dann glücklich sein. Er kann mich nicht einfach um Verzeihung bitten, wenn er meine Mutter nie um Verzeihung gebeten hat.“

Jules seufzt. „Bruce …“

„Und du.“ Ich zeige mit dem Finger auf sie. „Du hast kein Recht, eine Meinung dazu zu haben.“

Das bringt sie endlich zum Schweigen, obwohl sie aussieht, als würde sie gleich weinen. Ihr Gesichtsausdruck lässt mich einen Hauch von Schuldgefühlen verspüren, aber ich verdränge sie, während ich in mein Zimmer gehe.

Sie hat sich das sowieso selbst eingebrockt. Sie konnte sich nicht einmal einfach raushalten.

Die ganze Scheiße, die heute passiert ist, ich habe nichts davon angefangen. Aber das spielt keine Rolle. Ich bin der

Bösewicht. Am Ende bin ich immer der Böse. Nun, ich bin fertig damit, mich schlecht zu fühlen.

Vergiss es.

Kapitel Achtzehn

Jules

Was zum Teufel ist mit Bruce los?

Ich verdrehe die Augen hinter meiner Sonnenbrille, als ich den Aufzug betrete.

Ja, ich bin immer noch schlecht gelaunt. Gestern Abend habe ich mir die Mühe gemacht, ein Abendessen zu kochen – und das Steak ist auch perfekt geworden –, aber er hatte nicht einmal Appetit. Und das, was ich ihm mitteilen wollte? Er war nicht im Geringsten daran interessiert. Und nach all dem besaß er die Frechheit, mir zu sagen, ich hätte kein Recht, eine Meinung zu haben, wenn es um ihn und Harry ging. Es war, als würde er mich an meine Rolle als seine Fake-Freundin erinnern und mir sagen, dass ich immer noch nur seine vorgetäuschte Freundin bin, die nur mit ihm zusammenlebt, weil jemand hinter ihr her ist.

Und ich dachte, es würde so gut zwischen uns laufen. Ich dachte, er würde anfangen, sich für mich zu interessieren.

Ich stoße einen Seufzer aus.

Ich weiß, ich sagte, ich hasse ihn nicht mehr, aber in diesem Moment schon. Ich hasse ihn dafür, dass er sich verhält wie ein Idiot.

Wenn ich ihn heute Morgen gesehen hätte, hätte ich es angesprochen, aber er ging bereits früh zur Arbeit. Er hinterließ die Anweisung an meinen Leibwächter, mich zur Arbeit zu fahren. Er konnte mir nicht einmal eine persönliche Nachricht hinterlassen.

Was soll das? Ist er sauer auf mich? Ich bin diejenige, die er mit diesen verletzenden Worten beschimpft hat, obwohl ich nur darauf hinweisen wollte, dass Harry ein Mensch ist, der es verdient, für den Rest seines Lebens glücklich zu sein.

Die Türen des Aufzugs gleiten auf. Ich mache mich auf den Weg nach draußen. Ich halte jedoch inne, als der Aufzugswärter meine Aufmerksamkeit erregt.

„Ms. Decker?"

Ich drehe mich um. „Ja?"

„Sie haben etwas fallen lassen."

Ich werfe einen Blick auf das Lesezeichen auf dem Boden. Es ist nicht meins, aber ich beschließe, es trotzdem aufzuheben.

„Danke, Ed."

Ich betrachte das Lesezeichen auf dem Weg zu meinem Büro. Es ist nur ein einfacher Pappstreifen mit einer Kordel dran. Zumindest denke ich das, bis ich es umdrehe und die Nachricht auf der anderen Seite sehe.

HALT DICH FERN VON BRUCE ODER DU STIRBST.

Dieselbe Botschaft stand auch auf dem Spiegel.

Ich zucke zusammen. Das Lesezeichen fällt mir aus der zitternden Hand. Ich hebe es auf und sehe mich um.

Wer hat mir dieses Lesezeichen hingelegt? Wo ist er? Oder sie? Ist es jemand, der in diesem Büro arbeitet?

Ich rekapituliere die letzte halbe Stunde.

Ich war in Bruces Wohnung. Ich ging zum Auto. Ich kam hier an. Ich nahm den Aufzug …

Moment. War die Person, die mich bedroht, mit mir in diesem Aufzug? Warum zum Teufel habe ich das nicht bemerkt? Oh, richtig. Weil ich so damit beschäftigt war, darüber nachzudenken, was für ein Idiot Bruce ist.

Ich sehe mich wieder um.

Ist die Person immer noch hier in diesem Gebäude? Wie ist sie, , überhaupt hier reingekommen?

„Jules?", ruft Dana.

Ich sehe, wie sie etwas Wasser vom Spender holt. Als sich unsere Blicke treffen, runzelt sie die Augenbrauen und kommt auf mich zu.

„Geht es dir gut?"

Oh, Mist. Ich muss wie ein Geist aussehen.

Nein, mir geht es nicht gut. Aber ich kann ihr nicht von der bestehenden Bedrohung erzählen. Keiner hier im Büro weiß, was mit meiner Wohnung passiert ist. Bruce hat gesagt, dass sie es nicht zu wissen brauchen, und ich will sie nicht beunruhigen.

Ich schiebe das Lesezeichen schnell in meine Handtasche und schenke Dana mein bestes aufgesetztes Lächeln.

„Mir geht's gut."

Sie sieht nicht überzeugt aus. „Sicher?"

Ich nicke. „Ja."

„Weil du nicht gut aussiehst." Dana berührt meinen Arm. „Du weißt, dass du dich immer noch auf mich verlassen und mir Dinge erzählen kannst, oder? Auch wenn du die Chefredakteurin bist und einen superheißen Freund hast?"

„Oh, sag das nicht." Ich lege meine Hand auf ihre.

Ich unterdrücke den Anflug von Schuldgefühlen, der sich in meiner Brust breit macht.

„Es tut mir leid, dass ich in letzter Zeit so beschäftigt war. Aber ich werde es eines Tages wieder gut machen, versprochen."

„Okay." Danas Lächeln lässt mich aufatmen. „Hast du schon ein Kleid für Harrys Party morgen?"

„Nein", antworte ich wahrheitsgemäß. „Aber ich werde eines besorgen."

Sie nickt. „Ach ja, Kathrina ist übrigens schon in deinem Büro. Ich habe mich ein bisschen mit ihr unterhalten und sie um ein Autogramm gebeten. Sie ist wirklich nett."

„Das ist sie." Ich schaue auf meine Uhr. „Und sie ist früh dran."

„Außerdem hat Harry mich angerufen. Er möchte, dass du ihn anrufst. Er konnte dich nicht erreichen."

Ich nehme mein Handy aus der Handtasche und runzle die Stirn, als ich die Anzeige für einen verpassten Anruf sehe.

War ich wirklich so in Gedanken versunken, dass ich sowohl Harrys Anruf als auch einen Kriminellen übersehen habe?

Ich sehe Dana an. „Was ist los? Hat Bruce dich zu meiner Sekretärin gemacht?"

Sie gluckst. „Sehr witzig. Aber ich bin in meinem Büro, wenn Sie mich brauchen, Frau Chefredakteurin."

Ich schüttle den Kopf. „Bitte nenn mich nicht so."

Sie dreht sich um und geht in Richtung ihres Büros. Ich beschließe, zuerst im Konferenzraum vorbeizuschauen – erstens, um mich zu beruhigen, obwohl ich gerade eine Begegnung mit einem Kriminellen hatte, der mich umbringen will, und zweitens, um Harry anzurufen.

Er hebt nach dem ersten Klingeln ab. „Jules."

„Ist alles in Ordnung?", frage ich ihn. „Tut mir leid, dass ich deinen Anruf verpasst habe."

„Hast du mit Bruce gesprochen?“

Ah. Also, darum geht es hier.

„Nein“, sage ich ihm. „Bruce war … beschäftigt.“

„Er ist wütend auf mich, nicht wahr? Er hat mein Haus gestern so wütend und aufgebracht verlassen.“

Ich ziehe einen Stuhl heran. „Na ja, was hast du denn erwartet, Harry? Du hast ihn mit deiner Neuigkeit schockiert.“

„Er hat es dir erzählt?“

Ich setze mich. „Ja, er hat mir von deiner neuen Freundin erzählt. Die ältere Schwester derjenigen, die deine Party organisiert.“

„Tricia, meine Krankenschwester.“

Es ist also wahr.

„Sie liegt mir am Herzen, Jules.“

Ich hebe eine Hand. „Ich spreche hier keine Urteile aus, Harry. Man kann schließlich nichts dafür, wen man liebt.“

Sieh mich an. Ich liebe einen Mann, der nicht einmal meine Meinung hören will.

„Ich wusste, du würdest es verstehen, Jules.“

„Ich bin sicher, Bruce wird es auch verstehen. Gib ihm einfach etwas Zeit.“

„Meinst du? Meinst du, er kommt trotzdem zu der Party?“

Ich zucke mit den Schultern. „Vielleicht. Ich werde mein Bestes tun ihn mitzubringen.“

„Danke, Jules. Ich weiß, du denkst, du bist mir viel schuldig, aber umgekehrt gilt das ebenso.“

Ich seufze. „Bitte bring mich nicht zum Weinen, Harry. Ich habe noch viel zu tun.“

„Stimmt. Ich sollte dich arbeiten lassen. Tut mir leid, dass ich dich gestört habe.“

„Nope. Macht mir nichts aus.“

„Hab einen schönen Tag.“

„Du auch“, sage ich ihm. „Bye.“

Ich stecke mein Handy zurück in meine Tasche.

Harry macht sich also Sorgen um Bruce, hm? Und ich sagte, ich würde mein Bestes tun, um ihn zur Party zu bringen, obwohl wir seit gestern Abend nicht mehr miteinander gesprochen haben. Nun, viel Glück dabei.

Ich lehne mich zurück und lege meine Hände auf meinen Bauch.

Na gut. Ich werde später mit ihm reden. Ich kann schließlich nicht mit jemandem zusammenleben, der so tut, als gäbe es mich nicht.

Ich nehme mir noch ein paar Minuten Zeit, um mich auszuruhen. Der Tag hat gerade erst begonnen, und doch fühle ich mich schon müde. Dann stehe ich auf und greife nach meiner Handtasche.

Wie ich Harry gesagt habe, habe ich zu arbeiten. Ich kann meine Bestsellerautorin nicht warten lassen.

Kaum habe ich mein Büro betreten, dreht sich Kathrina lächelnd zu mir um.

„Jules!“ Sie begrüßt mich mit einer Umarmung.

Ich umarme sie zurück. „Wie geht es meiner Berühmtheit?“

„Oh, bitte.“ Sie zieht sich zurück. „Ich will keine Berühmtheit sein. Ich will nur Bücher schreiben.“

„Und es gibt Leute, die wollen aus diesen Büchern eine Fernsehserie machen", sage ich zu ihr. „Wann bist du in New York angekommen?"

„Gestern Abend", antwortet Kathrina.

Sie wendet sich an die Frau hinter ihr.

„Übrigens, das ist meine beste Freundin Winnie. Ich hoffe, es macht dir nichts aus, dass ich sie mitgebracht habe. Sie war noch nie in New York, und ich wollte nicht allein zu Harrys Party gehen."

„Ganz und gar nicht", sage ich. „Schön, dich kennenzulernen, Winnie."

Ich reiche ihr meine Hand und sie ergreift sie mit beiden Händen, während sie mir ein süßes Lächeln schenkt. Dann verschwindet dieses Lächeln und sie sieht mich verwirrt an.

„Du hast viel um die Ohren. Geht es dir gut?"

Ich schenke ihr ein breites Lächeln. „Ja. Ich habe immer viel um die Ohren, fürchte ich."

Kathrina legt einen Arm um ihre Freundin. „Winnie hier ist ... nun, sie hat eine Gabe. Sie kann versteckte Dinge wahrnehmen."

„Oh." Ich ziehe meine Hand weg.

„Genau wie Willow in meinen Büchern. Sie diente mir als Inspiration."

„Wirklich? Das ist ja toll."

Ich bin mir nicht sicher, ob ich es glaube, aber wenn Kathrina es tut und Winnie Kathrinas beste Freundin ist, sollte ich mitspielen.

Ich gehe hinter meinen Schreibtisch. „Sollen wir über deine Bücher reden?"

Kathrina nickt, doch dann beginnt ihr Telefon zu klingeln. Sie holt es aus der Tasche und schaut erst auf das Display, dann auf mich.

„Entschuldigung. Es könnte um meinen Sohn gehen.“

„Ist schon gut“, sage ich ihr. „Ich gehe nirgendwo hin.“

Sie geht aus dem Zimmer. Winnie kommt näher.

„Du hast vor etwas Angst“, sagt sie.

Ich schaffe es, ein Lachen zu unterdrücken. „Vor der Tatsache, dass jemand meine Gedanken lesen kann? Wer hätte das nicht?“

„Nein“, sagt Winnie. „Vor demjenigen, der dir die Nachricht hinterlassen hat.“

Meine Augen werden groß. Sie weiß von der Nachricht? Unmöglich, dass sie das wissen kann.

„Ich – “

„Aber du brauchst keine Angst zu haben. Er will dir nicht wehtun.“

Er? Winnie weiß sogar, dass es ein ‘er’ ist?

Ich lehne mich vor. „Weißt du, wer er ist?“

„Ich weiß nichts. Ich spüre Dinge nur“, antwortet sie.

Ich nehme das Lesezeichen aus meiner Handtasche und zeige es ihr. „Hier. Vielleicht kannst du spüren, wer er ist, wenn du dir das ansiehst.“

Winnie nimmt es und sieht es an. Dann schließt sie die Augen. Als sie sie wieder öffnet, sieht sie mich an.

„Und?“, frage ich sie. „Wer ist er?“

„Ich fürchte, alles, was ich wahrnehmen konnte, war Schmerz.“

Schmerz? Das ergibt keinen Sinn.

Sie gibt mir das Lesezeichen zurück. Ich lege es unter ein Buch auf meinem Schreibtisch.

Na toll. Sie gibt mir also etwas Großes, aber das war's dann auch schon. Das ist, als würde sie mir ein Buch geben, das mit dem Höhepunkt aufhört.

Winnie legt ihre Hand auf meine. „Du solltest dir nicht zu viele Gedanken machen. Das ist nicht gut für das Baby."

Ich nicke. „Ja, ich weiß. Es ist nicht gut für …"

Ich halte inne. Hat sie Baby gesagt?

Ich sehe sie mit großen Augen an.

Sie lächelt. „Herzlichen Glückwunsch."

Mir fällt die Kinnlade runter.

Oh, Mist.

~

Unruhig blättere ich in einer Zeitschrift, während ich im Wartezimmer der Klinik auf die Ergebnisse meiner Blutuntersuchung warte.

Ich will nicht glauben, dass ich schwanger bin. In meinem Leben ist im Moment so viel los. Ich bin gerade zur Chefredakteurin befördert worden. Harry kann jeden Moment sterben. Kathrinas Bücher werden als Fernsehserie verfilmt. Ich habe keine Wohnung.

Ich bin nicht bereit für ein Baby. Ich habe nicht einmal einen Freund, einen richtigen Freund.

Was wird Bruce denken?

Irgendetwas sagt mir, dass er nicht glücklich sein wird. Und obwohl er mich wahrscheinlich finanziell unterstützen wird, wird er mir auf keinen Fall helfen, das Baby großzuziehen. Nicht so ein toller Geschäftsmann wie er, der sich nicht um Beziehungen schert und dem die einzige Familie, die er noch hat, egal ist.

Ich werde dieses Baby alleine großziehen. Ohne Eltern. Ohne Partner.

Was ist mit meinem Job? Werde ich ihn behalten können? Ich kann ihn nicht aufgeben. Aber kann ich arbeiten und gleichzeitig ein Kind großziehen? Und was ist mit dem Buch, das ich schreiben wollte?

Ich schüttle den Kopf.

Nein, ich kann nicht schwanger sein. Ich bin nicht schwanger.

Und doch kann ich nicht anders, als es für möglich zu halten. Ich meine, Bruce und ich hatten oft Sex, meistens ohne Schutz.

Es ist nicht nur möglich. Auch wenn ich es nur ungern zugebe, es macht Sinn. Ich war in letzter Zeit müde und habe viel gegessen. Früher habe ich den Geruch von Vanille geliebt, aber jetzt nicht mehr so sehr. Und von Bruce kann ich nicht genug bekommen. Ich dachte, es sei Liebe, aber was, wenn es nur die Hormone sind?

Und dann ist da noch Winnie. Sie wusste von der Drohbotschaft, die ich erhalten habe, obwohl wir uns nie zuvor getroffen haben, obwohl sie es unmöglich wissen konnte...

Ich mache eine Pause.

Moment mal. Was, wenn sie diejenige ist, die mir die Nachricht hinterlassen hat? Deshalb weiß sie davon. Was, wenn sie mir sagt, dass es ein ’er’ ist, um den Verdacht von ihr wegzulenken?

Was, wenn sie sagt, dass 'er' mich nicht verletzen will, nur um mich unvorsichtig zu machen?

„Ms. Decker?", ruft die Empfangsdame meinen Namen auf.

Ich lege die Zeitschrift weg und gehe auf den Schreibtisch zu. „Ja?"

„Hier sind Ihre Ergebnisse."

Sie reicht mir einen Umschlag und ich öffne ihn. Ich klappe das Blatt Papier darin auf. Als ich das Wort "Positiv" in der oberen rechten Ecke sehe, erschrecke ich.

Ich bin geliefert.

Kapitel Neunzehn

Bruce

Ich drücke auf den Knopf des Geräts in meiner Hand und höre ein Klicken. Eine winzige Flamme kommt aus der Spitze und klammert sich an den Kerzendocht. Sie flackert, brennt dann gleichmäßig und wirft einen sanften Schein von ihrem Sitzplatz aus weißem Wachs.

Ich lege das Feuerzeug weg und trete einen Schritt zurück, um mein Werk zu bewundern – ein Abendessen bei Kerzenschein auf dem Esstisch.

Ein Friedensangebot für Jules.

Ich weiß, ich weiß, ich habe gesagt, dass es mir egal ist, ob sie sauer ist, aber wie sich herausstellte, ist es mir nicht egal. Den ganzen Tag über, zwischen Telefonaten und dem Lesen von Berichten, habe ich an sie gedacht, an ihre Augen, die kurz davor waren, Tränen zu vergießen, und an ihre bebenden, geschürzten Lippen. Jedes Mal fühlte sich meine Brust eng an.

Vielleicht war ich zu hart zu ihr. Vielleicht hätte ich ihr zuhören sollen. Vielleicht hätte ich wenigstens das Essen probieren sollen, das sie mit viel Mühe für mich zubereitet hatte.

Ich war wegen meines Streits mit Harry schlecht gelaunt, aber das war kein Grund Jules anzuschnauzen. Und doch habe ich es getan, und ich kann es nicht zurücknehmen. Ich kann es nur wieder gut machen.

Ich werfe einen Blick auf die Uhr an der Wand.

Sie sollte schon längst zu Hause sein. Dana hat gesagt, dass sie das Büro früh verlassen hat, noch vor Mittag, direkt nach ihrem

Treffen mit Kathrina. Dana hat auch gesagt, dass sie sich über etwas aufzuregen schien, aber versuchte, es nicht zu zeigen. Natürlich war sie aufgewühlt.

Ich dachte, sie hätte sich den Rest des Tages freigenommen, um sich zu entspannen, vielleicht ins Spa zu gehen, endlich einmal neue Kleider zu shoppen, einen Film zu sehen oder was auch immer Frauen tun, um sich besser zu fühlen. Vielleicht hat sie sich sogar auf eine Bank im Central Park gesetzt. Ich habe sie nicht angerufen. Ich habe Leute, die auf sie aufpassen, so dass ich wusste, dass sie in Sicherheit war.

Ich dachte, sie käme vor mir nach Hause. Ich dachte, ich müsste den Tisch ausbreiten, während sie duschte. Aber sie war nicht da. Und sie ist immer noch nicht da.

Plötzlich ergreift mich Sorge.

Was, wenn sie ihre Leibwächter verloren hat oder diese sie verloren haben und ihr etwas Schlimmes zugestoßen ist? Was, wenn die Person, die sie bedroht hat, an sie herankommen konnte?

Ich nehme mein Handy vom Tresen, um einen ihrer Leibwächter anzurufen, aber die Tür geht auf. Als ich Jules eintreten sehe, atme ich erleichtert auf.

„Du bist zu Hause."

Ich lege mein Handy weg und gehe mit einem Lächeln auf sie zu. Jules erwidert es jedoch nicht.

Sie ist also immer noch verärgert?

Ich wollte sie umarmen, aber ich tue es nicht.

„Ich habe angefangen, mir Sorgen um dich zu machen", sage ich zu ihr. „Und dass das Essen kalt wird."

Jules hebt ihren Blick, um meinem zu begegnen.

„Ich koche nicht – zumindest keine aufwendigen Gerichte – also bin ich in eines der besten Restaurants der Stadt gegangen und habe Abendessen besorgt. Es wartet auf dich.“

Jules schnaubt.

Ich runzle die Augenbrauen. Hat sie sich gerade über mich lustig gemacht? Denkt sie, dass meine Bemühungen, sie zu besänftigen, nicht gut genug sind, weil ich das Essen nicht selbst gekocht habe?

Ich atme tief ein. „Ich weiß, dass du wütend auf mich bist, Jules. Deshalb habe ich ...“

„Nein“, unterbricht sie mich. „Ich bin nicht wütend auf dich.“

Sagt sie, aber der kalte Glanz in ihren Augen, die starren Augenbrauen sagen das Gegenteil.

„Jules ...“

„Ich bin wütend auf mich“, sagt sie. „Ich bin diejenige, die von sich selbst enttäuscht ist.“

Das verstehe ich nicht.

„Wie meinst du das? Du hast doch nichts falsch gemacht. Du hast nur ...“

„Ich habe nichts falsch gemacht?“

Ihr Lachen verwirrt mich noch mehr.

Ich packe ihren Arm. „Jules, was ist hier los?“

„Fass mich nicht an.“ Sie reißt ihren Arm weg. „Wage es ja nicht, mich anzufassen.“

„Okay.“ Ich nehme die Hände hoch und trete zurück.

Wow. Sie ist nicht nur verärgert. Sie ist wütend. Und ich habe keine Ahnung, warum.

„Wenn es ein Problem gibt, kann ich …“

„Es gibt ein Problem. Und weißt du, was das Problem ist?“ Sie zeigt mit dem Finger auf mich. „Du.“

Ich?

„Mein Leben war in Ordnung. Es war in Ordnung. Es war sogar mehr als in Ordnung. Ich kam in diese geschäftige, wunderschöne Stadt. Ich bin in einer guten Firma gelandet, habe meine Berufung gefunden und einen Job bekommen, für den ich mich bestimmt fühle. Ich hatte eine schöne Wohnung mit vielen Büchern. Ich hatte schöne Kleider. Mein Leben war perfekt und ich liebte es. Ich liebte mich. Dann kommst du daher und alles gerät aus den Fugen. Du konntest dich einfach nicht aus meinem Leben raushalten, oder?“

Ich seufze. „Wenn es um deine Wohnung geht …“

„Es geht nicht nur um meine Wohnung. Es geht um mein ganzes Leben. Ein unbekannter Verrückter hat vielleicht meine Wohnung auf den Kopf gestellt und meine Sachen zerstört, aber du – du hast mein ganzes Leben auf den Kopf gestellt.“

Ich trete einen Schritt vor. „Jules, was wirfst du mir eigentlich vor?“

„Siehst du.“ Sie hebt die Hände und lässt sie wieder sinken. „Du weißt nicht einmal, wovon ich rede. Du weißt nicht, was du tust, was du mir angetan hast, was du mir wegnimmst!“

Jules rauft sich die Haare, während sie mit dem Rücken gegen die Wand auf den Boden rutscht. Ihre Schultern zittern, als sie in ein Schluchzen ausbricht. Ihre Stimme senkt sich zu einem Flüstern.

„Du hast ja keine Ahnung.“

„Nein, habe ich nicht“, gebe ich zu, als ich mich vor ihr hinknie.

Ich weiß nur, dass Jules wieder zusammenbricht. Sie leidet meinetwegen. Schon wieder.

„Aber wenn du denkst, dass ich dir etwas aus deinem Leben wegnehme, dass ich dein Leben ruiniere, dann solltest du dich vielleicht von mir fernhalten.“

Langsam hebt Jules ihren Kopf. Ihre tränengefüllten haselnussbraunen Augen blicken in meine.

„Was?“

„Du solltest gehen“, sage ich zu ihr. „Und ich werde dich in Ruhe lassen.“

Aber das scheint sie nicht zu wollen, denn sie schüttelt den Kopf. Eine Träne rinnt über ihre Wange.

„Sag mir, Bruce – was sind wir?“, fragt sie.

Ich ziehe die Augenbrauen hoch, weil ich die Frage nicht verstehe.

„Was hältst du von mir, Bruce?“

Ich zucke mit den Schultern. „Nun, du bist schön und du bist klug. Du bist unverwüstlich. Du bist …“

„Ich meine, was bin ich für dich?“

Ich halte inne und denke nach. „Du bist meine vertrauenswürdigste Untergebene.“

„Und?“

„Du bist die Frau, mit der ich fantastischen Sex habe“, füge ich grinsend hinzu.

Jules jedoch sieht überhaupt nicht erfreut aus. Okay, dann war das wohl die falsche Antwort.

„Du bist die Frau, die ich zu beschützen versprochen habe“, sage ich zu ihr.

„Und was passiert, wenn du herausgefunden hast, wer mich bedroht? Wenn du dich um dieses Problem gekümmert hast und ich nicht mehr beschützt werden muss, was wirst du dann tun? Mich wegschmeißen? Mich aus deinem Leben streichen, wie du es bei deinem Vater getan hast?“

„Ich habe ihn nicht aus meinem Leben ...“ Ich halte inne. „Geht es hier um Harry? Geht es immer noch um den Streit, den wir hatten?“

„Es geht um dich, Bruce“, antwortet Jules. „Um deine Abneigung gegen Bindungen.“

Bindungen?

Meine Augenbrauen wölben sich zuerst, aber dann senken sie sich, als ich endlich verstehe, wovon sie spricht.

Ich berühre meine Stirn, während ich aufstehe. „Du willst, dass wir eine ernsthafte Beziehung haben. Darum geht es dir doch, oder?“

Jules sieht zu mir auf. „Ist das so falsch?“

Ich schüttle ungläubig den Kopf. „Du hast diesen Wutanfall, weil du eine Beziehung willst.“

„Das ist kein Wutanfall.“

„Doch, ist es“, sage ich. „Du benimmst dich wie ein Kind. Du benutzt deine Tränen und deinen traurigen Gesichtsausdruck, um etwas aus mir herauszubekommen.“

„Das tue ich nicht!“ Jules steht auf. „Du bist derjenige, der sich wie ein Kind verhält und herumspielt. Ich bin kein Spielzeug,

Bruce. Ich bin ein echter Mensch, eine echte Frau, die einen echten Mann braucht.“

„Ah. Ich bin also kein richtiger Mann? Nur weil ich keine Etiketten mag?“

„Weil du nicht über die Konsequenzen deines Handelns nachdenkst.“

„Nein! Du bist diejenige, die sich den Konsequenzen ihrer Handlungen nicht stellen kann“, sage ich ihr. „Du willst ein Etikett. Gut, dann gebe ich dir eines. Es war alles eine Affäre.“

„Eine Affäre?“

„Ja. Nur eine Affäre. Und das wusstest du. Du hast zugestimmt. Du hast es genossen. Aber jetzt gefällt es dir plötzlich nicht mehr und du bist sauer auf mich, weil ich es überhaupt vorgeschlagen habe.“

„Was? Ich sollte mich also mit dieser … dieser Affäre begnügen? Für immer?“

„Nicht für immer“, antworte ich. „Du weißt, was eine Affäre bedeutet.“

Jules nickt. „Ja, das weiß ich. Etwas, das man nur für eine kurze Zeit genießt und dann wegwirft. Etwas, dessen man irgendwann überdrüssig wird.“

Sie atmet tief aus.

„Nun, ich habe es jetzt satt. Wie du gesagt hast, ich sollte gehen.“

Sie wendet sich der Tür zu. Ich kratze mich am Hinterkopf.

Wie konnte es nur so weit kommen? Ich habe vorgeschlagen, dass sie gehen soll. Nun, ich sagte, vielleicht sollte sie gehen. Aber ich habe nicht geglaubt, dass sie wirklich gehen würde.

Wie soll ich sie jetzt beschützen?

„Jules, du musst nicht gehen“, sage ich ihr.

„Ich denke schon.“

Sie greift nach dem Türknauf.

Ich seufze. „Na gut. Ich werde Leute auf dich aufpassen lassen.“

Jules wirft einen Blick über ihre Schulter auf mich. „Das musst du nicht tun, Bruce. Ich werde es überleben. Schließlich habe ich die feste Absicht, mich von dir fernzuhalten.“

Sie dreht den Knauf. Die Tür öffnet sich und sie tritt heraus.

Ich sehe zu, wie sie geht. Ich höre das Klicken, als sich die Tür hinter ihr schließt.

Einfach so ist sie weg.

Einen Moment lang stehe ich einfach nur da, und ein Teil von mir denkt, dass sie es sich vielleicht anders überlegen und zurückkommen wird. Aber die Tür bleibt geschlossen.

Ich gehe in den Speisesaal, wo das Abendessen noch immer auf uns wartet. Ich blase die Kerze aus.

So eine Verschwendung. Was für eine Verschwendung alles.

Ich nehme einen der Teller mit Essen und schleudere ihn gegen die Wand. Er zerspringt.

Wenn Jules denkt, ich sei wie ein Kind, dann benehme ich mich auch wie ein Kind. Sie ist nicht die Einzige, die einen Wutanfall bekommen kann.

Ich schnappe mir einen weiteren Teller und tue dasselbe. Dann werfe ich die Schüsseln und ein Glas.

Jetzt ist nur noch ein Glas übrig, und ich hebe es auf, aber anstatt es wegzuwerfen, beschließe ich, es lieber mit Whiskey zu füllen. Ich leere das Glas mit einem Schluck.

Es gelingt mir, mich zu beruhigen, aber ich bin immer noch verwirrt. Ich verstehe nicht, warum Jules sich entschieden hat, so plötzlich zu gehen, wo sie doch in letzter Zeit vollkommen glücklich schien. Ich verstehe nicht, warum ich derjenige bin, der hier etwas falsch gemacht hat, obwohl ich ihr von Anfang an klar gesagt habe, dass wir nur die Gesellschaft des anderen genießen würden. Sie ist diejenige, die angefangen hat, Hoffnungen und Erwartungen zu haben. Sie ist diejenige, die das, was wir hatten, weggeworfen hat, weil sie mehr wollte.

Ich trinke ein weiteres Glas Whiskey. Die Flüssigkeit rinnt mir die Kehle hinunter.

Es ist seltsam. Das letzte Mal, dass ich Whiskey getrunken habe oder mich so elend gefühlt habe, war, als Aika und ich uns getrennt haben. Aber damals war ich derjenige, der sie verlassen hat. Dieses Mal hat Jules mich verlassen.

Sie ist wirklich etwas Besonderes.

Ich leere noch ein Glas.

~

Ich wache auf und spüre Sonnenlicht auf meinem Gesicht. Ich versuche, mich aufzusetzen und stelle fest, dass ich auf der Wohnzimmercouch schlafe. Als sich mein Kopf klärt, erinnere ich mich an letzte Nacht. Ich rieche den Whiskey in meinem Atem.

Das stimmt. Die letzte Nacht war eine Katastrophe. Wenn ich es mir recht überlege, möchte ich mich lieber nicht daran erinnern.

Ich blicke Richtung Fenster. Ist es schon Morgen?

Das denke ich zumindest, bis ich auf die Uhr schaue. Sie zeigt mir, dass es bereits mitten am Nachmittag ist.

Was soll das denn jetzt?

Ich schaue mich nach meinem Handy um und als ich es finde, checke ich den Bildschirm.

Ich habe zwei verpasste Anrufe, beide von Harry. Er hat mir auch eine Nachricht hinterlassen und mich gebeten, zur Party zu kommen.

Aha. Die beginnt in ein paar Stunden.

Die andere Nachricht ist von einem der Bodyguards, die ich gebeten habe auf Jules aufzupassen. Sie hat mir zwar gesagt, dass es nicht mehr nötig sei, aber ich habe sie noch nicht entlassen. Anscheinend wohnt sie im Library Hotel. War ja klar, dass sie das aussuchen würde.

Keine Nachricht von ihr.

Ich schätze, sie ist wirklich weg.

Ich tippe mit den Fingern auf den Tresen.

Soll ich zu Harrys Party gehen? Ich habe eigentlich keine Lust, nicht nach unserem Streit. Außerdem wird Jules sicher dort sein und sie will mich nicht sehen.

Nun ja. Ich schätze, ich werde nicht hingehen. Ich will aber nicht in meiner Wohnung bleiben, also dusche ich und gehe ins Büro.

Ich finde es fast leer vor und erinnere mich daran, dass ich den Redakteuren gesagt habe, sie könnten sich den Tag für Harrys Party frei nehmen. Als ich zu meinem Büro gehe, komme ich an Jules' Büro vorbei. Die Tür ist leicht geöffnet.

Vielleicht war sie so aufgeregt, als sie gestern das Büro verließ, dass sie vergessen hat, die Tür zu schließen. Oder sie hat sich noch nicht daran gewöhnt, dass ihr Büro eine Tür hat.

Ich greife nach dem Knauf, um sie zu schließen. Stattdessen öffne ich sie ganz und trete in ihr Büro. Während ihr Zimmer in meiner Wohnung noch kahl ist, steht dieses Büro schon ganz im Zeichen von ihr. Hier stehen ihre Bücher, ihre Topfpflanzen, ihre Schachtel mit Stiften, ihr Schal.

Ich gehe zu ihrem Schreibtisch und fahre mit den Fingern über das Schild, auf welchem ihr Namen eingraviert ist.

Ich frage mich, ob wir nach dem, was gestern Abend passiert ist, noch zusammenarbeiten können. Oder sollte ich zurück nach Boston fahren? Zurück zu meiner Firma?

Während ich darüber nachdenke, greife ich nach dem Buch, das auf ihrem Schreibtisch liegt. Ich blättere gedankenlos mit dem Daumen durch die Seiten. Dabei fällt mein Blick auf das Lesezeichen, das unter dem Buch lag. Auch das hebe ich auf.

Als ich die Nachricht auf der anderen Seite lese, werden meine Augen groß. Ich lasse fast das Buch aus meiner Hand fallen.

Eine weitere Drohung.

Warum hat Jules mir nichts davon erzählt? Woher hat sie es? Und wann? Gestern?

Ich sehe mir das Lesezeichen an.

War sie deshalb gestern so aufgebracht? Warum sah sie so verängstigt aus? Ist das der Grund, warum sie gegangen ist?

Ich lege das Lesezeichen zurück an seinen Platz. Dann stürme ich aus Jules' Büro.

Ich muss sie sehen. Ich muss ihr versichern, dass sie keinen Grund hat Angst zu haben. Ich muss sie wissen lassen, dass sie in Sicherheit ist. Ich muss dafür sorgen, dass sie in Sicherheit ist.

Ich schätze, ich werde wohl doch zu Harrys Party gehen.

Kapitel Zwanzig

Jules

„Das ist ja eine schillernde Party", sagt Dana, als sie mich an einem Tisch in der Nähe der Ecke entdeckt. „Du glaubst doch nicht, dass diese Discokugeln aus echten Swarovski-Kristallen sind, oder?"

Ich zucke mit den Schultern. „Aber ich kann nicht sagen, dass mir das Thema nicht gefällt."

Harrys Party ist wirklich glitzernd und schillernd. Überall hängt Gold und Kristall von den Balken der Glasdecke, überzieht die Säulen des Pavillons, schmückt die Tische und Stühle. Sogar im Garten, wo Lichterketten von den Bäumen hängen und Fackeln die gepflasterten Wege säumen, gibt es goldene Käfige und lebensgroße Kristallschwäne und -hasen. Und der Pool ist mit Ringen bedeckt, die wie schillernde Donuts mit Glitter gefüllt sind.

„Ich denke, Megan hat gute Arbeit geleistet", füge ich hinzu, während ich meinen silbernen Becher nehme und einen Schluck Wasser trinke.

„Und dein Kleid passt auch perfekt." Dana tritt zurück und zieht mich auf die Beine. „Komm schon, lass mich dich ansehen."

Ich stehe träge auf, damit sie das Kleid sehen kann – ein einfaches, fließendes, fast nahtloses weißes Kreppkleid mit einem Ausschnitt, der mein Dekolleté umspielt, aber nicht zu viel verrät, und einer Empire-Taille, die teilweise in goldener Farbe bestickt ist. Ich habe es erst heute Morgen gekauft.

Dana lächelt anerkennend, während sie sich ans Kinn fasst. „Du siehst fast wie eine Braut aus."

Ich runzle die Stirn. „Ich wollte eigentlich eine griechische Göttin darstellen."

„Na ja, dann eine griechische Braut." Sie legt einen Arm um mich. „Also, wo ist der Bräutigam?"

Ich schnaube. „Welcher Bräutigam?"

„Ich meine, wo ist dein Date?" Dana blickt sich um. „Ich sehe Bruce nirgends."

Ich zucke mit den Schultern. Ich auch nicht. Aber ich suche ja auch nicht wirklich nach ihm.

„Ich bin überrascht, dass ihr nicht zusammen hergekommen seid."

Das bin ich nicht. Bruce ist nicht mein Date. Er ist nicht mehr mein Pseudo-Freund. Er ist gar nichts.

Nun, nur der Vater meines ungeborenen Kindes, der nichts davon weiß. Und das wird er auch nicht, weil er mich nicht will.

Dana drückt mir die Schulter. „Nun, ich bin sicher, er wird bald hier sein. Warum gehen wir beide in der Zwischenzeit nicht auf einen Drink in die glänzende Bar draußen?"

Sie ergreift meine Hand, aber ich ziehe sie zurück.

„Geh du nur. Ich habe schon einen Drink." Ich hebe den Becher in meiner Hand.

Ich kann sowieso nicht trinken. Nicht mehr.

Dana nimmt ihn und schnuppert daran. Sie runzelt die Stirn.

„Das ist Wasser."

Ich zucke mit den Schultern. „Wasser ist auch ein Getränk."

Sie wirft mir einen tadelnden Blick zu. „Na schön. Wenn du Cersei ohne ihren Wein sein willst und einfach hier sitzen und dich nach deinem Geliebten sehnen willst, bis er kommt, dann ist das in Ordnung.“

„Ich werde nicht …“

Sie gibt mir den Becher zurück. „Aber ich werde trinken und feiern.“

Dana geht weg. Ich lasse mich in meinen Stuhl zurücksinken und stelle meinen weinlosen Becher auf den Tisch.

Ich sehne mich nicht nach Bruce. Nicht nach allem, was er gesagt hat.

Aber ich schätze, ich frage mich, ob er zu der Party kommen wird. Er kommt doch, oder? Ich meine, es ist Harrys Party. Und er und Harry mögen sich gerade streiten, aber das ändert nichts an der Tatsache, dass Harry sein Vater ist oder dass Harry im Sterben liegt und dies vielleicht seine letzte Party ist. Sicherlich wird Bruce sie nicht verpassen.

Außerdem sind alle Autoren auf der Suche nach ihm. Sie glauben, dass diese Party für ihn ist. Sie wollen ihn kennenlernen.

Was, wenn er nicht kommt? Was, wenn er mich nicht sehen will?

„Jules.“

Apropos Autoren: Marianne Chambers, eine Thrillerautorin, tritt an meinen Tisch heran.

„Marianne.“ Ich begrüße sie mit einem Kuss auf die Wange. „Du siehst fabelhaft aus.“

„Nicht so fabelhaft wie du.“

Sie zieht den Stuhl neben mir hervor und setzt sich.

„Ich weiß, dass dies eine Party ist, aber ich habe mich gefragt, ob ich dir ein paar Fragen zu meinem nächsten Buch stellen kann. Ich habe mir gedacht …“

Ich höre auf zuzuhören, sobald mein Blick auf Bruce fällt.

Er betritt den Pavillon in schlichtem Schwarz – schwarzer Smoking, schwarzes Hemd, schwarze Weste. Nur seine Krawatte glänzt silbern. Das ganze Ensemble lässt ihn klassisch und modern zugleich aussehen.

Und heiß.

Warum muss er so heiß sein?

Offensichtlich bin ich nicht die Einzige, die so denkt, denn ich sehe, wie einige Bavil-Angestellte ihn aus der Ferne anhimmeln. Auch einige der Frauen scheinen auf dem Weg zu ihm zu sein.

Ich runzle die Stirn.

Genau in diesem Moment treffen sich unsere Blicke. Diese grünen Augen finden meine von der anderen Seite des Raumes. Schnell wende ich den Blick ab und hebe meinen Becher auf.

Warum ist er gekommen? Vielleicht hätte er doch nicht kommen sollen.

Nun, das macht nichts. Die anderen Mädchen können ihn haben, und er kann sich eine von ihnen aussuchen, um mit ihr eine Affäre zu haben. Das ist mir egal.

Es ist mir egal.

„Jules?“, fragt Marianne.

Ich drehe mich zu ihr um. Ach so. Ich habe fast vergessen, dass ich mich mit Marianne unterhalte. Zumindest hat sie mit mir geredet. Offensichtlich habe ich nicht zugehört.

Aber ich werde es nicht zugeben.

Ich setze meinen Becher ab und berühre ihre Hand. „Weißt du, ich denke, du solltest versuchen, jetzt nicht an die Arbeit zu denken. Versuche die Party zu genießen. Nimm alles auf. Das nächste Mal treffen wir uns in meinem Büro, und dann können wir soviel über dein Buch reden, wie du willst.“

Sie nickt. „Natürlich.“

Ich tätschel ihre Hand.

Aus dem Augenwinkel sehe ich, wie Bruce in meine Richtung geht, langsam voranschreitet und seine Bewunderer beiseite schiebt. Ich stehe auf und mache mich bereit zu fliehen.

Ich wende mich an Marianne. „Wenn du mich entschuldigst, ich werde …“

Ich komme nicht zum Ende, weil die Lichter im Pavillon plötzlich erlöschen. Nach einem Moment tanzen bunte Lichtstreifen durch den Raum, die auf dem Gold und dem Kristall glitzern und sie in schillernde Farben tauchen. Der ganze Raum ist wie eine Disco, nur ohne die laute Musik, nur mit einem klassischen Stück – Beethoven, glaube ich? Der Effekt ist hypnotisierend.

Die Lichtshow geht weiter. Die meisten Leute bleiben stehen und schauen zu. Aber nicht Bruce. Er setzt seinen Weg zu mir fort. Erst als ich ihm einen warnenden Blick zuwerfe und den Kopf schüttle, bleibt er stehen.

Hatte er nicht gesagt, er würde mich in Ruhe lassen? Warum kann er das nicht?

Bruce runzelt die Stirn, macht aber keine weiteren Annäherungsversuche. Ich richte meine Aufmerksamkeit auf die

Lichter, in der Hoffnung, dass sie mich davor bewahren, in eine schlechte Stimmung zu verfallen.

Die Show dauert nur noch eine Minute, dann hört die Musik auf und die bunten Lichter verschwinden. In der Dunkelheit erscheint etwas schillernd Goldenes, und als die weißen Lichter wieder angehen, sieht man Harry in seinem goldenen Smoking– und der Saal bricht in Beifall aus. Ich schließe mich dem an.

Neben Harry steht eine Frau in einem glitzernden roten Kleid. Ich vermute, dass das Tricia ist.

Sie sieht ein bisschen aus wie Megan, nur älter. Sie sieht nett aus. Und sie scheint nett zu sein, denn ihr Lächeln überstrahlt ihr Kleid. Ich kann verstehen, warum Harry in sie verliebt ist.

Harry blickt sie an, als er in die Mitte des Raumes geht. Selbst in diesem kurzen Moment, in dem sich ihre Blicke treffen, kann ich die Verbindung spüren. Dann verlässt sie seine Seite und er stellt sich in die Mitte des Raumes, wo sich das Mikrofon befindet.

„Guten Abend allerseits", begrüßt er die Anwesenden. „Und willkommen zu dieser schillernden Party."

Er hält eine Hand vor seine Augen.

„Vielleicht hätte ich eine Sonnenbrille tragen sollen."

Einige Leute lachen. Ich grinse.

„Ich möchte der brillanten Frau danken, die diese Party in so kurzer Zeit auf die Beine gestellt hat – Megan, unterstützt von ihrer bemerkenswerten Schwester Tricia."

Erneuter Applaus brandet auf, als sich die Schwestern verbeugen.

„Und ich möchte zwei weiteren Leuten dafür danken, dass sie bei meiner verrückten Idee mitgemacht haben – unserer neuen Chefredakteurin Jules …“

Meine Augen werden groß, als das Scheinwerferlicht auf mich fällt und sich die Köpfe drehen. Ich lächle und winke.

"… und dem neuen Verleger, meinem Sohn Bruce.“

Köpfe drehen sich in seine Richtung, auch meiner, aber ich wende meinen Blick ab, sobald er auf seinen trifft.

„Und natürlich möchte ich euch allen für euer Kommen danken. Keine Worte können meine Dankbarkeit für eure Anwesenheit ausdrücken. Danke, dass ihr diesem alten Mann Nachsicht entgegenbringt. Aber es gibt noch etwas, das ich gerne sagen würde. Ich will die Party nicht ruinieren, aber ich möchte, dass alle etwas wissen, bevor sie wieder gehen oder sich betrinken.“

Harry räuspert sich. Ein Kloß bildet sich in meinem Hals.

„Ich … habe mich zurückgezogen, und der Grund dafür, der wahre Grund, ist, dass ich … ein Aneurysma in meinem Gehirn habe.“

Ich vernehme Aufkeuchen.

„Es kann jeden Moment platzen, aber ich hoffe nicht heute Nacht. Sie sagten, sie könnten versuchen, es herauszunehmen, aber das wäre sehr riskant. Also habe ich nein gesagt. Aber wisst ihr was? Ich habe meine Meinung geändert.“

Wie bitte?

Harry blickt zu Tricia. Sie kommt an seine Seite und hält seine Hand. Er holt tief Luft.

„Ich habe mich für die Operation entschieden, so riskant sie auch sein mag. Ich habe beschlossen, dass es besser ist, ein Risiko einzugehen als aufzugeben, zu kämpfen als ein Lächeln vorzutäuschen, zu leben als zu sterben.“

Ich schüttle den Kopf. Aber das könnte er doch tun, oder? Er könnte an dieser Operation sterben.

„Ja, ich weiß, dass ich sehr wohl sterben könnte. Schon bald könnte ich tot auf einem kalten Tisch liegen, und deshalb wollte ich mich zuerst bei euch allen bedanken, die ihr auf die eine oder andere Weise Teil meines Lebens und meiner Gesellschaft seid. Ich bin jedem von euch wirklich dankbar.“

Ich lege eine Hand auf meinen Mund, während sich meine Brust und meine Kehle zusammenziehen. Tränen drohen aus meinen Augen zu fließen.

Was tut Harry? Was denkt er?

„Jetzt weint nicht. Wenn ich sterbe, werde ich glücklich sterben, weil ich weiß, dass ich meine Firma in fähigen Händen hinterlasse.“

Harry blickt mich und Bruce an. Ich lege meine Hand nieder und versuche, mein Kinn aufrecht zu halten.

„Und im Wissen, dass ich jemand Besonderen gefunden habe.“

Er wirft einen Blick auf Tricia. Sie schürzt ihre bebenden Lippen.

Sie versucht, genauso tapfer zu sein wie ich.

„Und bitte lasst euch diese Party, für die ich so viel Geld ausgegeben habe, dadurch nicht verderben. Ich fordere euch sogar auf, sie in vollen Zügen zu genießen, als wäre es eure letzte, so wie ich es tun werde. Der Grund, warum diese Party so glitzernd ist, liegt darin, dass ich jedem das Gefühl geben wollte, etwas

Besonderes zu sein, sich wertvoll zu fühlen. Aber diese Schmuckstücke sind nur Dekoration. Ihr seid die wahren Juwelen. Diese Party ist das wahre Geschenk. Jeder Atemzug, den wir nehmen, ist von unschätzbarem Wert. Lasst uns einander wertschätzen, jeden Augenblick schätzen, denn wir wissen nie, ob wir uns wiedersehen werden oder wie viel Zeit uns noch bleibt. Machen wir uns heute Abend keine Sorgen über die Zukunft und hegen wir keinen Groll über die Vergangenheit. Geben wir uns einfach der Magie, dem Glanz dieser Nacht hin. Lasst uns das Beste daraus machen.“

Er nimmt den Kelch aus Tricias Hand und hebt ihn an.

„Prost!“

„Prost!“, rufen einige Leute.

Aber ich nicht. Ich erhebe mein Glas auch nicht. Ich stehe immer noch unter dem Eindruck von Harrys Entscheidung. Ich bin immer noch sprachlos von seinen Worten.

Ich kann kaum atmen.

Als sich die Leute um Harry versammeln und die Musik zu spielen beginnt, laufe ich aus dem Pavillon und halte meine Hand über mein rasendes Herz, das erst jetzt wieder zu schlagen begonnen hat. Ich versuche, die Tränen zu unterdrücken, bis ich in seinem Haus bin. Ich betrete das erste Zimmer, das ich finde - ein Gästezimmer im ersten Stock. Vielleicht hat Megan hier übernachtet, denn ich kann einige Dekorationen auf dem Bett sehen.

Aber das spielt keine Rolle. Ich setze mich auf den Rand des Bettes und umklammere mein Kleid, während ich die Tränen fließen lasse. Einige von ihnen verschmieren die weiße Seide.

Ich kann nicht glauben, dass Harry die Operation durchführen lässt, obwohl die Wahrscheinlichkeit groß ist, dass er dabei stirbt. Das ist ja praktisch Selbstmord.

Aber ich fühle nicht nur Frustration. Da ist auch Traurigkeit. Und Schmerz. Zum ersten Mal, seit ich erfahren habe, dass Harry krank ist, begreife ich, dass ich ihn wirklich verlieren könnte. Erst jetzt wird mir klar, was das bedeutet.

Er ist wie ein Vater für mich gewesen. Wenn er stirbt, wird es sich wieder so anfühlen, als würde ich einen Elternteil verlieren. Und ich werde allein sein. Wirklich allein.

Plötzlich geht die Tür auf. Ich springe auf und drehe mich zum Fenster, während ich mir die Tränen abwische. Vergiss meine Wimperntusche. Als ich mich wieder umdrehe, stehe ich vor Bruce.

Ich runzle die Stirn. „Was machst du denn hier? Warum bist du mir gefolgt?“

„Ich wollte sichergehen, dass du in Sicherheit bist“, sagt Bruce.

Meine Hoffnung schwindet. Natürlich ist es das, worüber er sich Sorgen macht. Das ist das Einzige, worüber er sich Sorgen macht.

„Nun, ich bin sicher“, sage ich ihm. „Du kannst gehen.“

Er nickt und tritt einen Schritt zurück.

So. Geh einfach. Denn im Moment bin ich nicht stark genug, um auch noch mit dir fertig zu werden. Ich bin nicht...

Er hält inne. Anstatt den Raum zu verlassen, schließt er die Tür hinter sich.

Ich sehe ihn verwirrt an. „Was machst du da?“

„Ich bleibe“, antwortet Bruce.

Ich lege meine Hand auf meine Stirn und schüttle den Kopf. „Warum kannst du mich nicht einfach in Ruhe lassen?“

„Ich weiß es nicht.“

Meine Hand fällt an meine Seite. Meine Augen treffen auf seine. Diese smaragdgrünen Augen blicken mich aufmerksam an, und als sie das tun, sehe ich einen Schimmer von Leid in ihnen.

Leidet auch er wegen Harry?

„Ich weiß nicht, warum, aber ich kann dich einfach nicht allein lassen“, sagt Bruce. „So wie ich mich nicht davon abhalten kann, dich zu begehren, obwohl ich dir nicht geben kann, was du willst. Genauso wie ich nicht klar denken kann, wenn du nicht an meiner Seite bist.“

Dieser letzte Satz lässt mich innehalten. Will er damit sagen, dass er genauso verkorkst ist wie ich? Will er damit sagen, dass er mich an seiner Seite haben will?

„Ich kann dich nicht allein lassen, Jules, und ich kann es nicht ertragen, dich so zu sehen.“

Er macht einen Schritt nach vorne und berührt meine Wange. Ich wende den Blick ab.

„Mir geht es gut, Bruce.“

„Ist das so?“, fragt er mich flüsternd. „Willst du wirklich, dass ich gehe?“

Ich drehe meinen Kopf und hebe mein Kinn, um seinem Blick zu begegnen, was ein Fehler ist, denn diese Augen rauben mir die Kraft und den Willen mich abzuwenden. Sie zwingen mich, ehrlich zu mir selbst zu sein, mich mit meinen wahren Gefühlen auseinanderzusetzen.

Nein, ich will nicht, dass er geht.

Ich will, dass er bleibt. Für immer. Er soll an meiner Seite bleiben und der Vater meines Kindes sein, eine Familie mit mir gründen. Aber wenn das nicht möglich ist, dann will ich, dass er wenigstens jetzt bleibt.

Harry hat es gesagt. Jeder Augenblick ist ein Schatz, aus dem wir das Beste machen sollten.

Wenn ich ihn verliere, dann werde ich ihn verlieren. Daran kann ich nichts ändern und es ist töricht, sich darüber Gedanken zu machen. Aber wenn wir schon getrennte Wege gehen müssen, dann nicht als Feinde. Wir sollten das als Freunde tun.

Nein. Wir sollten wie Liebende sein.

Ich kann Bruce nicht an meine Seite ketten. Ich kann nicht von ihm verlangen, dass er mich auch liebt. Aber ich kann ein letztes Mal mit ihm Liebe machen.

In diesem Moment werde ich nicht an die Zukunft oder die Vergangenheit denken. Ich werde einfach das Beste aus diesem Moment machen.

Ich schließe meine Augen und gebe mich ihm hin. Einen Moment später berühren Bruces Lippen die meinen. Seine Hand ergreift meine Schulter.

Die Küsse sind anfangs ganz leicht. Es ist fast so, als wolle er mich necken. Dann schlingt er seinen Arm um mich und zieht mich dicht an sich. Seine Lippen pressen sich auf meine, und ich drücke zurück. Sie trennen sich und seine Zunge liefert sich mit meiner einen erbitterten Kampf, der mir den Atem raubt.

Ich lege meine Hände auf seinen Rücken. Meine Finger streichen über Samt, während das Feuer meiner Zunge meine Brust hinunterwandert. Hitze wirbelt in meinen Brüsten und regt sich in meinem Bauch. Mein Geschlecht kribbelt vor Verlangen und ich verlagere meine Beine.

Bruce drückt mich gegen die Wand. Ich spüre das kalte Holz durch den dünnen Stoff meines Kleides. Die Stecknadeln, die meinen Dutt an Ort und Stelle halten, pieksen in meine Kopfhaut.

Ich hebe meine Hand, um sie abzunehmen. Mit Bruces Mund, der meinen immer noch beschäftigt, ist das keine leichte Aufgabe. Es wird noch schwieriger, als seine Hände an meinen Seiten hinaufgleiten, über die Empire-Taille meines Kleides. Seine Handflächen drücken gegen die Rundungen meiner Brüste und ich erschaudere.

Mit zitternden Händen fummele ich an den Stecknadeln herum, bis es mir schließlich gelingt, sie herauszuziehen und zur Seite zu werfen. Mein Haar entfaltet sich und fällt mir in Kaskaden über die Schultern.

Ich will meine Hände herunterlassen, aber Bruce hält meine Handgelenke über meinem Kopf fest. Seine andere Hand zieht an meinem Haar, während er seinen Mund zu meinem Hals bewegt. Er saugt an der Stelle über meinem Puls und ich schnappe nach Luft.

Ich habe immer noch nicht den Atem wiedergefunden, den ich durch seine Küsse verloren habe, und ich glaube, das werde ich auch nie, solange Bruce weiter über die Haut leckt, die sich am Ausschnitt meines Kleides befindet. Seine Zunge verweilt besonders lange am V-förmigen Dekolleté, wo er auch einen Kuss platziert, bevor er an meiner Brust saugt, die er durch den Ausschnitt hindurch erfasst. Mit der anderen Hand umschließt er meine andere Brust.

Während sein Daumen gegen eine steife Spitze drückt, finden seine Lippen die andere. Meine Knie zittern. Ich keuche noch mehr.

Seine Hand verlässt meine Brust und ergreift die Seide. Ich spüre, wie der Stoff langsam mein Bein hinaufklettert. Als er meinen Oberschenkel erreicht, lässt Bruce seine Hand darunter gleiten. Seine Finger streifen über meine Unterwäsche.

Ich halte den Atem an, als sie an der Baumwolle entlang nach oben streichen. Sie gleiten auch unter diese letzte Hürde und streichen über meine Locken. Sie finden meine Klitoris und ich beginne zu wimmern.

Als er diese empfindliche Knospe streichelt, beginne ich mich zu winden. Ich versuche vergeblich, meine Handgelenke aus seinem Griff zu befreien, und da sie gefesselt sind, fühle ich mich Bruces lustvollem Angriff noch hilfloser ausgeliefert. Meine Zehen krümmen sich gegen das Leder meiner Sandalen, die ich noch immer an den Füßen trage. Meine Nägel graben sich in meine Handflächen. In meinem Kopf zünden die Funken wie ein Feuerwerk.

Gerade als ich mich am Rande der Erhabenheit bewege, verlässt Bruce diese Knospe. Seine Finger bewegen sich nach unten und einer von ihnen dringt mit Leichtigkeit in mich ein. Ich stoße bei diesem Gefühl einen lauten Schrei aus. Ein weiterer Finger folgt. Sie bewegen sich in mich hinein und wieder heraus, drücken gegen jeden Knopf, der in mir verborgen ist.

Meine Hüften bewegen sich von selbst. Schnell. Mit einem Gefühl der Dringlichkeit.

Dann bricht der Damm der Lust um Bruces Finger. Mein Rücken wölbt sich wie ein Bogen. Meine Fersen wölben sich in meinen Sandalen und drücken gegen die Riemen. Mein Kopf vergräbt sich in der Wand, als ein Schrei meiner Kehle entweicht.

Als es vorbei ist, lehne ich mich gegen die Wand. Ich habe keine Kraft mehr, mich zu stützen. Nachdem Bruce meine Handgelenke losgelassen hat, hängen meine Arme schlaff an der Seite. Meine Augen bleiben geschlossen.

Ich bin kurz davor, nach unten zu rutschen, als ich Bruces Hände auf meinen Hüften spüre. Er hält mich hoch, während er die untere Hälfte meines Kleides zusammenfasst.

„Halt das", sagt er zu mir.

Ich gehorche und umklammere die Seide.

Bruce zieht mir die Unterwäsche herunter. Ich spüre, wie sie sich um meine Knöchel wickelt und ich habe Mühe, sie auszuziehen. Ich habe es nur mit einem Fuß geschafft, als Bruce mein Bein anhebt. Sein Arm wandert unter mein Knie.

„Jetzt geht's los", warnt er mich, bevor ich spüre, wie die Spitze seines Schwanzes gegen mich stößt.

Schließlich bleibt er stecken und gleitet langsam hinein. Selbst nach all dieser Zeit ist das erste Eindringen, dieses Gefühl, gedehnt zu werden und sich um etwas Heißes und Dickes zu wickeln, immer noch etwas, das mir den Atem raubt.

Zentimeter für Zentimeter füllt mich sein Schwanz aus. Ich spüre sein Pochen auf meiner Haut. Als er ganz drin ist, hält Bruce inne, um zu Atem zu kommen. Dann fordert er meinen Mund und raubt mir meinen.

Ich küsse ihn zurück. Nach einem Moment zieht er sich raus.

„Jetzt halte dich an mir fest", sagt er.

Ich verstehe nicht. Meine Hände sind immer noch mit der Seide beschäftigt. Aber als Bruce mein anderes Bein anhebt, lasse ich mein Kleid los. Ich schlinge meine Arme und Beine um ihn. Mein Kinn ruht auf seiner Schulter.

Er ergreift meine Hüften und beginnt sich zu bewegen. Ich halte mich an ihm fest, so gut ich kann.

Seine Stöße sind seicht, und doch lässt mich jeder einzelne zittern. Ich dämpfe meine Schreie gegen den Samt.

Er bewegt sich noch schneller, Grunzen begleitet seine Stöße. Ich frage mich, wie er das macht. Werden seine Arme nicht müde? Sind seine Beine nicht müde? Denn meine sind es ganz sicher.

Aber er macht einfach weiter, bis er schließlich einen besonders tiefen Stoß macht, der eine Explosion in meinem Bauch auslöst. Hitze fließt durch meine Adern, meine Haut kribbelt. Wieder spannt sich mein Körper an.

Gegen mich zittert Bruce. Seine Nägel graben sich in meine Haut. Sein Stöhnen dringt direkt in mein Ohr.

Dann trägt er mich zum Bett und lässt mich darauf fallen. Das ist auch gut so, denn meine Arme und Beine haben kein bisschen Kraft mehr. Meine Arme fallen auf die Seiten. Meine Sandalen fallen auf den Boden.

Über mir keucht Bruce. Er scheint noch mehr außer Atem zu sein als ich.

So gern ich auch weiterhin seinen Körper an meinem spüren würde, der Gedanke, dass er mein Baby erdrückt, kommt mir in den Sinn, und ich gebe ihm einen Stoß. Er steigt von mir herunter und legt sich neben mich. Ich höre, wie er den Reißverschluss zumacht.

Ich starre an die Decke, während ich darauf warte, dass sich meine Sinne erholen. In der Stille höre ich die Musik, die aus dem Gartenpavillon kommt.

Wir sollten wahrscheinlich zurück zur Party gehen. Die Leute könnten nach uns suchen. Harry könnte nach uns suchen.

Ich setze mich auf und beginne mein Kleid zu richten.

„Dein Kleid ist wunderschön", sagt Bruce zu mir.

„Danke."

„Und jetzt ist es mit Glitzer bedeckt."

„Was?"

Ich stehe auf und schaue über meine Schulter, aber ich kann die Rückseite des Kleides nicht sehen. Was ich sehen kann, ist der Glitzer auf dem Bett.

Ich runzle die Stirn. Warum habe ich das nicht vorher gesehen?

„Mach dir keine Sorgen." Bruce setzt sich auf. „Du passt genau zum Thema der Party."

„Sehr witzig", erwidere ich.

Dann sehe ich das Glitzern auf seinem Smoking und kichere.

„Was?", fragt Bruce.

„Ich bin nicht die Einzige, die glitzert", sage ich ihm.

Er sieht über seine Schulter. „Oh, verdammt."

„Ja, wir haben ein Problem“, stimme ich zu, während ich erfolglos versuche, den Glitzer abzunehmen. „Vielleicht hätte ich mein Kleid ausziehen sollen.“

„Du kannst es immer noch ausziehen und für eine weitere Runde zurück ins Bett kommen. Wir könnten auch einfach hier bleiben.“

„Ist das dein Ernst? Das ist nicht nur Harrys Party. Das ist eine Chance, sich unter die Autoren zu mischen, besonders für dich, den neuen Verleger. Sie sind selten alle an einem Ort versammelt.“

„Na schön.“ Bruce steht auf. „Dann werde ich wohl mal meine Jacke ausziehen.“

Ich runzle die Stirn. „Nicht fair.“

Er tut es trotzdem. Ich versuche weiter, so viel Glitzer wie möglich zu entfernen.

„Glaubst du, dass Harry wieder gesund wird?“, frage ich.

„Es besteht die Möglichkeit, dass er es wird“, antwortet Bruce. „Es besteht die Möglichkeit, dass er aus dieser Operation völlig geheilt hervorgeht und ein normales Leben führen kann, ein Leben ohne Angst und Unsicherheit.“

Ich sehe ihn an. „Das klingt, als hättest du die ganze Zeit gewollt, dass er sich dieser Operation unterzieht.“

„Er hat mich immer wieder gebeten, ihm eine Chance zu geben. Er sollte sich selbst auch eine geben.“

Ich nicke.

„Außerdem, wenn er überlebt, kann er mehr Zeit mit Tricia verbringen.“

Ich runzle die Augenbrauen. „Ich dachte, du magst Tricia nicht, oder die Vorstellung von ihr.“

Bruce zuckt mit den Schultern. „Ich kann meine Meinung ändern, genau wie Harry seine Meinung über die Operation ändern kann. Außerdem muss niemand allein sein. Meine Mutter hatte mich. Ich war nicht genug, aber immerhin sie hatte mich. Harry sollte auch jemanden haben.“

Ich schaue auf meinen Bauch. Bald werde ich auch jemanden haben. Aber was ist mit Bruce? Wen wird er bekommen? Soll ich ihm von dem Baby erzählen?

Plötzlich greift Bruce nach meiner Hand und drückt sie. „Harry wird es wieder gutgehen.“

Ich habe das Gefühl, dass er das mehr zu sich selbst sagt als zu mir. Vielleicht ist er genauso verängstigt wie ich. Vielleicht ist dies nicht der richtige Zeitpunkt, um ihm von dem Baby zu erzählen. Vielleicht sollte ich warten, bis Harrys Operation vorbei ist.

Ich nicke. „Das hoffe ich sehr.“

Für uns beide und sogar für sein ungeborenes Enkelkind hoffe ich das.

Kapitel Einundzwanzig

Bruce

Ich stehe vor Harrys Krankenhauszimmer und beobachte, wie er und Tricia sich unterhalten. Er muss einen Witz gemacht haben, denn Tricia lacht, aber gleich darauf wird ihr Gesichtsausdruck wieder ernst. Sie versucht, ihre Angst zu verbergen, und er versucht sie aufzumuntern.

Ich sollte wahrscheinlich reingehen und mich zu ihnen setzen, aber ich möchte nicht stören. Außerdem weiß ich immer noch nicht, was ich zu Harry sagen soll.

Was sagst du zu einem Mann, der dein Vater hätte sein sollen, es aber nie war? Zu einem Mann, den du immer wieder weggestoßen hast, der aber immer nur nett zu dir war? Zu einem Mann, den du immer für einen Idioten gehalten hast, der sich aber in Wirklichkeit als noch respektabler erwiesen hat als du? Zu einem Mann, den du zu einer Operation überredet hast, die mit einer 90-prozentigen Wahrscheinlichkeit fehlschlägt?

Was sagt man zu jemandem, der in den nächsten Stunden sterben könnte?

Dr. Garrick betritt Harrys Zimmer mit einem Assistenzarzt. Auf seinem Weg nach draußen halte ich ihn auf.

„Ist es soweit?", frage ich ihn.

Er nickt. „Dr. Lowe wird nur noch ein paar Dinge erledigen und dann bringen wir ihn in den Operationssaal"

„Okay."

„Soll ich Dr. Lowe sagen, dass er den Raum verlassen soll, damit Sie und Ihr Vater sich unterhalten können?"

Ich antworte nicht sofort.

Er legt mir die Hand auf die Schulter. „Wenn Sie ihm etwas zu sagen haben, ist jetzt der richtige Zeitpunkt dafür.“

Ich werfe einen Blick auf Harry.

„Dr. Lowe, können Sie kurz mit mir kommen?“, fragt Dr. Garrick.

Er klopft mir auf die Schulter und geht dann mit dem Assistenzarzt weg. Ich trete in den Raum.

„Bruce.“ Harry lächelt mich an.

Tricia steht auf. „Ich lasse euch beide allein.“

Auf dem Weg nach draußen lächelt sie mir zu und ich nicke. Nachdem sie gegangen ist, gehe ich zu Harrys Bett.

„Setz dich.“ Harry deutet auf den Stuhl, den Tricia verlassen hat.

„Alles gut.“ Ich stecke meine Hände in meine Taschen und bleibe stehen. „Und wie geht es dir? Wie fühlst du dich?“

„Gut“, antwortet er. „Ich habe natürlich Angst davor, dass mein Schädel geöffnet wird und jemand seine Hände in meinem Gehirn hat, aber ich komme schon klar.“

Er legt seine Hände auf seinen Bauch. Ich bemerke, dass sie leicht zittern.

„Du musst dich nicht operieren lassen, wenn du nicht willst“, sage ich ihm. „Ich meinte nur ...“

Harry ergreift meine Hand. „Ich werde mich dieser Operation unterziehen, Bruce. Und wenn ich aufwache, wird es mir wieder gut gehen. Aber für den Fall, für den Fall, dass etwas schiefgeht und ich nicht mehr aufwache, möchte ich nicht, dass du dir auch nur einen Deut Vorwürfe machst. Verstehst du das?“

Ich nicke.

„Ich möchte, dass du dich um meine Firma kümmerst“, fährt er fort. „Nun, sie gehört jetzt dir, wirklich. Und ich möchte, dass du dafür sorgst, dass sich um Tricia gekümmert wird. Ich weiß, du magst sie nicht, aber ...“

„Ich werde dafür sorgen, dass sie bekommt, was sie braucht“, sage ich zu Harry. „Und dass sie alles bekommt, was du ihr versprochen hast.“

Harry zeigt ein schwaches Lächeln. „Ich danke dir. Jetzt muss ich dich noch um eine Sache bitten.“

Ich atme aus. „Du verlangst immer sehr viel, nicht wahr?“

„Ich möchte, dass du dich um Jules kümmerst. Ich habe euch beide vor ein paar Tagen auf der Party beobachtet. Ihr saht perfekt zusammen aus. Ihr saht glücklich zusammen aus.“

Ich glaube, das taten wir tatsächlich. Nachdem Jules es geschafft hatte, den meisten Glitter loszuwerden, kehrten wir zur Party zurück und unterhielten uns mit den Autoren. Wir haben mit ihnen gelacht. Wir spielten Scrabble mit Gideon und Ben. Wir haben Harry beim Tanzen zugesehen. Wir tanzten.

Als die Party zu Ende war, lud Harry uns ein, zu bleiben, und das taten wir auch. Am Morgen gingen wir ins Büro und arbeiteten weiter zusammen, wie wir es gewohnt waren. Nach der Arbeit fragte ich sie, ob sie wieder bei mir einziehen wolle, aber sie sagte, sie wolle im Hotel bleiben. Sie würde dort bleiben, während sie nach einer neuen Wohnung suchte, aber insgesamt ging es uns gut.

„Mach dir keine Sorgen um Jules“, sage ich zu Harry. „Ich werde mich um sie kümmern.“

„Weißt du, dass sie dich beim Tanzen so angesehen hat, wie deine Mutter mich bei unserer Hochzeit angesehen hat?“, sagt er.

Hat sie das?

„Und ich dachte, ihr beide seht aus wie ein verheiratetes Ehepaar.“

Verheiratet? Wow. Harry denkt zu weit voraus.

„Jules und ich kennen uns noch nicht lange, Harry. Wir ...“

„Ich weiß. Ich weiß, ich weiß. Ich werde euch beiden nicht vorschreiben, was ihr miteinander zu tun habt. Aber eines sage ich euch: Macht nicht denselben Fehler, den ich gemacht habe. Du hast eine wunderbare Frau gefunden. Lass sie nicht gehen.“

Ich antworte nicht. Ich weiß nicht, was ich sagen soll.

In diesem Moment kommen Tricia, Dr. Garrick und sein Assistenzarzt zurück.

„Wir müssen ihn jetzt fertig machen“, sagt Dr. Garrick.

Ich nicke. „Okay.“

„Haben Sie ihm alles gesagt, was Sie ihm sagen wollten?“, fragt er mich.

„Wenn ich es mir recht überlege, habe ich fast die ganze Zeit geredet“, sagt Harry. „Ich habe dich eine ganze Menge gefragt. Was ist mit dir? Bist du sicher, dass es nichts gibt, was du fragen willst?“

Ich sehe ihn an. Es gab tatsächlich Dinge, die ich ihn fragen wollte – vor allem bezüglich meiner Mutter und besonders im Hinblick darauf, worüber er und sie sich in jener Nacht gestritten haben, als er wegging und nicht mehr zurückkam. Aber das ist jetzt nicht mehr wichtig.

Ich lege meine Hand auf seine. „Nur eine Sache. Stirb nicht.“

Harry lächelt.

Dann verlasse ich seine Seite, damit Tricia ihn umarmen kann. Als ich aus dem Zimmer gehe, piepst mein Telefon.

Ich schaue auf den Bildschirm und finde eine Nachricht von Jules, die mich fragt, ob Harry schon im OP ist.

Jules.

Als ich an sie denke, kommen mir Harrys Worte in den Sinn.

Du hast eine wunderbare Frau gefunden. Lass sie nicht gehen.

Sie ist eine wunderbare Frau. Das kann ich nicht bestreiten. Aber bin ich bereit, eine ernsthafte Beziehung mit ihr einzugehen? Bin ich jetzt, nach sechs Jahren, bereit für eine ernsthafte Beziehung?

Ich werfe einen Blick zurück in Harrys Zimmer. Er und Tricia sind immer noch ineinander verschlungen. Wie Harry sagte, man weiß nie, wie viel Zeit man noch hat.

Vielleicht ist es an der Zeit.

Ich tippe eine Antwort auf Jules' Nachricht.

Harry wird gleich operiert. Ich drücke ihm die Daumen. Ich werde dir später alles darüber erzählen, wenn wir uns sehen.

Ich hoffe sehr, dass Harrys Operation gut verlaufen wird, denn ich kann es kaum erwarten, Jules zu sehen und ihr die guten Nachrichten zu überbringen – hoffentlich zwei gute Nachrichten.

Ich kann es nicht erwarten, sie zu sehen.

~

„Wie lief Harrys Operation?", fragt mich Jules, sobald sie die Tür zu ihrem Hotelzimmer öffnet.

„Ebenfalls hallo." Ich trete ein.

„Komm schon.“ Sie ergreift meinen Arm und sieht mich flehend an. „Erzähl mir die Neuigkeiten. Bitte?“

Ich halte ihre Hand und atme tief ein. „Die Operation war ein Erfolg. Harry ist geheilt.“

Jules' Kinnlade klappt herunter. „Du machst keine Witze, oder?“

„Glaubst du, ich würde darüber scherzen?“

„Er ist geheilt!“ Sie wirft ihre Fäuste in die Luft und springt auf. „Harry wird nicht sterben!“

„Nicht in absehbarer Zeit.“

„Oh, ich bin so glücklich!“ Sie schlingt ihre Arme um mich.

Ich weiß, dass sie es ist. Und so erleichtert ich auch bin, dass es Harry gut geht, freue ich mich auch für sie. Ihr Glück ist einfach ansteckend.

Ich glaube, das ist eines der Dinge, die so wunderbar an ihr sind.

„Dankeschön! Ich danke dir!“ Sie drückt mich fest an sich, bevor sie sich zurückzieht.

„Dank mir nicht“, sage ich ihr. „Ich habe nicht operiert.“

„Ich habe mich eigentlich bei jemand anderem bedankt.“

„Oh.“

„Aber ich denke, ich sollte mich auch bei dir bedanken.“ Sie drückt mir die Schultern. „Denn ich glaube nicht, dass Harry diese Operation ohne dich durchgeführt hätte.“

Dem kann ich nicht widersprechen.

„Und weil gute Dinge einfach so zu passieren scheinen, wenn du in der Nähe bist. Ich meine, wie oft habe ich dich schon umarmt, nur weil ich so glücklich war?“

„Lass mich nachdenken." Ich berühre mein Kinn. „Drei Mal."

Als sie erfuhr, dass aus Kathrinas Büchern eine Fernsehserie gemacht werden sollte. Als ich sie zur Chefredakteurin machte. Und gerade jetzt.

„Siehst du. Gute Dinge passieren, wenn du in der Nähe bist."

„Oder ich bin zufällig in der Nähe, wenn gute Dinge passieren."

„Hör auf damit."

Sie schlägt mich spielerisch, bevor sie zur Seite geht. Dann hebt sie einen Finger.

„Weißt du, wir sollten feiern. Ich sollte den Zimmerservice bestellen."

„Oder wir könnten essen gehen", schlage ich vor.

„Ja. Ich denke, das können wir auch machen."

„Und nach dem Essen würde ich gerne noch wo vorbeischauen."

~

„Die Bibliothek?"

Jules schaut sich mit großen Augen um, als sie den Gang zwischen den Schreibtischen der New York City Public Library entlanggeht.

Ich lege meine Hand auf einen von ihnen. „Nun, ich weiß, dass du sie liebst, wenn man bedenkt, dass du gerade in einer wohnst."

Jules grinst. „Ich liebe Bibliotheken und ich liebe es hier. Aber wie hast du uns hier reingekriegt? Es ist nach Feierabend."

Ich zucke mit den Schultern. „Hältst du wirklich so wenig von mir"

Sie setzt sich auf einen Schreibtisch und schaltet die Lampe ein. Ihre Beine schwingen über die Kante, während sie sich auf ihre Arme stützt und an die Decke starrt.

„Dieser Ort ist wirklich erstaunlich. Weißt du, dass er eines der Dinge ist, die mich dazu brachten, mich in New York zu verlieben?"

„Nein." Ich gehe zu ihr hinüber. „Aber ich kann es glauben."

Jules stößt einen Seufzer aus, als sie sich auf den Schreibtisch legt und die Arme hinter dem Kopf verschränkt.

Ich beuge mich über sie. „Führst du mich in Versuchung?"

Sie sieht mich an. „Nein."

„Ich glaube schon." Ich streiche ihr eine Haarsträhne von der Wange. „Und ich glaube mit Erfolg."

Ich greife nach ihrem Kinn und presse meine Lippen auf ihre. Dann bewege ich meine Hand zu ihrer Wange, während ich meine Zunge in ihren Mund gleiten lasse.

Sie zittert. Ihre Hände kommen hoch, um meine Locken zu zerzausen, während sie meinen Kuss erwidert. Ihre Nägel fahren über meine Kopfhaut.

Ich lege meine andere Hand auf ihr Knie und ziehe meine Finger über den Jeansstoff an ihrem Oberschenkel hinauf. Als sie den Bund ihrer Jeans erreichen, schiebe ich sie unter den Saum ihres Shirts.

„Whoa." Jules packt mich an den Schultern. „Wir sind in der New York City Public Library."

„Aber heute ist sie privat", sage ich ihr. „Keiner wird uns stören."

„Aber es ist ein heiliger Ort."

Ich seufze. „Na schön. Dann lass mich ein Geständnis ablegen."

Ihre Augenbrauen runzeln sich. „Okay."

„Ich möchte, dass wir eine ernsthafte Beziehung haben. Nicht nur eine Affäre."

Die haselnussbraunen Augen, die auf mich zurückstarren, werden groß. „Ernsthaft? Du meinst, wir werden ein richtiges Paar?"

Ich nicke.

Ihr Gesicht erhellt sich. „Ist das dein Ernst?"

Ich drücke ihr einen Kuss auf die Stirn. „Ich meine es ernst. Harry gab der Chirurgie eine Chance und er hat es geschafft. Ich gebe uns auch eine Chance."

„Glaubst du, wir schaffen das?"

Ich zucke mit den Schultern. „Wir werden es versuchen. Es sei denn, du willst es nicht."

„Ich will es."

Sie zieht mich zu einem Kuss heran. Dann sieht sie mich mit einem Glitzern in den Augen an.

Sie ist wieder glücklich. Und ich bin glücklich.

„Darf ich jetzt weitermachen?", frage ich sie.

Jules nickt. „Okay."

Ich erobere noch einmal ihren Mund. Sie fährt mir mit den Händen durch die Haare und küsst mich doppelt so heftig zurück.

Ich packe den Saum ihres Hemdes und rolle es bis zu den Achseln hoch. Dann verlasse ich ihren Mund, damit ich ihren Brüsten huldigen kann. Ich schiebe die Körbchen ihres BHs beiseite und nehme eine feste Brust in meinen Mund. Sie keucht, dann hält sie sich eine Hand vor den Mund.

Oh. Sie versucht, keinen Lärm zu machen, weil wir in einer Bibliothek sind. Aber vielleicht kann ich sie dazu bringen, diese Regel zu brechen.

Ich umkreise eine ihrer Brustwarzen mit meiner Zungenspitze. Gleichzeitig reibe ich die andere mit meinen Fingern. Sie zittert und stöhnt gegen ihre Hand.

Ich strecke meine Zunge heraus und lecke an der steifen Spitze, bevor ich wieder an ihrer Brust sauge. Ich wiederhole die Prozedur ein paar Mal, bis ihre Brustwarze im Schein der Lampe feucht glänzt und ihre Brust genau wie ihre Wangen errötet. Dann wende ich meine Aufmerksamkeit der anderen zu.

Währenddessen arbeiten meine Finger am Knopf und am Reißverschluss ihrer Jeans. Ich ziehe sie weg, um sie ihr auszuziehen und ihr die Schuhe auszuziehen. Dann überziehe ich ihre Oberschenkel mit Küssen und knie mich zwischen ihre Beine, um ihr den Slip auszuziehen.

Nachdem ich den beiseite gelegt habe, ziehe ich ihre Hüften an die Tischkante und hebe ihre Beine an.

„Leg deine Hände hinter deine Knie“, fordere ich sie auf.

„Was?“

„Tu es einfach.“

Jules gehorcht und ich habe freie Sicht auf die Leckerei, die vor mir liegt.

Und nicht nur das. Ich habe vollen Zugang zu ihr.

Ich lecke über ihr anderes Lippenpaar und sie zittert. Ich spreize sie und tauche meine Zunge dazwischen und ich höre, wie ihr Hinterkopf auf den Tisch schlägt.

Und ich fange gerade erst an.

Ich lasse meine Zunge ihr Inneres erforschen, während meine Hand an der Außenseite arbeitet. Meine Finger greifen nach ihrer Klitoris und beginnen sie zu reizen, wie ich es mit ihrer Brustwarze getan habe.

Ein lautes Keuchen entweicht Jules. Mit den Händen hinter den Knien kann sie ihren Mund nicht mehr verdecken.

Sie spitzt die Lippen und versucht ihr Stöhnen zu unterdrücken, während ich weitermache. Der Geschmack von ihr erfüllt meinen Mund und entfacht den Hunger in meinem Schritt. Mein Schwanz wird steif.

Ich versuche etwas anderes, lasse meine Finger in sie gleiten und bewege sie in die undichte Spalte hinein und wieder heraus, während ich ihren geschwollenen Nippel lecke.

Jules lässt eines ihrer Beine los. Ich höre, wie ihre Nägel über Holz kratzen.

Meine Finger werden feuchter. Ihr Nippel wird fiebrig. Ihre Schenkel zittern.

Noch ein paar Augenblicke und ihre Schreie kommen ungebremst. Sie packt mich an den Haaren und zerrt an den Locken.

„Bruce!“

Ich weiß, dass sie kurz davor ist, und das ist gut so, denn ich bin es auch.

Ich ziehe sie weg. Sie wimmert, als sie ihr anderes Bein loslässt.

Ich stehe auf und beeile mich, meine Hose herunterzulassen. Ich ziehe meinen schmerzenden Schwanz aus meinen Boxershorts, die jetzt einen Fleck haben. Dann packe ich ihre beiden Beine an den Knöcheln, die mir fast bis zu den Schultern reichen. Ich atme tief ein und stoße langsam hinein.

Jules' Augen fallen zu. Ein Keuchen entweicht ihren Lippen.

Ich halte den Atem an, bis ich ganz in ihr drin bin, dann halte ich inne, um ihn wieder auszuatmen. Ihre samtige Haut schmiegt sich an jeden Zentimeter meines Körpers, so dass meine Eier vor Verlangen schwer werden und sich meine Brust zusammenzieht, während ich darum kämpfe, die Kontrolle zu behalten. Ich atme noch einmal tief ein und setze mich in Bewegung.

Der Tisch knarrt. Die Lampe klappert.

Jules bemerkt das und hält sie fest, damit sie nicht herunterfällt. Mit der anderen Hand hält sie sich an der Tischkante fest.

Ich greife ihre Knöchel und spreize ihre Beine, während ich in sie stoße. Sie wirft ihren Kopf zurück und stößt leise Schreie aus, die sich zu einem einzigen zu vereinen scheinen.

Hitze steigt in meinen Eiern auf und umhüllt meinen Schwanz. Ich presse meinen Kiefer zusammen und versuche, mich noch ein wenig länger zurückzuhalten.

Als Jules sich auf dem Tisch zu winden beginnt, gebe ich auf. Ich vergrabe mich tief in ihrem zitternden Körper und lasse es aus meinem Schwanz herausspritzen. Jules zieht sich um mich zusammen und ihr Körper wölbt sich. Sie stößt einen lauten Schrei aus und verstummt dann.

Ich lasse ihre Knöchel los und ihre Beine baumeln schlaff von der Tischkante. Ich stütze mich auf die, während ich Luft hole und warte, bis meine verschwommene Sicht vorbei ist. Dann ziehe ich mich zurück.

Ich richte meine Kleidung, bevor ich mich in einen Stuhl sinken lasse. Jules zieht ihren BH und ihr Hemd herunter, als sie sich aufrichtet.

Sie dreht ihren Kopf zu mir. „Das hast du nicht nur gesagt, damit ich zustimme hier Sex zu haben, oder?"

Ich schüttle den Kopf und richte mich auf, damit ich ihre Wange berühren kann. „Das habe ich nicht. Ich denke wirklich, wir sollten das ernster nehmen, es zu etwas Echtem machen."

„Wie ernst?"

Ich zucke mit den Schultern.

Ist sie nicht zufrieden mit dem, was ich gerade gesagt habe? War sie nicht kurz zuvor noch ekstatisch?

Jules streicht eine Haarsträhne hinter ihr Ohr. „Ich frage nur, weil …"

Sie hält inne. Ich warte darauf, dass sie fortfährt.

Sie holt tief Luft. „Weil ich finde, dass wir jetzt, wo wir eine Beziehung haben, ehrlich zueinander sein sollten."

Ich nicke. „Völlig in Ordnung."

Obwohl ich immer noch nicht weiß, wie ich ihre Frage beantworten soll.

„Apropos Ehrlichkeit, ich möchte dir etwas sagen. Ich – "

Plötzlich klingelt mein Telefon. Ich stehe auf und versuche mich zu erinnern, wo ich es hingelegt habe.

Richtig! In die Tasche meiner Jacke, die auf einem anderen Stuhl liegt.

„Tut mir leid", murmle ich und eile hinüber.

„Du weißt schon, dass du dein Handy in der Bibliothek auf lautlos stellen sollst, oder?", schimpft Jules mit mir.

Ich ignoriere sie und gehe an mein Telefon.

Der Anruf kommt von Wallace, dem anderen Geschäftsführer meiner Firma. Offenbar gibt es ein Problem mit einer Übernahme, das meine Aufmerksamkeit erfordert.

Meine sofortige Aufmerksamkeit.

Nach dem Telefonat ziehe ich meine Jacke an und stecke mein Handy in die Tasche. Ich gehe zurück zu Jules.

„Was ist los?", fragt sie mich.

Sie hat sich angezogen, während ich telefoniert habe, sodass sie jetzt alle ihre Kleider und sogar ihre Schuhe wieder anhat.

„Ich muss nach Boston", antworte ich ihr. „Es ist ein Notfall in der Firma."

„Oh." Sie sieht enttäuscht aus. „Manchmal vergesse ich, dass du mehr als nur eine Firma leitest."

„Du kannst sicher sein, dass das ziemlich schwierig ist."

„Aber du kannst damit umgehen?"

„Natürlich kann ich das. Was glaubst du, mit wem du hier redest?"

Jules grinst. „Mit meinem Freund."

Ich beuge mich für einen kurzen Kuss vor.

„Dann vertraue deinem Freund, dass er sich um alles kümmert.“

Sie nickt. „Wie lange wirst du denn weg sein?“

Ich zucke mit den Schultern. „Einen Tag. Zwei.“

Sie beißt sich auf die Unterlippe, während sie wegschaut.

Ich greife nach ihrem Kinn. „Hey.“

Sie sieht mir in die Augen.

„Ich rufe an, wenn ich zurückkomme, und wir essen im Country Club zu Abend. Dann können wir reden. Okay?“

Jules nickt. Ihr Lächeln und das Glitzern in ihren Augen kehren zurück.

„Okay, Bruce.“

Kapitel Zweiundzwanzig

Jules

Abendessen im Country Club, hat Bruce gesagt.

Ich schaue auf meine Uhr.

Es ist schon fast acht, und ich bin schon seit über einer Stunde hier, und noch immer gibt es kein Zeichen von ihm.

Ich seufze. Wahrscheinlich ist er im Verkehr stecken geblieben. Hoffentlich wird er in weniger als zehn Minuten hier sein.

Denn ich bekomme langsam Hunger.

Ich greife nach meinem Glas Wasser, das bereits dreimal nachgefüllt wurde. Während ich einen Schluck nehme, sehe ich mich im Esszimmer um.

Genau wie beim letzten Mal, als Bruce und ich hier waren, ist der Raum mit gut gekleideten Menschen gefüllt, von denen ich einen als Senator erkenne. Die meisten sind Paare, einige teilen sich einen Tisch, als wären sie zu zweit oder zu dritt verabredet. Einige Männer sehen aus, als wären sie in ernste Gespräche vertieft. Wahrscheinlich geschäftlich. Vielleicht reden sie aber auch nur über ihre Lieblingssportmannschaften. Oder vergleichen neue Autos. Es gibt nur eine Familie und die hat nur ein Kind, eine Tochter, die aussieht, als wäre sie zehn oder elf Jahre alt und hätte tadellose Tischmanieren. Ich schätze, es wäre ein Fehler, ein Kind hierher zu bringen und es die Kristallgläser zerbrechen oder den Kaviar werfen zu lassen.

Ich schaue auf meinen Bauch hinunter. Er scheint noch nicht gewachsen zu sein, und ich fühle nicht, dass sich darin etwas bewegt. Ich nehme an, es ist noch zu früh. Aber ich weiß, dass da jemand ist, und dieses Wissen bringt mich zum Lächeln.

Ich setze mein Glas ab und tippe mit den Fingern auf den Stiel.

Ich frage mich, ob es ein Junge oder ein Mädchen wird, so wie die, die dort versucht, ihre Erbsen zu schneiden. Es ist mir eigentlich egal. Ich werde in jedem Fall mein Bestes geben, um ihn oder sie aufzuziehen. Ich hoffe nur, dass mein Baby gesund sein wird und meinen Verstand und Bruces bezaubernde grüne Augen haben wird.

Ich kann es mir schon vorstellen, und die Bilder in meinem Kopf lassen mich noch breiter lächeln. Meine Mundwinkel gehen jedoch nach unten, als mir ein trauriger Gedanke kommt.

Was ist, wenn mein Kind die grünen Augen von Bruce hat, ich aber nicht Bruce? Was, wenn er mir sagt, dass ich das Baby loswerden soll? Was ist, wenn er mit mir Schluss macht und mich beiseite schiebt, wenn ich mich weigere?

Auch das kann ich mir vorstellen. Schließlich haben wir uns gerade erst auf eine echte, ernsthafte Beziehung geeinigt, und ich kann Bruces Befürchtungen immer noch spüren. Er ist kaum bereit, ein Boyfriend zu sein, mich zu haben. Was ist, wenn er nicht bereit ist Vater zu sein, ein Kind zu haben?

Nun, ich bin auch noch nicht bereit, aber in den letzten Tagen ist meine Angst gewichen und durch Aufregung ersetzt worden. Ich bin vielleicht nicht bereit, aber ich werde mich der Sache stellen und die Mutterschaft bei den Hörnern packen. Ich bin mir nicht sicher, ob ich eine gute Mutter sein kann, aber ich werde es versuchen. Vielleicht muss ich auf einige Dinge verzichten, aber ich werde dafür sorgen, dass ich mich nicht verliere.

Natürlich wird alles einfacher, wenn ich Bruce habe, und deshalb werde ich ihm heute Abend von dem Baby erzählen. Je eher ich weiß, dass er an Bord ist – oder je eher ich ihn an Bord holen kann – desto besser.

Ich werfe einen Blick auf den Eingang, als ein Mann im Smoking den Raum betritt, seufze aber, als ich feststelle, dass es immer noch nicht Bruce ist.

Ich hoffe sehr, dass er bald kommt.

Ich überlege, ob ich etwas bestellen und essen soll, auch wenn es nur eine Vorspeise ist, aber während ich noch mit diesem Gedanken spiele, macht sich ein dringenderes Bedürfnis als mein Hunger bemerkbar.

Meine Blase.

In letzter Zeit musste ich doppelt so oft auf die Toilette gehen. Und sie sagen, es wird noch schlimmer werden.

Ich schnappe mir meine Tasche, lasse aber meine Strickjacke über meinem Stuhl hängen und sage dem Kellner, dass ich wiederkomme. Dann mache ich mich auf den Weg zu den Toiletten.

Ich nutze die Gelegenheit, um mich zu kämmen und meinen Lippenstift aufzutragen, verweile aber nicht lange vor dem Spiegel. Trotz dessen, was Winnie gesagt hat, habe ich meine Angst vor Spiegeln und meine Abneigung gegen roten Lippenstift immer noch nicht ganz überwunden, weshalb ich einen pfirsichfarbenen benutze.

Als ich fertig bin, gehe ich zurück in den Essraum. Ich beeile mich, weil ich Angst habe, Bruce könnte schon da sein, aber ich habe es wohl zu eilig, denn ich stoße mit jemandem zusammen.

„Es tut mir so leid. Ich – “

Ich halte inne, als ich in die Augen der Person schaue, die ich angerempelt habe. Die letzte Person, die ich zu sehen erwartet hatte.

Mist.

Ich schlucke den Kloß in meinem Hals hinunter. „Mr. Ives, es tut mir leid, dass ich Sie nicht gesehen habe.“

„Ist schon in Ordnung. Ist ja nichts passiert.“ Er hebt seine Hände. „Jules, habe ich recht?“

Ich nicke.

„Bitte nenn mich Heston“, sagt er, während er die Hände sinken lässt. „Immerhin gehen wir in denselben Club.“

Ich schenke ihm ein verlegenes Grinsen.

Er blickt sich um. „Bist du noch mit Bruce zusammen?“

„Ja“, antworte ich. „Er ... wartet auf mich.“

Das hoffe ich zumindest.

„Nun, ich will dich nicht aufhalten. Bruce Meyer hat schließlich ein ziemliches Temperament.“ Heston legt mir die Hand auf die Schulter. „Besonders bei Frauen.“

Ich sehe ihn an. Ich weiß, dass Bruce und ich uns gestritten haben und ich habe gesehen, wie er die Beherrschung verloren hat, aber ich habe das Gefühl, dass Heston etwas anderes andeuten will.

Ich lasse die Schultern hängen. „Wenn du versuchst, mich mit der Behauptung abzuschrecken, dass Bruce in der Vergangenheit viele Frauen gehabt hat ...“

„Oh, von denen rede ich nicht. Ich spreche nur von einer Frau.“

Ich verstumme, während sich meine Augenbrauen zusammenziehen.

Einer Frau?

„Wie ich sehe, hat er es dir nicht erzählt.“ Heston klopft mir auf die Schulter. „Ah. Warum sollte Bruce das tun?“

Ich runzle die Stirn. „Ich bin sicher, er hat seine Gründe.“

„Er hat einen Grund. Er will nicht, dass du es erfährst. Vielleicht hat er Angst, dass du ihn verlässt, wenn du es weißt. Oh, aber tu das nicht. Ich will nicht, dass du stirbst.“

Stirbst? Das Wort lässt mich erstarren und ich spüre, wie das Blut aus meinen Wangen fließt. Warum sollte ich tot enden?

Heston berührt sein Kinn. „Ach. Vielleicht ist es besser, dass du es nicht weißt. Vielleicht hätte ich es dir nicht sagen sollen.“

„Das hast du aber“, sage ich und blicke ihn an. „Was hast du vor?“

„Nichts.“ Heston zuckt mit den Schultern. „Vielleicht mag ich dich einfach. Du scheinst klüger zu sein, als sie es war.“

„Als wer?“

Heston holt einen Stift aus seiner Brusttasche.

„Du hast nicht zufällig ein Stück Papier dabei, oder?“

„Warum?“

Er kramt in seinen Taschen und holt ein kleines Stück Papier heraus, das wie eine Quittung aussieht. Er schreibt etwas auf die Rückseite, faltet es und drückt es mir in die Hand.

„Wenn du wissen willst, was Bruce dir verheimlicht – und glaub mir, du hast ein Recht darauf – ruf diese Nummer an. Du wirst deine Antworten bekommen.“

Ich starre das Stück Papier an.

„Wie ich schon sagte, du darfst Bruce nicht warten lassen.“

Heston klopft mir auf den Arm und geht davon. Sein Leibwächter, der immer noch eine Sonnenbrille trägt, folgt ihm. Ich erhasche einen Blick auf bunte Drachenschuppen, die unter dem Kragen seines Hemdes hervorlugen.

Coole Tätowierung.

Ich wende meine Aufmerksamkeit wieder dem Papier in meiner Hand zu. Ich klappe es auf und sehe eine Nummer mit einer Vorwahl aus Boston.

Ich schlucke.

Boston. Dort ist der Hauptsitz von Bruces Firma.

„Ms. Decker?“

Ich zucke zusammen, als ich meinen Namen höre. Ich stelle jedoch fest, dass es nur der Kellner ist, der mich ruft.

„Mr. Meyer sitzt bereits am Tisch“, teilt er mir mit.

Ich nicke und stecke den Zettel in meine Handtasche. Dann atme ich tief ein.

Ok. Bruce ist schon da. Ich sollte zu ihm gehen.

Ich straffe meine Schultern, als ich in den Restaurantraum gehe.

Ich habe doch schon sehnsüchtig auf ihn gewartet, oder? Warum habe ich dann jetzt ein ungutes Gefühl, ihn zu sehen? Ich bin doch nicht auf Hestons Tricks hereingefallen, oder?

Trotzdem kann ich nicht verhindern, dass mir Gedanken durch den Kopf gehen, und ich kann meine Neugierde auf diese eine Frau in Bruces Leben nicht unterdrücken. Heston ließ es so klingen, als würde sie ihm viel bedeuten, und doch hat Bruce sie nicht ein einziges Mal erwähnt oder ihre Existenz auch nur angedeutet.

Warum nur?

Trotzdem setze ich ein Lächeln auf, als ich Bruce sehe. Ich versuche, normal zu wirken, als ich auf ihn zugehe.

„Du bist spät dran“, sage ich ihm, als ich den Tisch erreiche.

Bruce steht auf und gibt mir einen kurzen Kuss. „Du bist diejenige, die nicht am Tisch war.“

„Ich war nur auf der Toilette.“ Ich setze mich. „Ich habe zu viel Wasser getrunken, während ich auf dich gewartet habe.“

„Dann tut es mir leid.“ Er greift nach meiner Hand. „Ich mache es später wieder gut, ich verspreche es.“

Ich sollte begeistert sein. Stattdessen kann ich nur daran denken, dass er sich früher für eine andere Frau interessiert hat, sie vielleicht sogar geliebt hat.

„Jules?“, fragt Bruce.

Ich räuspere mich. „Wie war deine Reise? Wie läuft die Gesellschaft? Hast du das Problem gelöst?“

„Whoa.“ Er hebt eine Hand. „Eines nach dem anderen. Und vielleicht sollten wir zuerst bestellen?“

Ich nicke, obwohl mir seltsamerweise der Appetit vergangen zu sein scheint.

Bruce schaut auf die Speisekarte. „Und bevor ich diese Fragen beantworte, hast du mir nicht etwas zu sagen?“

„Was?“ Ich hebe mein Kinn.

„Als wir in der Bibliothek waren, sagtest du, du hättest mir etwas zu sagen“, erinnert mich Bruce.

„Oh.“

Das stimmt. Das habe ich. Und ich wollte ihm heute Abend von dem Baby erzählen. Das hatte ich mir fest vorgenommen.

Aber das war, bevor ich buchstäblich mit Heston Ives zusammenstieß und von dieser einen Frau erfuhr, die vor mir in Bruces Leben war.

Sollte ich ihm trotzdem von dem Baby erzählen? Oder sollte ich ihn zuerst nach ihr fragen? Wollten wir nicht ehrlich zueinander sein?

„Jules?“

„Es ist nichts“, sage ich ihm und beschließe, keines der beiden Themen anzusprechen.

Mein Bauchgefühl sagt mir, dass ich das genauso tun soll.

Er sieht mich mit zusammengekniffenen Augen an. „Jules.“

Ich seufze. Ich muss es besser machen, wenn ich ihn täuschen will.

„Okay.“ Ich atme tief ein. „Ich wollte dir sagen, dass …“
„Ja?“

„Dass ich darüber nachdenke, mein eigenes Buch zu schreiben und selbst Autorin zu werden“, sage ich ihm.

Es ist keine Lüge. Ich denke schon seit einiger Zeit darüber nach.

„Wirklich?“ Bruce lächelt. „Das ist ja wunderbar. Worum wird es in dem Buch gehen?“

„Ich weiß es noch nicht", antworte ich. „Ich hatte noch keine Zeit zum Nachdenken."

„Belletristik oder Sachbuch?"

„Wahrscheinlich Belletristik."

Er legt seine Hand auf meine. „Ich bin sicher, dir fällt eine wunderbare Geschichte ein."

Ich grinse.

„Sie wird von einer Frau handeln, denke ich", füge ich mit einem Blick auf die Speisekarte hinzu. „Kennst du irgendwelche Frauen, von denen ich mich inspirieren lassen kann?"

Er wirft mir einen verwirrten Blick zu. „Du bittest mich, dir bei deinem Buch zu helfen?"

„Ich frage dich nach reichen Frauen. Du bist doch sicher schon mit ein paar ausgegangen."

„Mit ein paar."

„Gibt es eine bestimmte, über die du mit mir sprechen willst?"

„Nein."

Wie ich es mir gedacht habe, werde ich keine Informationen von ihm bekommen.

Ich seufze. „Vergiss es."

Ich sollte es einfach vergessen. Ich sollte sie einfach vergessen. Wenn sie wirklich wichtig wäre, würde Bruce es mir sagen, oder? Vielleicht war sie nicht wichtig. Vielleicht versucht Heston nur, Psychospielchen mit mir zu spielen.

Vergiss sie einfach, Jules.

~

Das kann ich aber nicht. Es ist ein Fluch. Wenn ich einmal von einer Idee gefesselt bin, kann ich sie nicht mehr loslassen. Sie schwimmt in meinem Kopf, und da ich sie nicht verdrängen kann, ermüdet sie mich und raubt mir den Schlaf.

So wie jetzt gerade.

Bruce schnarcht neben mir, aber ich kriege kein Auge zu. Ich liege nur hier und starre an die Decke. Ich glaube, ich bekomme langsam Kopfschmerzen.

Plötzlich verspüre ich Durst, also stehe ich leise auf. Bruce rührt sich nicht.

Ich gehe in die Küche, um mir ein Glas Wasser zu holen. Während ich es trinke, fällt mein Blick auf meine Handtasche. Ehe ich mich versehe, laufe ich zu ihr. Meine Hand fischt den Zettel heraus, den Heston mir gegeben hat.

Ich werfe einen Blick in Richtung Schlafzimmer, um sicherzugehen, dass Bruce nicht kommt, bevor ich ihn öffne. Ich lese die Nummer wieder und wieder.

Oh, verflixt. Ich werde die Nummer morgen anrufen. Ich rufe einfach an und bringe diese mentale Folter hinter mich.

Es ist an der Zeit, dass ich das Geheimnis meines Freundes lüfte.

Kapitel Dreiundzwanzig

Bruce

„Jules?", rufe ich nach ihr, sobald ich die Wohnung betrete.

Nachdem ich mein Büro verlassen hatte, kam ich an ihrem vorbei, aber es war leer. Als ich Dana frage, sagt sie, Jules habe die Arbeit früher verlassen, weil sie sich nicht wohl fühle.

Das beunruhigt mich. Schon vor meiner Abreise nach Boston hatte ich bemerkt, dass sie immer müder wurde. Sie sagt, sie habe keine Energie mehr, um joggen zu gehen, und ich erwische sie oft dabei, wie sie tagsüber ein Nickerchen macht. Sie klagt häufig über Kopfschmerzen, und einmal musste sie sich sogar übergeben, nachdem wir Kaffee getrunken hatten. Ich sagte ihr, sie solle zum Arzt gehen, aber sie bestand darauf, dass es ihr gut ginge.

Tut es das?

Ich verstehe, wenn Jules sich einfach ausruhen muss. Ich verstehe, wenn sie früher gegangen ist, um einen Arzt aufzusuchen. Was ich nicht verstehe, ist, warum sie es mir nicht gesagt hat. Ich war im Büro gleich nebenan. Ich war vielleicht beschäftigt, aber sie weiß, dass ich mir für so etwas Zeit genommen hätte. War sie so schwach, dass sie so schnell wie möglich nach Hause gehen musste? Hat sie eine schwere Krankheit, von der ich nichts weiß?

Die Tatsache, dass sie mir nicht einmal eine Nachricht geschickt hat, verwirrt und beunruhigt mich noch mehr. Ist es zu viel verlangt, dass eine Frau ihrem Freund eine Nachricht schickt, dass es ihr nicht gut geht und sie nach Hause fährt? Und als ich angerufen habe, hat sie nicht einmal abgenommen.

Auf der Suche nach ihr überlege ich mir, warum das so ist. Vielleicht ist etwas mit ihrem Telefon nicht in Ordnung. Vielleicht hat sie ihr Telefon verloren. Oder vielleicht ist sie auf dem Heimweg zusammengebrochen. Oder sie ist entführt worden.

Meine Ängste treiben mich ins Schlafzimmer und sie verstärken sich noch, als sie nicht da ist. Ich fange schnell an, die anderen Zimmer zu durchsuchen - und als ich sie im Gästezimmer finde, atme ich erleichtert auf.

Gott sei Dank ist sie hier.

Aber warum hier im Gästezimmer? Seit sie wieder eingezogen ist, teilen wir uns ein Zimmer.

Sie liegt auf der Seite auf dem Bett, das Gesicht zum Fenster gerichtet. Die Vorhänge sind zugezogen, sodass etwas Licht von draußen in den Raum fällt, aber sie hat kein Licht angemacht.

Ich schalte die Lampe ein, die der Tür am nächsten ist. Jules rührt sich nicht. Als ich mich dem Bett nähere, höre ich ihr leises Atmen.

Sie ist eingeschlafen. Das erklärt zumindest, warum sie meine Anrufe nicht entgegengenommen hat.

Ich verstehe allerdings immer noch nicht, warum sie hier schläft und warum sie immer noch ihre Arbeitskleidung trägt. Ich schätze, ich werde sie fragen, wenn sie aufwacht.

Doch bevor ich sie allein lasse, will ich mich vergewissern, dass es ihr gut geht. Ich lege meine Hand auf ihre Stirn, um ihre Temperatur zu messen. Ich tue es vorsichtig, um sie nicht zu wecken, aber sie wird trotzdem aus dem Schlaf gerissen.

Einen Moment lang sieht sie mich nur mit schlaftrunkenen Augen an. Dann, als sich ihre Augen konzentrieren, werden sie groß.

„Jules?"

Sie schaut auf meine Hand und schlägt sie weg. Dann krabbelt sie mit zitternden Schultern gegen das Kopfteil. Sie blickt sich schnell um und runzelt dann die Stirn.

„Jules, was ist los?" Ich trete näher an sie heran. „Ich bin's, Bruce."

„Komm nicht näher!", schreit sie.

Sie schnappt sich ihr Telefon vom Nachttisch.

„Komm nicht näher, sonst rufe ich den Notruf."

Ich entferne mich von ihr, runzle aber die Stirn. Was ist nur los mit ihr? Ist sie verrückt geworden?

„Jules, ich bin's, Bruce. Dein Freund." Ich hebe meine Hände. „Ich werde dir nicht wehtun."

„Und das soll ich dir glauben?", spuckt sie aus.

Dieser Blick in ihren Augen lässt mich wie einen Verbrecher erscheinen.

Ich seufze. „Was habe ich getan, Jules?"

„Tu nicht so, als wärst du unwissend", sagt sie. "Oder so, als wärst du unschuldig. Ich weiß, was du mit Aika Yoshida gemacht hast."

Ich erstarre bei der Erwähnung des Namens. Meine Arme sinken langsam an mir herunter.

Ich schlucke den Kloß in meinem Hals hinunter. „Woher kennst du diesen Namen?"

„Sieh dich an, du wirst ganz blass. Es ist also wahr. Sie war deine Verlobte."

„Woher kennst du diesen Namen?", frage ich mit mehr Nachdruck.

Aber Jules antwortet nicht.

„Sie war deine Verlobte und du hast sie getötet. Du hast ihr wehgetan. Du hast sie geschlagen. Und als sie versucht hat dich zu verlassen, hast du sie umgebracht."

Mein Kiefer krampft sich zusammen. „Du hast mich hintergangen, ja?"

„Was? Willst du mich auch umbringen?"

Sie hebt das Telefon in der Hand.

Sie glaubt also wirklich, dass ich ein Mörder bin, was?

„Nein." Ich schüttle den Kopf.

Aber in diesem Moment habe ich Lust jemanden umzubringen. Meine Fäuste beginnen zu zittern.

„Warum hast du Aika umgebracht? Weil du...?"

„Sprich ihren Namen nicht aus", sage ich ihr.

Jules runzelt die Stirn. „Na gut. Ich werde dir eine andere Frage stellen. Hast du jemanden dafür bezahlt, meine Wohnung zu verwüsten und mir eine Drohbotschaft zu hinterlassen?"

Wie bitte?

„Hast du das getan, damit ich bei dir wohne? Damit du mich beschützen musst, damit ich in deiner Nähe bleibe, damit du auf mich aufpasst, und es mir nichts ausmacht?"

Dies ist absurd.

„Winnie hat gesagt, dass derjenige, der mir die Nachricht geschickt hat, nicht wirklich versucht hat, mir weh zu tun.

Vielleicht wolltest du mich nur in deiner Nähe haben. Und wenn ich gehen würde..."

„Ich habe das in deiner Wohnung nicht getan, Jules", unterbreche ich sie. "Oder dir diese Nachricht geschickt. Und ich würde dir nie wehtun."

„Also wirst du mich einfach schmerzlos töten, so wie du Aika getötet hast?"

Meine Nasenflügel blähen sich auf, als ich mich daran erinnere, wie sie gestorben ist.

„Tu es nicht..."

„Ich habe dir vertraut, Bruce!" Jules schlägt sich mit der Faust auf die Brust. „Weißt du, warum ich überhaupt hierher zurückgekommen bin? Weil ich gehofft habe, dass das alles eine Lüge ist. Aber das ist es nicht, stimmt's? Aika war wirklich deine Verlobte, und du hast sie getötet."

„Ja, sie war meine Verlobte und ich habe sie getötet", sage ich Jules. „Und du warst meine Freundin und ich habe dir vertraut."

„Du hast mir nicht vertraut! Du hast mir nichts davon erzählt!"

„Im Gegensatz zu dir, mache ich es mir nicht zum Hobby, die Vergangenheit heraufzubeschwören."

„Also bin ich jetzt die Böse?"

„Nein, ich", sage ich ihr mit zusammengebissenen Zähnen. „Also solltest du gehen, solange ich mich noch unter Kontrolle habe und dich nicht verletzen kann."

Bei diesen Worten klappt Jules' Kinnlade herunter. Ihre Wangen werden blass.

Der entsetzte Blick in ihren Augen lässt meine Brust eng werden. Ich weiß nicht, was sich schlimmer anfühlt - dass Jules mich für einen Mörder hält oder dass sie Angst vor mir hat. Aber das spielt keine Rolle.

Wenn es das ist, was sie von mir denkt, wenn es das ist, wie sie sich mir gegenüber verhalten will, dann brauche ich sie nicht. Ich habe keinen Grund, sie in meinem Leben zu behalten oder in ihrem zu sein.

Ich zeige auf die Tür. „Geh!"

Sie springt vom Bett auf und geht zur Tür, ohne ihren Blick von mir zu nehmen. Sobald sie aus dem Zimmer ist, höre ich, wie sie losrennt.

Dann ist es besser so, dass sie fortrennt.

Wenn Jules denkt, dass ich der Mann bin, der so ist wie sie es befürchtet, ist sie nicht die Frau, für die ich sie gehalten habe.

Und es gibt hier nichts mehr für sie.

Es gibt nichts für uns.

Kapitel Vierundzwanzig

Jules

Gerade als ich dachte, Bruce und ich stünden kurz davor, alles zu haben, haben wir am Ende weniger als nichts.

Selbst zwei Tage später kann ich immer noch nicht glauben, dass es mit uns vorbei ist, und mein Herz schmerzt immer noch, während ich auf den Bildschirm meines Laptops starre. Meine Augen sehen die Buchstaben, aber mein Geist ist ganz woanders und sucht nach Antworten auf meine Fragen.

Die wichtigste Frage von allen: Was soll ich jetzt tun?

Bruce ist nicht mehr zur Arbeit gekommen, seit wir uns gestritten haben. Zumindest hat Dana mir das erzählt. Ich selbst bin nicht ins Büro gegangen, sondern habe meine Arbeit online erledigt, weil ich zuviel Angst habe, ihm über den Weg zu laufen. Was, wenn er sich in mein Büro schleicht und mich umbringt, während ich döse? Oder was, wenn er mich im Aufzug ersticht, wenn niemand hinsieht?

Ich habe daran gedacht, zur Polizei zu gehen, aber dann habe ich keine Beweise. Bruce hat mir gegenüber zwar ein Geständnis abgelegt, aber ich habe es nicht auf Band. Er kann es leicht leugnen. Sein Wort stünde gegen meins, und er ist ein Milliardär, ein mächtiger Mann. Ich würde nur verlieren und er wäre sauer auf mich. Er hätte noch mehr Grund mich zu töten. Und er würde damit davonkommen.

So wie er mit dem Mord an Aika davongekommen ist, diesem unschuldigen Mädchen, das aus Japan in die USA kam, um ein besseres Leben zu führen.

Es fällt mir immer noch schwer, mir das vorzustellen - Bruce als Mörder. Ich weiß, dass er ein Temperament hat. Ich weiß, dass er vor nichts zurückschrecken wird, um zu bekommen, was er will. Ich weiß, dass er rücksichtslos gegenüber seinen Untergebenen und rücksichtslos gegenüber seinen Feinden sein kann.

Aber ein Mörder? Ich habe mit einem kaltblütigen Mörder geschlafen? Ich trage das Kind eines Verbrechers in mir?

Das sind Qualen, wie ich sie noch nie zuvor ertragen habe.

„Jules, geht es dir gut?" Marianne berührt meinen Arm.

Ich sehe sie an.

Wieder einmal habe ich ihr nicht zugehört. Sie hat die ganze Zeit geredet und ich habe kein einziges Wort gehört.

Ich lege meine Hand auf ihre. „Es tut mir leid, Marianne. Ich bin ungerecht zu dir, ich weiß. Ich habe dir gesagt, wir würden uns in meinem Büro treffen, aber jetzt sind wir in einem Hotelzimmer. Ich habe dir gesagt, dass ich dir zuhören würde, aber meine Gedanken schweifen ab. Ich bin eine schlechte Redakteurin."

Sie schüttelt den Kopf. „Das bist du nicht. Ich kenne dich schon seit einiger Zeit, Jules. Ich weiß, dass dies nicht du bist. Es muss etwas mit dir los sein."

Ich verstumme.

Sie drückt meine Hand. „Wenn es etwas gibt, was ich tun kann, und sei es nur zuhören, damit du dir dieses Problem von der Seele reden kannst, würde ich das gerne tun."

„Aber es ist doch ein Arbeitstreffen, Marianne."

„Du hast so viel für mich getan, Jules. Wir sind nicht nur Lektor und Autor. Wir sind Freunde. Bitte, lass mich auch etwas für dich tun."

Ich halte inne, während ich darüber nachdenke. Ich denke, ich möchte mit jemandem reden. Ich habe darüber nachgedacht, mit Dana zu reden, aber ich wusste einfach nicht, wo ich anfangen sollte. Außerdem ist sie beschäftigt. Wenn Marianne direkt vor mir steht, sollte ich vielleicht auf ihr Angebot eingehen.

Ich seufze. „Gut. Ich werde mein Privatleben mit dir teilen, nur dieses eine Mal."

Marianne nickt. Sie sieht mich erwartungsvoll an.

Ich atme tief ein. „Ich habe mich von meinem Freund Bruce getrennt."

Mariannes Augen werden groß. „Bruce Meyer?"

Ich nicke.

„Bruce Meyer ist dein Freund?"

„War", korrigiere ich sie. „Du scheinst sehr überrascht zu sein."

Sie zuckt mit den Schultern. „Nun, ich habe es irgendwie vermutet, als ich euch beide auf der Party gesehen habe, vor allem, als ihr beide Glitzer im Haar hattet."

Wir hatten beide Glitzer in den Haaren?

„Aber ich dachte, es wäre nur eine einmalige Sache, oder dass ihr nur beiläufig miteinander schlaft. Schließlich ist Bruce Meyer nicht dafür bekannt, ernsthafte Beziehungen zu haben, nicht seit seine Verlobte gestorben ist."

Jetzt werden meine Augen groß. „Woher weißt du von seiner Verlobten?"

Mariannes Augenbrauen runzeln sich. „Hast du meine Bücher nicht gelesen? Ich schreibe über Milliardäre."

Wenn ich es mir recht überlege, sind die Hauptfiguren in ihren Büchern immer Milliardäre.

„Ich erfinde sie, ja, aber manchmal orientiere ich mich an realen Milliardären. Ich weiß nicht warum, aber ich war schon immer von ihnen fasziniert. Ich habe jede Ausgabe von Forbes. Ich schaue mir ihre Interviews an. Man könnte sagen, ich bin ein Milliardärs-Fangirl. Manche Leute verfolgen das Leben von Politikern. Manche Sportler. Manche Hollywood-Promis. Ich verfolge Milliardäre."

„Okay."

So etwas hat sie mir noch nie erzählt.

„Aber Bruce ist erst seit kurzem Milliardär."

„Aber ich wusste, dass er es schaffen würde", sagt Marianne. „Ich behalte auch die im Auge, die Potenzial haben."

Das macht Sinn. Nun zurück zum wichtigen Thema.

„Du weißt also von Bruces Verlobter Aika?"

„Ja", antwortet Marianne.„Sie war die Schwester seines Judo-Lehrers."

Meine Augenbrauen wölben sich. „Was?"

„Hat er dir das nicht erzählt?"

Ich schüttele den Kopf.

„Weißt du, ich habe herausgefunden, dass Bruce Judo macht, und ich habe einen Cousin, der auch Judo macht, also habe ich ihn gefragt, ob er mehr Informationen darüber bekommen kann. Ich erfuhr von seinem Trainer Daiki Yoshida, der eine Schwester hatte, die ebenfalls Judo machte, Aika Yoshida. So haben sie sich kennengelernt, glaube ich. Durch Judo. Sie verliebten sich ineinander. Sie gingen aus. Sie haben sich verlobt."

„Aber Bruce fing an, sie zu verletzen?"

Marianne sieht mich verwirrt an. „Was?"

„Der Journalist, mit dem ich gesprochen habe, sagte, dass Bruce Aika verletzt hat."

„Nur einmal, und das war ein Unfall", sagt Marianne. „Sie haben Sparring gemacht. Normalerweise machen Männer und Frauen nicht miteinander Sparring, aber sie haben es getan und Bruce hat Aika den Arm verstaucht."

Ich fange an, verwirrt zu werden. Das wird jetzt eine ganz andere Geschichte. Wird sie auch ganz anders enden?

„Warum haben sie die Verlobung aufgelöst?", frage ich Marianne neugierig.

Marianne zuckt mit den Schultern. „Das weiß ich nicht, aber sie hatten eine Art Streit. Zumindest habe ich das gelesen, als ich über den Fall gelesen habe."

„Den Mordfall?"

Sie nickt. „Zuerst dachte die Polizei, dass es Selbstmord war. Dann änderte sie ihre Meinung und sagte, Bruce habe sie ermordet. Sie verhörten ihn, aber es kam nie zu einem Prozess. Es gab nicht genug Beweise."

„Aber hat Bruce sie ermordet?"

Marianne schüttelt den Kopf. „Nein."

„Bist du dir sicher?"

„Sie sagen, er hat eine Tätowierung auf dem Rücken. Eine Tätowierung von Kirschblütenblättern mit Aikas Namen darauf. Stimmt das?"

„Ich bin mir nicht sicher."

Ich glaube, ich habe die Tätowierung gesehen, aber ich habe sie mir nie genauer angesehen. Und ich habe auch nicht danach gefragt.

Das zeigt nur, wie viel ich immer noch nicht über Bruce weiß.

„Angeblich hat er sich das nach Aikas Tod stechen lassen. Glaubst du, er würde das tun, wenn er sie getötet hätte?"

Vermutlich nicht, aber warum würde Bruce dann sagen, dass er sie getötet hat?

„Außerdem hat er ein Hotel nach ihr benannt. Es ist auf Hawaii."

Ich zucke mit den Schultern. „Vielleicht hat er es aus Schuldgefühlen getan."

„Er hat den Mord an Aika nicht gestanden", sagt Marianne.

Er hat es mir gegenüber getan.

„Wenn er wirklich schuldig wäre, hätte er sich bestimmt gestellt."

„Aber du glaubst doch nur, dass er unschuldig ist", sage ich. „Du bist dir nicht sicher. Er könnte immer noch ein Mörder sein."

„Denkst du das wirklich? Du hältst deinen Freund für einen Mörder? Du hältst ihn für schuldig, bis seine Unschuld bewiesen ist?"

Ich halte inne. Es hört sich tatsächlich so an.

Und ich habe Bruce nicht nur für schuldig gehalten. Ich habe ihn schon so behandelt, bevor er gestanden hat. Jetzt scheine ich ihn unbedingt für schuldig halten zu wollen, obwohl ich nur sein Geständnis habe.

Was, wenn er gelogen hat? Warum sollte er mir sagen, dass er Aika getötet hat, wenn er es den Behörden nicht gesagt hat? Was hätte das für einen Sinn?

„Habt ihr deshalb Schluss gemacht?", fragt mich Marianne. „Weil du glaubst, er hätte Aika ermordet?"

Ich nicke langsam.

„Und du hast es ihm gesagt?"

Ich nicke erneut.

Marianne seufzt. „Ich habe mich über viele Milliardäre und Millionäre informiert, Jules. Einige von ihnen, wie Heston Ives, haben wirklich schlimme Dinge getan, und ich habe über einige von ihnen geschrieben. Aber Bruce Meyer? Er stiehlt nicht und er tötet nicht. Er hat Feinde, ja, aber die meisten von ihnen sind nur neidisch, weil er nicht zu hinterhältigen Mitteln greifen muss, um mehr Geld zu verdienen als sie. Er ist einfach... besser."

Und das glaube ich. Jetzt, wo mein Verstand klar ist, nicht mehr von Schmerz oder Wut getrübt, glaube ich das.

Heston ist zu Mord und wer weiß was noch fähig. Aber Bruce?

Ich wusste von Anfang an, dass er nicht wie Heston ist.

Warum habe ich ihn dann des Mordes beschuldigt? Warum hielt ich ihn für schuldig? Warum habe ich das Wort eines Fremden über das seine gestellt?

Ich bin der Bösewicht hier. Ich bin die Mörderin. Ich habe meine Beziehung zu Bruce zerstört, weil ich ihm nicht einmal die Unschuldsvermutung zugestanden habe..

Was für eine Art von Freundin war ich?

Ich greife mir frustriert in die Haare. „Ich bin eine Närrin, nicht wahr?"

Marianne nickt. Sie klopft mir auf die Schulter.

„Aber hey, wir machen alle Fehler. Vielleicht musst du nur mit ihm reden."

„Ich glaube nicht, dass er mit mir reden will."

„Na und? Willst du ihn einfach aufgeben und für den Rest deines Lebens unglücklich sein?" Marianne lehnt sich zu mir. „Jules, er ist Bruce Meyer. Du wirst nie einen Mann wie ihn finden. Du warst eine Närrin, als du ihn einmal verloren hast. Du wärst eine noch größere Närrin, wenn du nicht versuchen würdest, ihn zurückzubekommen."

Einen Moment lang sehe ich sie nur an. Dann nicke ich.

Sie hat Recht. Ich muss es versuchen. Ich habe es vermasselt, also muss ich versuchen, die Dinge richtig zu stellen.

Das bin ich Bruce schuldig. Ich schulde es meinem ungeborenen Kind.

Und ich bin es mir selbst schuldig. Denn jetzt, wo ich Bruce verloren habe, wird mir klar, wie sehr ich ihn liebe.

Ich muss es versuchen.

~

„Geh weg", sagt Bruce zu mir, als er mich in seiner Wohnung sieht. „Ich habe dem Sicherheitsdienst gesagt, er soll dich nicht reinlassen. Warum haben sie das getan?"

„Weil ich sie angefleht habe", antworte ich.

„Ja, klar", spottet er. „Du musst dir eine Geschichte ausgedacht haben."

Das habe ich nicht. Ich habe ihnen einfach die Wahrheit gesagt – dass ich einen schrecklichen Fehler gemacht habe und meinen Freund zurückhaben will.

„Ich kümmere mich später um sie. Aber vielleicht auch nicht. Ich fahre sowieso nach Boston."

Ich verschränke die Hände vor der Brust, während mein Herz sinkt. „Du gehst weg?"

„Jetzt, wo Harry gesund ist, kann er die Firma weiterführen", sagt Bruce. „Und ich habe meine eigene zu leiten."

„Du gehst für immer? Aber..."

„Mach dir keine Sorgen. Ich bin sicher, du kannst deinen Posten behalten, wenn du ihn nett bittest. Und ich glaube, du willst sowieso nicht für einen Mörder arbeiten."

Er geht also meinetwegen. Nein. Ich kann ihn nicht gehen lassen.

„Bruce..."

„Was machst du überhaupt wieder hier?", fragt er. "Hast du keine Angst, dass ich dich umbringe? Und ich bin in Eile, also werde ich es vielleicht nicht schmerzlos tun."

Seine Worte, der Schmerz in seiner Stimme – das ist alles mein Werk. Ich muss es rückgängig machen.

Ich atme tief ein. „Es tut mir leid."

Bruce schnaubt.

„Es tut mir leid", sage ich noch lauter. „Es tut mir leid, dass ich dich hintergangen habe. Es tut mir leid, dass ich die Fakten nicht überprüft habe. Es tut mir leid, dass ich die Vergangenheit zur Sprache gebracht habe. Und vor allem tut es mir leid, dass ich eine schreckliche Freundin war, die sich geweigert hat, dir zuzuhören, obwohl du mich nicht ein einziges Mal angelogen hast."

Er schüttelt den Kopf. „Geh einfach, Jules. Es ist zu spät für deine Worte."

„Nein." Ich trete vor. „Das ist nicht mein größter Fehler. Mein größtes Verbrechen ist, dass ich das Schlimmste von jemandem gedacht habe, von dem ich nur Gutes denken sollte."

„Nun, das ist nichts Neues. Du hasst mich, schon vergessen?"

„Ich hasse dich nicht. Vielleicht tat ich es, nachdem du mich gefeuert hattest. Vielleicht habe ich es getan, als ich ein zusätzliches Semester lang in der Schule bleiben musste, nachdem meine Freunde ihren Abschluss gemacht hatten. Aber ich habe dich nicht mehr gehasst, als ich dich hier in New York wiedersah. Ich hasste nur, dass du immer noch weit über mir standest und dass du immer noch dieselbe Wirkung auf mich hattest -- du konntest mich umhauen, mich den Verstand verlieren lassen. Ich war wieder eine Praktikantin mit Brille."

„Du hast mir also das Leben schwer gemacht, weil du mich nicht vergessen konntest."

Ich seufze. Vielleicht hätte ich das nicht sagen sollen.

Nein. Es ist an der Zeit, dass ich ganz ehrlich zu ihm bin.

„Ja. Du sagtest, du könntest mich nicht allein lassen. Ich könnte dich nicht vergessen. Und das werde ich auch nie."

„Das solltest du aber, denn ich werde gehen."

„Nun, ich lasse dich nicht." Ich stelle mich direkt vor ihn.

Bruce gluckst. „Was kannst du denn tun, hmm?"

„Ich weiß, ich bin nur ein Bücherwurm, der Bibliotheken liebt. Ich weiß, dass ich ein lausiger Trinker bin. Ich weiß, dass ich zu viele Ideen und zu allem eine Meinung habe. Ich weiß, ich kann nicht rückgängig machen, was ich getan habe. Ich kann nichts tun. Alles, was ich tun kann, ist dich zu bitten zu bleiben."

„Warum sollte ich bleiben?"

„Weil ich dich liebe", gestehe ich, während ich ihm in die Augen schaue. „Ich hasse dich nicht. Ich liebe dich."

Er rollt mit den Augen. „Du liebst mich nicht. Du weißt, dass ich dir vertraut habe. Ich war mir nicht sicher, ob ich für eine ernsthafte Beziehung bereit war, aber ich habe mich entschieden, es mit dir zu versuchen, es noch einmal und mit dir zu versuchen. Weißt du, wie schwer das für mich war?"

Der Schmerz in seinen Augen treibt mir die Tränen in die Augen.

„Du wusstest, wie verletzt ich war, weil Harry sich von mir abgewandt hatte, aber du hast dasselbe getan. Und jetzt sagst du, du liebst mich?"

„Das tue ich", sage ich ihm. „Ja, ich habe dir wehgetan. Ich habe dein Vertrauen missbraucht. Ich habe zugelassen, dass Heston Ives mich zum Narren gehalten hat."

Bruce wirft mir einen verwirrten Blick zu. „Heston?"

„Ich hätte ihm nicht glauben dürfen. Ich hätte nicht zulassen dürfen, dass seine Worte meinen Verstand vergiften."

„Du hast mit ihm gesprochen?"

„Er hat mich im Country Club gefunden, als ich auf dich gewartet habe", erkläre ich. „Aber das ist nicht wichtig. Ich hätte ihm keine Aufmerksamkeit schenken sollen. Ich hätte mich nicht auf seine Andeutungen einlassen sollen. Vielleicht weiß ich nicht, wie man liebt. Ich habe noch nie geliebt. Aber ich weiß, dass ich dich liebe."

Bruce seufzt. „Was hat Heston gesagt?"

„Wie ich schon sagte, das ist unwichtig."

„Was hat er gesagt?" Seine Stimme erhebt sich, während sich seine Hände zu Fäusten an seinen Seiten ballen.

„Dass du mich so verletzen kannst, wie du die einzige Frau verletzt hast, die dir je etwas bedeutet hat. Und dann hat er mir die Nummer dieses Reporters in Boston gegeben, der mir von... ihr erzählt hat."

„Scheiße!" Er schlägt mit der Faust gegen die Wand.

Ich weiche ängstlich zurück.

„Dieser Bastard. Dieses verdammte Stück Scheiße."

Sein Kiefer krampft sich zusammen. Seine Schultern zittern, während seine Faust an der Wand verharrt.

Ich öffne den Mund, um etwas zu sagen, entschließe mich aber zu warten, bis er sich von selbst beruhigt hat. Ich halte meinen Atem an.

Endlich werden seine Schultern ruhig. Seine Faust kehrt an seine Seite zurück.

„Der Reporter, mit dem du gesprochen hast? War sein Name Martin O'Connor?"

Bruce kennt ihn?

Ich nicke.

Er schüttelt ungläubig den Kopf. „Ich habe diesen schmierigen Bastard feuern lassen. Ich dachte, das würde ihn davon abhalten, Scheiße über mich zu verbreiten, aber ich schätze, er tut es immer noch."

Meine Augen werden groß. Martin versucht also schon seit Jahren, Bruces Ruf zu zerstören? Jetzt komme ich mir wie eine noch größere Idiotin vor.

Ich lege meine Hand auf meinen Mund. Was habe ich nur getan?

„Das hat man davon, wenn man nach Scheiße sucht. Man findet sie."

Ich war nicht..." Ich atme tief ein. „Es tut mir leid, Bruce. Das tut es wirklich."

„Worte. Das ist es, was du gut kannst -- nur Worte."

„Ich weiß. Sie sind alles, was ich habe, und ich weiß, dass sie nicht ausreichen. Deshalb bitte ich dich um eine Chance dir zu zeigen, wie leid es mir tut und wie sehr ich dich liebe."

Bruce antwortet nicht.

Ich lege meine Hand um seinen Arm. „Gib mir noch eine Chance, Bruce, und ich schwöre dir, dass ich dich nie wieder enttäuschen werde."

Er sieht mich an, sagt aber immer noch nichts.

Ich nehme den Mut zusammen, die richtigen Worte zu finden.

„Lass mich dich lieben, Bruce. Das ist alles, worum ich dich bitte."

Einen Moment lang, den längsten Moment meines Lebens, starrt er mich nur an. Seine Augen suchen die meinen ab. Dann atmet er aus.

„Von allen Frauen, die ich je getroffen habe, frage ich mich, warum es gerade du bist, die ich nicht abweisen kann."

Erleichterung macht sich in mir breit. Ich lächle.

„Vielleicht, weil du mich schon einmal abgewiesen hast und ich trotzdem hier bin. Hier sind wir nun." Ich lege meine Hand auf seine Wange. ‚Ich gehe nirgendwo hin."

Bruces Hand legt sich über meine. Seine andere Hand berührt meine Wange.

Ich schließe meine Augen und beuge mich vor. Als seine Lippen auf meine treffen, springt mir das Herz fast aus der Brust.

Er verzeiht mir. Und ich liebe ihn. Gott, ich liebe ihn.

Ich lege meine Hände um seinen Hals und küsse ihn leidenschaftlich. Seine Hände greifen nach meinen Haaren, als er meinen Kuss erwidert.

Er drückt mich gegen die Wand, während seine Zunge meinen Mund erobert. Seine Hände fallen auf meine Schultern und wandern über meinen Körper - meine Arme, meine Brüste, meine Hüften. Sie ergreifen sogar meinen Hintern, als er mich an sich zieht.

Ich reibe mich an ihm, während ich seinen Nacken streichle. Meine Finger zupfen an seinen Locken.

Hitze strömt durch meinen Körper und lässt meine Haut unter der Kleidung kribbeln. Anders als all die Male zuvor, fühlt sich diese Hitze wie etwas Neues an. Es ist nicht nur Verlangen. Ich will nicht nur Bruce. Ich will ihm alles von mir geben.

Ich lege meine Hände auf seine Brust und schiebe ihn zur Couch.

Als er sich darauf setzt, klettere ich auf seinen Schoß. Ich ziehe mein Hemd aus, greife nach seinem Gesicht und küsse ihn. Meine Zunge erforscht seinen Mund und verschränkt sich mit seiner. Ich nehme eine seiner Lippen zwischen die meinen.

Seine Hände wandern über meinen nackten Rücken. Seine Finger finden den Haken meines BHs.

Meine Brüste quellen hervor, als sich die Körbchen, die sie gefangen halten, lockern. Ich unterbreche den Kuss für einen Moment, um die Träger von meinen Armen zu schieben.

Ich greife auch den Saum von Bruce' Hemd und ziehe das Kleidungsstück über seine Arme hoch. Dann lege ich meine Hände auf seine Schultern und küsse ihn erneut.

Seine Handflächen drücken gegen meine Brüste. Seine Finger finden meine Brustwarzen und ich stöhne gegen seinen Mund.

Er zieht sich zurück und senkt seinen Kopf, um an meiner Brust zu saugen. Ich halte mich an seinem Haar fest, während ich die Augen schließe und mich zurücklehne. Ein Schauer der Lust läuft mir über den Rücken. Als seine Zunge mit meiner Brustwarze zu spielen beginnt, erzittere ich.

Ich lasse ihn das Gleiche mit meiner anderen Brust tun, während ich die Empfindungen genieße, die durch meine Adern strömen. Dann erobere ich wieder seine Lippen. Meine Hände umklammern seine Schultern und gleiten hinunter zu seiner Brust. Meine Finger fahren die Muskeln seines Unterleibs nach, als ich von seinem Schoß aufsteige.

Meine Knie sinken zwischen seinen Beinen auf den Teppich. Ich drücke einen Kuss auf seinen Bauchnabel, während ich den

Knopf seiner Hose öffne. Meine Finger streifen über die Ausbeulung in seinem Schritt.

Ich ziehe den Reißverschluss mit den Zähnen nach unten und presse meine Lippen auf die Beule, bevor ich seinen Schwanz herausnehme. Ich halte ihn in beiden Händen und küsse andächtig die Spitze. Dann öffne ich meinen Mund und nehme so viel von ihm hinein, wie ich kann.

Bruce' Hand landet auf meinem Kopf. Seine Finger ziehen an meinen Haaren, während ich sauge.

Mit einer Hand umschließe ich seine Eier, mit der anderen halte ich seinen Schaft fest, während ich meinen Kopf langsam hin und her bewege. Bruce holt über mir scharf Luft. Sein Schwanz bebt in meinem Mund und ich schmecke ihn auf meiner Zunge.

Plötzlich packt er meinen Kopf und diktiert mein Tempo, damit ich schneller werde. Ich ziehe meine Wangen ein und atme durch die Nase. Der Sauerstoffmangel lässt meine Brust schmerzen und Tränen in meine Augen schießen. Spucke entweicht aus meinen Mundwinkeln. Trotzdem halte ich meine Lippen um seinen Schwanz gewickelt.

Gerade als ich spüre, dass sie anfangen taub zu werden, nimmt Bruce seine Hände von mir. Ich ziehe mich zurück und nehme mir einen Moment Zeit, um zu Atem zu kommen und mir die Tränen und den Sabber an meinem Kinn abzuwischen. Sobald ich damit fertig bin, zieht er mich auf die Beine und zieht mir die Hose und die Unterwäsche herunter. Er lässt einen Finger in mich gleiten und meine Knie erzittern.

Bruce zieht mich zurück auf seinen Schoß. Er hält meinen Blick fest, während er meine Hüften umklammert. Ich umklammere seine Schultern und lasse mich von ihm auf seinen Schwanz führen. Der nasse Schaft gleitet hinein.

Ich werfe meinen Kopf zurück und keuche bei dem exquisiten Gefühl. Meine Nägel graben sich in seine Haut.

Er kommt bis zum Anschlag und beginnt dann, seine Hüften zu bewegen. Ich lehne mich vor und schlinge meine Arme um ihn, während ich meine Hüften ebenfalls bewege.

Er hebt seinen Kopf und findet meine Lippen. Ich küsse ihn, während ich seine Locken packe.

Ich lege mein Kinn auf seine Schulter, während meine Hüften zu ermüden beginnen. Seine Geschwindigkeit steigt. Die Reibung entfacht eine Lust in meinem Bauch, die sich über meine Brust bis zu meinem Kopf ausbreitet, der anfängt, verschwommen zu werden. Ich schließe die Augen und klammere mich an ihn, stöhne und zittere, während sie sich auf den Rest meines Körpers überträgt.

Als sie mich ganz einnimmt, schreie ich seinen Namen.

„Bruce!"

Ich drücke seinen Kopf gegen meine Brust, während sich mein Rücken krümmt.

Er schafft noch ein paar Stöße, dann stöhnt er gegen meine Haut, als sein Schwanz in mir explodiert. Seine Finger verbeißen sich in meine Hüften. Er zuckt ein paar Mal, dann bleibt er ganz still.

Ich bleibe auf seinem Schoß sitzen und genieße es, Bruce an mir zu spüren, in mir zu spüren, etwas, von dem ich nie gedacht hätte, dass ich es noch einmal fühlen würde. Ich drücke ihm einen Kuss auf den Kopf.

Er gibt mir einen kurzen Kuss, bevor er mich sanft von sich schiebt. Ich setze mich auf die Couch und lege meinen Kopf auf seine Schulter.

Er setzt sich auf, um seine Hose zu richten, und ich sehe die Tätowierung auf seinem Rücken, die Marianne erwähnt hat. Als ich es mir genauer ansehe, stelle ich fest, dass es tatsächlich wie eine Blume mit Symbolen aussieht.

Ich berühre es. „Das ist für sie, nicht wahr?"

Bruce dreht seinen Kopf. Sein Blick trifft den meinen.

Für einen Moment befürchte ich, dass ich einen weiteren Fehler gemacht haben könnte. Aber Bruce schreit mich nicht an.

„Ja, das ist es", antwortet er ruhig.

„Du hast sie geliebt."

Es ist keine Frage, sondern eine Feststellung.

Er bestätigt sie mit einem Nicken.

Dennoch spüre ich keinen Anflug von Eifersucht.

Ich greife nach seiner Hand. „Sag mir, was passiert ist, Bruce."

Keine Geheimnisse mehr. Keine Ängste mehr.

Bruce beginnt zu erzählen. Es ist hauptsächlich das, was Marianne gesagt hat. Der einzige Teil, den Marianne nicht gesagt hat, ist, dass er Aika verlassen hat, weil er dachte, sie sei nicht sicher. Er machte sich Feinde, als er die Leiter hinaufkletterte. Er sagte ihr aber auch, dass er nicht gleichzeitig eine Frau und seinen Ehrgeiz haben konnte. Sie stritten sich. Sie verließ ihn. Nach ein paar Tagen wurde sie tot aufgefunden.

„Aber Sie wissen nicht, wer sie getötet hat?", frage ich Bruce.

Er schüttelt den Kopf. „Das ist immer noch ein Rätsel."

Ich nicke. „Aber du hast dich verantwortlich gefühlt?"

„Wenn wir uns nicht getrennt hätten, wenn ich mutig und klug genug gewesen wäre, sie an meiner Seite zu behalten, wäre sie noch am Leben."

Deshalb hat er gesagt, dass er sie getötet hat.

Ich drücke seine Hand. „Du hast sie nicht umgebracht. Das war ein herzloses Monster, und eines Tages wird es dafür bezahlen."

„Das wird er", versichert mir Bruce. „Ich werde ihn bezahlen lassen."

Plötzlich dämmert mir etwas.

„Warst du deshalb so kaltherzig, als ich dich kennengelernt habe? Weil sie gerade gestorben war?"

Er nickt.

Das ergibt einen Sinn. Er trauerte noch immer, also vertiefte er sich in die Arbeit und hielt alle anderen fern. Und das ist noch nicht alles, was Sinn macht.

Jetzt verstehe ich, warum er so frustriert war, als ich die Drohung erhielt. Er muss gedacht haben, die Geschichte würde sich wiederholen.

Ich berühre seine Wange. „Ich werde nirgendwo hingehen, Bruce. Niemand wird sich zwischen uns stellen."

Seine Augen treffen die meinen. Seine Lippenwinkel heben sich.

„Ich glaube, jemand könnte es trotzdem versuchen."

Seine Augenbrauen runzeln sich. „Wenn du von Heston sprichst- "

„Nicht Heston. Lass uns nie wieder über ihn reden."

„Einverstanden."

„Nö. Ich spreche von ihm oder ihr." Ich schaue auf meinen Bauch hinunter.

Jetzt, da wir ganz ehrlich sind, hat Bruce das Recht, es zu erfahren. Und ich will es ihm sagen.

„Was meinst du?", fragt er.

Ich nehme seine Hand und lege sie auf meinen Bauch.

„Ich bin schwanger, Bruce. Wir bekommen ein Baby."

Kapitel Fünfundzwanzig

Bruce

„Das sind tolle Neuigkeiten!", ruft Harry aus, als er sich von seinem Sitz erhebt und seine Hände zusammenschlägt. „Ich hab wieder mein Leben zurück bekommen. Erst meinen Sohn und jetzt bekomme ich auch noch ein Enkelkind!"

Er eilt zu Tricia, die nur ein paar Meter entfernt steht und einige Orchideen beschneidet. Sie umarmen sich und beginnen zu tanzen.

Er strahlt und sieht wie neu geboren aus. Seine Gesichtszüge sind nicht mehr so abgearbeitet. Tatsächlich sieht er jetzt sogar jünger aus als er ist, was wahrscheinlich mit seiner neuen Romanze zu tun hat. Und doch freut er sich darauf, Großvater zu werden.

Und ich? Das erste Gefühl, das mich durchströmte, war Unglaube.

Mein Verstand kämpfte dagegen an. Jules meinte das doch nicht ernst, oder? Sie konnte nicht schwanger sein.

Aber sie war es. Sie ist es. Langsam akzeptierte mein Gehirn, dass es wirklich so war … und dann, dass es echt war.

Dann kam die Unsicherheit, die ich auch jetzt noch empfinde.

Was soll ich mit diesem Baby machen? Bin ich dazu geeignet, Vater zu sein? Was erwartet Jules von mir? Was genau muss ich tun?

Ich bin froh, dass Jules glücklich ist. Sie wird ein gutes Elternteil sein. Leider kann ich das von mir nicht behaupten.

Es ist ja nicht so, dass ich nie ein Kind wollte. Aika und ich haben sogar ein- oder zweimal darüber gesprochen. Es gab sogar eine Zeit, in der ich ein Kind haben wollte, nur um der Vater zu sein, der meiner nie war. Aber was ist, wenn ich am Ende genauso versage wie er? Was ist, wenn mein Kind mich am Ende hasst und Jules mich am Ende wirklich hasst?

Harry legt mir eine Hand auf die Schulter. „Du wirst das schon schaffen, Bruce. Ich bin sicher, du wirst ein viel besserer Vater sein als ich.“

Ich werfe ihm einen verwirrten Blick zu. „Meinst du?“

Er nickt und setzt sich auf den Stuhl neben meinen.

„Du magst manchmal einschüchternd wirken, aber ich weiß, dass hinter den Mauern, die du errichtet hast, ein guter Mensch steckt“, sagt er mir. „Du wurdest schließlich von einer guten Frau erzogen.“

Ich nicke. „Sie wäre eine großartige Großmutter gewesen.“

„Das wäre sie“, stimmt Harry lächelnd zu. „Aber hey, ich bin ja noch da. Tricia und ich werden verreisen, aber wir werden rechtzeitig zur Geburt zurück sein.“

„Ich glaube, das würde Jules gefallen.“

Sie hat vielleicht keine eigene Familie mehr, die sie bei der Gründung ihrer eigenen begleitet, aber sie wird nicht allein sein. Außerdem hat sie Harry immer als ihren Vater betrachtet. Jetzt ist er es wohl auch. Oder was ist er? Was genau ist Harry eigentlich für sie?

Harry klopft mir auf die Schulter. „Ich wette, das Kind wird perfekt sein.“

Ich zucke mit den Schultern.

Reich? Ja. Gut aussehend? Solange es von Jules ist, steht das außer Frage. Klug? Ich glaube schon. Perfekt? Da bin ich mir unsicher. Gibt es so etwas wie ein perfektes Kind?

„Bist du nicht froh, dass du nach New York gekommen bist?", fragt Harry mich.

Das bin ich, aber ich werde ihm jetzt noch nicht danken.

Plötzlich klingelt mein Telefon. Ich stehe von meinem Platz auf und trete ein paar Schritte beiseite, während ich es aus meiner Tasche ziehe. Jules' Name blinkt auf dem Display.

Ich nehme ihren Anruf entgegen. „Ist alles in Ordnung?"

„Nein. Es ist nicht alles in Ordnung", antwortet sie.

Ich höre die Sorge – nein, die Angst – in ihrer Stimme.

„Beruhige dich", fordere ich sie auf. „Sag mir, was los ist."

„Es geht um Marianne. Marianne Chambers."

Ich erinnere mich an ihren Namen auf unserer Autorenliste. Ich erinnere mich, dass Jules sie kürzlich erwähnt hat.

„Was ist mit ihr passiert?", frage ich.

„Man hat sie in ihrem Hotelzimmer gefunden, Bruce. Tot."

~

Als ich im Hotel ankomme, finde ich Jules in der Lobby. Sie rennt zu mir und ich lege meine Arme um sie. Ihre Schultern zittern.

„Psst", flüstere ich in ihr Haar. „Es wird alles gut werden."

„Nicht für Marianne." Sie schüttelt den Kopf. „Sie ist tot, Bruce. Marianne ist tot. Ich kannte sie seit Jahren und habe noch vor ein paar Tagen mit ihr gesprochen. Und jetzt ist sie tot. Ermordet."

Ich lege meine Hände auf ihre Schultern. „Ich weiß, dass du aufgewühlt bist, aber versuch dich zu beruhigen, okay? Es ist nicht gut für das Baby, wenn du dich so sehr unter Stress setzt.“

Jules nickt.

„Wo sind die Polizisten?“, frage ich sie.

„Oben. Sie lassen niemanden in ihr Zimmer hinein.“

In diesem Moment sehe ich, wie jemand in Uniform aus dem Aufzug kommt.

„Geh und warte im Auto auf mich“, sage ich zu Jules. „Ich bin gleich wieder bei dir.“

Ich laufe auf den Polizisten zu, als er die Lobby durchquert.

„Officer?“ Ich werfe einen Blick auf sein Namensschild. „Officer King, ich bin Bruce Meyer vom Bavil Verlag. Marianne Chambers ist eine meiner Autorinnen.“

„Bruce Meyer.“ Er sieht mich mit großen Augen an. „Ich habe schon von Ihnen gehört. Warten Sie. Das Opfer hat für Sie gearbeitet?“

„Sie hat mit mir gearbeitet, na ja, mit meinen Redakteuren“, antworte ich. „Ich würde gerne wissen, was ihr zugestoßen ist.“

„Bei allem Respekt, Mr. Meyer, Sie gehören nicht zur Familie.“

„Alle Autoren, die für meine Firma arbeiten, gehören zur Familie“, sage ich ihm.

Er schürzt seine Lippen.

„Ich möchte nur verstehen, was hier passiert ist. Ich entschuldige mich, wenn ich Ihre Zeit vergeude, aber wenn Sie wollen, kann ich mich dafür auch erkenntlich zeigen.“

Officer King seufzt. „Gut. Das Opfer, Marianne Chambers, wurde von einem Mitglied des Hotelpersonals tot aufgefunden. Der Gerichtsmediziner schätzt den Todeszeitpunkt zwischen …“ Er schaut auf seine Notizen. „ … zwischen 1:00 und 1:30 Uhr. Die Todesursache? Ihre Kehle wurde aufgeschlitzt und sie ist verblutet.“

Ich schlucke.

„Kein gewaltsames Eindringen und es scheinen keine Wertsachen aus ihrem Zimmer zu fehlen.“

„Irgendwelche Hinweise, wer das getan haben könnte?“, frage ich.

„Wir sind noch in der Ermittlungsphase“, antwortet der Beamte. „Aber der Mörder hat eine Visitenkarte hinterlassen.“

Er zeigt mir sein Notizbuch, in das er eine Art Knoten aus zwei Bändern, einem schwarzen und einem weißen, gezeichnet hat.

Meine Augen werden groß. Ich habe diesen Knoten schon einmal gesehen – auf einem Umschlag, der am Tatort von Aikas Tod gefunden wurde.

Es ist eine Botschaft.

„Mr. Meyer, haben Sie das schon einmal gesehen?“

„Nein“, sage ich, während ich versuche, meine Fassung zu bewahren. „Ich habe mir nur den Knoten angesehen und versucht herauszufinden, wie er gemacht wurde.“

Ich nehme einen Hundert-Dollar-Schein aus meiner Brusttasche, lege ihn gefaltet in das Notizbuch und gebe es zurück.

Der Beamte zuckt mit den Schultern und steckt es in seine Tasche. „Ich bin sicher, jemand in meinem Büro wird das herausfinden.“

„Nun, das ist nicht wichtig. Wichtig ist, dass wir herausfinden, wer das getan hat.“

„Das werden wir“, versichert er mir.

„Vielen Dank, Officer.“

Ich schüttle seine Hand und mache mich auf den Weg zum Parkplatz. Ich entlasse den Leibwächter, der Jules Gesellschaft geleistet hat, und setze mich auf den Fahrersitz.

„Und?“, fragt mich Jules. „Was hat die Polizei gesagt? Haben sie eine Ahnung, wer Marianne das angetan hat?“

„Nein.“

Sie schüttelt den Kopf. „Wer könnte ihr das angetan haben? Sie war so ein netter Mensch. Du erinnerst dich an sie, nicht wahr? Du hast auf der Party mit ihr gesprochen.“

„Ich erinnere mich.“ Ganz vage.

Es gab so viele Autoren, mit denen ich an diesem Abend gesprochen habe.

„Und wenn man bedenkt, dass ich die letzten beiden Male, als ich mit ihr sprach, schrecklich zu ihr war. Sie saß direkt vor mir und sprach über ihr Buch, und meine Gedanken schweiften ab. Aber sie war trotzdem nett zu mir.“

Ich starte den Motor. „Es gibt keinen Grund, sich dafür zu verurteilen, Jules.“

„Sie war auch ein großer Fan von dir. Sie hat geglaubt, dass du niemanden verletzen würdest, als ich es nicht tat. Sie hat immer gewusst, dass du Milliardär wirst und dass du es schaffst, indem du fair spielst und einfach gut bist. Sie dachte, du wärst besser als alle anderen.“

Ich sage nichts. Meine Gedanken drehen sich bereits in eine andere Richtung.

Dieser schwarz-weiße Knoten. Das kann doch kein Zufall sein, oder? Das kann nur eines bedeuten.

Der Mord an Marianne und der an Aika hängen zusammen. Außerdem ist der Mörder von Aika immer noch in der Nähe und lässt immer noch Blut fließen.

Jules ist nicht sicher.

„Vielleicht ist es jemand aus ihrer Heimatstadt, der ihr nach New York gefolgt ist. Wurde ihre Tür gewaltsam geöffnet oder hatte der Eindringling einen Schlüssel?“

„Jules …“

„Oder vielleicht hat sie hier in New York jemanden kennengelernt. Sie ist ja sehr freundlich. Vielleicht hat sie einen Mann kennengelernt. Sie ist alleinstehend, hübsch und sehr nett …“

„Jules.“

„Vielleicht hat sie ihn mit auf ihr Zimmer genommen und sie haben sich gestritten und er …“

„Jules!“ Ich erhebe meine Stimme, um sie zu unterbrechen.

Sie dreht ihren Kopf und sieht mich an. „Was? Ich versuche hier nur zu überlegen, mir etwas auszudenken …“

„Nicht“, sage ich ihr. „Denk dir nichts aus. Spekulier nicht.“

„Was?“

„Weil ich dich kenne, Jules. Wenn du einmal eine Idee hast, kannst du sie nicht mehr loslassen. Dann fängst du an zu recherchieren, nachzuforschen, herumzustochern. Und ich will nicht, dass du herumstocherst.“

Sie wirft mir einen verwirrten Blick zu. „Warum? Weil ich schwanger bin?"

„Weil ein Mörder frei herumläuft!"

„Na und? Soll ich mich einfach in meinem Zimmer verstecken und nichts tun?"

„Das ist genau das, was du tun wirst."

„Wenn ein Mörder frei herumläuft, dann muss er gefasst werden, bevor noch mehr unschuldige Menschen getötet werden. Er muss aufgehalten werden."

„Es ist nicht deine Aufgabe ihn aufzuhalten!" sage ich ihr. „Du bist für so etwas nicht ausgebildet, Jules. Du bist nicht dafür ausgerüstet."

„Ich habe eine Menge Bücher gelesen ..."

„Nun, das hier ist keine Fiktion, okay? Das ist die Realität. Im echten Leben sind es Polizisten, die Mörder jagen. Im wahren Leben werden Leute wie du, die ihre Nase in Dinge stecken, die sie nichts angehen, zu den nächsten Opfern. Ist es das, was du willst? Willst du sterben? Willst du dein Kind töten, unser Kind?"

„Du hast bereits Leute, die mich beobachten", sagt Jules. „Wovor hast du solche Angst?"

„Davor, dass du etwas Dummes tust", antworte ich.

Sie runzelt die Stirn. „Ich werde vorsichtig sein."

„Nein." Ich hebe einen Finger. „Du wirst nicht vorsichtig sein. Du wirst nichts tun!"

„Marianne war meine Autorin und meine Freundin", argumentiert Jules, ihre Stimme ist nun fast so laut wie meine. „Und sie wurde umgebracht. Brutal ermordet."

„Eben. Ich will nicht, dass du das gleiche Schicksal erleidest.“

„Wenn du nichts tun willst, gut. Aber ich werde nicht einfach so tun, als wäre mein Leben in Ordnung und so weitermachen, als wäre niemand gestorben. Denn es ist jemand gestorben.“

„Du wirst in der Wohnung bleiben und deinen Job machen.“

„Es gehört zu meinem Job, mich um meine Autoren zu kümmern.“

Ich atme tief ein. Jules stellt meine Geduld wirklich auf die Probe.

„Außerdem kann ich nicht weiterarbeiten, nachdem ...“

„Du kannst nicht mehr arbeiten?“, frage ich sie. „Dann bist du gefeuert!“

Jules' Augen werden groß. „Wie bitte?“

„Du hast mich verstanden. Du bist als Chefredakteurin gefeuert. Du bist aus der Firma gefeuert.“

Sie schüttelt ungläubig den Kopf. „Das meinst du nicht ernst.“

Ich schaue ihr in die Augen, um ihr zu zeigen, dass ich es ernst meine.

„Das kannst du nicht machen.“

„Doch, das kann ich“, sage ich ihr. „Ich bin dein Chef, schon vergessen? Und wenn das nötig ist, um dich zu beschützen, dann ist es erledigt. Du kannst jetzt zurück in die Wohnung gehen, Bücher lesen oder fernsehen oder was auch immer, aber du wirst nicht versuchen herauszufinden, wer Marianne getötet hat oder auch nur daran denken.“

Jules starrt mich wieder an. Ihre haselnussbraunen Augen verengen sich. Ihr Kiefer krampft sich zusammen. Dann öffnet sie die Tür und steigt aus. Die Tür knallt zu. Durch das Fenster sehe ich, wie sie zu ihrem Auto stapft.

Ich hasse es, sie so zu sehen. Ich hasse es, mit ihr zu streiten, und ich bin nicht sicher, ob wir das überstehen werden. Aber das ist mir egal.

Ich werde nicht zulassen, dass sie oder unser Kind verletzt werden.

Ich rufe einen der Leibwächter herbei. „Behalten Sie sie im Auge.“

Kapitel Sechsundzwanzig

Jules

Wie kann er es wagen?

Ich werfe eines der Kissen auf meinem Bett gegen den Fernseher. Es verfehlt ihn und fällt auf den Boden. Ich lasse es dort liegen. Frustriert raufe ich mir in Haare und unterdrücke einen Aufschrei.

Wie konnte Bruce mir das nur antun?

Nicht nur, dass er mich gefeuert hat, wozu er weder das Recht noch einen Grund hatte, sondern er lässt mich auch hier in der Wohnung streng überwachen. Ein Leibwächter steht vor meinem Zimmer. Oh, und ich darf die Wohnung nicht verlassen. Ich darf nicht einmal zu Mariannes Beerdigung gehen.

Ich bin mir ziemlich sicher, dass das eine illegale Inhaftierung ist. Und mich zu feuern? Eine ungerechtfertigte Kündigung. Und trotzdem kann ich nichts tun. Ich sitze hier fest, während Bruce weiterarbeitet, so beschäftigt, dass ich ihn kaum zu sehen bekomme.

Nicht, dass ich ihn sehen wollte.

Ich stöhne auf, als ich nach einem weiteren Kissen greife.

Scheiße, das ist so ungerecht. Alles, was ich wollte, war, etwas zu tun, damit ich mich nicht so verdammt hilflos und nutzlos fühle. Ich war Mariannes Lektorin. Sie war meine Freundin. Und sie wurde umgebracht. Das kann ich nicht einfach ignorieren.

Wenn einem Freund etwas Schlimmes zustößt, tut man alles, um zu helfen. Warum kann Bruce das nicht verstehen?

Wenn ich so darüber nachdenke, glaube ich, er hat gar keine Freunde.

Ich schnaube. Wie soll ein Mensch wie er Freunde finden, wenn er so arrogant, unsensibel und manipulativ ist? Das war er schon immer, und das ist er immer noch.

Ich habe das schon eine Weile nicht mehr gesagt, aber ich hasse ihn.

Gerade jetzt, ich hasse ihn.

In diesem Moment höre ich ein Klopfen an der Tür.

„Lass mich in Ruhe", sage ich.

„Ms. Decker, hier ist ein Polizist", sagt die Stimme vor der Tür zu mir.

Ich hebe mein Gesicht aus dem Kissen. Meine Augenbrauen wölben sich.

Ein Polizeibeamter?

„Ich komme", sage ich.

Ich ziehe mir etwas Anständiges an und trete aus dem Zimmer. Tatsächlich wartet ein Polizeibeamter im Wohnzimmer.

„Ms. Decker." Er steht von der Couch auf, als er mich sieht, und zeigt mir seinen Ausweis. „Ich bin Officer King. Ich habe nur ein paar Fragen."

„Natürlich."

Ich werfe einen Blick auf die Bodyguards, die ein paar Meter entfernt stehen, in der Hoffnung, dass sie verschwinden, aber sie haben die Nachricht nicht verstanden.

„Sie besitzen hier wirklich strenge Sicherheitsvorkehrungen", bemerkt Officer King. „Ist das immer so oder erst seit kurzem?"

„Erst seit kurzem", antworte ich.

„Sagen wir, seit Marianne Chambers' Tod?"

Darauf antworte ich nicht, weil ich merke, dass er etwas anderes fragen will.

„Ms. Decker …"

„Bitte nennen Sie mich Jules", sage ich zu ihm.

„Jules, gibt es etwas, das Sie mir sagen möchten?"

Ich halte inne. Es stimmt, dass ich Bruce und das, was er gerade tut, hasse. Und es mag falsch sein. Aber ich weiß, dass er es nur für mich tut. Es kam mir nie in den Sinn, es der Polizei zu melden.

Ich habe versprochen, sein Vertrauen nie wieder zu missbrauchen, und das werde ich nicht.

„Ich verstehe nicht, was Sie meinen, Officer."

Er sieht mich misstrauisch an.

„Oh, warten Sie. Da ist doch etwas im Busch. Beispielsweise der Grund, warum sie in letzter Zeit solche strengen Sicherheitsvorkehrungen getroffen haben."

„Ja?"

Ich berühre meinen Bauch. „Wissen Sie, wir haben vor kurzem erfahren, dass wir ein Baby bekommen, und Bruce ist sehr beschützerisch."

„Oh." Der Polizist wirft einen Blick auf meinen Bauch. „Herzlichen Glückwunsch."

„Danke." Ich schenke ihm ein warmes Lächeln. „Gibt es noch etwas, was Sie mich fragen wollten?"

Er blickt zu den Leibwächtern. Ich wende mich mit demselben Lächeln an sie.

„Lasst uns einfach einen Moment allein, Jungs. Bitte?"

Sie gehen.

„Sie sehen zwar etwas unheimlich aus, aber eigentlich sind sie ganz nett", sage ich, während ich mich setze.

„Da bin ich mir sicher."

Officer King setzt sich vor mich und nimmt sein Notizbuch heraus.

„Ich habe gehört, Marianne Chambers war Ihre Freundin?", fragt er mich.

„Ja."

„Sie kam nach New York, um Sie zu sehen?"

„Ja. Aber nicht als Freundin. Wir haben über ihr Buch gesprochen."

„Wann war das?"

„Vergangene Woche."

„Das war das letzte Mal, dass Sie sie gesehen haben?"

Ich nicke.

Meine Brust zieht sich bei dieser Erkenntnis zusammen. Ja, das war das letzte Mal, dass ich Marianne gesehen habe. Und jetzt werde ich sie nie wieder sehen.

„Wirkte sie unruhig oder hatte sie Angst vor etwas?"

„Nein", antworte ich.

Aber ich habe auch nicht richtig zugehört. Hatte sie?

Oh, mein Gott. Was ist, wenn sie mir etwas Wichtiges sagen wollte und ich es nicht verstanden habe?

„Wo haben Sie sich getroffen? War es in ihrem Hotel?", fragt der Beamte.

„Es war bei mir", antworte ich.

Seine Augenbrauen heben sich. „Bei Ihnen?“

„Manchmal wohne ich in einem Hotel“, sage ich. „Ich besitze keine eigene Wohnung.“

Seine Augenbrauen verziehen sich. „Gefällt es Ihnen hier nicht?“

„Oh, es ist manchmal einsam hier“, antworte ich.

Officer King nickt und kritzelt etwas in sein Notizbuch.

„Wusste noch jemand, wo Marianne wohnte?“, fragt er als nächstes.

Ich zucke mit den Schultern. „Ich weiß nicht, wem sie es sonst noch gesagt hat, aber wenn Sie fragen, wer im Büro es weiß, nun, wir kümmern uns um die Unterbringung unserer Autoren, wenn sie hier in der Stadt sind.“

„Also könnte jeder aus Ihrem Büro davon gewusst haben?“

Ich nicke. „Ja.“

Aber ich kann mir nicht vorstellen, dass jemand aus dem Büro ein Mörder ist.

„Und war sie schon einmal in New York?“, fragt Officer King.

„Ja“, antworte ich. „Sie kommt regelmäßig für Besprechungen ins Büro.“

„Sie kommt also ins Büro. War sie jemals in Ihrer Wohnung?“

„Nein.“

Warum fragt er mich das?

„Jules, wenn ich mich recht erinnere, ist jemand in Ihre Wohnung eingebrochen, richtig?“

„Ja.“

Ich weiß auch nicht, warum er mich das fragt.

„Diese Person, die in Ihre Wohnung eingebrochen ist, hat Ihnen eine Nachricht hinterlassen, richtig?"

„Ich weiß nicht, warum wir darüber reden, Officer", sage ich ihm ehrlich. „Ich bin mir nicht sicher, ob ich das noch einmal durchleben möchte."

„Nun gut. Ich werde Ihnen eine andere Frage stellen, auch wenn sie Ihnen vielleicht nicht gefällt. Glauben Sie, dass Ihr Freund und Marianne Chambers miteinander geschlafen haben?"

Meine Augen werden groß. „Nein."

Das ist absurd. Ich kann es mir nicht einmal vorstellen.

„Nein, das glauben Sie nicht, oder nein, Sie sind sich sicher, dass Bruce Meyer und Marianne Chambers kein Liebespaar waren?", fragt mich Officer King.

Ich schaue ihn an. „Sie waren kein Liebespaar. Marianne wusste, dass Bruce und ich ein Paar waren, und sie war meine Freundin."

Doch schon während ich das sage, fühle ich mich unsicher.

Marianne wusste bis vor kurzem nicht, dass Bruce und ich ein Paar waren. Und wir waren auch bis vor kurzem noch nicht befreundet. Und sie war total verknallt in Bruce.

Aber natürlich würde Bruce mich nicht betrügen. Oder doch?

Nein. Ich weigere mich dieses Mal an ihm zu zweifeln.

„Sie waren kein Liebespaar", sage ich mit etwas mehr Nachdruck.

„Hmm." Er kritzelt wieder in sein Notizbuch.

Ich runzle die Stirn. „Wollen Sie damit sagen, dass ich Marianne Chambers getötet habe, weil mein Freund mit ihr geschlafen hat?“

„Moment bitte.“ Er hebt die Hand. „Ich habe nichts derartiges gesagt. Außerdem meinten Sie, er hätte nicht mit ihr geschlafen.“

Ich verstumme.

Na toll. Ich habe gerade einen Fehler begangen.

Ich räuspere mich. „Gibt es sonst noch etwas, Officer?“

„Nur noch eine Sache.“ Er zeigt mir sein Notizbuch. „Sagt Ihnen dieses Symbol etwas?“

Ich sehe es mir an – ein schwarz-weißes Band oder etwas in der Art.

„Ist es eine Tätowierung?“, frage ich.

Officer King zuckt mit den Schultern.

Ich schüttle den Kopf. „Tut mir leid, Officer, aber ich weiß nicht einmal, was das ist.“

„Hilft es, wenn ich Ihnen sage, dass es japanisch ist?“

Japanisch?

Sofort kommt mir Aika in den Sinn.

„Jules?“

„Es tut mir leid. Ich habe nur nachgedacht. Ich fürchte, ich weiß nicht viel über die japanische Kultur.“

„Das war nicht meine Frage.“

„Es tut mir leid, aber es sagt mir nichts“, sage ich. „Warum? Ist es wichtig? Hat Marianne das gemalt?“

„Ich bin derjenige, der die Fragen stellt, Jules“, sagt Officer King. „Und ich habe keine mehr, also gehe ich jetzt.“

Er steht auf und streckt seine Hand aus.

„Vielen Dank für Ihre Zeit."

Ich schüttle sie. „Ich danke Ihnen, Officer. Ich hoffe, Sie finden Mariannes Mörder so schnell wie möglich."

„Das hoffe ich auch."

Er geht zur Tür und wirft einen Blick über seine Schulter. Er lächelt.

„Nochmals meinen Glückwunsch."

„Danke."

Der Polizist geht. Ich gehe zurück in mein Zimmer und zurück zu meinen Gedanken.

Was ist da gerade passiert? Was wollte Officer King sagen? Was hat er versucht zu tun?

Ich setze mich auf die Bettkante und lege die Hände auf meinen Schoß.

Warum hat er gefragt, ob Bruce und Marianne miteinander schliefen? Und warum hat er das gefragt, nachdem er mir erzählt hat, was in meiner Wohnung passiert ist?

Denk nach, Jules. Denk nach. Setze die Teile des Puzzles zusammen, so wie du es mit den Teilen einer Geschichte tust.

Warte mal. Zuerst fragte er, ob Marianne schon mal in New York war, speziell in meiner Wohnung. Dann fragte er, ob Marianne und Bruce ein Liebespaar waren.

Glaubt er, dass Marianne diejenige war, die in meine Wohnung eingebrochen ist und mir gesagt hat, ich solle mich von Bruce fernhalten?

Ich denke, das ist möglich. Wenn sie und Bruce tatsächlich ein Liebespaar waren, was ich stark bezweifle. Außerdem würde das bedeuten, dass Officer King denkt, ich hätte Marianne getötet, nachdem ich herausgefunden hatte, dass sie mit Bruce zusammen war, oder dass Bruce sie getötet hat, weil sie mich bedroht hat.

Ich schüttle den Kopf. Das ist einfach absurd.

Ich bin kein Mörder und Bruce auch nicht. Was denkt sich die Polizei? Sind sie wirklich so inkompetent? Ich meine, sie haben nicht einmal herausgefunden, wer in meine Wohnung eingebrochen ist und diese Drohbotschaft hinterlassen hat.

Diese Nachricht.

Plötzlich kommt mir etwas anderes in den Sinn.

Was, wenn die Person, die mir diese Nachricht hinterlassen hat, Marianne und Bruce zusammen gesehen hat und dachte, sie seien ein Paar? Was ist, wenn diese Person ihre Drohung wahr gemacht und Marianne getötet hat, als sie die Warnung ignorierte?

Wenn das der Fall ist, dann gibt es vielleicht einen Grund für die verschärften Sicherheitsvorkehrungen um mich herum. Aber das würde bedeuten, dass Bruce weiß, wer der Mörder ist und das würde bedeuten, dass er und Marianne wirklich etwas am Laufen hatten.

Ich schüttle wieder den Kopf. Nein. Ich habe gesagt, ich werde ihm vertrauen, und das tue ich auch. Bruce hat mich nicht betrogen. Er hat Marianne nicht umgebracht. Und er weiß nicht, wer der Mörder ist.

Er versucht nur, mich und unser Baby zu beschützen.

Ich atme tief ein. Ja, das ist es, was ich glauben werde. Das ist das, was am meisten Sinn ergibt.

Es gibt aber noch eine Sache, die keinen Sinn ergibt.

Dieses Symbol. Dieses japanische Symbol.

Ich schaue im Internet nach und erfahre, dass es ein Knoten ist, mit dem ein Umschlag gesichert wird. Der Knoten, den Officer King mir gezeigt hat, ist ein Knoten, der auf Beileidsumschlägen verwendet wird, die Japaner verschicken, wenn jemand stirbt.

Das war's. Das ist es also. Aber ich weiß immer noch nicht, was er bedeutet. Und wenn Marianne ihn hinterlassen hat, muss er etwas bedeuten.

Mein Blick fällt auf ihre Bücher, die ich im Regal stehen habe.

Ich habe sie aus dem Büro mitgebracht, weil ich sie vor meinem Treffen mit ihr noch einmal durchgehen wollte, um zu sehen, wie sie sich verbessern kann. Aber ich hatte nie die Gelegenheit sie zu lesen.

Jetzt habe ich die Gelegenheit dazu. Und jede Menge Zeit.

Ich gehe zum Regal hinüber und nehme eines der Bücher in die Hand.

Vielleicht, nur vielleicht, kann ich herausfinden, was dieses Symbol bedeutet.

~

Das tu ich nicht.

Ich habe alle ihre Bücher gelesen, und das Symbol wird nirgends erwähnt, und auch sonst überhaupt nichts über Japan.

Sie handeln alle von Milliardären und ihren Liebesaffären, ihren Rivalitäten und ihren dunklen Seiten. Einige von ihnen sind in Menschenhandel verwickelt, einige arbeiten mit Piraten zusammen...

Moment mal. Hat Bruce das nicht Heston vorgeworfen?

Ich nehme das spezielle Buch "Der Talisman des Verräters" auf.

Marianne sagte, dass sie ihre Milliardärsfiguren auf realen Milliardären aufbaut. Was, wenn dieses Buch von Heston handelt? Und wenn es schon stimmt, dass er mit Piraten zusammenarbeitet, ist er dann auch bei den anderen hier aufgeführten Verbrechen schuldig? Da stand sogar etwas über die Ermordung einer ganzen Familie.

Ich unterdrücke ein Schaudern, als mir ein kalter Schauer den Rücken hinunterläuft.

Was, wenn dieses Buch weniger Fiktion als vielmehr ein Exposé ist und Heston wütend wurde? Was, wenn er Marianne deswegen umbringen ließ?

Aber was ist mit dem Symbol? Wohin gehört das?

Ich sehe mir das Bild auf dem Bildschirm meines Laptops noch einmal an. Warum sollte Marianne ihr Beileid aussprechen?

Aber was, wenn es der Mörder war, der dieses Symbol hinterlassen hat? Ein Mörder, der die japanische Kultur kennt oder vielleicht sogar Japaner ist. Heston ist es nicht, aber ...

Ich halte inne, als ich mich an den Leibwächter erinnere, der Heston begleitete. Ich habe sein Gesicht nicht gesehen, aber ich erinnere mich an seine Tätowierung mit Drachenschuppen. Spielen Drachen nicht eine wichtige Rolle in der asiatischen Kultur?

Ich recherchiere ein wenig und finde die Antwort. In Japan gelten Drachen als mächtig und magisch. Außerdem haben die Mitglieder japanischer Verbrechersyndikate in der Regel eine Drachentätowierung auf dem Rücken.

Verbrechersyndikat ... Was, wenn der Mann bei Heston nicht nur sein Leibwächter ist, sondern ein gedungener Mörder?

Je mehr ich darüber nachdenke, desto mehr bin ich geneigt zu glauben, dass Heston etwas mit dem Mord an Marianne zu tun hat. Aber ich brauche mehr Informationen. Und woher soll ich diese Informationen bekommen?

Aus Mariannes Akten. Sie muss ihre Forschungsunterlagen bei sich zu Hause haben. Vielleicht kann ich jemanden beauftragen, sie zu holen oder zu schicken.

Außerdem erinnere ich mich an jemanden, der mir vielleicht Informationen über Heston Ives geben kann - Martin O'Connor. Vielleicht hegt er einen Groll gegen Bruce, aber Heston gab mir seine Nummer, also müssen die beiden zusammengearbeitet haben. Außerdem war er mal ein Reporter.

Und er ist mir etwas schuldig.

Ich nehme mein Telefon vom Nachttisch. Als ich es ansehe, erinnere ich mich daran, was Bruce mir darüber gesagt hat, meine Nase in Dinge zu stecken, die mich nichts angehen, und genau das tue ich jetzt.

Das bringt mich ins Grübeln, aber schließlich entschließe ich mich, die Wahrheit herauszufinden. Das bin ich Marianne schuldig. Außerdem, wie Bruce gesagt hat, wenn ich mich einmal auf eine Idee eingelassen habe, kann ich nicht mehr loslassen. Ich muss herausfinden, wer Marianne ermordet hat, um meinen eigenen Seelenfrieden zu bewahren.

Ja, Bruce wird wütend sein, wenn er erfährt, was ich tue. Aber was kann er schon tun? Er hat mich schon eingesperrt. Er hat mich bereits gefeuert.

Ich atme tief durch und beginne zu wählen.

Kapitel Siebenundzwanzig

Bruce

Vielleicht hätte ich vorher anrufen sollen.

Ich klopfe ein weiteres Mal an die Tür des alten Hauses. Immer noch keine Antwort.

Ich schaue mich um, um sicherzugehen, dass niemand hinsieht, und beschließe dann, zur Rückseite zu gehen. Ich weiß, dass es sich um Hausfriedensbruch handelt, aber ich weiß auch, dass ich nicht gehen werde, ohne ein paar Antworten zu bekommen.

Der Hinterhof ist ziemlich kahl. Es gibt weder einen Pool noch einen Grill. Nur ein Baum und ein Stuhl, der darunter steht.

Ich nähere mich der Hintertür, einer Fliegengittertür. Ich werfe einen Blick hinein und sehe niemanden, kein Zeichen von Bewegung. Ich will anklopfen, bemerke aber, dass die Tür nicht verschlossen ist.

Ich zögere einen Moment, dann atme ich tief ein und öffne sie. Als ich eintrete, bleibt mein Blick auf dem Paar Schuhe neben der Tür hängen. Ein Indiz dafür, dass ich im richtigen Haus bin.

Und dass die Person, die ich suche, zu Hause ist. Aber die Tatsache, dass er nicht an die Tür kommt, bedeutet, dass er keine Besucher empfängt.

Ich ziehe meine eigenen Schuhe aus und gehe vorsichtig in das Wohnzimmer. Kaum habe ich einen Fuß auf den Teppich gesetzt, tritt jemand aus dem Schatten hervor. Ich trete gerade noch rechtzeitig zur Seite, um einem Schlag in den Nacken zu entgehen. Stattdessen trifft er mich mit viel weniger Auswirkung auf die Schulter.

Ich höre ein erschrockenes Grunzen, aber mein Angreifer gibt nicht auf. Er packt mich am Arm, stellt sich vor mich und wirft mich über seine Schulter. Mein Rücken schlägt auf dem Teppich auf und ich zucke zusammen. Aber ich packe ihn, hebe mein Bein und drücke die Fußsohle gegen seinen Bauch. Ich werfe ihn über mich und auch sein Rücken schlägt auf den Teppich. Er stöhnt. Bevor er aufstehen kann, greife ich mit beiden Händen nach seinem Handgelenk und klemme seinen Arm zwischen meinen Schenkeln ein. Ich ziehe an seinem Arm und er stöhnt erneut auf.

„Ich ergebe mich!", sagt er und tippt auf mein Bein.

„Sicher?", frage ich, als ich aufhöre zu ziehen.

Er dreht seinen Kopf und sieht mich an. „Bruce?"

Ich erkenne diese Augen, die mich anstarren.

Genau wie ich dachte, es ist Daiki Yoshida.

Ich lasse Daikis Arm los. „Hallo, Sensei."

„Du bist es." Er reibt sich den Arm. „Ich dachte, es wäre ein Eindringling."

„Ich habe geklopft."

„Und dann bist du durch die Hintertür reingekommen."

„Tut mir leid." Ich reiche ihm meine Hand.

Daiki nimmt sie und ich ziehe ihn auf die Beine. „Du hast nicht vergessen, was ich dir beigebracht habe."

„Niemals", antworte ich ihm.

„Aber warum bist du hier?", fragt mich Daiki. „Ich habe dich nicht mehr gesehen, seit ..."

Er stockt und wendet den Blick ab.

„Seit Aikas Beerdigung", beende ich den Satz. „Wo mich die anderen beschuldigten, sie getötet zu haben."

Daiki begegnet meinem Blick. Er seufzt.

„Die anderen waren mit dieser Meinung nicht allein. Ich habe damals viele gemeine Dinge zu dir gesagt, Dinge, die ich nicht so gemeint habe."

„Ich weiß."

Er neigt leicht den Kopf. „Es tut mir leid."

„Heb deinen Kopf", lege ich meine Hand auf seine Schulter. „Ich weiß, du hast nur getrauert. So wie du es hättest tun sollen. Aika war deine Schwester und ihr Tod war sinnlos. Du hast versucht, einen Sinn darin zu sehen, genau wie ich. Wenn ich am Boden zerstört war, musst du dich noch schlimmer gefühlt haben. Schließlich hast du sie besser gekannt und geliebt."

Daiki wirft mir einen fragenden Blick zu. „Du sprichst von ihr. Du kannst von ihr sprechen."

Er seufzt erneut.

„Mir fällt es schwer, das zu tun. Ich kann nicht einmal ihren Namen aussprechen."

„So ging es mir auch lange Zeit", sage ich ihm. „Selbst jetzt tut es weh, ihren Namen auszusprechen, sich daran zu erinnern, wie sie gelebt hat und gestorben ist. Aber sie hätte nicht gewollt, dass wir ewig leiden müssen."

Daiki lächelt. „Ich vermisse nicht nur sie, weißt du. Ich vermisse auch meinen besten Freund."

Das tue ich auch, merke ich. Daiki war nicht nur mein Lehrer. Er war wie ein Bruder für mich. Mein bester Freund. Ich habe ihn verloren, als ich Aika verloren habe.

Zumindest dachte ich das.

„Wie ist es dir ergangen?", frage ich ihn.

Er sieht nicht so aus, als hätte er viel Geld zur Verfügung, aber immerhin sieht er gesund aus.

„Es geht mir gut. Ich mache Gelegenheitsjobs. Repariere Dinge. Transportiere Dinge. Manchmal helfe ich den Leuten auch bei der Gartenarbeit."

„Du unterrichtest kein Judo mehr?"

Daiki schüttelt den Kopf und schaut weg.

Ich glaube, ich weiß, warum. Es erinnert ihn zu sehr an sie.

„Du siehst gut aus", sagt er. „Aber du hast schon immer gut ausgesehen. Ich wette, du hast alles erreicht, was du dir vorgenommen hast."

„Das meiste davon", gebe ich zu.

Er klopft mir auf die Schulter. „Gut."

Ich stecke meine Hände in die Taschen. „Ich hätte schon früher nach dir suchen sollen."

„Besser spät als nie. Aber warum hast du nach mir gesucht? Ich habe das Gefühl, dass es nicht nur um ein Wiedersehen geht."

Ich nicke. „Du hast recht. Ich bin gekommen, um dich etwas zu fragen."

„Okay. Nun, setz dich erst einmal. Ich werde Tee holen."

Er verschwindet in der Küche und kommt Minuten später mit zwei dampfenden Tassen Tee zurück. Er stellt sie auf dem Couchtisch ab und setzt sich neben mich.

„Danke."

Ich nehme eine der Tassen mit beiden Händen und atme den warmen Duft ein. Er erinnert mich an die Zeiten, in denen Aika mir Tee gekocht hat. Sie hat nie Kaffee getrunken, nur Tee.

Daiki nimmt einen Schluck aus seiner Tasse. „Womit kann ich dir helfen, Bruce?"

„Ich fürchte, es geht um Aika."

Seine Augen werden groß.

„Ich habe vielleicht einen neuen Anhaltspunkt, wer sie getötet hat."

Er stellt seine Tasse ab. „Was meinst du?"

Ich erzähle ihm von Mariannes Tod und zeige ihm ein Bild des Umschlags mit dem schwarz-weißen Knoten auf meinem Handy.

„Ich glaube, die Polizei hat dir alle Sachen von Aika aus ihrem Motelzimmer gegeben, nachdem sie gestorben ist. Hast du den Umschlag noch?"

Daiki seufzt. „Ich habe noch die Schachtel mit ihren Sachen. Ich habe sie nicht angerührt."

„Das musst du auch nicht. Sag mir einfach, wo sie ist, und ich werde sie durchsehen."

„Nein." Er schüttelt den Kopf. „Ich denke, es ist an der Zeit, dass auch ich diesen Schritt gehe."

Daiki geht die Treppe hinauf und kommt mit einem weißen Karton zurück. Er stellt ihn auf dem Tisch ab.

„Bist du bereit?", fragt er mich.

Ich nicke.

Er holt tief Luft und hebt den Deckel an. In der Schachtel befinden sich ihr Handy-Ladegerät, ihr Portemonnaie, ein Paar schicke Ohrringe, eine Bürste, in der sich noch Haarsträhnen in den Borsten verfangen haben, eine Sonnenbrille, eine Tube Lippenbalsam, ein Fläschchen Nagellack – sie liebte es, sich die Nägel zu lackieren – und ein Schal, den ich ihr geschenkt habe.

Ein Kloß bildet sich in meinem Hals. Ich verstehe, warum Daiki nie den Mut hatte, diese Schachtel zu öffnen.

Das ist sie. Das ist Aikas ganzes Leben, konserviert in einer Schachtel.

Nachdem ich sie verlassen hatte, ging sie in ein Motel und ließ ihre Sachen zurück, und diese Gegenstände waren alles, was sie mitnahm.

Ihre wertvollsten – und letzten – Habseligkeiten.

„Geht es dir gut, Bruce?", fragt Daiki mich.

Ich bemerke das Zittern in seiner Stimme.

Ich schlucke. „Es geht mir gut."

Ich hebe den Schal an und sehe, wonach ich gesucht habe – den Umschlag mit dem Knoten. Ich öffne ihn und finde auf der Innenseite der Klappe etwas Geschriebenes auf Japanisch.

Ich reiche ihn Daiki. „Was bedeutet das?"

Er schaut auf den Umschlag und seine Augen werden groß. Seine Hände zittern und der Umschlag fällt auf den Boden.

Ich hebe ihn auf. „Daiki?"

Er kniet auf dem Teppich und beginnt zu schluchzen. Ich weiß nicht, wie ich ihn trösten soll – das wusste ich noch nie –, also warte ich, bis er sich beruhigt hat.

Als er sich beruhigt hat, sieht er mich an. „Es ist eine Entschuldigung ... von Ryu."

„Ryu?"

„Er und ich sind ungefähr zur gleichen Zeit nach Amerika gekommen. Er war auch ein paar Mal Sparringpartner für mich. Er war gut, aber er kämpfte lieber mit Waffen. Er geriet in schlechte Kreise, meine ich mich zu erinnern."

Ich runzle die Stirn. „Dieser Ryu. Er hat Aika getötet?"

„Ich glaube schon", antwortet Daiki erschüttert. „Aber er hat es nicht absichtlich getan."

„Er hat es nicht absichtlich getan?"

„Er hat gesagt, er wurde dazu gezwungen."

„Hat er das gesagt?"

Daiki nickt.

Ich werfe einen Blick auf den Umschlag. Das bedeutet, dass er von jemand anderem dazu gezwungen wurde. Vielleicht hat dieser Jemand ihn auch gezwungen, Marianne zu töten.

Aber wer ist es?

Kapitel Achtundzwanzig

Jules

„Du hast deinen Leibwächtern den Laufpass gegeben?"

Dana sieht mich mit großen, ungläubigen Augen an.

„Psst." Ich lege einen Finger an meine Lippen. „Ich habe ihnen gesagt, dass ich Lust auf ein Gericht aus meinem Lieblingsrestaurant habe und dass es genauso gemacht werden muss, wie ich es will, also muss ich es selbst bestellen. Sie zögerten, aber ich sagte, ich könnte das Baby verlieren. In manchen Teilen der Welt glauben die Leute, dass das möglich ist. Sie versuchten, Bruce anzurufen. Sie konnten ihn nicht erreichen. Also begleiteten sie mich zum Restaurant, und als wir dort ankamen, gab ich vor, mich übergeben zu müssen, also ging ich auf die Toilette, nur ging ich nicht auf die Toilette. Ich ging zum Ausgang."

„Das sehe ich", sagt Dana. „Junge, es muss hart sein, die Freundin eines reichen Mannes zu sein."

„Ja." Ich nicke. „Wie auch immer, das ist die Geschichte. Und jetzt bin ich hier. Und ich brauche ein Kleid."

Ich fange an, ihren Kleiderschrank zu durchwühlen.

„Whoa." Dana hebt ihre Hände hoch. „Du willst mir meine Kleider wegnehmen?"

„Ich brauche nur ein Kleid", sage ich, während ich die Kleider durchstöbere, die am Regal hängen.

Ich ziehe ein rosafarbenes Kleid heraus. Aber es ist zu rosafarben.

Ich ziehe das Blaue ohne Rücken, mit tiefem Halsausschnitt und Schlitz am Oberschenkel heraus. Zu sexy.

Dann nehme ich das weiße. Zu langweilig.

Schließlich greife ich nach dem roten – ärmellos, mit nicht zu tiefem Halsausschnitt und asymmetrischem Saum.

Schlicht, aber stilvoll und auffallend. Es ist perfekt.

„Das nimmst du nicht", sagt Dana. „Das ist eines meiner Lieblingsstücke."

Ich nehme es vom Bügel. „Ich bringe es zurück."

„Neee." Sie versucht, es mir wegzunehmen.

Ich trete zurück und entreiße es ihrem Griff. Ich richte den Bügel auf sie, um sie auf Abstand zu halten.

„Ich werde dir ein neues kaufen", verspreche ich ihr.

Dana verschränkt die Arme vor der Brust und sieht mich mit zusammengekniffenen Augen an.

Ich schenke ihr ein verlegenes Grinsen. „Zwei neue?"

Dana hebt ihr Kinn. „Givenchy. Ich will ein Givenchy-Kleid."

„Abgemacht."

„Und Sandalen von Manolo Blahnik."

„Okay."

„Und eine Clutch-Bag von Hermès", fügt sie hinzu.

Ich runzle die Stirn. „Ist das nicht ein bisschen zuviel?"

Sie streckt ihren Arm aus. „Gib mir mein Kleid zurück."

Ich rolle mit den Augen. „Na gut. Du bekommst das Kleid, die Schuhe und die Handtasche, aber du musst mir auch mit dem Make-up helfen."

Dana lässt ihren Arm sinken. „Abgemacht."

Ich werfe den Kleiderbügel und das Kleid auf das Bett und fange an meine Hose auszuziehen.

„Du willst dir doch nicht auch noch meine Unterwäsche ausleihen, oder?“, fragt mich Dana. „Weil meine von Victoria's Secret ist.“

„Nein.“ Ich ziehe mein Hemd aus.

„Oh, du trägst einen trägerlosen BH.“

„Tue ich.“ Ich nehme das Kleid vom Bett.

„Du bist ja gut vorbereitet.“ Dana setzt sich auf die Kante des Bettes. „Darf ich fragen, wohin du gehst? Wozu brauchst du überhaupt ein Kleid?“

„Wo sollte ich denn in einem schönen Kleid hingehen?“

Ich schlüpfe in das Kleid und ziehe es mir über die Hüften.

„Auf eine Party, natürlich.“

~

Ich atme tief durch, als ich am Fuß der Eingangstreppe von Heston Ives' imposantem Herrenhaus stehe.

Ich überprüfe meine Handtasche, um sicherzugehen, dass ich alles habe, was ich brauche – mein Telefon, einen Lippenstift mit USB-Stick, ein als Tampon getarntes Schweizer Armeemesser, einen Stift und einen kleinen Notizblock, eine Tasche mit Haarnadeln, Kaugummi, einen kleinen Flakon mit Parfüm, ein Bündel Geldscheine und einige Pflaster. Ich habe auch ein digitales Aufnahmegerät in meinem BH versteckt.

Ihr seht. Ich bin gut vorbereitet. Ich fühle mich wie eine Spionin, die verdeckt ermittelt.

Nun, ich gehe nicht undercover. Ich bin jedoch dabei, eine wichtige Mission zu beginnen – eine Mission, um handfeste Beweise gegen Heston Ives zu finden, damit er im Gefängnis verrotten kann, bevor er in der Hölle schmort.

Nachdem ich mit Martin gesprochen und Mariannes Akten durchgesehen habe, bin ich mir sicher.

Heston Ives steckt hinter Mariannes Tod.

Und ich werde dafür sorgen, dass er für sein Verbrechen bezahlt.

Ich gehe die Treppe hinauf. Oben gibt es Männer, die als Wachen fungieren und andere Männer, die die Einladungen aller Gäste überprüfen, bevor sie durch die Türen gehen. Ich hebe mein Kinn nach oben und versuche mich so normal wie möglich zu verhalten, während ich mich bemühe mich mit einer Familie hineinzuschleichen, aber einer der Wächter bemerkt mich trotzdem.

Er packt mich am Arm. „Wo ist Ihre Einladung?"

Ich reiße meinen Arm weg und starre ihn an. „Wie können Sie es wagen, mich so zu packen?"

„Verzeihen Sie die Unhöflichkeit, Ma'am", sagt der als Butler verkleidete Mann zu mir. „Aber dürfte ich Ihre Einladung sehen?"

Ich tue so, als würde ich sie in meiner Handtasche suchen. Dann seufze ich.

„Es tut mir leid. Ich muss sie in meiner Wohnung vergessen haben. Aber vielleicht können Sie auf der Liste nach meinem Namen suchen?"

Er schaut auf sein Handy. „Nach welchem Namen?"

„Jules Decker. Mr. Ives – nun, eigentlich besteht er darauf, dass ich ihn Heston nenne – und ich gehen in denselben Club."

Der Mann scrollt ein paar Mal nach unten und schüttelt dann den Kopf.

„Es tut mir leid. Es gibt keine Jules Decker."

„Dann vielleicht unter dem Namen meines Verlobten. Bruce Meyer?“

Die Augen des Mannes glänzen vor Anerkennung. Dann verengen sie sich beim Blick auf mich.

Wie bitte? Sehe ich nicht aus, als könnte ich die Freundin eines Milliardärs sein?

Er sucht erneut in seinem Telefon. „Es tut mir sehr leid, aber es gibt niemanden mit diesem Namen auf der Liste.“

„Ist das Ihr Ernst?“ Ich stemme meine Hände in die Hüften. „Meinem Verlobten würde das gar nicht gefallen. Wollen Sie, dass ich ihn anrufe?“

„Miss … Decker, Sie haben nicht zufällig ein Foto von Ihrer Einladung gemacht, oder? Mit Ihrem Handy? Denn das würde genügen.“

„Nein.“ Ich schüttele den Kopf. „Habe ich nicht. Warum sollte ich das tun?“

Er seufzt. „Dann fürchte ich, dass wir Sie nicht reinlassen können.“

„Mich nicht reinlassen?“ Ich erhebe meine Stimme. „Wissen Sie, wer ich bin? Wissen Sie, mit wem Sie hier reden?“

„Mr. Ives sagte …“

„Jules?“

Heston erscheint ein paar Meter entfernt. Ich atme erleichtert aus.

„Heston“, grüße ich ihn. „Ich bin enttäuscht. Ich dachte, wir wären Freunde, und trotzdem lassen mich deine Leute nicht rein.“

Heston geht auf mich zu. „Du musst es ihnen nachsehen. Sie haben Anweisung, strengen Sicherheitsvorkehrungen zu folgen.“

„Die Vorkehrungen sind meiner Meinung nach zu eng", sage ich. „Ebenso wie dieses abgetragene Kleid, das ich trage."

Ich streiche mein Kleid um die Hüften glatt.

Er lächelt und wendet sich an den Mann, mit dem ich gesprochen habe.

„Sie ist in Ordnung", sagt er.

„Danke." Ich schenke ihm ein bezauberndes Lächeln.

Innerlich klopfe ich mir auf die Schulter, dass ich die erste Etappe geschafft habe.

Er bietet mir seinen Arm an. Ich nehme ihn.

„Also, was führt dich heute Abend hierher?", fragt Heston mich.

„Na ja, du schmeißt eine Party. Ich liebe Partys."

„Wirklich? Ich hätte nicht gedacht, dass du diese Art von Frau bist."

Ich werfe ihm einen verwirrten Blick zu. „Du meinst, es gibt Frauen, die keine stilvollen Partys mögen?"

Er gluckst.

„Außerdem ist Bruce weg und mir ist langweilig."

„Oh." Das scheint sein Interesse zu wecken. „Wenn das so ist, dann viel Spaß auf der Party."

„Oh, ich bin sicher, ich werde einen Weg finden, um Spaß zu haben."

Wenn ich bekomme, was ich brauche, werde ich diese Party genießen. Und das werde ich.

Jetzt bin ich drinnen. Ich muss nur noch ein bisschen schnüffeln.

~

Ich schaue mich im Korridor um, bevor ich in Hestons Büro verschwinde. Überraschenderweise ist das Schloss ziemlich einfach. Ein paar Drehungen an einem Stift, wie ich es im Internet gelernt habe, und die Tür öffnet sich.

Ich schließe sie hinter mir, wobei ich darauf achte, kein Geräusch zu machen. Ich schließe sie ab und beginne mit meiner Suche.

Ich beginne mit dem Schreibtisch. Die oberste Schublade ist verschlossen, aber die anderen nicht.

Schnell gehe ich den Inhalt durch. Ich bin mir nicht einmal sicher, wonach ich suche. Ein blutiges Messer wäre schön, oder etwas anderes, das mit Blut befleckt ist.

Andererseits muss es nicht unbedingt etwas mit Mariannes Tod zu tun haben. Wenn ich Beweise für seine anderen Verbrechen finde, kommt er trotzdem ins Gefängnis. Vielleicht gesteht er dann auch den Mord an Marianne.

Ich nehme mein Handy heraus und fange an alles zu fotografieren. Auch wenn es ganz normal aussieht, könnte es bei näherer Betrachtung etwas bedeuten.

Als ich mit dem Schreibtisch fertig bin, gehe ich zu einer anderen Kommode. Auch hier ist die oberste verschlossen, aber die anderen sind es nicht. Dann gehe ich zu dem Regal. Ich will gerade einige Bücher herausnehmen, als ich Schritte höre, die sich nähern.

Verdammt.

Ich stecke mein Handy in meine Handtasche. Als die Schritte vor der Tür stehen bleiben, suche ich nach einem Versteck. Es gibt nicht allzu viele Möglichkeiten.

Hinter dem Schreibtisch? Hinter der Tür? Das war's dann auch schon. Der Vorhang ist zu dünn, um mich zu verbergen.

Der Türknauf klappert. Ich gerate in Panik und setze mich oben auf den Schreibtisch.

Wenn man sich nicht verstecken kann, gibt es nur eine andere Möglichkeit: sich bemerkbar machen.

Die Tür öffnet sich. Heston kommt herein und macht das Licht an.

„Oh", sagt er, als er mich sieht.

„Endlich." Ich schenke ihm mein verführerischstes Lächeln, während ich meine Beine übereinander schlage. „Ich habe mich schon gefragt, ob ich hier ewig warten muss."

Ich wedele mir mit der Vorderseite meines Kleides Luft zu. Wenn ich schon dabei bin, schalte ich das Diktiergerät in meinem BH ein.

Wenn ich keine materiellen Beweise finde, kann ich vielleicht ein Geständnis erlangen.

Er lässt seine Hände in die Taschen gleiten. „Was tust du hier, Jules?"

„Na ja, die Tür war offen", antworte ich, während ich eine Haarsträhne um meinen Finger wickle.

Er runzelt die Augenbrauen. „War sie das?"

„Oh, warte. Ich habe deine Frage gar nicht beantwortet, oder? Könntest du mir die Frage noch einmal stellen?"

„Was machst du hier, Jules?", wiederholt er.

Ich zucke mit den Schultern. „Ich versuche mich zu amüsieren. Wie ich schon sagte, ich habe mich in letzter Zeit gelangweilt."

Heston tritt vor. „Du sagst also, du benutzt mich, um Bruce eifersüchtig zu machen? Er könnte uns beide umbringen, weißt du."

„Eifersüchtig?" Ich werfe ihm einen verwirrten Blick zu. „Ich habe nichts dergleichen gesagt. Ich wollte nur, dass wir uns unterhalten. Ich habe unsere Gespräche genossen."

„Hast du?"

„Ich mag deine Ehrlichkeit", sage ich zu ihm. „Und ich möchte mehr über Bruce erfahren."

Er macht einen weiteren Schritt nach vorne. „Da ist das wahre Motiv. Aber was? Hat dir mein Freund Martin nicht alles gesagt, was du wissen wolltest?"

„Alles über Aika, ja, aber ich habe das Gefühl, du weißt mehr über Bruce, und ich brauche mehr Informationen. Auf diese Weise kann er mir nie etwas antun."

Heston grinst. „Du willst ihn also erpressen, damit er bei dir bleibt. Ist es das?"

„Vielleicht."

„Und was ist, wenn er dich umbringt?"

„Dann muss ich ihm sagen, dass seine Geheimnisse aufgedeckt werden, sobald er mich tötet."

Heston nickt. „Kluges Mädchen."

„Aber ich glaube nicht, dass Bruce mich umbringen wird. Ich glaube, er hat die Lust am Töten ganz verloren. Er ist weich geworden, wenn du weißt, was ich meine."

„Ja, ich glaube schon."

„Du hingegen bist so hart wie immer", sage ich.

Er macht einen weiteren Schritt nach vorne, sodass er direkt vor mir steht.

Ups. Das ist etwas zu nah.

„Willst du wissen, wie hart?", fragt er.

Ich schlucke den Kloß in meinem Hals hinunter. „Wenn ich hart sage, meine ich gnadenlos. Ich glaube, Bruce ist jetzt nachsichtiger. Vielleicht verzeiht er sogar dir."

Heston schnaubt. „Ich brauche seine Vergebung nicht."

„Du hingegen …" Ich springe vom Schreibtisch herunter. „Du lässt deine Feinde nicht davonkommen, oder?"

„Nein", gibt er zu.

Das stimmt.

Er ergreift meinen Arm, als ich mich gerade auf einen Stuhl setzen will. „Und ich lasse auch meine Frauen nicht entkommen."

Er hält sich an meinem Arm fest, während er meine Taille umgreift. Er senkt sein Gesicht zu meinem.

„Heston …" Ich wende mein Gesicht ab.

Stattdessen küsst er meinen Hals. Ich versuche ihn wegzustoßen.

„Heston, ich sagte, ich bin nur zum Reden hier."

„Nein, bist du nicht", sagt er an meinem Ohr, bevor er mit seinen Lippen an meinem Ohrläppchen zieht.

„Warum gibst du es nicht einfach zu?"

Die Hand an meiner Taille wandert nach oben. Ich schiebe sie weg.

„Heston …"

Er ergreift mein anderes Handgelenk und drückt mich gegen seinen Schreibtisch. Er drückt mich darauf, und ich gerate in Panik.

Nein. Das kann nicht wahr sein.

Ich habe alle Eventualitäten geplant, nur das nicht.

Warum zum Teufel habe ich das nicht eingeplant?

Ich versuche, meine Handgelenke zu befreien, aber Hestons Griff ist zu fest.

Seine Zunge leckt über mein Schlüsselbein und ich unterdrücke ein Schaudern.

„Hör auf oder ich rufe die Bullen“, drohe ich.

Heston lacht nur, als sein Mund über mein Dekolleté wandert. Seine Zunge fährt heraus und ich zucke innerlich zusammen. Die Angst schnürt mir die Kehle zu.

Bleib ruhig, Jules. Atme. Denk nach. Du kannst da wieder rauskommen.

Das stimmt. Er hat vielleicht meine Hände gefesselt, aber ich habe immer noch meine Beine. Ich winde mich und versuche, ihn zu treten, aber plötzlich weicht Heston zurück.

Als er mir ein schelmisches Grinsen schenkt, sehe ich etwas zwischen seinen Lippen, das mir noch mehr Angst macht.

Mein Aufnahmegerät.

Heston nimmt es zwischen seine Finger. „Sieht aus, als hättest du selbst ein dunkles Geheimnis, Jules.“

Oh, verdammt.

Kapitel Neunundzwanzig

Bruce

„Was soll das heißen, ihr habt Jules verloren?"

Ich starre die Männer vor mir an, die Fäuste geballt und zitternd an meinen Seiten.

„Wir haben sie in dieses Restaurant gebracht, Sir", beginnt einer von ihnen zu erklären. „Sie sagte, sie hätte diesen Heißhunger und ..."

Meine Faust fliegt gegen seinen Kiefer und er taumelt zu Boden.

„Bruce!" Daiki packt mich am Arm. „Das wird dir nicht helfen. Das ist nicht das, was du im Moment tun solltest."

Ich sehe die anderen Wachen an. Am liebsten würde ich sie alle verprügeln, aber Daiki hat recht. Das wird an der aktuellen Situation nichts ändern.

Jules ist verschwunden.

Ich lasse sie nur kurz allein und schon passiert das. Andererseits hatte ich das Gefühl, dass sie versuchen würde zu fliehen. Sie würde es versuchen, aber ich dachte nicht, dass sie Erfolg haben würde. Ich dachte, ich hätte dafür gesorgt, dass das nicht passieren würde, indem ich sie bewacht und unter Hausarrest gestellt habe. Doch irgendwie schaffte sie es trotzdem.

Verdammt noch mal. Warum kann Jules sich nicht ein einziges Mal zusammenreißen?

„Habt ihr nach ihr gesucht?", frage ich.

„Wir sind noch dabei."

Das ist nicht gut genug.

„Habt ihr im Büro nachgesehen?“

„Ja.“

„In Harrys Haus?“

„Es war niemand da.“

Nein, natürlich nicht. Harry ist gerade mit Tricia auf einer Reise.

Wo sollte Jules also sonst hingehen?

„Habt ihr den Central Park durchkämmt?“

„Ja, haben wir.“

„Und die Public Library?“

„Da waren wir auch. Wir haben alle Orte abgesucht, an denen sie je gewesen ist.“

Und trotzdem haben sie Jules nicht gefunden. Wo ist sie also? Wo würde sie hingehen?

Wir wissen nicht einmal, ob sie wirklich geflohen ist oder ob sie entführt wurde. Was ist, wenn derjenige, der sie bedroht, ungeduldig wurde und einen Zug gemacht hat? Oder was, wenn Mariannes Mörder, Aikas Mörder, sie erwischt hat?

Bei dem Gedanken, dass sie irgendwo tot in einer Blutlache liegen könnte, dreht sich mir der Magen um und meine Brust zieht sich zusammen.

Nein. Daran darf ich nicht denken.

Daiki berührt meine Schulter. „Ich bin sicher, es geht ihr gut.“

„Das kannst du nicht sein“, antworte ich. „Aber ich muss mich vergewissern.“

Was soll ich also tun? Die Behörden alarmieren? Aber sie ist erst seit ein paar Stunden verschwunden.

„Habt ihr versucht, ihr Telefon zu orten?", frage ich die Leibwächter.

„Wir haben es versucht, aber wir können es nicht finden", antwortet einer von ihnen. „Es ist ausgeschaltet."

Na toll.

Ich gehe in ihr Zimmer, in der Hoffnung, einen Hinweis darauf zu finden, wo sie hingegangen sein könnte. Als ich den Stapel mit Mariannes Büchern auf dem Nachttisch sehe, erstarre ich.

Ich habe das Gefühl, dass ich weiß, was passiert ist.

Sie ist auf Spurensuche gegangen. Die Frage ist: Ermittelt sie noch, oder haben die Leute, gegen die sie ermittelt hat, sie schon erwischt?

Mein Blick fällt auf ihren Laptop und ich schalte ihn ein. Ich überprüfe ihren Browserverlauf. Zwei der Seiten, die sie sich zuvor angesehen hat, fallen mir auf.

Ein Artikel über Heston Ives, der sich jeden Frühling mit Freunden auf einer Party in seinem Haus trifft, und ein weiterer über Heston Ives' Villa.

Meine Augen weiten sich vor Angst.

Sag mir bitte nicht, dass sie dort hingegangen ist.

Nicht, nachdem Daiki und ich gerade die Puzzleteile zusammengesetzt und herausgefunden haben, wo sich Ryu befindet – er arbeitet für Heston.

Mariannes Mörder arbeitet für Heston Ives und hat Marianne wahrscheinlich auf seinen Befehl hin getötet. Schließlich ist dieser Bastard schon immer verdreht gewesen.

Und jetzt ist Jules da, wo die beiden sind. Sie hat sich direkt in die Höhle des Löwen begeben.

Verdammt!

Ich werfe den Laptop auf das Bett und renne nach draußen.

„Trommelt alle zusammen. Wir müssen Jules finden“, sage ich zu den Leibwächtern.

Ich werfe einen Blick auf Daiki.

„Du kannst hier bleiben.“

„Ist sie bei Ryu?“

Ich seufze. „Ich hoffe nicht, aber es ist gut möglich, dass sie es ist.“

„Dann komme ich mit“, sagt Daiki. „Seit Aikas Tod habe ich nicht mehr die Initiative ergriffen. Ich muss endlich in Aktion treten, damit ich endlich weitermachen kann.“

Ich nicke. „Na gut, dann. Lass uns gehen. Wir haben keine Zeit zu verlieren.“

Ich werde nicht zulassen, dass Heston mir eine weitere Frau, die ich liebe, wegnimmt.

Ich hoffe nur, wir kommen nicht zu spät.

Kapitel Dreißig

Jules

„Ich dachte, du wärst ein kluges Mädchen, aber da habe ich mich wohl geirrt", sagt Heston mit einem Schnauben.

Er sitzt mir gegenüber auf der Kante seines Schreibtisches, ein Glas Whiskey in der Hand. Drei seiner Leibwächter stehen an der Seite neben dem Regal. Ich erkenne einen von ihnen als denjenigen, der ihn immer in den Club begleitet.

Aha. Aber er ist kein Leibwächter, oder? Er ist ein Krimineller. Ein gedungener Mörder.

Ich würde ihn anspucken, wenn ich könnte, aber ich bin zu weit weg. Und ich bin mit dicken Seilen an einen Stuhl gefesselt, meine Handgelenke an seine Arme, meine Knöchel an seine Beine.

Ich weiß nicht einmal, warum er so viele Seile in seinem Büro hat. Ich will gar nicht daran denken, wie viele Menschen er hier gefangen gehalten hat.

Ich muss ruhig bleiben und einen klaren Kopf bewahren, wenn ich das hier überstehen will.

„Woher wusstest du, dass ich dir nachspioniere?", frage ich ihn.

Solange er redet, versucht er nicht, mich zu töten.

Außerdem bin ich hierher gekommen, um Informationen zu erhalten. Ich habe zwar meinen Rekorder nicht mehr, aber ich habe immer noch mein Gedächtnis. Zumindest hoffe ich das.

„Spioniere?" Heston gluckst. „Das nennst du spionieren? Meine Liebe, du bist so eine Amateurin. Sag mir, wo hast du gelernt, wie man ein Schloss knackt? Auf YouTube?"

Ich antworte nicht.

Soll er sich über mich lustig machen, so viel er will. Seine Worte können mich nicht verletzen. Obwohl sie im Moment das Einzige sind, was das nicht kann.

Er stellt sein Glas ab. „Um deine Frage zu beantworten: Ich wusste sofort, dass du nichts Gutes im Schilde führtest, als du hier ankamst. Oder sollte ich sagen, du hast dich reingedrängt?"

„Du hast mich reingelassen", erinnere ich ihn.

„Weil du alles in Aufruhr versetzt hast. Ich wollte nicht, dass du die Party ruinierst."

„Du hättest mich rausschmeißen können."

„Ja, das hätte ich wohl tun können. Aber warum sollte man seine Beute vertreiben, wenn sie so bereitwillig in den Bau gekommen ist?"

Er schenkt mir ein wölfisches Grinsen. Ich kämpfe gegen die Angst an, die meine Brust einzuschnüren droht.

„Du wusstest also, dass ich herumschnüffeln würde?", frage ich ihn.

„Ja. Schließlich haben das schon viele Leute versucht." Er deutet auf die Tür. „Hast du dich nicht gewundert, dass das Schloss zu meinem Büro so einfach ist, so leicht zu knacken?"

Nein, habe ich nicht. Jetzt weiß ich es. Es ergab keinen Sinn, was wahrscheinlich bedeutet …

„Es ist eine Falle", sage ich laut zu Heston. „Du wolltest, dass Leute hier hereinkommen."

„Bravo!" Er klatscht Beifall. „So dumm bist du also doch nicht."

Ich runzle die Stirn.

„Ich wusste, dass ich nicht alle neugierigen Leute draußen halten konnte, also habe ich einen Plan ausgeheckt, um sicherzustellen, dass sie dann drinnen bleiben. Sie würden das Schloss knacken. Sie würden hierher kommen. Dann würde ich sie fangen. Das gelingt mir immer, denn ich habe immer jemanden, der die Kamera dort drüben beobachtet.“

Er zeigt auf das Geweih über der Tür. Ich kann die Kamera nicht wirklich sehen, aber ich hätte wohl wissen müssen, dass es in diesem Raum eine geben würde.

Mir wird mehr und mehr klar, dass das eine schlechte Idee war. Warum habe ich nicht früher daran gedacht?

„Draußen in der Halle steht übrigens auch eine“, fügt Heston hinzu. „Ich wusste also, dass du das Schloss mit deinen Haarnadeln geknackt hattest.“

Ich hatte wohl keine Chance, es zu schaffen.

„Mit Haarnadeln. So ein Klischee.“

Er nimmt mein Portemonnaie von seinem Schreibtisch und schaut hinein.

„Mal sehen, was du sonst noch dabei hast.“

Er hat bereits mein Telefon und den Rekorder entsorgt, also muss ich mir keine Sorgen machen, dass er sie findet. Das sind alles normale Dinge, die man in der Handtasche einer Frau findet. Außer dem Messer. Das wie ein Tampon aussehen soll.

Er hält es hoch. „Was haben wir denn hier?“

Ich starre ihn an. „Kannst du das bitte nicht anfassen? Das ist unhygienisch.“

„Oh, richtig. Das ist ein Tampon“, sagt er. „Ich habe schon mal einen aus einer Frau herausgezogen, um sie zu ficken.“

Mein Kiefer krampft sich zusammen. Arschloch.

Immerhin hat er angefangen zu gestehen. Das ist doch gut, oder?

Oder doch nicht? Bedeutet das nicht, dass er weiß, dass seine Geheimnisse bei mir sicher sind? Dass er dafür sorgen wird, dass seine Geheimnisse bei mir sicher sind?

„Aber warte. Du brauchst gar keinen Tampon", sagt Heston zu mir. „Du bist schwanger."

Meine Augen werden groß. Weiß er das auch?

„Ah. Du fragst dich, woher ich auch das weiß." Er berührt sein Kinn. „Du hast mich wirklich unterschätzt, nicht wahr? Ich habe Spione, echte Spione, die Bruce im Auge behalten. Außerdem trankst du den ganzen Abend noch keinen Tropfen Alkohol."

„Das korrekte Partizip Perfekt ist 'hast getrunken'. Und vielleicht trinke ich einfach nicht."

Er gluckst. „Ich nehme alles zurück. Aber beleidige mich nicht weiter, indem du versuchst, es zu leugnen. Ich weiß, dass du schwanger bist, was bedeutet ..."

Er zieht die Baumwollschicht ab und findet mein Messer. Ich schlucke.

„Ja. Das ist gar kein Tampon."

Heston steht von seinem Schreibtisch auf und hält das Messer in der Hand. Er zieht die Klinge heraus, die im Licht schimmert, während er auf mich zugeht. Ich bin angespannt.

„Sag es mir. Warum hast du die Haarnadeln benutzt, wenn du das hier hast? Das ist doch viel raffinierter, oder?"

Ich antworte nicht. Ich kann es nicht. Ich habe einen Kloß im Hals.

Er stellt sich vor mich hin. „Wofür wolltest du es benutzen?"

Ich zucke mit den Schultern und versuche meine Stimme nicht zittern zu lassen. „Ich dachte nur, es könnte nützlich sein."

Wieder kichert Heston.

„Ja, ich denke schon. Zum Beispiel könnte es diese Seile durchschneiden. Aber das wird es nicht."

Er klappt die Klinge zusammen und lässt das Messer in seine Tasche gleiten.

Ich spüre einen Anflug von Erleichterung, versuche aber, sie nicht zu zeigen.

„Also Jules ..." Er beginnt durch den Raum zu gehen. „Du hast keine Chance zu entkommen. Du hast keine Waffen. Du hast keine Komplizen. Du hast keine Ideen."

„Mir gehen nie die Ideen aus", sage ich ihm.

Wieder ein Kichern. „Diesen Kampfgeist bewundere ich sehr. Ich wette, Bruce auch. Ich wäre auch gerne in den Genuss gekommen, aber ich fürchte, ich bin nicht gerne zweite Wahl."

Gott sei Dank, wenigstens das.

„Also, was ist deine Idee, hmm?"

„Warum sollte ich dir das sagen?", antworte ich.

„Gut. Ich werde raten." Er berührt sein Kinn. „Denkst du, dass Bruce hierherkommen wird, um dich zu retten?"

Ich sage nichts. Aber ich denke das. Zumindest hoffe ich es.

Ich hoffe, dass einer meiner Leibwächter ihn angerufen hat. Ich hoffe, dass er angefangen hat, nach mir zu suchen. Wenn das der Fall ist, wird er hier sein. Ich weiß, dass er hier sein wird.

„Hast du nicht gesagt, dass er weg ist? Und du hast tatsächlich nicht gelogen. Ich habe es überprüft. Er ist tatsächlich verreist.“

Er ist weg?

„Wenn er zurückkommt, bist du tot.“

Das Wort jagt mir einen Schauer über den Rücken. Trotzdem versuche ich, ruhig zu bleiben.

Selbst wenn Bruce nicht in der Stadt ist, wird er kommen. Ganz sicher wird er kommen.

„Ich frage mich, was er dann tun wird.“

„Dich umbringen?“ Schlage ich vor.

Heston lacht. „Er kann es versuchen, aber ich denke, ich werde ihn vorher töten.“

Das kann ich nicht glauben. Ich weigere mich.

„Aber lass Bruce meine Sorge sein. Du hast gerade genug Dinge, um die du dich sorgen musst.“ Er wirft einen Blick auf meine gefesselten Handgelenke. „Und, war das deine Idee?“

„Nein“, lüge ich.

„Was? Willst du wieder versuchen, mich zu verführen? Oder vielleicht einen meiner Männer zu verführen? Wenn du so verzweifelt nach Aufmerksamkeit lechzt, sollte ich dich ihnen vielleicht ausliefern. Jedem einzelnen von ihnen.“

Ich versuche, bei dem Gedanken nicht zu erschaudern.

„Nein, ich glaube, ich bringe dich einfach um.“

Er geht um seinen Schreibtisch herum und holt eine Pistole aus der obersten Schublade.

Ich versteife mich. Nein!

Er richtet sie auf mich und ich stoße ein Wimmern aus. Meine Glieder beginnen zu zittern. Er lacht.

Werde ich jetzt wirklich sterben? Nein. Ich kann nicht sterben. Ich kann Bruce nicht allein lassen. Und was ist mit meinem Baby? Was ist mit dem Buch, das ich schreiben wollte?

„Irgendwelche letzten Worte?", fragt Heston.

Mein Herz ist kurz davor, mir aus der Brust zu brechen. Ich kann kaum noch atmen. Aber ich muss etwas sagen. Ich muss versuchen, meinen Tod so lange wie möglich hinauszuzögern.

„Bevor du mich tötest, sag mir, warum du Marianne umgebracht hast", fordere ich ihn mit bebender Stimme auf.

„Hmm." Er kratzt sich am Kinn. „Du hast es herausgefunden, hm?"

Na toll. Jetzt wird er mich wirklich umbringen.

Aber ich muss es wissen. „Warum hast du sie getötet? Was hat sie dir angetan?"

„Oh, sie hat mir Ärger gemacht, weil sie etwas geschrieben hat."

Das dachte ich mir schon.

„Es war Fiktion", sage ich ihm.

„Nicht für mich."

„Dann war es sinnlos, sie zu töten. Ihre Bücher sind immer noch im Umlauf. Sie werden dein Verderben sein."

„Ah, aber wie du schon sagtest, sie sind reine Fiktion."

Er macht einen Schritt nach vorne, die Waffe in der Hand. Ich wende den Blick ab.

„Weißt du, ich wollte dich nicht töten", sagt er. „Ich wollte nur, dass du Bruce das Herz brichst. Aber du konntest ihn nicht verlassen, oder?"

Ich sehe ihn an. „Warte. Du warst derjenige, der diese Drohungen geschickt hat?"

„Drohungen?" Seine Augenbrauen verziehen sich. „Was für Drohungen? Ich schicke keine Drohungen."

Irgendetwas sagt mir, dass er nicht lügt.

Er lacht. „Was? Will dich noch jemand tot sehen?"

Ich antworte nicht.

„Trotzdem wollte ich dich in Ruhe lassen, weißt du. Früher oder später hätten du und Bruce euch sowieso getrennt. Ein Mann wie er kann nicht glücklich sein."

„Warum bist du dir da so sicher? Weil du nicht glücklich bist?"

Sein Blick wird ernst.

„Was ist deine Geschichte, Heston? Warum hast du keine Familie? Warum all die Verbrechen? Warum kannst du nicht zufrieden sein?"

„Halt die Klappe!" Er richtet die Waffe auf meinen Kopf. „Du kennst mich nicht und wirst mich auch nicht kennen."

„Wer hat dich in dieses Monster verwandelt, Heston?", wage ich es, ihn zu fragen.

Er starrt mich an. „Jetzt hast du es wirklich herausgefordert."

Er spannt die Waffe, dann senkt er sie und richtet sie auf meinen Bauch. Angst überschwemmt mich. Tränen brechen mir aus den Augen.

Ich habe es versucht. Ich habe versucht, dem zu entkommen. Aber ich schätze, Heston hat recht. Ich kann es nicht.

Ich bin direkt in meinen Tod hineingelaufen und ich kann nicht entkommen.

Ich kneife meine Augen zusammen, während ich mich auf die Kugel vorbereite. Bruce' Gesicht erscheint in meinem Kopf.

Es tut mir so leid, Bruce.

Als ein Schuss ertönt, zucke ich zusammen und schreie gleichzeitig auf. Aber als ich die Augen öffne, sehe ich kein Blut. Ich fühle keinen Schmerz.

Was passiert hier?

Dann höre ich einen weiteren Schuss. Und noch einen. Von draußen.

Heston wendet sich an seine Leibwächter. „Ryu, kümmere dich um sie. Ihr zwei, kommt mit mir.“

Er verlässt den Raum. Ich stoße einen Seufzer der Erleichterung aus, der jedoch verfliegt, als ich seinen Leibwächter, den Japaner, den er Ryu nennt, vor mir stehen sehe.

Mariannes Mörder.

Er zieht sein Messer heraus. Panik durchströmt mich erneut.

„Bitte“, flehe ich ihn an. „Bitte töte mich nicht.“

„Bist du schwanger?“, fragt er mich.

Meine Augenbrauen heben sich. Wie bitte?

„Bist du es?“, fragt er.

„Ja“, antworte ich mit zittriger Stimme.

Er schneidet die Seile durch, die meine Handgelenke fesseln.

„Du bist eine Närrin. Du hättest nicht herkommen sollen.“

Ich sehe ihn an, während ich meine Handgelenke reibe. Hilft er mir etwa?

„Ich habe versucht dich zu warnen“, sagt er, während er die Seile durchschneidet, die meine Knöchel binden. „Ich habe versucht, dich fernzuhalten.“

Ich runzle die Augenbrauen. „Warte. Du hast die Nachricht geschickt?“

„Aber du warst stur und dumm.“

Er bietet mir seine Hand an.

Ich würde mich über die Beleidigung ärgern, aber er rettet mir das Leben, also nehme ich einfach seine Hand.

„Komm mit mir.“

Er führt mich aus dem Zimmer und den Flur entlang. Ich bleibe stehen und schrecke zurück, als ich in der Ferne weitere Schüsse höre.

„Wir müssen uns beeilen“, sagt Ryu zu mir.

Ich nicke und laufe weiter.

„Warum rettest du mich?“, frage ich ihn.

„Weil du schwanger bist. Ich habe schon einmal den Fehler gemacht, eine schwangere Frau zu töten. Ich werde ihn nicht noch einmal begehen.“

Ich verstehe das nicht. War Marianne schwanger? Nein. Er meint wahrscheinlich jemand anderen.

„Aber du hast es gerade erst erfahren. Du hast doch versucht, mich zu warnen … “

„Ich habe einen Fehler gemacht, klar?“ Er wendet sich mir zu. „Ich versuche, damit zu leben.“

Er meint, dass er versucht, ihn wiedergutzumachen.

Ich will ihn fragen, was dieser Fehler war, aber ich tue es nicht.

Stattdessen frage ich: „Warum hörst du nicht einfach auf, für Heston zu arbeiten? Du scheinst nicht für das Töten geschaffen zu sein."

„Ich kann nicht", antwortet Ryu.

Also gut.

Plötzlich hört er auf zu laufen. Ich tue es auch. Ich erstarre vor Angst, als ich Heston ein paar Meter entfernt stehen sehe.

„Willst du ihr zur Flucht verhelfen?", fragt er Ryu.

Ryu hebt sein Messer. Heston richtet seine Waffe auf ihn.

„Nach allem, was ich für dich getan habe? Nachdem ich dein Leben verschont habe?"

„Du hast nichts für mich getan", antwortet Ryu.

Heston grinst. „Dann werde ich dein Leben nicht länger verschonen."

Die Waffe in seiner Hand feuert im selben Moment, in dem Ryu sein Messer wirft. Ich schreie auf.

Ryu fällt neben mir auf den Boden.

Ich knie an seiner Seite. „Nein!"

Heston stöhnt. Er reißt Ryus' Messer aus seiner Schulter und wirft es auf den Teppich. Dann richtet er seine Waffe auf mich.

„Halt!", schreit eine Stimme hinter mir.

Ich drehe meinen Kopf.

Bruce?

Heston versucht stattdessen, auf ihn zu schießen. Ich ducke mich, als die Kugeln fliegen, und schließe die Augen, während ich mir die Ohren zuhalte. Als ich sie öffne, ist Bruce immer noch da. Er sieht nicht verletzt aus. Am anderen Ende des Flurs beginnt Heston wegzulaufen.

Bruce rennt ihm hinterher, gefolgt von einem anderen Mann, der ebenfalls japanisch aussieht. Als er an mir vorbeikommt, bleibt er stehen.

„Ist alles in Ordnung bei dir?" Er wirft einen Blick auf meinen Bauch.

„Mir geht es gut", antworte ich ihm.

Er blickt in die Richtung, in die Heston gerannt ist.

„Lauf ihm nach", dränge ich ihn. „Lass ihn nicht entkommen."

Bruce nickt und rennt los.

Sein Begleiter kniet neben Ryu und ergreift dessen Hand. „Ryu?"

„Daiki?" Ryu sieht zu ihm auf und beginnt schwach zu sprechen. „Es tut mir leid. Es tut mir leid ... wegen Aika."

Aika?

„Ich weiß", sagt Daiki zu ihm. „Sprich nicht."

„Ich ... wollte nicht ..."

Er hört auf zu reden und wird still.

Ich halte mir den Mund zu, als ich nach Luft schnappe.

Daiki ergreift Ryus Hand und drückt sie an seine Stirn. Seine Schultern beginnen zu zittern.

Ich beschließe, ihn mit seinem Kummer allein zu lassen, aber vorher muss ich noch etwas fragen.

„Hat Heston den Tod von Aika angeordnet"

Daiki hebt seinen Kopf und sieht mich mit traurigen Augen an.

„Ja.“

Mein Atem verlässt mich. Einen Moment lang rühre ich mich nicht. Dann drehe ich meinen Kopf in die Richtung, in die Heston und Bruce verschwunden sind.

Im nächsten Moment beginne ich zu rennen.

Kapitel Einunddreißig

Bruce

„Es ist vorbei, Heston!", schreie ich ihn an, während ich hinter einem Regal in Deckung gehe und meine Waffe nachlade. „Deine Villa ist umstellt, deine Männer sind besiegt, und die Polizei ist auf dem Weg. Es gibt kein Entkommen für dich."

Eine weitere Kugel zischt an mir vorbei. Ich runzle die Stirn. Na schön. Wenn er bis zum Tod kämpfen will, dann soll es so sein. Jetzt, da ich weiß, dass er Aika getötet hat und dass er versucht hat, Jules zu töten, wäre ich mehr als glücklich, ihm das Seine zu geben.

Ich drehe mich um und schieße, verfehle ihn aber. Er versucht, noch einmal zu schießen, aber ich höre nur ein Klicken. Seine Waffe ist leer.

„Es ist vorbei, Heston!", sage ich erneut.

Jetzt hat er keine Chance mehr zu gewinnen.

Er rennt in den nächsten Raum. Ich folge ihm. Kaum bin ich drin, wirft er mir einen Stuhl an den Kopf. Als ich mich erhole, tritt er mir die Waffe aus der Hand. Sie fliegt durch den Raum.

Ich berühre meine blutende Stirn. Mist.

Heston lacht. Er holt ein Schweizer Armeemesser aus seiner Tasche und zieht die Klinge heraus.

„Es ist noch nicht vorbei, Bruce", sagt er zu mir.

Oh, er will mit einem Messer gegen mich kämpfen, ja? Von mir aus.

Ich habe vielleicht kein Messer, aber ich habe meinen Körper und der ist größer als sein kleines Messer.

Heston stürzt sich auf mich. Ich weiche aus und versetze ihm mit der Handkante einen Schlag zwischen die Rippen. Er kläfft vor Schmerz auf.

Bei Judo-Wettkämpfen ist es normalerweise verboten, Schlagtechniken anzuwenden, aber Daiki hat mir vor langer Zeit welche beigebracht, und er hat mich gut unterrichtet.

Heston weicht zurück, um sich auf einen weiteren Angriff vorzubereiten. Er stürzt sich wieder auf mich, und dieses Mal packe ich seinen Arm und werfe ihn über meine Schulter. Er schlägt mit dem Rücken auf dem Boden auf und stöhnt laut auf. Doch als ich mich ihm nähere, sticht er mir das Messer in den Oberschenkel.

Schmerz breitet sich in meinem Bein aus, gefolgt von einem Taubheitsgefühl.

Heston grinst. „Ryu hat mir ein paar Dinge beigebracht.“

Vielleicht, aber …

„Ich habe auch ein paar Dinge gelernt.“

Ich ignoriere mein schweres Bein und hebe ihn vom Boden auf, um ihn erneut zu werfen. Dann klettere ich auf ihn drauf.

„Und ich habe mir selbst auch ein paar Dinge beigebracht.“

Ich greife nach der Pistole, die jetzt in Reichweite ist, und schlage sie ihm ins Gesicht. Seine Nase beginnt zu bluten.

Ich richte die Waffe auf seine Stirn.

„Du wirst in der Hölle verrotten, du kranker Mistkerl“

Er verhöhnt mich mit einem Grinsen. „Nur zu. Erschieß mich. Immerhin bin ich für den Tod von Aika und Marianne und unzähligen anderen verantwortlich.“

Mein Kiefer krampft sich bei der Erwähnung von Aikas Namen zusammen. Ich drücke ihm die Pistole an die Schläfe.

„Beende es“, drängt Heston mich.

„Nein!“, schreit Jules.

Aus dem Augenwinkel erhasche ich einen flüchtigen Blick auf sie.

„Jules …“

„Töte ihn nicht. Ja, er verdient den Tod, aber nicht durch deine Hand und nicht bevor die Welt ihn als den Drecksack hasst, der er ist, und er für alle seine Verbrechen bezahlt.“

Heston schnaubt. „Und ich dachte, du wärst der Unbarmherzige.“

Ich drücke den Lauf gegen seine Haut. „Halt die Klappe!“

„Lass das!“, schreit Jules. „Du bist besser als er, Bruce. Er hat dir so viel weggenommen. Lass dich nicht auch noch von ihm auf die falsche Seite ziehen.“

Ich werde ganz still.

Heston grinst. „Sie hält große Stücke auf dich, was?“

Ich antworte nicht.

Ich würde ihn am liebsten umbringen, aber ich weiß auch, dass Jules Recht hat. Ich kann mich nicht in ein Monster wie Heston verwandeln. Ich kann meine Hände nicht mit Blut beflecken.

Außerdem kann ich Jules nie etwas abschlagen.

Ich ziehe meine Waffe von Hestons Schläfe weg und schaue Jules an. „Hol mir etwas, um ihn zu fesseln.“

Sie nickt.

Doch plötzlich ziehen Hestons Hände die Waffe aus meiner. Bevor ich nachdenken kann, richtet er die Waffe wieder auf seine

Schläfe und drückt ab. Die Kugel geht los und direkt durch seinen Schädel.

Jules schreit auf.

Ich schaue in Hestons leblose Augen und runzle die Stirn.

Selbst am Ende betrügt er noch und durchkreuzt meine Pläne. Er lebte als Feigling und er stirbt als Feigling.

Ich steige von ihm herunter und gehe zu Jules. Ich ziehe sie in meine Arme und streichle ihren Rücken.

„Shhh."

„Wie … konnte … er nur?", fragt sie mich, während sie zittert.

„Weil er ein Monster ist", sage ich ihr.

Verdammt noch mal. Hat Heston ihr nicht schon genug Leid zugefügt? Musste er sich auch noch vor ihren Augen umbringen?

Obwohl ich versprochen hatte, sie zu beschützen, konnte ich es am Ende nicht.

Ich umfasse ihr Gesicht mit meinen Händen und schaue ihr in die Augen. „Es tut mir leid, Jules."

Sie schüttelt den Kopf. „Nein. Es tut mir leid. Es tut mir leid, Bruce. Ich hätte auf dich hören sollen. Ich hätte nicht fliehen sollen. Ich hätte nie hierher kommen dürfen."

Jules legt ihre Hände auf meine Wangen und presst ihre Lippen auf meine. Ich küsse sie zurück. Voller Leidenschaft.

Gott sei Dank geht es ihr gut. Einen Moment lang dachte ich, ich hätte sie verloren.

Ich weiß nicht, was ich getan hätte, wenn es so wäre.

Ich lehne mich zurück und sehe sie an. „Geht es dir gut?"

Jules nickt. Dann runzeln sich ihre Augenbrauen vor Sorge.

„Und dir? Du blutest ja.“

„Es geht mir gut.“ Ich schaue auf ihren Bauch. „Wie geht es dem Baby?“

Sie berührt es und ihre Lippen verziehen sich zu einem sanften, warmen Lächeln.

„Ich glaube, es wird uns allen gut gehen.“

Kapitel Zweiunddreißig

Jules

„Dem Baby geht es gut", versichert mir Dr. Moore, während sie mir das Hemd über den Bauch zieht. „Alles läuft nach Plan."

„Danke", antworte ich ihr.

Sie verlässt den Raum und ich wende mich an Bruce.

„Hast du das gehört?"

Er nickt. „Natürlich habe ich das."

Ich nehme seine Hand und lege sie auf meinen Bauch. Er drückt seine Handfläche gegen meine Haut.

„Daiki glaubt, du bekommst einen Jungen."

„Tut er das?" Ich schaue ihn an. „Ist er schon zurück nach Japan gefahren?"

„Heute Morgen. Er sagte, es sei Zeit für ihn, nach Hause zurückzukehren."

Das stimmt wohl.

„Er sagte, wir sollten ihn mal besuchen kommen."

„Ich denke, das ist keine schlechte Idee."

„Vielleicht nachdem du das Baby bekommen hast."

„Vielleicht."

Bruce holt tief Luft. „Er wollte mir Aikas Asche überlassen, aber ich habe ihm gesagt, er solle sie mitnehmen und auf dem Friedhof seiner Familie beisetzen."

Ich verstumme beim Klang von Aikas Namen. Ich glaube, Bruce hat ihn noch nie in meiner Gegenwart ausgesprochen.

Ich bin nicht eifersüchtig. Na gut, vielleicht bin ich es, ein bisschen. Aber ich bin froh, dass sie jetzt in Frieden ruhen kann.

Und vielleicht kann auch Bruce seinen Seelenfrieden finden.

Obwohl ich ihm etwas sagen muss, das ihn vielleicht belasten wird.

„Was ist denn los?", fragt Bruce mich.

Ich seufze. „Ich muss dir etwas sagen."

Seine Augen verengen sich. „Was?"

„Es geht um Aika", sage ich. „Ryu hat mir etwas über sie erzählt, bevor er starb."

„Was hat er gesagt?"

Ich atme tief ein. „Dass Aika … dass sie schwanger war."

Bruce verstummt.

Ich lege meine Hand auf seine. „Es tut mir so leid, Bruce. Es tut mir so –"

Er hält mir einen Finger an die Lippen, damit ich aufhöre zu reden.

„Es ist nicht deine Schuld, Jules. Außerdem liegt es in der Vergangenheit. Weißt du noch, was Harry über die Gegenwart gesagt hat?"

Ich nicke.

Bruce streicht mir über die Wange. „Ich werde sie nie vergessen, aber du bist jetzt die Frau in meinem Leben, die Mutter meines Kindes."

Er streichelt sanft über meinen Bauch.

„Unseres Kindes."

Ich lächle zu ihm auf, als ich die Worte wiederhole. „Unseres Kindes."

Wir werden eine Familie sein, und ich kann es kaum erwarten.

Endlich werde ich wieder eine Familie haben.

Bruce zieht seine Hand weg. „Oh, bevor ich es vergesse …“

Er holt eine Satinschachtel aus seiner Tasche und ich erschrecke.

Er geht neben dem Untersuchungstisch auf die Knie. Ich setze mich auf und schließe die Hände vor meinem klaffenden Mund.

Ich kann es nicht glauben.

Bruce öffnet die Schachtel und ich sehe den Diamantring. Meine Hände bewegen sich zu meiner Brust, als ich spüre, wie mein Herz stehen bleibt.

„Ich werde dich niemals gehen lassen, Jules“, sagt Bruce zu mir. „Du hast mich einmal gebeten, dich mich lieben zu lassen. Jetzt bitte ich dich darum, es zuzulassen. Lass mich dich lieben. Für immer.“

Ich sehe ihm in die Augen. Mir stockt der Atem angesichts der Liebe, die ich dort sehe.

„Ja“, antworte ich. „Ich will. Ich meine, du darfst mich lieben. Ich meine …“

„Heirate mich.“

„Ja.“ Ich nicke. „Ja!“

Ich werfe meine Arme um ihn und er drückt mich fest an sich. Dann beugt er sich zurück und drückt mir einen zärtlichen Kuss auf die Lippen.

Wie ich schon sagte, passieren mir immer gute Dinge, wenn er in der Nähe ist. Und von jetzt an werden sie immer dasein.

Ich schaue ihm in die Augen und lächle.

Für immer.

Bruce

Drei Jahre später…

„Sie sind wunderschön!“

Jules staunt, als sie die rötlichen Kirschblüten betrachtet, von denen einige noch an den Zweigen hängen und andere bereits im Winde verwehen.

Es ist Frühling in Japan und die Sakura blühen. Genau wie ich dachte, faszinieren sie Jules.

Selbst jetzt, wo sie Mutter ist, hat sich das nicht geändert - ihr kindliches Staunen. Andererseits ist fast alles gleich geblieben - ihre Leidenschaft für Bücher, weshalb wir beschlossen haben, in weniger glücklichen Ländern Bibliotheken einzurichten, ihre Fülle an Ideen und Meinungen, die dafür sorgt, dass die Mahlzeiten nie langweilig werden, ihr Konkurrenzdenken. Ihre Figur hat sich natürlich verändert, aber jetzt ist sie wieder da, wo sie vorher war. Wenn etwas anders ist, dann würde ich sagen, dass sie weniger leichtsinnig und auch ruhiger ist - obwohl sie im Bett immer noch abenteuerlustig sein kann.

Der Gedanke zaubert mir ein Lächeln auf die Lippen.

Wir hatten zwar Flitterwochen nach unserer Hochzeit, aber das war nicht so lustig, weil sie schwanger war. Jetzt können wir aber so viel Spaß haben, wie wir wollen.

Ich schlinge meine Arme von hinten um sie. Sie lehnt sich an meine Brust.

„Deiue Tätowierung ist eine Kirschblüte für Aika, stimmts?“, fragt sie.

Ich nicke. Es macht mir nichts mehr aus, über sie zu reden.

„Weil sie zu früh gestorben ist und Kirschblüten immer zu früh verwelken“, erkläre ich.

„Oh, aber sie bieten eine schöne Show.“

Ich drehe sie um zu mir. „Was hältst du davon, wenn wir unsere eigene Show in unserem Zimmer im Gasthaus veranstalten?“

Jules lächelt und sagt eines der wenigen japanischen Wörter, die sie bis jetzt gelernt hat.

„Hai.“

~

Sobald wir wieder in unserem Zimmer sind, gleich nachdem wir unsere Schuhe ausgezogen haben, finden meine Lippen die ihren. Meine Finger arbeiten an den Knöpfen ihres Mantels und schieben das schwere Kleidungsstück von ihren Schultern. Er fällt auf den Tatami-Boden.

Als nächstes greife ich nach dem Saum ihres Rollkragenpullovers und ziehe ihn ihr über den Kopf. Als sie ihn von ihren Armen streift, hake ich meine Daumen in den Bund ihrer Hose und schiebe sie über ihre Hüften.

Jules verliert das Gleichgewicht und ich helfe ihr, sich auf den Boden zu legen. Ich ziehe ihr die Hose aus. Ihre Socken kommen mit.

„Das ist nicht fair.“ Sie schmollt, während sie ihre Arme über der Brust verschränkt und sie reibt. „Ich bin die Einzige, die nicht angezogen ist und friert.“

„Na gut."

Ich ziehe meine Jacke und mein Hemd aus und werfe sie zur Seite. Ich spüre ihren Blick auf mir, als ich aufstehe, um meine Hose auszuziehen. Er verweilt vor allem auf meinem Schritt.

„Was guckst du so?", frage ich sie.

Jules schüttelt den Kopf. „Nichts. Jetzt komm her und wärm mich auf."

Ich lächle. „Wie du willst."

Ich klettere auf sie und erobere ihre Lippen. Sie öffnet sie und meine Zunge spielt mit ihrer. Ihre Hände wandern über meinen Rücken. Der Ring an ihrem Finger fühlt sich kalt auf meiner Haut an.

Aber ich beschwere mich nicht. Ich erforsche ihren Mund, während ich mit meinen Fingern durch die karamellbraunen Haarsträhnen fahre, die ihr Gesicht umspielen.

Plötzlich stößt Jules mich weg und setzt sich auf mich. Ich überlasse ihr die Position.

Ich umfasse ihre Wangen und küsse sie weiter. Ihr Haar ist im Weg, also streiche ich es zur Seite.

Sie zeichnet die Muskeln meiner Brust und meines Bauches nach. Das ist ihre Lieblingsbeschäftigung. Ich bewege meine Hände zu ihrem Rücken und streichle ihre Wirbelsäule, bis zum Ansatz. Dann schiebe ich meine Hände unter ihr Höschen und drücke die festen Backen ihres Hinterns zusammen. Sie stöhnt gegen meinen Mund.

Während ihre Daumen an meinen Brustwarzen reiben, bewege ich meine Hände wieder nach oben, um den Haken ihres

BHs zu finden. Ich löse ihn und drehe sie dann auf den Rücken, sodass ich wieder oben liege.

Das Gute daran, kein Bett im Zimmer zu haben, ist wohl, dass man sich auf dem Boden wälzen kann.

Jules runzelt die Stirn, beschwert sich aber nicht.

Ich ziehe ihr den BH aus und drücke ihr einen ehrfürchtigen Kuss zwischen die Brüste. Sie sind immer noch so fest wie früher, vielleicht sogar noch praller. Als sie gestillt hat, wollte sie nicht, dass ich irgendetwas mit ihnen mache, aber jetzt, wo sie damit fertig ist, kann ich tun, was ich will.

Ich sauge an einer von ihnen und Jules keucht. Ich fahre mit meinen Fingern die Kurve der anderen Brust nach. Dann ziehe ich meinen Mund weg und umkreise eine Brustwarze mit meiner Zunge, während mein Daumen das Gleiche mit der anderen macht. Ich nehme ihre Brustwarzen zwischen meine Lippen und meine Finger und ziehe daran. Jules zittert.

„Ist dir noch kalt?", frage ich sie, während ich meinen Kopf hebe.

„Nein", antwortet sie.

Aber das wusste ich ja schon.

„Aber hör nicht auf", fügt sie hinzu.

Auch das weiß ich.

Ich fahre fort, ihren Brüsten mit meiner Zunge und meinen Fingern zu huldigen. Jules zittert unter mir.

Dann beschließe ich, einen anderen Teil von ihr zu verehren.

Ich presse meine Lippen auf ihre Gebärmutter, in der sie neun Monate lang meinen Sohn getragen hat. Ich küsse ihren

Bauchnabel, der während des dritten Trimesters hervorlugte. Dann ziehe ich ihr das Höschen aus.

Sobald es aus dem Weg ist, lege ich mich auf den Rücken und ziehe Jules auf mich, aber ich lasse sie nicht auf meiner Taille sitzen. Stattdessen ziehe ich sie hoch, so dass mein Gesicht genau zwischen ihren Beinen ist, genau dort, wo ich sie gut sehen und schmecken kann.

„Bruce", beschwert sich Jules.

Ich ignoriere sie, greife ihre Hüften und ziehe sie nach unten, damit meine Zunge ihr anderes Lippenpaar erreichen kann. Ich lecke sie, bevor ich meine Zunge dazwischen schiebe, nach innen.

„Bruce!"

Sie fällt nach vorne, während sie keucht. Da kommt mir eine Idee.

„Dreh dich um", sage ich ihr.

„Was?"

Ich führe ihren Körper so, dass sie immer noch auf mir liegt, aber in die andere Richtung schaut. Dann ziehe ich sie nach unten und genieße weiter mein Vergnügen.

Einen Moment später versteht sie, warum ich sie gebeten habe, sich umzudrehen, und beginnt ihre Lust zu genießen. Ihre Lippen pressen sich durch die Baumwolle auf meine Erektion. Dann zieht sie mir die Boxershorts aus und ich spüre sowohl die kalte Luft als auch ihren warmen Atem auf meiner erhitzten Haut.

Jules beginnt, mir einen zu blasen und ich erschaudere. Ich umklammere die Schenkel, zwischen denen ich eingeklemmt bin, und versuche, mich auf meine Aufgabe zu konzentrieren, aber als sie ihre Zungenspitze im Schlitz meines Schwanzes vergräbt, halte ich inne und atme tief aus.

Verdammt noch mal. Meine Frau ist wirklich gut darin geworden.

Ich spüre, wie ihre Zunge über die empfindliche Eichel streicht, dann knapp darunter. Meine Knie zittern.

Dann umschließt sie ihn mit ihren Lippen und mein Schwanz gleitet über ihre Zunge und in ihren wunderbar warmen Mund. Ich gebe ein leises Stöhnen von mir.

Jules macht ihre Sache gut, aber ich weigere mich, sie die ganze Arbeit machen zu lassen. Ich spreize die Lippen ihres Geschlechts und bewege meine Zunge in sie hinein. Dann reibe ich meinen Daumen an ihrem Kitzler.

Sie zittert über mir. Ihre Hüften zucken.

Einen Moment lang hält sie inne und lässt meinen Schwanz los. Aber dann macht sie weiter. Sie nimmt meinen Schwanz wieder in ihren Mund und bewegt ihren Kopf auf und ab. Ich bewege meine Zunge und Finger hin und her.

Mein Schwanz pocht in ihrem Mund und wird durch die unglaubliche Reibung verrückt. Ihr Geschlecht ergießt sich in meins.

Plötzlich steigt Jules von mir herunter. Sie legt ihre Hände auf meine Brust, positioniert ihre Hüften auf meinen und senkt sich langsam ab.

Ich atme scharf ein. Sie ist immer noch herrlich eng. Das hat sich auch nicht geändert.

Sobald ich ganz in ihr drin bin, beugt sich Jules über mich und küsst meine Lippen. Unsere Zungen umschlingen sich und geben sich gegenseitig den Geschmack unserer Körper, obwohl ich nicht mehr sagen kann, welcher wem gehört.

Dann beugt sie sich zurück und beginnt mit den Hüften zu wippen.

Ich verschränke die Arme hinter dem Kopf und bewundere den Anblick, der sich mir bietet: ihre Brüste mit den steifen, rosigen Spitzen, die bei jeder ihrer Bewegungen wippen, der Ausdruck von Glückseligkeit auf ihrem Gesicht, wenn sie den Kopf zurückwirft. Ihr Haar tanzt über ihre Schultern.

Ich kann nicht anders, als meine Hüften ebenfalls zu bewegen.

Jules beugt sich vor und wir tanzen zusammen. Dann wird sie langsamer und ich stoße sie weg, um sie auf den Rücken zu legen.

Ich greife ihre Schenkel, hebe ihre Hüften und dringe in sie ein. Ich stoße in sie hinein und spüre, wie mir die Selbstbeherrschung entgleitet.

Und sie verliert ihre bereits. Sie wirft ihren Kopf von einer Seite zur anderen. Keuchen und Stöhnen entweichen ihren Lippen. Ihre Nägel kratzen über die Tatami-Matte.

Ich habe Angst, dass sie sie beschädigt, also lege ich ihre Arme um mich. Ich beanspruche ihre Lippen für einen weiteren Kuss, während sie zittert und meinen Schwanz drückt. Ihre Finger beißen sich in meine Haut.

Ich schaffe noch ein paar Stöße und ergieße mich dann tief in ihr, lasse das schmerzende Gewicht in meinen Eiern gehen und grunze, während ich meine Hüften zucken lasse. Dann lasse ich ihre Beine los und ziehe mich zurück.

Ich lege mich neben sie, greife nach ihrem Mantel und ziehe ihn über uns beide, um uns warm zu halten, während wir nach Luft schnappen.

Jules erholt sich zuerst. „Glaubst du, Lucas geht es gut?“

Wie immer macht sie sich Sorgen um Lucas, wenn sie nicht mit ihm zusammen ist.

Ich sehe sie an. „Ich bin sicher, dass es ihm gut geht. Harry und Tricia kümmern sich gut um ihn.“

Sie dreht ihren Kopf und unsere Blicke treffen sich.

„Hältst du mich für eine gute Mutter?“

Ich runzle die Stirn bei dieser Frage, die sie nicht zum ersten Mal stellt. Dann greife ich nach ihrer Hand und drücke sie.

„Du bist eine großartige Mutter, Jules.“

„Und du bist ein großartiger Vater“, sagt sie mir.

Bin ich das? Ich weiß nur, dass ich verrückt nach Lucas bin, auch wenn er mich in den Wahnsinn treibt.

„Ich habe einfach das Gefühl, dass ich nicht so viel Zeit mit ihm verbringe, wie ich sollte“, sagt sie. „Vor allem, weil ich so viel mit meinem Buch beschäftigt war.“

„Nun, da dein Buch fertig ist, kannst du mehr Zeit mit ihm verbringen“, sage ich. „Und übrigens, ich bin mir sicher, dass dein Buch ein Bestseller werden wird. Vielleicht wird es ja auch verfilmt.“

Jules zuckt mit den Schultern. „Ich weiß nicht so recht. Ich weiß nicht einmal, ob ich das Schreiben oder das Redigieren mehr liebe. Vielleicht werde ich wieder Redakteurin. Das heißt, wenn ihr mich noch haben wollt.“

Ich schenke ihr ein Lächeln. „Du bist immer willkommen.“

Sie lächelt ihrerseits.

„Du hast die Augen von Lucas.“

Ich runzle die Stirn. „Du meinst, er hat meine Augen.“

Jules gluckst. „Hältst du mich wirklich für eine gute Mutter?“

„Ja“, antworte ich schnell.

„Hmm.“ Sie starrt an die Decke.

Warum in aller Welt glaubt sie mir nicht?

„Du bist genial, Jules. Du kümmerst dich gut um Lucas und er liebt dich. Du spielst mit ihm. Du liest ihm vor. Ich wüsste nicht, worin du schlecht bist.“

Sie sagt nichts.

„Oh, warte. Mir fällt eine Sache ein. Du bist schlecht darin, ihn in den Schlaf zu singen.“

Wenn sie singt, schläft Lucas aus irgendeinem Grund nicht ein. Wenn sie eine Geschichte vorliest, schläft er ein. Aber wenn sie singt, schläft er nicht ein.

Jules wendet sich mit einem Stirnrunzeln an mich. „Ich hasse dich.“

„Nein, das tust du nicht.“

Das Stirnrunzeln kehrt sich um. „Nein, ich hasse dich nicht.“

Sie rückt näher an mich heran und wir küssen uns. Danach schaue ich ihr in die Augen und streichle ihre Wange.

„Ich liebe dich, Jules.“

Sie legt ihre Hand auf meine. „Ich liebe dich auch, Bruce.“

Dieses Geständnis ist für mich jetzt so selbstverständlich wie das Atmen. Es ist schwer zu glauben, dass ich diese Worte einst nicht sagen konnte, dass ich sie nicht sagen wollte. Ich dachte, es wäre nur eine Affäre, eine Frühlingsaffäre, und doch sind mehrere Frühlinge vergangen, und wir sind immer noch hier.

„Darf ich dich etwas fragen?", fragt Jules mich.

„Ja?"

„Ich glaube, ich wollte das schon lange fragen, aber ich habe es immer wieder vergessen. Diese seltsam aussehende Statue in deinem Büro, ich meine dein Büro, als wir uns das erste Mal trafen – das ist japanisch, oder?"

„Richtig."

„Warum sieht sie so aus? Was bedeutet sie?"

„Du meinst, ein Auge mit einer Iris und das andere ohne?"

Jules nickt.

„Das soll Glück bringen", erkläre ich. „Die schattierte Iris steht für einen Wunsch. Die Iris des anderen Auges wird dann ausgefüllt, wenn der Wunsch in Erfüllung geht."

„Oh. Und, ist dein Wunsch in Erfüllung gegangen?"

Ich nehme ihre Hand in meine und küsse sie. Ich küsse den goldenen Ring an ihrem Finger. Dann küsse ich ihre Stirn und ihre Nasenspitze und ihre Lippen.

Als ich Jules wieder anschaue, sehe ich die Liebe in ihren Augen, das Versprechen auf eine wunderbare gemeinsame Zukunft. Mehr kann ich mir nicht wünschen.

„Ja, ist er."

~ Ende ~

Amazon führt Millionen spektakulärer Titel und ich freue mich, dass Sie dieses Buch entdeckt haben.

Wenn Sie allerdings erfahren möchten, wann ich ein neues Buch herausbringe, und es nicht dem Zufall überlassen wollen, dann melden Sie sich für meinen Newsletter an.

Ich schicke Ihnen dann eine E-Mail, wenn meine neueste Veröffentlichung erscheint.

Ja bitte – tragen Sie mich ein!

https://www.ashleepriceromanceauthor.com/signup/

Ashlee Price Bücher auf Deutsch

https://www.ashleepriceromanceauthor.com